Um 2750 v. Chr. wurde das Land Mesopotamien von einer Flutkatastrophe heimgesucht. Nur ein Mann, seine Familie und sein Vieh entkamen dem Inferno. In Marianne Fredrikssons dramatischem Roman ›Sintflut‹ wird die Geschichte von dem Vernunftmenschen Noah, der für alles einen Beweis braucht, und seiner Frau Naema, die von einem Volk abstammt, das einmal die Sprache der Natur sprach, zum Gleichnis auf unsere Welt. Da gibt es das kalte, trostlose Nordreich mit seiner Militärdiktatur und das wohlhabende Südreich, dessen Menschen von Konsum- und Prunksucht beherrscht sind. An der Grenze zum Nordreich liegt Noahs Werft. Das Wasser des Flusses steigt langsam und unaufhörlich. Vor den Flussmündungen türmen sich riesige Schlammberge, in einer ersten Flutwelle ertrinken Menschen und Vieh, die Überlebenden streiten um die Ursache des unheimlichen Geschehens. Noah aber hat einen Auftrag bekommen von seinem Gott, der die Welt ertränken will. Allmählich nimmt ein gigantisches Schiff aus Holz Gestalt an, und Noah steht vor der verzweifelten Frage: Wer darf gerettet werden?

Marianne Fredriksson wurde 1927 in Göteborg geboren. Sie ist verheiratet und hat zwei Töchter. Als Journalistin arbeitete sie lange für bekannte schwedische Zeitungen und Zeitschriften. 1980 veröffentlichte sie ihr erstes Buch. Seitdem hat sie viele erfolgreiche Romane geschrieben.
Im Fischer Taschenbuch Verlag sind erschienen: ›Hannas Töchter‹ (Bd. 14486), ›Simon‹ (Bd. 14865), ›Maria Magdalena‹ (Bd. 14958), ›Inge und Mira‹ (Bd. 15236) ›Marcus und Eneides‹ (Bd. 14045) ›Eva‹ (Bd. 14041), ›Abels Bruder‹ (Bd. 14042), ›Noreas Geschichte‹ (Bd. 14043), *und bei Krüger:* ›Mein Schweden‹, ›Sofia und Anders‹.

Unsere Adresse im Internet: www.fischer-tb.de

Marianne Fredriksson

SINTFLUT

Roman

Aus dem Schwedischen
von Ulrike Landzettel

Fischer Taschenbuch Verlag

Die Abbildungen am Ende des Bandes
wurden von Anders Söderberg gezeichnet,
der auch das Modell der Arche baute.

Veröffentlicht im Fischer Taschenbuch Verlag
ein Unternehmen der S. Fischer Verlag GmbH,
Frankfurt am Main, Juni 2002

Published by arrangement with Bengt Nordin Agency, Sweden,
Die schwedische Originalausgabe erschien 1990
unter dem Titel ›Syndafloden‹
im Verlag Wahlström & Widstrand, Stockholm
© Marianne Fredriksson 1990

Für die deutschsprachige Ausgabe:
©Fischer Taschenbuch Verlag in der S. Fischer Verlag GmbH,
Frankfurt am Main 2002
Die deutsche Erstausgabe erschien 1991
unter dem Titel ›Die Sintflut‹ im Hitzeroth Verlag, Marburg
Für die Taschenbuchausgabe wurde die Übersetzung leicht überarbeitet.
Satz: Pinkuin Satz und Datentechnik, Berlin
Druck und Bindung: Clausen & Bosse, Leck
Printed in Germany
ISBN 3-596-14046-3

*Für Katarina Holmertz
mit Dank für sachkundige Kritik und
nie nachlassenden Enthusiasmus.*

*Sowie für Sven Fredriksson,
der alle technischen Probleme hinsichtlich des
großen Schiffsbaus löste.*

Kapitel 1

Das Mädchen lag auf dem Boden des Bootes, nackt, schwer vor Liebe und Melancholie. Sie war erstaunt, sie hatte bis jetzt nicht verstanden, wie einsam sie war.

Aber dann dachte sie an ein Lied, das er geschrieben hatte, über die Trauer, die sich im Schatten der Freude verbirgt. Wie konnte er das wissen? War er eingeschlafen, um der Trauer zu entgehen, wie er immer danach einschlief?

Der Morgenwind nahm zu wie gewöhnlich nach dem Sonnenaufgang, und das Boot schaukelte leicht in der Dünung. Um sie herum stand Schilf, gelb wie reifes Korn, nur drahtiger und viel höher. Es sang, Schilfrohr rieb an Schilfrohr, und die Melodie war hell und spröde.

Wehmütig wie ich selbst, dachte das Mädchen und schloss die Augen gegen den Himmel, legte vier Finger ans Herz und wünschte sich eine lange Reise. Aber da erinnerte sie sich, dass sie ihn ansehen, die Augenblicke nutzen und sie für die Erinnerung sammeln musste. Vorsichtig stützte sie sich auf den Ellenbogen und öffnete die Augen.

Er ist schön wie sein Boot, geschmeidig und wohlgeformt. Aber warum war er so traurig? Im nächsten Augenblick dachte sie, dass sie ihn wegen seiner Traurigkeit liebte.

Nun erwachte die Stadt jenseits des Schilfs, sie konnte die Fischhändler unten am Kanal hören, die Esel, die über die Pflastersteine rutschten, und die Karrenräder, die unter den schweren Lasten knirschten. Auf dem Marktplatz übten die Soldaten, die Kommandorufe durchschnitten die Luft, übertönten das Schilf, weckten den Jungen. Die Furcht zog sein Gesicht zusammen, die langen Wimpern flatterten, bevor er erwachte und ihren Augen begegnete.

Sie kannte diese Zeichen der Unruhe gut. In ihrem Land waren alle ängstlich.

»Keine Gefahr«, flüsterte sie, und er wurde ruhiger, lächelte sie an und strich mit weicher Hand über ihr Haar, ohne Glut und Forderung, Es ist mit ihr wie mit Mutter, dachte er. In ihrer Gegenwart kann nichts Schlimmes geschehen.

Er stand auf, um sich anzukleiden, blieb aber auf der Reling sitzen und betrachtete sie: die langen Beine, das Dreieck, schwarz wie Ruß, das ihre geheime Öffnung verbarg, die Taille, die kleinen Brüste und die Brustwarzen, die noch steif und rot waren von seinem Mund und seinen Händen.

Sie ist wie ein Baum, dachte er, ein junger und starker Baum, tief verwurzelt. Nun fühlte er die Lust stärker werden, und er musste den Blick auf ihr Gesicht, das dunkle Haar, den kühnen Mund lenken. Und die Augen, ja, sie waren, wie er sie in Erinnerung hatte, voll von Liebe, die größer war als seine.

Und er dachte, wie schon beim ersten Mal, als er sie gesehen hatte, dass sie ein Mensch war, der im Einklang mit sich selbst lebte und sich daher seiner Verantwortung bewusst war.

Ich darf sie nicht verletzen.

»Woran denkst du?«, fragte sie.

»Ich denke an die Vögel, die ihre Nester in deinem Haar bauen werden«, antwortete er.

Sie lachte erstaunt, wollte aber nicht hinter ihm zurückstehen:

»Ich denke, du bist wie dein Boot, in allen Einzelheiten wohl geformt«, sagte sie.

»Schnell und leicht«, sagte er. »Nichts, worauf man sich bei stürmischem Wetter verlassen kann.«

Er lächelte, aber es war nicht nur ein Scherz, und für einen Moment konnte sie spüren, wie sie in den Abgrund, die Schande und den Tod stürzte.

Seine Unruhe galt dem greifbar Nahen, sie mussten aus dem schützenden Schilf herausfinden, zum Steg hin, der sich längs des Flussufers bis zum Waschplatz erstreckte, wo Jiskas Dienstmädchen wuschen.

»Zieh dich an«, sagte er und hörte, dass seine Stimme unnötig beklommen klang. Aber sie gehorchte, und als sie aufstand, wurde ihm das Unerwartete bewusst, das der Körper schon im Schlaf gespürt hatte. Das Boot schaukelte in der Dünung. Er hatte es ordentlich auf dem lehmigen Grund festgesetzt, es dürfte kein Wasser unter dem Kiel haben.

»Der Fluss steigt«, sagte er erstaunt.

»Das ist die Liebe«, sagte Jiska und kicherte. »Sie ist so groß, dass sie überläuft.«

»Närrin«, sagte er, und die Zärtlichkeit tat weh.

Langsam stakte er das Boot aufs offene Wasser hinaus, geräuschlos, sodass das Ruder nie am Grund schabte. Aber dort, wo das Schilf sich lichtete und das Flusswasser wieder tief und blau wurde, hielt er an.

»Das Wasser ist so hoch, dass wir uns den ganzen Weg durchs Schilf durchschlagen können«, sagte er, und das Mädchen, das nun angezogen war und sein Haar flocht, nickte und versuchte, an die Wäsche zu denken, daran, dass das Hochwasser das Auswaschen erleichtern würde.

Japhet stakte das Boot hinter dem schützenden Schilfvorhang nordwärts, Es war schwerer, als er geglaubt hatte, denn er hatte nicht mit der Gegenströmung gerechnet. Niemals zuvor hatte es eine so starke Strömung gegeben.

Es dauerte lange, sie hätte bereits wieder bei den Waschfrauen sein sollen.

»Wir haben die Mächte gegen uns«, flüsterte er, seine Verbitterung stieg wie der Fluss, und er konnte nicht wie sonst denken, dass er ein Lied darüber machen würde, über das Wasser, das stieg, und den Strom, der wuchs, gefühllos für die Liebe und die Angst der Menschen.

Aber schließlich kam er an. Keuchend und nass vor Schweiß hakte er das Boot am Steg fest und half ihr hinauf. »Wir sehen uns«, flüsterte er. »Nächsten Donnerstag, wie immer.«

Sie antwortete ihm nicht, stand nur dort auf dem Landungssteg, mit dem Kopf hoch über dem Schilf. Nach einer Weile sah er, dass ihre Lippen sich bewegten, und verstand, was sie zu sagen versuchten:

»Er ist hier. Er steht am Kai und beobachtet uns.«

Sie drehte sich nicht um, als sie, mit geradem Rücken und hocherhobenem Kopf, zurück zu den Waschfrauen ging. Die Frauen wuschen, aber keine sprach, und ihre Bewegungen waren starr, als ob sie gerade Linien durch die Luft zögen.

Sie haben ihn auch gesehen, dachte das Mädchen, nahm den Wäscheklopfer und klopfte einen Mantel, als schlüge sie ihn, den siebenfach Verfluchten, den man den Schatten nannte.

Kapitel 2

Sie sind wie Geschwister, dachte der Schatten, als er am Kai stand und die beiden jungen Menschen beobachtete. Der Junge ist hübscher, aber das Mädchen hat etwas an sich, eine Kraft, die die Ängstlichen anzieht.

Er hieß Mahalaleel, Sohn des Kenan, der einmal oberster Priester der Stadt Sinear gewesen war. Aber Kenan war nun tot wie alle Priester des Nordreiches.

Und niemand erinnerte sich mehr an den Namen des Sohnes. Er war Oberaufseher Nummer vier und betrachtete sich selbst als den Oberaufseher schlechthin, für den er auch von den Über- und Untergeordneten gehalten wurde.

Die Leute nannten ihn den Schatten, denn er folgte ihrem Leben und ihren Handlungen ebenso unabwendbar, wie der Schatten dem Körper folgt. Es gab nur einen Menschen, der eine andere Bedeutung in den Spitznamen legte, das war Noahs Frau, die gesagt hatte, dass der Oberaufseher keinen Schatten auf die Erde warf, weil er seinen Schatten in sich trug.

Er hatte vor langer Zeit aufgehört, sich über die Torheit der Menschen zu wundern, und ein Bedürfnis, sie zu verstehen, hatte er nie gehabt.

Dennoch schüttelte er den Kopf über die beiden hier, Harans Tochter und Noahs Sohn, die Ansehen und Leben für einige brünstige Treffen riskierten.

Unzucht wurde im neuen Gesetz mit dem Tod bestraft.

Aber er hatte nicht vor, sie vors Gericht zu bringen, noch nicht. Noahs Sohn war außerdem schwer beizukommen. Das irritierte ihn, wie ihn der Junge selbst irritierte, der ebenso unbegreiflich war wie seine Lieder.

Und damit war er wieder bei dem Problem mit den Liedern, die seit einigen Monaten von den Leuten im Nordreich gesungen wurden. Sie hatten eine seltsame Macht über die Sinne, dienten als Trost und schenkten Gemeinschaft. So viel hatte er verstanden, und das gefiel ihm nicht. Aber er konnte sie nicht zum Schweigen bringen, sie wurden in den Gassen gesummt, auf dem Marktplatz und in den Wirtshäusern am Fluss, sobald er selbst oder seine Männer sich abwandten.

Verbieten konnte er sie nicht, die Wörter enthielten keine Bedrohung für das neue Reich. Er konnte sie auswendig, heute früh noch hatte er die Texte aus dem Gedächtnis heruntergeleiert, die Wörter gedreht und gewendet. Die Lieder waren allesamt traurig und unbegreiflich. Wie eines von ihnen, an das er sich am besten erinnerte, das Lied vom Priester, der einmal die Gerechten zählen sollte und dessen Augen blau wie die Freiheit waren.

Dummheiten, dachte der Schatten. Er war selbst blauäugig wie viele Nachkommen der alten Priester des Nordreiches.

Er hatte mit Habak gesprochen, einem Wirt, der ein schwacher Mensch mit sanftem Gemüt war und der wie die anderen Berufsgenossen seine Tätigkeit nur fortsetzen durfte, weil er jeden Morgen berichtete, was am Abend zuvor im Wirtshaus erzählt worden war. Habak hatte den Oberaufseher angesehen und gesagt, dass die Lieder die Trauer des Landes ausdrückten, die Trauer der Menschen.

Der Wirt hatte seinen ganzen Mut zusammengenommen, um das zu sagen.

Aber der Oberaufseher kümmerte sich nicht um Habak. Der Kerl war unbegreiflich und log wie die meisten seinesgleichen.

Da schenkte er eher einem Lautenspieler Glauben, der behauptet hatte, dass Japhets Lieder ihre Kraft in der Musik hätten, in den Melodien, die auf eine magische Art die Sinne ergriffen.

Der Schatten selbst konnte nicht einmal die Melodien unterscheiden.

Er war zufrieden mit der Entdeckung dieses Morgens und beschloss, sich viel Zeit zu nehmen, bevor er einen Entschluss fasste, wie er sie sich am besten zu Nutzen machen könnte.

Der Mann, der der Schatten genannt wurde, fühlte keinen Zorn, er hatte kaum Gefühle. Das war eine gute Voraussetzung für seine Arbeit, auch die vielen, die ihn hassten, mussten zugeben, dass seine Bösartigkeit unpersönlich war. Das vergrößerte den Schrecken, das Handeln des Oberaufsehers ließ sich nie vorhersehen.

Er selbst hielt sich für voll und ganz berechenbar, nur von der Vernunft gesteuert wie einer, der nicht zu lieben oder zu hassen braucht. Wenn es eine Ausnahme gab, dann waren es Noah und seine Familie. Da spürte er einen Groll, so alt wie er selbst und verwurzelt in der gemeinsamen Kindheit.

Er hatte viele sterben sehen, hatte mit eigener Hand etliche Todesurteile vollstreckt. Das war natürlich, das Leben hatte ihn in den Dienst der Macht gestellt, und er war pflichtbewusst und sorgfältig. Nur einmal hatte eine Hinrichtung ihm Vergnügen bereitet, es war, als er Noahs Vater, dem kriecherischen Priester, die Eingeweide aus dem Leib geschnitten hatte.

Aber das war lange her. Heute war er nur noch verärgert über die Sippe, die ins Grenzland entkommen war.

Es war Donnerstag, er würde sich auf die Reise südwärts den Fluss entlang begeben. Er ging zu der Wache auf dem Marktplatz, wo sein Esel gesattelt stand, nickte dem Mann, der das Tier hielt, zu und sah eine Weile vom Rücken des Esels hinab auf die übenden Soldaten.

Die vielen würden bald ein Leib sein, dachte er zufrieden.

Wie gewöhnlich ritt er allein, ohne Wachen. Es war nicht ungefährlich, Oberaufseher Nummer drei, der ein empfindsamer Mann war, sagte häufig, dass man in den Dörfern am Fluss den Hass riechen könne.

Aber der Schatten war unerschrocken. Er würde noch nicht sterben, er hatte noch zu viel zu erledigen.

Als er nun durch das südliche Stadttor ritt, dachte er wieder an Noahs Vater und an die Zeit, als der König das Unerhörte proklamierte: dass er Gott abgeschafft hatte.

Der Schatten hatte zu den Boten gehört, zu den Offizieren der neuen Armee, deren Auftrag es gewesen war, die Leute in allen Dörfern des Landes vor den Tempeln zu versammeln, um zu verkünden, dass es Gott nicht gebe und er deshalb im Nordreich der Zukunft nicht angebetet werden dürfe.

Zu dieser Zeit hatte es noch Menschen gegeben, die es wagten, Fragen zu stellen. Er erinnerte sich plötzlich an einen alten Mann, der gerufen hatte:

»Glaubt ihr, dass ihr Gott töten könnt?«

Der Schatten hatte seine Ruhe bewahrt und geantwortet, dass man jemanden, den es nie gegeben habe, nicht zu töten brauche. Aber der Mann hatte geschrien, dass Er, den es immer gegeben habe, vor der Erde und den Menschen, eine fürchterliche Rache nehmen werde. Der Alte hatte mehr sagen wollen, konnte es aber nicht mehr, weil die Soldaten ihm die Kehle durchschnitten.

Der Oberaufseher empfand ein gewisses Unbehagen bei der Erinnerung an die Worte des Alten, und ganz ohne Grund dachte er an das Flusswasser, das allein in den letzten Tagen um gut einen Zoll gestiegen war.

Auf den Feldern vor der Stadt sah er eine kniende Frau. Sie hatte die Hacke neben sich gelegt und den Blick zum Himmel erhoben. Noch lebten Menschen, meist Frauen, die wussten, dass es Gott gab. Aber nur wenige wagten zu glauben, dass Er ihre Gebete hörte, jetzt, da die Opfer verboten und die Lieder in den Tempeln verstummt waren.

Der Oberaufseher gehörte verblüffenderweise zu denen, die heimlich die Existenz Gottes anerkannten. Er wusste es. In seinem Leben hatte er immer danach gestrebt, die Grenze für die Macht des Unsichtbaren, des Unvorhersagbaren zurückzudrängen.

Als die Frau, die seinen Esel gehört hatte, sich vor Angst duckte und hastig die Hacke wieder in die Hand nahm, lächelte er. Arme abergläubische Kreatur, dachte er.

Er hatte gestern einen Aufrührer verhört, einen furchtlosen Teufel, der viel zu sagen hatte über Unterdrückung und Hass in den Bergdörfern, aber nicht ein Wort darüber, wie der Widerstand in den Bergen geplant wurde. Und das, obwohl der Schatten seine härtesten Verhörmethoden angewendet hatte.

Der Mann war während des Verhörs gestorben, und der Schatten hatte sich zu einer Reise nach Maklea entschlossen, in das Bergdorf, in dem er einen seiner zuverlässigsten Denunzianten hatte.

Sie reden von Unterdrückung, dachte er. Als ob irgendeine Unterdrückung schlimmer sein könnte als die alte, der selbstgewählte Schrecken vor einem selbstherrlichen Gott, der blind zuschlug und ungerecht und ohne Sinn traf. Das Reich, das der Schatten hatte errichten wollen, hatte sowohl Ziel als auch Sinn gehabt, es sollte dem blinden Schicksal gewachsen sein. In der neuen Gesellschaft sollte alles vorhergesehen und kontrolliert werden.

Er verzog nun fast den Mund zu einem Lächeln, als er sich an den Enthusiasmus erinnerte, den er verspürte, als der neue König im Kreis seiner Offiziere seinen Plan vorgelegt hatte. Sie würden ein neues Land bauen, in dem Ordnung und Gerechtigkeit herrschten. Die Sklaven sollten befreit, das Besitzrecht an Boden abgeschafft und das Brot geteilt werden.

Der erste Schritt auf diesem Weg war es, die Priester zu töten und die Tempel zu schließen.

Wie so viele Male zuvor dachte der Oberaufseher, dass er nicht aus Zufall zu dieser Aufgabe abkommandiert worden war. Er, der einzige Sohn des Obersten Priesters, sollte geprüft werden. Der König hatte sicher geglaubt, dass der junge Offizier seinen Auftrag mit einer solchen Hingabe ausgeführt hatte, um seine Solidarität zu beweisen.

Aber der König konnte nicht wissen, wie groß der Zorn eines Priestersohnes war, wie bodenlos der Hass gegen die unbekannte Kraft im Himmel.

Nun wussten sie alle, dass dieses Vorhaben, eine neue Gesellschaft zu errichten, schwerer war als irgendjemand angenommen hatte. Und dass sie weit vom Ziel entfernt waren. Es sei die Schuld des Krieges, sagte der höchste Rat, aber der Schatten dachte immer häufiger, dass es die Schuld der Menschen war. Die Menschen schienen den Wahnwitz des blinden Gottes übernommen zu haben. Das Unvorhersehbare hatte in ihnen, in den Männern und den Frauen, Wurzeln geschlagen. Wie Gott selbst waren sie rätselhaft, ausweichend und ohne Sinn.

Und es war mit ihnen wie mit dem abgeschafften Gott, man konnte sie nicht zum Sprechen bringen.

Zu ihren Waffen gehörte die Faulheit. Alle Arbeit ging träge vor sich, die Häuser verfielen, die Kanäle verschlammten und der Boden wurde vernachlässigt. Wo er entlang ritt, sah er die mageren Äcker, in denen die Saat trotz der Frühlingswärme nicht gekeimt hatte. Und er dachte, dass es auch in diesem Jahr Missernten geben werde, Hunger. Sie würden gezwungen sein, bei dem Erbfeind im Süden Getreide zu kaufen, und wie in den Jahren zuvor würden sie unangemessene Preise in Gold und Kupfer aus den Gruben am Abhang des Großen Berges bezahlen müssen.

Der König würde toben wie gewöhnlich, die Aufseher hinrichten, neue einsetzen, die bald ebenfalls hingerichtet oder zur Hölle geführt würden in die Schwefelgruben, wo die meisten der freigelassenen Sklaven gelandet waren.

Wenn überhaupt noch ein paar von ihnen übrig waren, dachte der Oberaufseher. Die Menschen lebten nicht lange in den Dämpfen unten im Berg. Er wusste es, denn er war selber dort gewesen. Die Ungnade hatte ihn einmal getroffen, und der Schwefel hatte ihn beinahe getötet.

Damals hatte der Krieg ihn gerettet, nicht einmal der König konnte seine besten Soldaten in den Gruben festhalten, als der Feind in Scharen über die Grenze marschierte.

Die Sonne stand nun hoch, fast gerade über seinem Kopf. Einen kühlen Ort konnte er nirgends an dem flachen Flussufer finden, und er spürte, wie der drückende Kopfschmerz, der sein ständiger Begleiter war, sich wie eine stumpfe Marter über die Augen legte.

Er lenkte den Esel zum Fluss hinunter, stieg ab und tauchte den Kopf in das strömende Flusswasser. Es war überraschend kalt, und für einen Augenblick wurde ihm schwindlig.

Ungewöhnlich kalt, dachte er über das Wasser und führte es auf die kräftige Strömung zurück, die Quellwasser von den Bergen im Norden mit sich führte und den Fluss ansteigen ließ. Noch trat er nicht über die Ufer hier am Strand entlang, aber in den Kanälen im östlichen Tiefland herrschte Überschwemmung.

Gegen Nachmittag erhoben sich vor ihm die Abhänge von Kerais, dem grünen Südberg im Nordreich, gesegnet mit Wäldern und Fruchtbarkeit. Auf halbem Weg den Abhang hinauf lag Maklea, das Dorf, dem die Reise galt. Die Leute hatten ihn schon gesehen, das merkte er an dem ängstlichen Gerenne, das plötzlich die Stille zwischen den schläfrigen Häusern unterbrach. Das machte nichts, vielleicht gelang es ihnen, ein paar verbotene Gegenstände zu verstecken. Aber er kannte ihre heimlichen Verstecke.

Und sein eigentliches Anliegen war das Treffen mit Eran, dem Sohn aus einem der ältesten Häuser und dem heimlichen Informanten des Oberaufsehers.

Unser ganzes System würde zusammenfallen, wenn es keine Denunzianten gäbe, dachte er mit einer gewissen Bitterkeit, denn er mochte sie nicht, die Überläufer. Es war schwer, mit ihnen zusammenzuarbeiten, sie waren glatt und ängstlich.

Ein Junge von drei, vier Jahren lief ihm entgegen, leichtfüßig wie ein Eichhörnchen. Er winkte und rief dem Fremden etwas zu. Der Oberaufseher lächelte, noch gab es Kinder, die zu unerfahren waren, um Angst zu haben. Als er abstieg, hörte er, was der Junge sagte, klar und deutlich und ohne Versprecher:

»Eran ist davongelaufen. Er ist auf und davon gerannt, zum Fluss.«

Die Dunkelheit brach herein, bevor der Oberaufseher seine Verhöre mit den Leuten im Dorf beendet hatte. Er tat es eigentlich nur, um den Regeln zu folgen, er wusste, dass das Dorf sich gegen ihn zusammenschließen und seine Geheimnisse vor ihm verbergen würde.

Erans Mutter war die Einzige, die weinte. Wegen der Schande? »Wer hat ihn entlarvt?«

Aber sie schüttelte den Kopf und hielt daran fest: Es gab nichts zu entlarven. Der Sohn war verschwunden, und niemand im Dorf verstand den Grund.

Sie logen, und er hatte dem nichts entgegenzusetzen, er allein. Morgen würde er in die Hauptstadt zurückkehren, um seine Spezialtruppe in das Dorf zu holen. Alle würden sie die Verhöre nicht aushalten, jemand, einige würden sprechen.

Die Eltern des Dreijährigen? Wahrscheinlich, wenn die Spezialisten sich um das Kind kümmerten.

Dann schlief er ruhig im Zimmer des Wirtshauses ein, müde vom Tag und der Reise. Seine Gesichtszüge glätteten sich, und wer gewagt hätte, ihn anzusehen, wie er da auf dem Rücken lag, wäre erstaunt gewesen. Er schlief wie ein Kind, und das Gesicht war wie das eines Kindes, weich in den Konturen, als ob die Erfahrungen des Lebens es nie gezeichnet hätten.

Vor dem Morgengrauen wachte er von dem üblichen Traum auf: Er stand vor dem Thron des großen Gottes, und alle seine Handlungen auf Erden wurden genau geprüft. Er selbst schwieg wie gewöhnlich, er fühlte keine Schuld und brauchte sich nicht zu verteidigen.

Während die Dunkelheit noch die Berghänge verhüllte, verließ er das Dorf, still und unbemerkt. Als die Morgendämmerung unten am Fluss hervorbrach, erinnerte er sich an den Dreijährigen, den Jungen, der ihm gestern entgegengelaufen war. Jetzt konnte er die Gedanken an seinen eigenen Sohn nicht länger zurückhalten, den Vierjährigen, der weder laufen noch sprechen, winken oder lachen konnte.

Kapitel 3

Am Anfang war nur der Schrecken ...

Einen Menschen hatte sie, der Bescheid wusste, ihre Geheimnisse und ihre Angst teilte, Kreli, die gute Seele, die für die Kinder in Harans Haus wie eine Mutter war, obwohl sie nicht viel älter war als Jiska, und die sich mit dem Mädchen über die Liebe zu dem Sänger, Noahs jüngstem Sohn, gefreut hatte. Aber nun konnte Kreli keinen Trost spenden.

Sie war es, die die schweren Fragen stellen musste.

Am Anfang war es die stumme Frage jeden Morgen, wenn sie sich in der Küche trafen, um das Frühstück zuzubereiten. Und Jiska antwortete Tag für Tag mit einem fast unmerklichen Kopfschütteln.

Bis die Blutung eines Nachts kam und die beiden Frauen aufatmeten und sich zum ersten Mal seit Wochen über den Tag freuen konnten.

Aber schon am folgenden Tag standen sie vor der nächsten Frage: Worauf wartete der Schatten?

Sie verstanden, dass sie eine Atempause bekommen hatten. In den Bergen herrschte Aufruhr, hörten sie.

In Sinear war alles geheim, deshalb wussten alle alles. Niemand sagte viel, nie so viel, dass die Leute des Schatten Verdacht schöpfen konnten. Aber es fiel ein Wort hier, eins dort, aus dem Zusammenhang gerissen, aus vielen Mündern. Und es gab Regeln, wie sie zu Sätzen zusammengefügt werden sollten, Bilder, die von Haus zu Haus flogen. Mit dem Wind, wie der Wind.

Aufruhr in den Bergen, ein Dorf war geflohen.

Geflohen?

Ja, die Dorfbewohner waren verschwunden, als der Schatten mit seinen Männern zurückkam. Aber wohin? Keiner wusste es, man sprach vom Grenzland. Aber dort kann doch niemand leben?

Vielleicht, wenn man Hilfe bekommt.

Aber Noah kann nicht ein ganzes Dorf verstecken, wie viele?

Über fünfzig, mit den Kindern.

Noahs Frau?

Ja, Noahs Frau.

Alle wussten ja, dass sie über außerordentliche Gaben verfügte, die Frau, die Noah während des Krieges bei dem Waldvolk gefunden hatte. Aber ein ganzes Dorf?

Die Gerüchte schwirrten wie wilde Bienen durch die Häuser der Stadt, aufgeregt und hoffnungsvoll.

Dann war er eines Tages wieder da, der Schatten mit seinen Männern.

Zu einem Verhör vor den Rat gerufen, vielleicht sogar zu dem, den man den Verrückten nannte.

O Gott, wie sie sich freuten, als ihre Blicke sich trafen und bekräftigten, dass sie nun in einem gemeinsamen stillen Gebet vereint waren: Gib ihm einen grausamen Tod.

Jiska erbat es ebenfalls, ständig wiederholte sie in schlaflosen Nächten die Worte. Im Morgengrauen dachte sie an Japhets Mutter, mit Verwunderung.

Kreli war erleichtert, hoffnungsvoll, auch wenn sie den Gerüchten, dass die Macht des Schatten gebrochen war, nicht glaubte. Sie meinte, dass sie seine Sorte gut kenne und dass die Kalten meist überlebten. Aber der Schatten hatte dennoch an wichtigere Dinge zu denken als an Jiskas Liebestreffen.

Dann zogen die Soldaten eines Nachts aus der Stadt hinaus, bis in jedes Haus drang das Marschieren im Gleichschritt. Nach Süden, zu dem Berg Kerais, wohin sie selbst im Frühling gezogen waren, um die Quellen und den Gesang der Vögel zu hören.

Aber das war lange her, in dem neuen Reich durfte niemand sein Haus ohne ausreichenden Grund verlassen.

In dieser Nacht beteten viele in der Stadt für die Menschen in den Bergdörfern.

Am nächsten Morgen ging er dort durch die Straßen, wie er es immer tat, der Schatten. Und er blickte in ihre Gesichter und beobachtete ihre Tätigkeiten, und was für einige Tage Freude und Munterkeit gewesen war, erstarrte zu dem alten Schrecken, die Hände wurden träge und die Füße langsam.

Gegen Nachmittag tauchte er vor Harans Laden auf, und der Goldschmied sah von seinem Fenster aus, wie der Schatten seine Tochter mit einer Geste zurückhielt.

Haran sah den Mann sprechen, ohne dass das Mädchen ein Wort sagte. Sie sank in sich zusammen, wie sie dort stand, und nickte zustimmend. Als sie sich endlich von dem Oberaufseher trennte, schlug Harans Herz so schnell, dass er sich nicht erheben und ihr entgegen gehen konnte, nur seine Augen konnten die Frage stellen:

Was wollte der Schatten?

Aber in der Werkstatt wagte niemand zu sprechen, daher gingen sie zu dem Baum im Hof, und auch Kreli war sofort da.

»Er hat mich gebeten, für seinen Sohn zu sorgen«, sagte Jiska, und alle drei sahen einander in großer Verwunderung an.

In der Stadt kannten alle die Geschichte von der Frau des Schatten, die vor Trauer verrückt geworden war, nachdem ihre Eltern in die Schwefelgruben geführt, angeklagt und vom Schwiegersohn verhört worden waren. Welches Verbrechens sie sich schuldig gemacht hatten war unbekannt. Und uninteressant, es standen so viele Verbrechen zur Auswahl für den, der Menschen loswerden wollte.

Aber die schöne Frau des Schatten beschäftigte die Phantasie.

Sie, die nun bettlägrig war, in dem schönen Haus oben auf dem Hügel, und die nie lächelte, nur in einen Schwall von wahnsinnigen Worten ausbrach, wenn der Schatten sie jeden Abend für einen kurzen Augenblick besuchte.

Es gab ein Kind, das wusste man. Aber niemand hatte den Jungen gesehen, der wie ein Gefangener in dem großen Haus lebte, versorgt von einer alten Frau.

Einige sagten, dass die Alte die Frau des Obersten Priesters und die Mutter des Schatten sei. Aber andere meinten, dass die Mutter zusammen mit ihrem Mann ermordet worden sei und dass niemand aus dem Priestergeschlecht überlebt habe außer dem Schatten und Noah.

Nun hatte der Oberaufseher zu Jiska gesagt, er habe gehört, dass sie eine gute Hand mit Kindern habe und ihren kleinen Brüdern eine gute Lehrerin sei. Sein Sohn brauche Wissen und Kameraden.

Das Kind sollte jeden Morgen zu Harans Haus gebracht und am Abend geholt werden.

Kreli sah Jiska lange voller Erleichterung an. Es hätte schlimmer kommen können, sehr viel schlimmer.

Aber als der Junge am nächsten Morgen kam, musste Kreli zugeben, dass Jiska kaum ein schwerere Aufgabe hätte bekommen können. Das Kind, das von einem Diener getragen wurde, konnte nicht gehen, nicht sprechen. Am schlimmsten war, dass es nicht für einen Augenblick einem anderen Menschen ins Gesicht sah, eine Begegnung war nicht möglich. Jiska wusste, dass es früher im Nordreich solche Kinder gegeben hatte. Kreli konnte sich sogar an sie erinnern. Aber in dem neuen Reich waren sie nicht zugelassen, sie wurden geholt und verschwanden. Wurden getötet, sagte Kreli, die sich an das Kind der Schwester und deren Verzweiflung erinnerte, als man ihr das Kind wegnahm. Stand der verdammte Schatten unter einem anderen Gesetz, nein, dachte sie, das war doch nicht möglich.

Im nächsten Augenblick verspürte sie eine Erleichterung, eine ungebührliche Zufriedenheit. Der Schatten hatte sein Geheimnis gegen Jiskas getauscht, solange sie über das Kind schwiegen, waren sie sicher.

Sie sah, dass Jiska nicht verstanden hatte, dass das Mädchen gegen sein Befremden und seinen Widerwillen kämpfte, als es den Körper des Jungen hielt, der schwer und ohne Haltung war.

»Er ist ja doch ein Mensch«, flüsterte sie, und Kreli, die sie so gut kannte, verstand, dass sie sich anstrengte, ihr Mitleid zu finden.

»Wenn er nur …«, sagte sie, und Kreli sah den Jungen an und verstand wieder. Wenn er nur seinem Vater nicht so ähnlich gewesen wäre. Aber das war er, das gleiche viereckige, eigenartig unschuldige Gesicht, die gleichen blauen Augen, in denen der Blick an der Oberfläche lag, hinter der nichts zu erkennen war, der gleiche kräftige Körperbau.

Sie legten das Kind auf ein Bett, standen lange dort und betrachteten es, als ob sie eine Veränderung erhofften. Aber nichts geschah, es lag dort wie ein kleiner Schatten, unbegreiflich wie sein Vater, nein, noch unbegreiflicher.

Plötzlich begann es zu jammern, wühlte mit dem Kopf im Kissen.

»Wie ein blinder Hundewelpe«, sagte Kreli, und Abscheu lag in ihrer Stimme. Dennoch halfen die Worte Jiska, die Hunde immer gemocht hatte. Sie hatte selber Welpen aufgezogen, als sie ein Kind war und Sana noch lebte, die alte Hündin, die jedes Jahr Junge bekam, zu Harans Verzweiflung und zur Begeisterung der Kinder.

»Wie ein Hundewelpe«, flüsterte Jiska und nahm den Jungen hoch, legte ihn mit dem Kopf wieder an ihren Hals und hörte ihn erleichtert seufzen.

Es war nur eine schwache Antwort, aber dennoch.

Vorsichtig begann sie, das Kind zu wiegen, fand Wort und Ton eines alten Wiegenliedes. Der Junge seufzte wieder, und die beiden Frauen nickten einander zu. Vielleicht würde eines Tages eine Begegnung, eine Antwort möglich sein.

Harans Söhne, zehn und zwölf Jahre alt, kamen und sahen ängstlich und abwartend auf das Kind.

»Wie alt ist er?«

»Warum kann er nicht spielen?«

»Warum sieht er uns nicht an?«

Kreli nahm die Jungen zur Seite und versuchte, ihnen begreiflich zu machen, was nicht erklärt werden konnte. Doch sie waren Kinder ihrer Zeit und verstanden bald, dass das Leben davon abhängen konnte, ob sie nett zu dem Eindringling waren und zu niemandem ein Wort sagten.

Es wurde eine sonderbare Zeit in Harans Haus, geheimnisvoll und schwer. Jiska trug vom Morgen bis zum Abend das Kind auf dem Arm und sang alle Lieder, die sie kannte. Außer Japhets, sie hatte keine Zeit, um ihn zu trauern. Sie hatte nur ein Ziel, ihren Widerwillen zu überwinden und ihr Mitleid zu finden. Denn so viel hatte sie schon am ersten Tag verstanden, dass der Kleine auf ihr Gefühl antwortete, auf die erbärmliche Zärtlichkeit, die sie hatte empfinden können, als Kreli den Jungen mit einem Welpen verglichen hatte.

»Kleiner Welpe, kleiner Welpe, bald kannst du bellen«, sang sie, und Haran fürchtete um ihren Verstand. Nur Kreli verstand, und ihre Ruhe übertrug sich auf die anderen im Haus.

Eines Tages, als Jiska die Windeln des Jungen wechselte, begegnete er zum ersten Mal ihrem Blick, sie schrak zusammen, sie lächelte. Der Junge machte einen winzigen Versuch zurückzulächeln.

»Er hat gelächelt, Kreli, ich versichere dir, er hat es versucht.«

Ihre Freude war töricht, das fanden alle. Aber niemand widersprach ihr, sie brauchte ihre Zuversicht.

Gott sei Dank schlief sie jeden Abend früh ein, übermüdet von der Bürde. Ihre schweren Augenblicke kamen am Morgen, früh, vor der Sonne, erwachte sie und hasste Japhet, verfluchte ihn. Es war unsere Sünde, dachte sie. Aber nur ich muss die Strafe auf mich nehmen.

Aber dann erinnerte sie sich, dass sie den Jungen nicht als Strafe betrachten durfte, sondern als Hundewelpen.

Sie ging oft in der Morgendämmerung hinunter in die Küche, wärmte Wasser mit Honig und trank in großen Zügen. Manchmal leistete Kreli ihr Gesellschaft, und eines Morgens sah Jiska neue Fragen in Krelis Augen:

Kommt Japhet zurück? Habt ihr über die Zukunft gesprochen? Hat er dir nichts versprochen?

Eines Tages hatte Jiska eine Antwort:

»Er hat einmal gesagt, er sei leicht und sanft wie sein Boot, nichts, worauf man sich bei schlechtem Wetter verlassen könne.«

Krelis Augen wurden schwarz vor Wut, und Jiska verließ die Küche und fühlte, dass sie das Vertrauen gebrochen und ihn verraten hatte.

Als sie Kreli das nächste Mal traf, sagte sie:

»Es ging nicht darum, wie oder wer er ist. Es ging um die Liebe selbst.«

Kapitel 4

Als die Luft von Frühlingsdüften erfüllt war, kam ein Mann zu Noah.

Seit einigen Tagen war der Bootsbauer rastlos. Es war eine Unruhe, die sich in der Herzgegend bewegte, eine Form suchte, ein Bild. Aber der Kopf antwortete weder mit einer Idee noch einer Anweisung zu einer Handlung oder einem Ausweg.

Er hatte mit seiner Frau darüber gesprochen, und sie hatte geantwortet, dass er warten müsse.

Er war ein ungewöhnlicher Mann, der Fremde. Er kam, als Noah in der Dämmerung nordwärts gegangen war, wie er es häufig tat, und sich auf den Felsenvorsprung gesetzt hatte, wo der Fluss eine Biegung machte.

Der Besucher sprach über den Fluss, der anstieg, und Noah wusste sofort, dass es das war, was ihn beunruhigt hatte.

»Aber dagegen kann kein Mensch etwas machen«, sagte er.

»Nein.« Der Fremde nickte, und Noah versuchte, ihn anzusehen, seinen Gesichtsausdruck einzufangen. Es war schwer, der Mann hatte sich in das rötliche Licht des Sonnenuntergangs gesetzt, und das machte seine Konturen unscharf und die Gesichtszüge verschwommen. Aber er war zuverlässig und ehrlich, so viel verstand Noah.

Da sagte der Mann etwas überraschend:

»Gott ist der Menschen überdrüssig geworden. Er hat vor, sie in den Fluten zu ertränken.«

»Das glaubst du doch wohl selbst nicht«, sagte Noah mit Entschiedenheit. Und tröstend.

26

»Warum nicht?«, fragte der Fremde, und Noah hörte, dass er erstaunt war.

»Wir sind doch seine Kinder«, antwortete Noah. »Sicherlich kann man seine Kinder leid werden. Aber man ertränkt sie nicht.«

Durch die zunehmende Dämmerung hindurch spürte er, dass der Mann unsicher geworden war, zögerte. Schließlich sagte er:

»Man könnte ein Boot bauen.«

Noah sah verwundert über seine Werft und dachte, dass sie ein Schiff von dieser Größe und Stärke, wie es hier notwendig wäre, niemals bauen könnten, er und seine Leute. Aber als er sich umdrehte, um das zu sagen, war der Mann verschwunden.

»Als ob er sich in Luft aufgelöst hätte«, sagte er später, als er seiner Frau von dem Treffen erzählte.

»Nie im Leben kann ich mich daran erinnern, wie er aussah«, sagte er.

»Er kommt wieder«, antwortete sie. »Er kommt bald wieder.«

Noah fragte nicht, wie sie das wissen konnte, er wusste, dass sie es wusste. Aber er war erstaunt über ihren Ernst.

»Du musst anfangen, über das Boot nachzudenken«, sagte sie, und in diesem Augenblick erschrak Noah.

»Du meinst das nicht ernst«, sagte er, und sie lächelte und gab zu, dass sie sich irren konnte, dass der Mann vielleicht nur ein Herumtreiber aus dem Südreich war, wie Noah geglaubt hatte.

Dann ging sie hinaus, wie sie es immer tat, um die Sterne zu betrachten, während Noah vor dem Altar, den er auf dem Dach des Wohnhauses gebaut hatte, betete.

Kapitel 5

Sie war ungewöhnlich groß, schlitzäugig und bewegte sich geschmeidig wie ein Tier. Einige hier in ihrem neuen Land fanden sie schön, andere – und das waren die meisten – fanden, dass sie eigenartig aussah.

Zu dem Ungewöhnlichen an ihr gehörte, dass sie nicht alterte, dass ihr Körper geschmeidig war wie der einer Fünfzehnjährigen und dass die Jahre keine Falten hinterlassen hatten. Die Lachgrübchen in den Wangen waren tiefer geworden, das stimmte, und im Sonnenlicht konnte man die Falten auf ihrer Stirn sehen.

Sie waren durch das Erstaunen verursacht, das sie fühlte, und durch das Grübeln, das das neue Land und die unbekannten Sitten ihr bereiteten.

Hier wurde sie Naema genannt, ein Name, den Noah ihr gegeben hatte und der die Schöne bedeutete. Ihr richtiger Name, den sie bei ihrem eigenen Volk getragen hatte, war ein Geheimnis geblieben, ein Wort nur für sie und für ihn in den nahen Stunden.

Tapimana, konnte er abends im Bett flüstern, und es besaß noch seine Magie und weckte ihre Lust.

Nun ging Naema in südlicher Richtung den Strand entlang, spürte den weichen Sand unter den Füßen, atmete die wohlbekannten Düfte von Holz und Pech von der Werft ein und sah die Menschen in den Häusern ihre Feuer anzünden. Bald würde sie den Rand des Dorfes erreichen und ihren Weg zu den Hügeln an der Grenze fortsetzen, spüren, wie sich der Geruch des Flusswassers mit dem Duft des Thymians von der Heide mischte. Dort auf dem sanften Gipfel des höchsten Hügels würde sie bleiben, um

28

den Sternen ihre Fragen zu stellen. Und dem Mond, der heute zur Hälfte sichtbar war.

Sie hätte schon seit langem damit aufhören sollen, sich zu wundern, dachte sie, während sie langsam und mit langen Schritten, lautlos wie die Leoparden, dahinging. Aber als Noah ihr von dem Treffen mit dem Boten erzählt hatte, spürte sie das gleiche Erstaunen wie früher und musste sich wieder darauf besinnen, was sie inzwischen gelernt haben sollte: dass die Sesshaften nie das Wirkliche sehen konnten.

Sein Gott hatte ihm einen Boten geschickt, aber Noah tat dasselbe wie alle hier, er stellte seine Vorstellungen zwischen sich und den Himmelsboten. Es würde lange dauern, bis Noah verstand, es würde schwer für ihn werden. Denn es bedeutete, dass er das glaubwürdige Bild würde opfern müssen, das Bild, auf das er sein Leben gebaut hatte.

Sie beschleunigte ihre Schritte und spürte, dass die Eile durch Zorn verursacht war, auch durch Scham. Sie schämte sich für ihren Mann und sein kindliches Gemüt, als er dem Gesandten antwortete, dass Gott ein Vater sei, der für seine Kinder das Beste wolle.

Von allen Widersinnigkeiten in diesem Land war dies die größte und erstaunlichste. Die verlockendste, dachte sie und musste eine Weile stehen bleiben, um zu atmen und sich von der Erregung zu befreien.

Es war der Glaube an den einfachen, guten Gott, der so viele Menschen hier Kinder bleiben ließ, dachte sie. Wie Noah, der zu gut war, um ein wahrhafter Mensch zu sein.

Jetzt war sie auf der Hügelkuppe angekommen, setzte sich auf die Bank, die er hier für ihr Abendgebet, wie er es nannte, gebaut hatte. Ihr Blick verlor sich in den blinkenden Sternen, und ihre Gedanken kamen zur Ruhe. Aber heute Abend dauerte es lange, bis sie den Gesang der Sterne hören konnte, und der Halbmond zog sie unerbittlich zurück auf die Erde.

Und so kamen sie wieder, die vielen Gedanken über das Leben in der Welt, die Noah zivilisiert nannte, eine Gesellschaft, in der derjenige, der von seinen Visionen und Träumen erzählte, als verrückt galt. Hier lernte niemand, auf die Bilder der Dunkelheit zu achten, die Träume der Nacht. Es war der Mangel an diesem Wissen, der sie verwundbar machte, zu leichten Opfern für die dunklen Kräfte.

Sie sah den Mond an und dachte an die Frauen dieses Landes, die nichts von ihrer Verantwortung für die Männer wussten. Auch hier trug die Frau die Seele ihres Mannes auf dem Rücken, nährte sie, entlockte ihr Vernunft und maßvolles Handeln und schenkte ihr die Kraft, die der Mann für die Jagd, die Tat und die Aufgabe, die Welt zu bauen, brauchte. Aber niemand sprach darüber, es gab weder ein Wissen noch jemanden, der einem Rat geben oder vor den gespaltenen und bösen Männern warnen konnte.

Und die Frauen wurden nicht für die große Aufgabe geachtet, im Gegenteil, hier sah man oft mit Verachtung auf sie herab, sie waren wertlos, wenn sie keine Söhne gebaren.

Als sie Noah an den Quellen des Titzikona traf, verstand sie, dass das Schicksal sie für die Aufgabe bestimmt hatte, für seine Seele verantwortlich zu sein. Aber obwohl sie das wusste und die Liebe zwischen ihnen groß war, hatte sie sein Inneres bei der Schlangenkönigin, die ihre Steine in immer engeren Kreisen warf, um ein rechtes Bild zu bekommen, genau erforscht. Noahs Geist hatte sich als leicht erwiesen, er würde ihre Tage nicht belasten. Nein, die Schwierigkeit war von anderer Art, seine Seele war so luftig und hell, dass sie einer ständigen Aufmerksamkeit bedurfte, um nicht verloren zu gehen.

Nun dachte sie mit Zärtlichkeit an ihren Mann. Wie alle hellen Menschen hatte er einen dunklen Schatten. Er selbst sah ihn nicht, wer sieht schon seinen Schatten? Sie wusste jedoch, dass es an dem Tag, an dem er ihn sehen würde, um das Leben ging.

Noah schob alles Schwere und Dunkle von sich. Es war nicht gut für ihn, er wurde mit den Jahren nicht reifer. Aber das war nicht ihre Sache, nur der eigene Mut und die großen Träume können einen Menschen verändern.

Und es gab Vorteile. Wie so viele, die sich vor den Tiefen fürchteten, war er ein sehr praktischer Mensch. Er diente dem Leben, das er selbst Gott nannte, mit seinen Händen und seinem praktischen Verstand.

Das Dunkle hatte er auf seine Kinder übertragen, wie der es tut, der sich weigert, seinen Teil zu tragen. Das betraf übrigens nicht nur die Söhne. Wie alle Menschen mit leichtem Sinn umgab Noah sich mit Sündenböcken.

Eigentlich war nur sie von diesem Auftrag ausgenommen. Sie war in sein Licht eingeschlossen. Sie war Teil seines Lichts und er wäre unerhört erschrocken, wenn er etwas über sie gewusst hätte.

Für einen Augenblick war sie besorgt, was der Bote mit Noah machen würde, falls er verstand, was der Auftrag den Mann, den Gott auserwählt hatte, kostete.

Ich weiß zu wenig über ihren Gott, dachte sie.

Und im nächsten Augenblick: Vielleicht fällt es mir deshalb so schwer, sie zu verstehen.

Die Menschen hatten viel erreicht, ihr Leben war bequemer und besser geplant. Das gab sie zu, das war es, was sie gewöhnlich zu Noah sagte.

Aber sie erzählte nie von ihren Gedanken, was der Fortschritt, die Landwirtschaft, das planende Denken gekostet hatten.

Die Menschen hier hatten auf vielen Gebieten ihre Ursprünge hinter sich gelassen, sie konnten keine Gedanken lesen, sahen weder die Gegenwart noch die Vergangenheit, wie sie war, oder die Zukunft, wie sie werden würde. Sie ruhten nicht mehr in sich selbst, was dazu führte, dass sie in einer für sie geheimnisvollen Welt lebten. Bei Naemas eigenem Volk gab es keine Geheimnisse, nichts Verborgenes und Dunkles zwischen den unterschiedlichen Formen des Lebens, dem Leben der Bäume und der Sterne, der Tiere und der Menschen, dem Leben der Toten und der Ungeborenen.

Dennoch waren es Menschen derselben Art, das wusste sie. Denn auch hier waren die Herzen der Neugeborenen alt und ihre Augen voller Weisheit.

Aber bald, viel zu bald, machten die Eltern die Kinder mit den Beschränkungen vertraut.

Auch sie wurde eingeengt, sie verlor ihre Fähigkeit zu sehen und in den großen Träumen umherzugehen. Das beruhte auf ihrer Einsamkeit, sie hatte niemanden gefunden, mit dem sie ihre Fähigkeiten teilen konnte.

Der Mond verschwand hinter den Wolken, auch die Sterne wurden durch den Nebel vom Fluss verdeckt. Aber Naemas Sehvermögen ließ sie in der Dunkelheit nicht im Stich, sie ging mit sicheren Schritten zurück nach Hause und dachte über ihre Söhne nach.

Wie andere Mütter hier machte sie sich Sorgen um ihre Kinder. Um Ham, den Unterhändler, der die Geschäfte der Werft im Südreich besorgte und mit Nin Dada verheiratet war, einer Frau, die Naema bewunderte. Nicht wegen ihrer Schönheit, auch wenn sie auffallend war, nein, wegen der Selbstverständlichkeit, mit der die Frau in sich ruhte und sich in ihren eigenen Wänden wohlfühlte.

Auch sie hatten drei Söhne, Kus, Misraim und Fut, und alle drei glichen ihrer Mutter, sie waren zufriedene Kinder, denen es leicht fiel, sich und anderen zu vergeben.

Ham ähnelte seiner Mutter, glich äußerlich ihrem Volk, war groß, hellhäutig und schwarzhaarig. Schlitzäugig, wie so viele des Sternenvolkes. Er war ein guter Mensch, ein Problemlöser. Aber er jagte den Wind und quälte sich mit Rachegedanken für den Mord an Lamek.

Ham hatte seine Aufgabe früh gewählt, sie konnte sich erinnern, wie er als Kind Noah mit Fragen über den Großvater beunruhigt hatte, über dessen Leben, aber am meisten über seinen fürchterlichen Tod.

Die größte Angst aber hatte sie um Sem, den Denker. Schon als kleines Kind hatte er sie mit seiner Klugheit, seinen schnellen Gedanken und seinen gewitzten Fragen in Erstaunen versetzt. Auch er hasste die Macht im Nordreich, und Naema glaubte, dass seine brennende Sehnsucht nach Wissen in dem Bedürfnis wurzelte zu verstehen, was dort geschah.

Einmal hatte er mit ihr darüber gesprochen: Ich muss verstehen, wie Gott das zulassen kann.

Naema war traurig geworden, die Frage machte sie zu Fremden voreinander. Aber sie gab sich selbst die Schuld daran, sie hatte ihre ältesten Söhne an ihren Gedanken nicht teilnehmen lassen.

Nur Japhet hatte sie erfahren.

Sem war unverheiratet, sein Sinn stand nicht nach Frauen. Nun verbrachte er seine Tage und Nächte mit Studien im großen Tempel des Südvolkes am Meer, wo die Astronomen den Himmel beobachteten.

Rechnete und maß, dachte Naema, nicht ohne Verachtung.

Um Japhet machte sie sich keine Sorgen, das war Noahs Sache. Er meinte, dass der jüngste Sohn ein Träumer ohne Verantwortung sei, ein Junge, der sich weigerte, ein Mann zu werden.

Er war das schönste ihrer Kinder, und sie erkannte wohl, dass die Unzufriedenheit des Vaters mit dem Jungen von seiner Eifersucht gefärbt war. Sie liebte Japhet, wie sie die Sterne liebte, und konnte nichts Unrechtes darin erkennen.

Er war ihr Verbündeter, ohne ihn würde sie das Wissen verlieren, das ihr Volk ihr vererbt hatte. Sie war sich in ihrem Wissen sicher, dass er in seinen Liedern die Trauer ausdrückte, die sein Vater nicht zugab.

Ja, Japhet hatte die Trauer gewählt, sie verlieh seinem Leben den Grundton. In ihr war ein Eingeständnis des Bösen und der schwarzen Tiefen. Es machte ihn stärker als seine Brüder.

Auch er war unverheiratet, sie gestand ein, dass es sie freute.

Irgendwann würde eine Frau kommen, er brauchte einen Menschen, mit dem er seine Trauer teilen konnte. Wo auch immer er sie finden würde.

Nun lächelte sie über ihre Gedanken, sie hatten einen dunklen Boden.

Seit einigen Monaten war Japhet im Nordreich, zur Sorge Noahs.

Der Vater hatte davon abgeraten, aber Naema fand die Sehnsucht des Jungen verständlich, er hatte das Recht, das Volk, von dem sein Vater abstammte, kennenzulernen.

Als sie die Treppe zu ihrem Haus hinaufging, freute sie sich über die vielen Erzählungen, die sie in der letzten Zeit darüber gehört hatte, wie Japhets Lieder von den Menschen im Nordreich gesungen wurden und ihnen in ihrem Leid Trost spendeten.

Und als sie sich an den Tisch setzte und ihren Mann ansah, dachte sie, dass sie ungerecht war, dass auch er seine Mitte fühlte und Kraft aus ihr schöpfte.

Kapitel 6

Noah und Naema waren schon fast eingeschlafen, als sie das Signal der Wache im Norden hörten: Boot auf dem Weg zur Werft.

Es war nicht ungewöhnlich, dass Flüchtlinge nachts den Fluss entlang kamen, aber nur wenige hatten Boote. Meist krochen die Leute auf allen vieren durch das Gestrüpp am Strand, nur manchmal hatten sie ein Floß oder einen einfachen Baumstamm.

»Das ist Japhet«, sagte Naema, und Freude erfüllte ihre Stimme.

Noah freute sich ebenfalls, auch wenn er brummte, dass der Junge so vernünftig sein sollte, bei Tageslicht zu kommen. Aber im gleichen Augenblick begriff er, was die späte Ankunft bedeutete: »Er ist auf der Flucht«, sagte er.

Sie zogen sich hastig an und gingen hinunter zur Landungsbrücke. Ihre Freude verschwand jedoch, als sie Japhets Gesicht sahen, verschlossen und verzweifelt.

In der Küche, wo Naema Feuer machte und Essen aufwärmte, hörten sie die Geschichte vom Schatten, dem Mädchen und von der Liebe, die größer war als der Himmel. Noah brauste auf:

»Willst du damit sagen, dass du bei ihr geschlafen hast?«

»Ja«, sagte Japhet.

»Aber verstehst du denn nicht, in welche Gefahr du sie gebracht hast«, schrie Noah jetzt wütend.

»Ich hatte Zeit, es zu bereuen.«

»Hinterher, ja«, sagte Noah. »Ich habe dich wohl gelehrt, was von einem ehrenhaften Mann im Verhältnis zu einem Mädchen aus guter Familie erwartet wird.«

»Ich habe es vergessen«, sagte der Sänger und besänftigte Noahs Zorn, als er fortfuhr:

»Du musst verstehen, Vater, es war wie etwas Heiliges, ein Mysterium.«

Noah sah seinen Sohn lange an, die Worte hatten seine eigene Erinnerung an das Mysterium geweckt.

Seine Augen suchten Naema, und er sah, dass auch sie dort war, an einem anderen Fluss in einem anderen Land, in dem das Mädchen aus dem fremden Volk ihn in einer Umarmung, die das Leben veränderte, zu Tod und Wiedergeburt geführt hatte.

»Jetzt brauchen wir Gottes Hilfe«, sagte Noah, und Japhet atmete vor Erleichterung auf. Denn er wusste, dass es um das Praktische, die Tat ging, wenn der Vater sich an Gott wandte.

Gott machte Noah entschlossen und schlau.

»Der Schatten«, sagte Noah, »endlich hat dieser teuflische Kerl uns in seiner Gewalt.«

»Harans Tochter«, stöhnte er. »Er ist ein guter Kerl, ich frage mich, wie es ihm dort in der Hölle erging, seit seine Frau gestorben ist.«

»Ist die Mutter des Mädchens tot?«, fragte Naema.

»Ja, sie starb ... oder wurde getötet, ich weiß es nicht.«

»Können sie uns daran hindern, einen ehrenhaften Heiratsantrag zu machen?«

»Nein«, antwortete Noah. »Sie können ihn sogar annehmen, das Mädchen hierher schicken und uns dann mit Haran und seinen Söhnen als Geiseln erpressen.«

Es war lange Zeit still in der Küche.

»Iss doch, Japhet«, sagte Naema, und der Junge versuchte es, konnte aber nicht. Da nahm Noah ihm die Schüssel weg, kaute und schluckte.

»Bier«, sagte er, und Naema holte den Krug. Sie wussten aus Erfahrung, dass sowohl Essen als auch Getränke notwendig waren, wenn Noah dachte. Und dass Bier seiner Schlauheit Nahrung gab. Als er den Becher geleert hatte, breitete sich tatsächlich ein Lächeln auf seinem Gesicht aus.

»Wir haben ein Boot«, sagte er. »Ein Boot, das der König des

Nordreiches bestellt, nach dem zu fragen er sich aber nie getraut hat. Denn er kann es nicht bezahlen. In einigen Tagen kommt Ham nach Hause. Er wird es übernehmen, für seinen Bruder zu freien und Harans Familie gegen das Boot zu tauschen.«

Das Boot des Nordreiches lag im Schuppen ganz hinten auf dem Werftgelände, unfertig und Gegenstand des Spottes für Noahs Bootsbauer, ein Schiff, mittelmäßig wie die meisten des Nachbarlandes im Norden.

»Wir können es in einigen Wochen fertig haben, wenn ich alle guten Schreiner zu Hilfe nehme«, sagte Noah, klopfte Japhet auf die Schulter und ging.

»Schlaf«, sagte er in der Tür. »Was auch passiert, ein Mensch braucht seinen Schlaf.«

Es war lange nach Mitternacht, als Noah zu Bett ging. Er war unruhiger, als er zugeben wollte, und wagte eine Frage:

»Wird mein Plan gelingen?«

»Da bin ich ganz sicher«, antwortete Naema, und einen Augenblick später schlief sie ein, ruhig und tief wie immer.

Noah stieß einen Seufzer der Erleichterung aus, streckte sich auf dem Bett aus und schloss die Augen.

Aber der Schlaf wollte nicht kommen, es war ein langer Tag voller bedeutender Ereignisse gewesen. Seine Gedanken weilten bei dem sonderbaren Fremden und was dieser über die Flut gesagt hatte.

Aber er werde zurückkommen und sich besser erklären, hatte Naema gesagt. Warum also sollte er sich über ihn den Kopf zerbrechen.

Er ärgerte sich eine Weile darüber, was Japhets Mädchen ihn kosten würde. Es war ein großes Schiff, ein Vierzigruderer, den der verrückte König im Norden umsonst bekommen würde.

Aber für diesen Gedanken schämte er sich, sie würden eine Schwiegertochter und neue Enkelkinder bekommen.

Trotzdem. Sie muss schön sein, dachte Noah. Schön und klug, tüchtig und lieb.

Dann änderte er seine Meinung. Sie muss stark sein, dachte er. Das ist das einzig wirklich Wichtige, dass sie dem Jungen Kraft geben kann, seinem Sohn, der ein rätselhaftes Kind gewesen und Sänger geworden war.

Noah hatte nie verstanden, was Naema meinte, wenn sie behauptete, die Welt brauche Sänger. Aber er war stolz auf Japhets Ruf.

Er selbst verstand die Lieder des Jungen nicht und fragte sich jedes Mal, wenn er sie hörte, warum sie so traurig, waren. Naema wusste die Antwort, das glaubte er wohl. Aber er wollte sie nicht fragen.

Später dachte er an Haran. Sie waren einmal Freunde gewesen, vor der Revolution und dem Krieg. Er war ein anständiger Mensch und ein geschickter Schmied. Wenn sie ihm Gold und Edelsteine beschaffen könnten, würden seine Ringe und Armbänder sich leicht im Südreich verkaufen lassen, wo die Leute verrückt waren nach Flitterkram und neuen Dingen.

Wer weiß, dachte Noah, in einigen Jahren kann er vielleicht das Boot bezahlen.

Der Gedanke machte ihn so zufrieden, dass er sich auf die Seite rollte und entschlossen die Augen zusammenkniff.

Aber der Schlaf wollte sich nicht einfinden, und plötzlich wusste er, was ihn so tief berührt hatte, dass es ihn wach hielt. Es war das, was Japhet über das Mysterium gesagt hatte.

Und nun verlor sich Noah in seinen Erinnerungen.

Kapitel 7

Wieder stakte Noah das Boot den Waldfluss hinauf, den Nebenfluss, den Naemas Volk Titzikona nannte. Hinter ihm brannte die Werft.

Bis weit hinauf in das Dunkel des Waldes war der Himmel rot vom Feuer, das seine Kindheit und seine Zukunft vernichtete.

Er konnte nicht an den Onkel und seine Freunde denken, die dort in der Hölle waren, er wagte nicht, sich ihren Tod vorzustellen. Beharrlich stakte er flussaufwärts, nach Westen, weiter und weiter fort von dem Unfassbaren.

Er war ein junger Mann, kaum achtzehn Jahre alt. Er hatte noch nicht begriffen, dass Gott seine Hand über ihn hielt, immer bereit, ihn auf den rechten Weg zu führen.

Schon in frühen Kinderjahren hatte sich seine handwerkliche Begabung gezeigt. Er war der Sohn eines Priesters, seine Bahn war abgesteckt, wie seine Brüder sollte er in die Fußstapfen seines Vaters treten und Tempeldiener werden. Aber er hatte nie Lust gehabt zu den Gottesdiensten und den Riten, zu den Opfern und den Verkündigungen.

Er war zum Handwerker geboren, mit Lust an seiner Hände Arbeit und dem Spiel der Winde in den Segeln über der großen Flußbiegung, wo der Onkel seine Werft gebaut hatte.

Und auch hier hatte Gott eingegriffen.

Der Bruder seiner Mutter hatte keine Söhne, und der Priester Lamek, der fünf Söhne hatte, konnte seinem Schwager den Wunsch nicht abschlagen, Noah aufziehen und ihn die schwierige Kunst lehren zu dürfen, Schiffe aus Schilf und Holz zu bauen.

Der Schiffbau war einträglich, Noah hatte sich oft gefragt, ob der Onkel für den Neffen bezahlt hatte.

Lange bevor der neue König des Nordreiches Gott für tot erklärt hatte und das ganze Priestergeschlecht töten ließ, war Noah vom Heim des Priesters zu der Werft gezogen. Als dem König und seinen Oberaufsehern auffiel, dass einer der Söhne Lameks ihnen entkommen war, war es zu spät, da hatte sie der Krieg gegen das Südreich längst erfasst. Der Krieg herrschte im Grenzland, genau dort, wo die Werft lag.

Noch heute schmerzte es Noah, wenn er an den Krieg dachte, sein Inneres krampfte sich zusammen. Monate hatte er gedauert, war über die Grenze und wieder zurückgewogt, und nun musste Noah sich anstrengen, die Schreie der Sterbenden nicht zu hören und den Gestank von Blut und Ausscheidungen nicht zu riechen.

Anfangs hatten beide Seiten die Werft verschont.

Aber das Südreich hatte bei Noahs Onkel viele Schiffe gekauft, und eines Nachts, mitten im Toben des Krieges, hatte eine Flotte sich heimlich über die Grenze bewegt, an der Werft vorbei auf die Hauptstadt des Nordreichs zu, das stolze Sinear. An Bord befanden sich Soldaten des Südreichs, und im Schutz der Dunkelheit hatten sie die Stadt niedergebrannt und verwüstet.

In der Dämmerung desselben Morgens hatte der Onkel Noah geweckt und ihn mit einem der schwereren Boote auf dem Titzikona in das Waldland geschickt.

»Beeil dich, wir brauchen neues Holz«, hatte er zu dem noch schlaftrunkenen Jungen gesagt, der die Eile nicht verstand, aber dankbar war, für einige Tage zu entkommen, die Schlacht nicht sehen und hören zu müssen, die jeden Tag nach Sonnenaufgang aufs Neue begann.

Gegen Abend ließ Noah sein Boot auf den Wellen schaukeln, mit einem langen Seil an einem Baum und einem Anker mitten im Fluss befestigt. Er hatte Angst vor den wilden Tieren, die in der Dunkelheit kommen könnten, um zu trinken, dem Leoparden, dem Löwen, der Hyäne mit ihrem Grauen erregenden Geschrei. Aber seine Sorge war unnötig, es kamen keine Tiere in dieser Nacht, in der der Himmel im Osten rot loderte.

Konnte ich schlafen?, dachte Noah. Er wusste es nicht mehr. Aber er erinnerte sich, wie er über die Ausrüstung weinte, die der Onkel in das Boot geladen hatte, über die geräucherten Hammelkeulen und die großen Brote, über die Haufen von Kleidern und Schuhen, über das Salz, die Angelgeräte und den Bogen, die ihn im Waldland am Leben erhalten sollten.

Dann verschmolzen die Tage und Nächte miteinander, in der Erinnerung ebenso, wie sie es in der Wirklichkeit getan hatten. Woran er sich erinnerte, waren die Gefühle, die unerhörte Einsamkeit und die Unschlüssigkeit.

Was sollte er mit seinem Leben anfangen?

Er wurde mutiger im Wald, wagte sich weit in ihn hinein, lernte, kleine Tiere zu schießen. Manchmal, recht oft, hatte er das Gefühl, beobachtet zu werden, einmal glaubte er, ein Lachen zu hören.

Da betete er zu Gott, dass er nicht verrückt werde.

Er zählte die Tage nicht, aber er vermutete, dass ein Mond vergangen war, als er eines Morgens seinen Entschluss fasste. Er wollte zurückkehren und die Werft wieder aufbauen.

Der Krieg konnte keine Ewigkeit dauern. Die Zeit hier im Waldland wollte er nutzen, um Holz zu fällen und es zum Trocknen an den Strand zu legen.

Nach und nach würde er ein Schilfboot bauen, ein einfaches Wasserfahrzeug, so klein, dass es sich leicht im Wald verstecken ließ, dort, wo der Titzikona in die Bucht direkt vor der Werft mündete.

Eines Tages wollte er dorthin zurückkehren und versuchen, sich ein Bild zu machen von dem, was geschehen war, wer gesiegt hatte, wie die Bedingungen für die neue Werft aussehen würden.

Er hatte eine gute Auswahl Äxte mitbekommen, außerdem Schleifsteine, und sein Verstand war ruhig an diesem Morgen, da er sich entschlossen hatte. Also wählte er eine Axt und ging zu der größten Zeder, die am geradesten gewachsen war und an die hundert Ellen vom Strand entfernt stand.

Im gleichen Augenblick, in dem er die Axt an den Baum setzte, hörte er einen Ruf, Worte, ganz deutlich Worte eines Menschen. Und dann sah er das Mädchen, das aus dem Nichts auftauchte und warnend seine Hände hob.

Nie hätte Noah geahnt, dass es auf Erden ein so schönes Wesen geben könnte. Sie bewegte sich leicht wie eine Antilope, das Haar wehte im Wind, so schwarz, dass es dunkelblau schien, die Augen leuchteten, und wenn sie lächelte, bildeten sich tiefe Grübchen unter den hohen Wangenknochen.

Lachgrübchen.

Ihre Hand war leicht wie ein Vogelflügel, als sie die seine ergriff und ihn zu einem anderen Baum führte, nickte, diesen dürfe er nehmen. Der andere, der größere: Sie erhob die Arme zum Himmel, im Gebet.

Alles war leicht zu verstehen, der Tag schimmerte, er konnte nun selbst sehen, dass der alte Riese Gottes Baum war und nicht angetastet werden durfte. Und er verbeugte sich vor dem Mädchen und vor dem Baum und wurde durch ein erneutes Lachen belohnt.

Trotz seiner Verwirrung war er wie besessen von einem einzigen Gedanken, er musste sie davon abhalten zu gehen. Er lud sie ein in sein Boot, hob sie an Bord, holte Brot hervor und den Fisch, den er gefangen und am Abend zuvor geräuchert hatte. Sie dankte, sie aß, und die ganze Zeit sprachen ihre Hände in langen graziösen Sätzen.

Und plötzlich musste er erzählen, vom Krieg, von der brennenden Werft, vom Onkel und seiner Fürsorge. Er sprach und sprach und wusste, dass sie nicht die Worte, ihn aber dennoch verstand. Er schämte sich für seine Tränen, bis er sah, dass auch sie Tränen in den Augen hatte.

Währenddessen dachte er an ihre Haut, da er noch nie etwas Ähnliches gesehen hatte, dass sie bronzefarben war. Sehr hell, mit einem Schimmer wie von Gold.

Er musste ihr über die Wange streichen, und zum Schluss wagte er es, und sie lachte wieder. Und dann geschah das Wunder.

Ohne Scheu zog sie den langen Mantel aus, breitete ihn auf dem Boden des Bootes aus und legte sich selbst nackt darauf.

Der junge Noah hatte noch nie zuvor eine Frau besessen, und er hätte nicht besser aufgehoben sein können. Als er in sie eindrang, wusste er, dass er dem Tod entgegenging und dass der Tod großartig und schön war. Und als der Samen sein Glied verließ, wurde er neu geboren, zu einem anderen und größeren Leben.

Nachher lagen sie lange nebeneinander und sahen sich verwundert an. Viel später begannen sie zu sprechen, und es machte nichts, dass keiner von ihnen die Worte verstand.

Ihre Sprache war schön wie sie selbst, voll von Gesang und sonderbaren Lauten.

Erst als sie sich von ihrem Liebeslager erhoben, sah er, dass sie größer war als er selbst, fast einen Kopf größer. Da erinnerte er sich, was man über die Waldmenschen erzählte, dass sie Nachkommen der Göttersöhne seien, die sich in die Töchter der Menschen verliebt, mit ihnen Kinder gezeugt hätten und verschwunden seien.

Deshalb besaß das Waldvolk außerordentliche Gaben, sagte man.

Er bekam Angst, würde sie ihn haben wollen? Würde ihr Volk ihn annehmen, seine einfache Seele und seine handfeste Art?

Viel später am selben Tag, nachdem sie erneut gegessen und im Fluss gebadet hatten, führte sie ihn zu dem Platz, wo das Waldvolk sein Lager aufgeschlagen hatte. Und da sah er sofort, dass dieses Volk länger als irgendein anderes auf der Erde gewesen war.

Vor Adam, dachte er.

Und im nächsten Augenblick: Sie haben nie von der verbotenen Frucht gegessen.

Er wurde wie ein gern gesehener Gast aufgenommen, und bald konnte er mit ihnen Worte wechseln. Nicht viele, er lernte nie, die Einsichten, die in den Worten lagen, zu verstehen, war aber bald geschickt darin zu verstehen, was das Äußere, die Handlung betraf.

Über die Frage, die ihn seit dem ersten Tag geplagt hatte: – würde sie ihn heiraten dürfen? – lachten sie. Er verstand, dass sie wussten, dass diese vor langer Zeit entschieden worden war, von Gott selbst.

Der großen Kraft, wie das Waldvolk sagte.

Noah war nun leicht zumute, gestärkt von den Erinnerungen. Er betrachtete seine Frau, die an seiner Seite schlief, und dankte Gott für sie.

Mitten im Gebet schlief er ein.

Kapitel 8

Trotz des kurzen Schlafes war Noah am nächsten Morgen ausgeruht. Seine Frau erwartete ihn wie gewöhnlich mit heißem, honiggesüßtem Tee in der Küche. Draußen war warmer Frühling, sie hatte die Fensterläden aufgeklappt, und das milde Morgenlicht fiel auf ihre Gestalt und brachte das goldene Gesicht zum Leuchten.

»Du konntest nur schwer einschlafen«, sagte sie.

»Ich habe mich in den Erinnerungen verloren.«

»Waren es gute Erinnerungen?«

»Die besten, die ich habe«, sagte Noah und lächelte.

Er hat den Boten schon vergessen, dachte Naema, als sie am Fenster stand und ihn zur Werft gehen sah, mit entschlossenen Schritten, wie immer, wenn es um das Praktische und Eilige ging. Das ist verständlich, dachte sie, er braucht Zeit.

Sie räumte das Frühstück weg und wies die Versuchung zurück, zu Japhets Haus zu gehen, um ihn anzusehen und mehr über das Mädchen zu erfahren. Der Junge schlief sicher, müde wie er war nach der Aufregung.

Noah rief seine Leute zusammen und teilte ihnen mit, dass das Boot des Nordreiches fertig gebaut werden sollte und dass es eilig war. Das weckte Erstaunen, einer der Männer wagte zu fragen:

»Dann können sie jetzt bezahlen?«

Noah wich einer Antwort aus, sagte nur: »Ihr werdet euren Teil des Lohnes bekommen, wenn wir es in zwei Wochen fertigstellen.«

Der Vierzigruderer lag seit einem Jahr an Land gezogen. Zuerst musste er ins Wasser gebracht werden, sicher leckte er wie ein Sieb. Aber in einigen Tagen würde er aufquellen und dicht werden, glaubte Noah. Wenn nicht, müsste man die Beplankung noch einmal mit Werg abdichten. Die große Arbeit galt der Ausstattung, Deck und Boden mussten eingezogen, die Halterung für die Ruder angebracht und die Ruderbänke gebaut werden. Dann blieb nur noch das erhöhte Achterdeck und der Baldachin, unter dem der König des Nordreiches thronen würde.

Der Verrückte.

Niemand nannte ihn bei seinem Namen, den König im Nordreich. Den Namen in den Mund zu nehmen war gefährlich, verbunden mit Schrecken und Blut. Sie alle hatten die Berichte über den Terror, die Folter in den Gefängnishöhlen unter seinem Palast gehört, über Menschen, die verschwanden. Und über einige wenige, die zurückkehrten und von abgefeimten und scharfsinnig ausgedachten Methoden erzählen konnten, die der König erfunden hatte, um so langsam zu töten, dass die Opfer verrückt wurden und gestanden, was auch immer von ihnen verlangt wurde.

Auch jetzt nannte niemand seinen Namen, aber Noah sah den Unwillen der Arbeiter, und er selbst musste sich Mühe geben, das Bild des Auftraggebers von sich fern zu halten. Wie so viele Male zuvor dachte er, dass es ein Rätsel sei, wie Gott diesen Mann leben lassen konnte.

Aber auch das war kein guter Gedanke, denn er führte ihn sofort zu dem Unbekannten, den er am Abend zuvor getroffen hatte, und dass dieser gesagt hatte, Gott sei der Menschen überdrüssig geworden.

Auf dem Heimweg sah er in Japhets Haus hinein, aber der Junge schlief noch immer. Noah stand dort eine Weile und sah auf das junge und gequälte Gesicht.

Er fühlte eine große Zärtlichkeit.

Als er Japhet verließ, sah er einen Mann angelaufen kommen. Es war einer der Hirten, die auf den Abhängen bei der Mauer, die das Nordreich gebaut hatte, Schafe hüteten. Noah warf einen Blick zum Wachturm hinüber, aber dort geschah nichts Ungewöhnliches. Die Soldaten des Nordreichs gingen wie immer auf und ab.

Natürlich hatten sie bemerkt, dass das Boot des Nordreichs zu Wasser gelassen worden war, die Nachricht würde die Oberaufseher erreichen, den Verrückten selbst und Anlass zu vielen Mutmaßungen sein.

Mit der Zeit werdet ihr es erfahren, dachte Noah zufrieden und schloss die Augen, um sich nicht an Japhets Mädchen zu erinnern, das sich in den Händen des Schatten befand. Wie hieß es, das Mädchen? Jiska, Gott stehe ihr bei.

Jetzt hatte der Hirte ihn erreicht, und sein Bericht war kurz: Der Fluss sei über Nacht um einen ganzen Zoll gestiegen.

»Wenn das hier so weiter geht, müssen wir die Werkstätten und die Seilerbahn verlegen«, sagte der Hirte und Noah nickte. Aber als der Mann ihn verlassen hatte, merkte er, wie müde er war.

Naema wartete mit frischgekochtem Fisch und einem großen Krug Bier auf ihn. Aber sie sah bald, dass es schwerer war als sonst, Noah zu trösten, der von dem Flusswasser erzählte.

»Ich denke an dein Volk«, sagte er. »Machst du dir keine Sorgen?«

»Ich glaube, sie wissen Bescheid.«

»Wenn es etwas gibt, das man wissen kann«, sagte Noah, und im nächsten Augenblick kam ihm eine Idee.

»Wir könnten Japhet zu ihnen schicken«, sagte er.

Er glaubte, dass sie protestieren würde, aber sie nickte, froh über den Gedanken.

»Das ist ein guter Vorschlag«, sagte sie. »Wir können … eine Bestätigung bekommen.«

Bestätigung, das Wort legte sich schwer wie ein Stein auf Noahs Herz. So sah sie das.

Nach der Mittagspause sprachen sie mit Japhet, über den Boten und was er gesagt hatte, über den ansteigenden Fluss. Japhet hatte es auch bemerkt und sich gewundert.

»Oben in Sinear ist eine starke Strömung«, sagte er. – »Ich habe nie so starke Strömungen erlebt.«

»Schmelzwasser?«

»Ja, aber so viel. Es wird kalt in der Stadt, und der Frühling verspätet sich.«

In diesem Augenblick bekam Noah Angst. Ernst und langsam wiederholte er die Worte: verspäteter Frühling.

»Die Strafe Gottes für ein böses Land.«

Japhet nickte, Naema schüttelte den Kopf. Aber keiner beachtete sie in der langen Stille, die folgte.

»Bist du sicher, dass du den Weg findest?, fragte Noah schließlich.

»Sicher weiß ich, wie ich Mutters Volk finde«, antwortete Japhet, und Noah sah ein, dass er den Worten vertrauen konnte. Japhet war derjenige seiner Söhne, der sich am meisten bei dem Waldvolk aufgehalten hatte. Als er klein war, hatte er es jeden Sommer zusammen mit seiner Mutter besucht, und in den späteren Jahren war er oft alleine bis in den Herbst hinein dort geblieben.

Bei den Waldmenschen hat er seine Lieder gelernt, dachte Noah und erinnerte sich, dass Naemas Volk in seiner Dichtung lebte, in den Erzählungen, den Liedern und dem Tanz.

»Dann geh und packe«, sagte er. »Nimm dein eigenes Boot, es ist leicht gegen den Strom zu rudern und groß genug.«

Japhet nickte, und Noah fuhr fort:

»Mach dich erst auf den Weg, wenn es Nacht wird, ich möchte nicht, dass dich jemand vom Turm aus sieht. Außerdem, ja, heute Abend werde ich noch ein Gespräch mit … dem Fremden haben.«

Danach ging Noah in seine Zeichenwerkstatt, nahm einen Kohlestift und zog eine Linie auf der Wand, einen großen Strich, mit kühnem Schwung. Aber dann legte er den Stift weg und dachte: Ein solches Bodenstück werden wir nie auftreiben können.

Beim Abendessen wurde nicht viel über den Fluss gesprochen, sie hatten Besuch von einem Kaufmann aus dem Südreich, einem Mann, der ebenso unbegreiflich wie dick war. Er wollte ein Schiff bestellen, nicht für rechtschaffenen Handel über die Meere, sondern ein Lustschiff, um damit auf der Reede vor seinem Palast anzugeben.

Naema saß bei Tisch, still überwachte sie, dass der Gast mehr als seinen Anteil an der Mahlzeit bekam. Sie war schön in ihrem mitternachtsblauen Mantel aus Samt und den schweren Ketten um die Handgelenke und den Hals. Gold, das den Glanz ihrer Haut verstärkte.

Manchmal stellte sie eine Frage, und es geschah, dass sie ihren Gast anlächelte. Aber dieses eine Mal wusste Noah ausnahmsweise, was seine Frau dachte. Sie nahm mit ihrem ganzen Wesen Abstand vom Nachbarland. Er erinnerte sich, was sie über das Südreich gesagt hatte, über die Leute dort, die das Leben auf die leichte Schulter nahmen, nie den Ernst sahen und glaubten, dass Taten, Worte und Begegnungen nichts bedeuteten.

Auch Japhet war gequält.

Der Gast wollte über das Nordreich sprechen, das die Phantasie der Südländer immer zu beschäftigen schien. Als seine Fragen ins Leere liefen, folgerte er sicherlich, dass Noah Spione unter seinem Gesinde hatte.

Noah selbst überlegte, dass er keine Zeit für diesen Auftrag hatte. Aber er brauchte den Verdienst, Gott sollte wissen, wie sehr er ihn brauchte.

Als der Gast gegangen war, sagte er zu Naema: »Ich will kein Boot für einen Angeber bauen, aber ich brauche Kapital.« Da lachte sie über ihn.

»Wenn Gott ein Boot bestellt, wird er dich mit allem versorgen, was man dafür braucht.«

Sonderbarerweise fühlte Noah sich nicht beruhigt.

Der Kaufmann war mit Japhet gegangen, um die Mauer zu betrachten, das wollten alle aus dem Südreich, die die Werft besuchten. Noah konnte ihn dort mit Japhet stehen und das Mauerwerk und den Turm, auf dem die Soldaten Wache standen, anstarren sehen.

»Idiot«, knurrte Noah, der es eilig hatte, er musste zu dem Treffen mit dem Boten. Jetzt sah er, wie Japhet dem Kaufmann zu seinem Boot folgte, und endlich konnte er die Wanderung hinauf zu der Klippe beginnen, wo er dem Mann zum ersten Mal begegnet war. Für einen Augenblick hoffte er, dass der Unbekannte nicht dort sein werde, dass es nur ein Herumtreiber aus dem Südreich gewesen sei.

Dennoch war er nicht erstaunt, als er sah, dass der Mann auf ihn wartete, als ob sie eine Zeit vereinbart hätten. Dieses Mal gab Noah sich keine Mühe, den Besucher anzusehen und sich seine Gesichtszüge einzuprägen.

Sie begannen ihr Gespräch, als ob sie es nie unterbrochen hätten.

»Du sagst, dass Gott der Menschen überdrüssig sei«, sagte Noah. Der Mann nickte.

»Aber dann muss Gott einen Fehler gemacht haben, als er sie schuf?«

Es war eine ganze Weile still, bevor der Bote eine Antwort gefunden hatte.

»Ich habe angefangen, das zu glauben, als ich durch die Länder hier unten gewandert bin. Er hätte ihnen keinen eigenen Willen geben sollen.«

»Dann bist du schon lange hier?«

Wieder folgte eine lange Pause, und als der Mann antwortete, bestand kein Zweifel, dass er verlegen war:

»Ich bekam ja eine Gestalt, um die Botschaft zu überbringen, und ich … benutzte sie vielleicht ein bißchen … öfter als notwendig.«

»Du warst neugierig?«

»Ja. Und je mehr ich sah, desto mehr hatte ich, über das ich grübeln musste«, sagte der Mann. »Als ich die Hurenhäuser im Südreich besuchte und den König im Nordreich, begann ich geradezu daran zu zweifeln, ob Gott mit der Welt des Menschen irgendetwas zu tun hatte.«

»Wie meinst du das«, fragte Noah tief erschüttert.

»Es scheint ja, als würde der Mensch sich selbst erschaffen, sich seine eigne Richtung mit eignen Zielen gestalten.«

»Und deshalb hat Er beschlossen, uns die Strafe zu senden.«

»Nein, nein, keine Strafe. Aber ihr quält Ihn ständig mit euren Gebeten. Ihr leidet und Er kann euch nicht helfen, ihr bittet um Befreiung und Er kann sie euch nicht geben. Die Kranken, die Gefangenen, die Verzweifelten, alle schreien sie Ihm ihre Qualen zu. Und Er kann nichts machen.«

»Aber Er ist doch allmächtig?«

»Nur in Beziehungen zu denen, die sich hingeben können. Aber es gibt so wenige hier in euren Ländern, die das können.«

Noah dachte an Naemas Volk und verstand.

»Gott hat versucht, euch über die großen Tiere in den Tiefen zu erreichen«, fuhr der Mann fort. »Sie haben Anteil an Seiner Weisheit. Aber ihr hört nicht länger in die Tiefen, es ist, als hättet ihr vergessen, dass es sie gibt.«

Noah verstand nicht, begriff aber dennoch.

Nun dauerte das Schweigen so lange, bis die Dämmerung in Nacht übergegangen war. Noah konnte nicht mehr ausmachen, ob der Mann noch da war. Dennoch versuchte er zu sagen, wie es war:

»Ich brauche Zeit.«

»Zeit?« Die Stimme klang sehr befremdet, und Noah merkte, dass er wütend wurde.

»Aber um Gottes Willen«, sagte er, »Du wirst doch wohl verstehen, dass man ein Schiff von dieser Größe nicht im Handumdrehen baut.«

»Ich werde das ausrichten«, sagte der Mann, und dann verschluckte ihn die Nacht.

Mit schweren Schritten ging Noah zum Steg, wo Japhet dabei war, sein Boot zu beladen. Naema war dort, um von ihm Abschied zu nehmen, noch immer in den Samtmantel gekleidet.

Kurz berichtete Noah von dem Gespräch. Japhet sah nicht erstaunt aus, sagte aber:

»Du musst ihm Bedingungen stellen. Fordere vier Jahre und

dass du mehr darüber wissen willst, welche Art von Schiff vonnöten ist.«

Noah nickte und Japhets Boot legte ab. Noah und Naema blieben auf dem Steg stehen und sahen es in der Nacht verschwinden.

»Ich habe immer geglaubt, dass Gott allmächtig sei«, sagte Noah. »Glaubst du nicht, dass dieser Mann vom Satan selbst geschickt wurde, dass er ein gefallener Engel ist, der uns zum Narren hält?«

»Ich glaube noch nichts«, antwortete Naema, unsicher und vorsichtig. »Wir müssen warten, bis Japhet mit einer Botschaft von der Schlangenkönigin und den anderen Kundigen zurückkommt.«

Kapitel 9

Ham erwachte bei Nin Dada, müde wie immer nach einer Nacht bei seiner Frau. Im Zimmer draußen hörte er sie zusammen mit den Jungen lachen.

Sie amüsierten sich, und so viel er verstand, amüsierten sie sich immer, wenn sie beisammen waren.

Die Sonne stand noch tief über dem weißen Haus am Fluss im Südreich.

»Und die Ente lief zum Teich und tauchte, wie sie es immer tat, nach Futter. Als sie wieder heraufkam, stand der Leopard am Strand und leckte sich das Maul ...«

Eine junge Mutter erzählt ihren Kindern Märchen, alles ist, wie es sein soll, und Ham dachte wie üblich: Der Fehler liegt bei mir.

Nun war es wieder zu hören, das Lachen, unbändig und munter. Die Ente hatte das große Katzentier überlistet, alles war wieder gut und schön in der Welt der Tiere und im Kinderzimmer.

Warum hielt er es nicht aus?

Nin Dada versuchte, sie zu dämpfen: »Still, pst, Papa schläft.«

Aber die Jungen hörten nicht, und wie so oft gab sie bald auf und lachte mit.

Sie ist selbst ein Kind, dachte er und wusste, dass er sie deshalb gewählt hatte. Er erinnerte sich, wie er gedacht hatte, dass sie das Vermögen eines Kindes besaß, alles mit Erstaunen zu sehen. Deshalb würde sie für ihn, der alt und ernst geboren war, die Welt neu schaffen.

Eine Weile später stand sie in der Tür zum Schlafzimmer, hielt den Kopf schräg und sagte:

»Verzeih, wenn wir dich geweckt haben.«

»Ich war schon wach.«

Er wusste, was der schräg gehaltene Kopf und der flackernde Blick bedeuteten. Immer hatte sie Angst, wenn sie glaubte, dass er Anspruch erheben würde auf das, was sie sein eheliches Recht nannte.

Heftig verschluckte er die Worte, die aus ihm herauswollten, stand auf und ging hinaus in den Garten, den Umhang über die Achseln geworfen.

»Ich mache eine Schwimmtour«, rief er und vermied, sich umzusehen, sie anzusehen. Die Stimme reichte, um ihre Freude zu verraten, als sie rief:

»Sei vorsichtig.«

Sie bringt mich dazu, mich wie ein Vergewaltiger zu fühlen.

Er schwamm einige hundert Ellen hinaus bis zur Flussmitte und spürte mit Erstaunen die starke Strömung. Und die Kälte.

Beim Frühstück sagte er, dass er reisen müsse, schon heute, nach Hause zu der Werft, wo Noah ihn erwarte.

Als er ihre Erleichterung sah, sagte er böse:

»Ich hoffe, dass du und die Jungen mitkommen?«

Aber er bereute es, er wollte sie nicht erschrecken und ihre Lügen nicht hören:

Misraim habe eine Erkältung und Fut Zahnschmerzen. Außerdem sei ihre Mutter kränker als sonst und könne nicht zurückgelassen werden.

Da hielt er es nicht länger aus, er sagte:

»Du beleidigst sowohl dich als auch mich, wenn du lügst. Warum sagst du nicht, wie es ist, dass du Angst vor mir hast?«

Ihre Wangen wurden blutrot, aber als die Röte verschwand, richtete sie sich auf, begegnete seinem Blick und sammelte sich:

»Sicher habe ich Angst vor dir, wenn du wie ein Fremder kommst, wann es dir passt, uns ansiehst und verurteilst. Und noch mehr Angst habe ich vor Naema.«

Er blieb still sitzen und sah sie an, verwundert. Sonst erstaunte sie ihn nie, wie alle Kinder war sie leicht zu durchschauen.

»So erwachsen und klug du bist, so hast du doch nie verstanden, dass ich deine Mutter hasse«, sagte sie, und die Stimme war hart und fest.

»Nein«, sagte er. »Warum?«

»Sie ist ein Übermensch wie du, aber noch schlimmer. Jemand, der direkt durch einen hindurch sieht und findet, dass man nichts wert ist.«

»Du irrst dich«, sagte er, konnte aber nicht fortfahren, da sie ihn unterbrach:

»Natürlich irre ich mich, ich irre mich immer, und du weißt es immer besser. Aber ich habe Angst vor ihr, und das ist wahr, wie falsch es dir auch erscheinen mag.«

Ihm leuchtete ein, was sie sagte.

»Ich meine nur«, sagte er schließlich, »dass meine Mutter kein Übermensch ist und dass sie andere nicht verurteilt. Es würde mich nicht erstaunen, wenn auch sie ein bisschen Angst hat … vor dir. Und sie verachtet nie jemanden.«

»So wie du«, sagte Nin Dada höhnisch.

»Ja«, antwortete er.

»Jetzt lügst du, Ham. Ich bin wie ein Kind, aber ich höre und sehe gut, und ich kann denken und fühlen.«

»Und was fühlst du?«

»Deine Verachtung«, sagte sie. »Wie deine Gedanken heute morgen, als du noch im Bett lagst und mich und die Kinder hörtest. Ich lüge wie alle, die ängstlich sind und verachtet werden. Das ist dumm, aber ich entschuldige mich nicht, es ist … wie eine alte, schlechte Gewohnheit.«

Jetzt fängt sie an zu weinen, dachte Ham, aber sie tat es nicht. Sie blieb am Tisch sitzen, aufrecht und sehr bleich.

»Ich hatte Zeit nachzudenken«, sagte sie.

»Und was hast du gedacht?«

»Dass du und ich unvereinbar sind, dass ich nichts dagegen machen kann und dass alle Macht in deinen Händen liegt. Du kannst dich leicht scheiden lassen und mir die Kinder wegnehmen. Sie sind ja nicht einmal Staatsbürger hier in meinem Land, Noahs Enkelsöhne.«

Ham betrachtete mit Erstaunen diesen neuen Menschen, den er nie zuvor gesehen hatte.

»Ich hoffe, du glaubst meinen Worten, wenn ich sage, dass ich nie an Scheidung gedacht habe und auch nie daran denken werde«, sagte er.

Jetzt weinte sie, aus Erleichterung?

»Du hast nie daran gedacht, dass es ungerecht gegen die Kinder ist, wenn sie das Land ihres Vaters und seine Familie nicht kennen lernen dürfen«, sagte Ham und hörte selbst, dass seine Stimme von der Anstrengung, die Wut zurückzuhalten, angespannt war.

»Den Jungen geht es gut hier«, sagte sie.

»Ja gewiss, sowohl dir als auch den Jungen geht es gut dank Noahs Arbeit mit den Booten.«

Nin Dada weinte nun so sehr, dass sie nicht länger ansprechbar war, und Ham stand vom Tisch auf, um zu packen und das Boot klar zu machen. Als sie sich eine Stunde später verabschiedeten, sagte er:

»Ich wünschte, du könntest verstehen, dass meine Forderungen berechtigt sind.«

»Ich mag Noah sehr gern«, sagte sie.

Er lächelte, jetzt war das Mädchen, das sich weigerte, erwachsen zu werden, wieder da, und sie war leichter zu ertragen. Aber dann hob sie den Blick, begegnete seinem und sagte:

»Ich werde an das denken, was du gesagt hast.«

Es herrschten Gegenwind und starke Strömung, als er vom Steg ablegte, es würde eine ermüdende Reise werden. Wie gewöhnlich standen sie und die Jungen auf der Terrasse und winkten. Sie hält den Anschein aufrecht, dachte er, in einer Stunde hat sie das Haus mit ihren Freundinnen gefüllt.

Aber er wusste, dass er ungerecht war.

Er setzte ein Segel und trieb rasch über den Fluss, ohne an Höhe

56

zu gewinnen. Er musste rudern, aber das Manöver hatte ihn außer Sichtweite geführt. Das war schön, er atmete tief ein.

Wieder frei. Und allein.

In der Dämmerung schlug er ein Nachtlager auf der Waldseite auf, weit weg von Häusern und Menschen. Er machte Feuer, wärmte sein Essen und beschloss, im Boot zu schlafen, um keine Feuerwache halten zu müssen.

Bevor er einschlief, sah er lange die Sterne an und dachte an das Volk seiner Mutter, an die, die auf der Erde und miteinander heimisch waren. Wir haben etwas Unersetzliches verloren, dachte er und suchte nach Worten dafür.

Den Zusammenhang selbst.

Als er ein Kind war, hatte er geglaubt, dass er sich frei zwischen Noahs Welt und der des Waldvolkes bewegen könnte. Aber meistens war es die Werft gewesen und das Praktische. Er hatte gelernt, logisch zu sehen und zu denken, in Ursachen und Folgen, hatte sich eine Anstrengung nach der anderen auferlegt, bis das Ziel erreicht war.

Er konnte noch die bittere Enttäuschung spüren, als er das letzte Mal zu den Jägern kam und verstand, dass er ein Fremder auf Besuch war und dass ihre Welt sich nicht in seine Wirklichkeit einfügen ließ. Sie war für ihn verschwunden, lag weit hinter dem Horizont, den Noah gezogen hatte.

Er war damals erst zwölf Jahre alt gewesen und konnte seine Traurigkeit nicht ausdrücken. Sie fand ihren Ausdruck in Wut, die er gegen sie wandte, gegen den Großvater und die Sänger, die Tänzer und die Jäger.

Sie waren nicht einmal verletzt.

Wieder zu Hause, richtete er seine Feindlichkeit gegen die Mutter. Sie hätte ihm den Weg offenhalten können – ein Teil des Schatzes war doch sein Geburtsrecht. Er war immer noch böse auf sie, fühlte er, und behauptete: Du hast mich im Stich gelassen, Naema.

Aber vielleicht irrte er sich, vielleicht kann niemand in zwei Welten leben. Das war es wohl, was Japhet wusste, deshalb war er so traurig.

Japhet war der Einzige unter den Brüdern, der wie das Waldvolk denken und sehen konnte, hinter die Wirklichkeit, in eine Welt, wo alles eine Geschichte zu erzählen hatte.

Er sprach oft von dem großen Leben, und Ham wusste, dass es existierte. Aber sein Sehen und seine Liebe waren verkümmert.

Ich werde mit Mutter über Nin Dada sprechen, beschloss er. Aber sein letzter Gedanke, bevor er einschlief, galt Japhet:

Lass die Wirklichkeit nicht herein, kleiner Bruder.

Kapitel 10

Im Sonnenuntergang des nächsten Tages erreichte Ham die Werft. Naema hatte sein Kommen schon während des Nachmittags gespürt und den Fluss im Auge behalten. Nun stand sie auf dem Bootssteg, um ihn zu empfangen.

Er hob die Hand zum Gruß, bevor er den Steg umfuhr und mit einem einzigen, wohl abgepassten Ruderschlag den Landeplatz erreichte. Es war ein elegantes Manöver, elegant wie alles, was Ham tat. Er hätte ein großer Jäger werden können, dachte sie. Von seinem Körper und seinen Bewegungen her war er ein Sohn ihres Volkes.

Aber sie wusste, dass sein Kopf von Fragen und seine Augen von Unruhe erfüllt waren. Als er an Land stieg, konnte sie sehen, dass die bitteren Falten in den Mundwinkeln sich vertieft hatten.

»Du hast heute Nacht schlecht geträumt«, sagte sie, als sie ihm über die Wange strich.

Aber Ham lachte über sie:

»Du weißt ja, Mutter, dass ich nie träume. Aber ich hatte böse Gedanken gestern Abend, bevor ich einschlief.«

»Die Gedanken leben nur an der Oberfläche«, sagte Naema, müde von ihren eigenen Wiederholungen. Dennoch fuhr sie fort:

»Natürlich träumst du und weißt, dass im Traum der ursprüngliche Mensch erwacht und uns Zeichen gibt.«

»Ich weiß, was du immer sagst, Mutter. Aber es hilft mir nicht, mich an die Bilder der Nacht zu erinnern.«

Sie konnte nun sehr deutlich sehen, dass er wütend war und voll von Vorwürfen gegen sie. Das tat weh, aber sie wehrte sich nicht, vielleicht würde sein Zorn ihn öffnen.

»Du bist böse auf mich«, sagte sie. »Kannst du mir sagen, warum?«

Plötzlich dachte er an Nin Dada und was sie über die Schwiegermutter gesagt hatte. Es stimmte, Naema durchschaute einen.

»Es ist viel, Mutter, unter anderem, dass du alles siehst, aber nicht den geringsten Respekt hast vor der Unabhängigkeit anderer, vor ihren Geheimnissen.«

Er hatte nie zuvor so zu ihr gesprochen, und im nächsten Augenblick bekam er Angst.

»Verzeih mir.«

»Es gibt nichts mehr zu verzeihen, als dass du lügst«, sagte sie. »Es ist klar, dass meine Offenheit irritierend ist, aber es ist nicht das, was du meinst.«

Da sagte er es:

»Meine äußerlichen Gedanken gestern Abend galten wirklich dir, dass du mich um die Kenntnisse und Zusammenhänge betrogen hast, auf die ich ein Erbrecht habe.«

Sie war etwas bleicher als gewöhnlich, aber die Stimme klang ganz fest, als sie ihm zustimmte:

»Ich habe viel nachgedacht über dieses Unrecht. Es ist gut, dass du es auch gesehen hast.«

Sie konnten nicht fortfahren, denn jetzt kam Noah herbeigelaufen und umarmte seinen großen Sohn, froh wie immer, ihn zu sehen.

»Es ist gut, dass du kommst«, sagte er. »Wir haben viel zu besprechen.«

Ham freute sich auch, war erleichtert, dem Gespräch zu entkommen. Wie immer fühlte er sich heimisch bei seinem Vater, sicher und stolz wie der, der den Erwartungen entspricht.

Naema sah, wie sie einander auf den Rücken klopften, und lächelte. Als sie hineinging, um das Willkommensessen vorzubereiten, begegneten ihre Augen denen von Ham, und er konnte die Botschaft lesen:

»Ich hatte vielleicht nicht so große Möglichkeiten.«

Ham dachte nach, als er Noah zur Werft folgte. Zum ersten Mal sah er ein, dass er selbst gewählt hatte und dass Naema das Kind nicht hatte spalten wollen. Wie sie es mit Japhet gemacht hatte, dem Bruder, den Noah in stillem Übereinkommen ihr überlassen hatte.

Aber dann blieb er erstaunt stehen:

»Du hast das Boot des Nordreiches vom Stapel laufen lassen!«

»Es ist bald fertig.«

»Aber sie können nicht bezahlen«, sagte Ham, der durch seine Verbindungen im Südreich wusste, dass die Ökonomie des Nordreichs schlechter war als jemals zuvor.

»Das ist eine lange Geschichte«, sagte Noah. »Sie begann vor einigen Wochen in Sinear, und du wirst es sein, der sie in Ordnung bringen soll.«

Ham spürte sein Herz vor Spannung schlagen, aber Noah schwieg, bis sie in die Zeichenwerkstatt gekommen waren und die Tür hinter sich geschlossen hatten. Dort bekam Ham die ganze lange Geschichte von Japhets Liebe, der Entdeckung durch den Schatten und Noahs Plan zu hören.

Wie immer, wenn Taten notwendig wurden, war Ham ruhig und glücklich. Nun sollten seine Geschicklichkeit und sein Mut geprüft werden. Außerdem würde er endlich die Heimatstadt seines Vaters sehen, vielleicht sogar den Schatten treffen, den Teufel, der seine Sinne heimgesucht hatte, seit er klein war.

Aber Noah sagte:

»Der Schatten ist Gott sei Dank von einem Aufruhr in den Bergen in Anspruch genommen, sodass du ihn nicht zu sehen brauchst. Du wirst bei dem Verrückten beginnen, er ist es ohnehin, der das Boot bestellt hat.«

»Aber das Mädchen?«

»Was ist mit ihr?«

»Ich muss doch wissen, ob sie Japhet haben will.«

Der Gedanke war Noah ganz neu und so verblüffend, dass er lachen musste. Dann sah er ein, dass in Hams Bemerkung etwas Wahres liegen könnte, zuckte mit den Achseln und sagte:

61

»Das ist zunächst nicht das Wichtigste. Wenn wir sie und ihre Familie nur hierher bekommen, wird sie jedes Recht der Welt haben, Japhet abzulehnen. Die große Frage ist nur, was der Teufel von Schatten ihr in diesen Wochen hat antun können.«

Plötzlich wurde Ham heiß vor Angst und kalt vor Entschlossenheit.

»Ich fahre morgen in der Dämmerung«, sagte er.

Beim Essen entwickelte Noah seinen Plan, Er hatte einen Zehnruderer vorbereitet, ihn so prachtvoll herausgeputzt, dass er Eindruck hinterlassen und Respekt schaffen würde. Die zehn Ruderer waren schon ausgewählt, Leute, auf die er sich verlassen konnte. Die Männer hatten neue Kleider, wie Uniformen, sagte Noah. Dass Ham sich so kleiden würde, dass er wie ein Königssohn aussah, hielt Noah für eine Selbstverständlichkeit.

»Du bist ja immer elegant.«

Ham bestand darauf, Haran und seine Tochter aufzusuchen, bevor er um Audienz beim König nachsuchte, Noah knurrte, zum Schluss fanden sie einen Mittelweg. Ham sollte zuerst zum Palast gehen und eine Zeit für seinen Besuch begehren, dann zum Goldschmied. Dort sollte er ein Schmuckstück für seine Frau bestellen und während des Gesprächs herausfinden, was Haran wusste und das Mädchen wollte.

»Ich habe Angst um sie«, sagte Noah.

Beide sahen abwartend zu Naema, aber sie schüttelte den Kopf.

»Ich kann über eine Unbekannte nichts wissen«, sagte sie.

Ham war erstaunt darüber, dass Japhet zu dem Waldvolk geschickt worden war, aber weder Noah noch Naema sagten etwas über seinen Auftrag. Sie wechselten einen Blick miteinander und schwiegen über den Boten. Ham würde es früh genug erfahren.

Sie standen zeitig vom Tisch auf, Naema ging zu ihrem Aussichtsplatz, aber Noah blieb zu Hause.

Er weiß, dass ich heute Abend keine Zeit habe, dachte er.

Ham erwachte, wie er es sich vorgenommen hatte, eine gute Stunde vor der Morgendämmerung, saß im Bett und feilte an seinem Plan, was er sagen wollte, wenn der König seine Forderungen verschärfte, wenn er drohte, wenn er nicht ansprechbar war. Man sagte ja, dass er verrückt sei.

Er fand Erwiderungen für alle erdenklichen Situationen. Außer für die eine: Was sollte er machen, wenn das Mädchen nein sagte?

Als Noah kam und ihn holte, stellte er die Frage, und Noah schüttelte den Kopf.

»Du machst dir unnötige Sorgen. Kein Mensch im Nordreich sagt nein zu einer Möglichkeit, die Hölle zu verlassen.«

»Aber Haran kann ja einer der Letzten sein, der mit dem System solidarisch ist.«

»Nein«, sagte Noah. »Ich kannte Haran, als er noch jung war, er ist ein anständiger Mensch.«

Aber Noah war nicht so sicher, wie er klang, und Ham merkte es.

Im goldenen Licht des Sonnenaufgangs stieß der Zehnruderer vom Land ab, und Noah rief:

»Mach dir keine unnötigen Sorgen.«

Zu Naema sagte er:

»Es ist ein gefährlicher Auftrag, aber du hast ja gesagt, dass es gut gehen wird.«

Naema nickte, aber auch sie war nicht so sicher wie sonst.

Nun hoben die Ruderer zum Abschied ihre Ruder gegen den Himmel, und Ham winkte von seinem Platz am Steuerruder.

»Mein Gott, wie schön er ist«, sagte Noah.

»Nicht nur er«, sagte Naema. »Du kannst sehr stolz auf dein Boot sein.«

Kapitel 11

Haran wurde an diesem Tag früh geweckt, von Kreli, die sonderbar aufgeregt wirkte. Weil er es gewohnt war, ihrer Ruhe und Vernunft zu vertrauen, war er ohne Einwände gefolgt, als sie ihm gesagt hatte, er solle aufstehen, sich anziehen und sie in der Küche treffen.

Der Goldschmied war ein Mann in mittleren Jahren, sah aber älter aus. Es gab Augenblicke, in denen er die vergangenen Jahre als ungelebtes Leben empfand.

Aber es gab Vorteile, dachte er häufig. Die große Trauer war zusammen mit der Freude verschwunden, und seine Sorgen waren ebenso gedämpft wie seine Erwartungen.

So war es zumindest bis zu dem Tag gewesen, als er den Schatten mit Jiska auf der Straße vor dem Laden sprechen sah. Da war sein Herz in der Brust fast stehen geblieben vor Schreck. Jetzt war er wehrlos gegen seine Verzweiflung.

Soweit er verstand, gab es keine Rettung für Jiska, jeder Tag, der verging, führte sie tiefer in die Verwirrung. Seine Tochter war verurteilt worden, eine Missgeburt zu lieben, und das würde sie den Verstand kosten. Jeder Tag war die Hölle. Er konnte sich an die Schreie des Ungeheuers gewöhnen, aber nie an den Singsang der Tochter: So, so ja, kleiner Welpe.

Und dann die sonderbaren Lieder, die sie sang.

Nun trank er seinen Tee und aß sein Brot in der Küche, Kreli dicht neben sich auf einem Schemel. Einen Moment dachte er, dass nun auch sie verrückt geworden war. In langem Geflüster erfuhr er, dass Noahs Sohn, der schöne Sänger, sich in Jiska verliebt habe. Es sei hier in Sinear zu Beginn dieses Frühlings geschehen, und dem Mädchen sei schwindelig gewesen vor Freude und Liebe, sagte Kreli.

Früh am Morgen sei Kreli wie gewöhnlich mit zwei der Dienstmädchen des Hauses hinausgegangen, um Wasser aus dem Brunnen am Markt zu holen. Und da sei ein Gerücht von Mund zu Mund geflogen. Ein Schiff sei auf dem Weg flussaufwärts, das schönste Schiff, das man im Nordreich je gesehen habe. Es führe Noahs grüne Flagge und sei allem Anschein nach auf dem Weg nach Sinear. Am Steuerrad stehe Noahs zweiter Sohn, der große Ham, der seiner Mutter so ähnlich sehen solle.

»Verstehst du, was … das bedeuten kann?«

Haran schüttelte den Kopf, er war noch verwirrt wegen Jiskas Liebesgeschichte.

»Stell dir vor, wenn Ham auf dem Weg ist, um für seinen Bruder zu freien.«

Da wurde Haran böse:

»Kreli, du verlierst sonst nie den Verstand. Wenn Ham auf dem Weg hierher ist, so um über den Vierzigruderer zu verhandeln, den der Verrückte bestellt hat.«

Sie tat ihm fast Leid, als er sah, wie die Freude sie verließ.

»Aber er war so verliebt«, sagte sie.

»Japhet ist nur ein Junge, Kreli. Außerdem ist er Sänger, ein Dichter, der Verliebtheiten für seine Lieder braucht. Vielleicht hatte er viele Mädchen in Sinear, und du kannst sicher sein, dass er sie alle vergessen hat.«

»Ich hatte ein so starkes Gefühl, dass es ernst war.«

»Hast du ihn getroffen?«

»Nein, ich habe ihn nur von weitem gesehen.«

Die Müdigkeit in ihrem Körper hatte zugenommen, sie fühlte es, als sie sich erhob, um die Arbeit des Tages in Angriff zu nehmen. Und ebenso war es mit Haran, er schleppte sich fast zur Werkstatt.

Eine knappe Stunde später kam der Tragestuhl mit der Missgeburt, und Haran hörte wieder die verwirrten Gesänge aus dem oberen Stockwerk. Er wollte gerade seine Arbeit niederlegen und sich die Ohren zuhalten, als seine beiden Söhne hereinstürzten.

»Vater, Vater, einer von Noahs Zehnruderern ist auf dem Weg zum Kai hier unten. Er ist so schön, komm mit, Vater, komm mit und schau.«

Aber Haran schüttelte den Kopf.

Von seinem Platz in der Schmiedewerkstatt konnte er die Aufregung in der Stadt hören, das Geflüster, den einen und anderen Ruf aus Verwunderung und Erwartung. Seine Nachbarin stürzte zur Tür herein:

»Komm mit und sieh, Haran. Nie habe ich etwas Prachtvolleres gesehen.«

Aber Haran wehrte ab.

Dann wurde es still, so still, wie es nie zuvor in Sinear gewesen war. Die Stadt hielt den Atem an, um sich kein Wort entgehen zu lassen, als Ham mit den Soldaten da unten auf dem Kai sprach. Nun sei ein Oberaufseher auf dem Weg hinunter, wurde geflüstert, nicht der Schatten, nein, er war Gott sei Dank noch in dem Dorf der Aufständischen.

»Geht und seht zu«, sagte Haran zu seinen beiden Lehrlingen am Amboss, und die Jungen verschwanden, Haran war allein, es war immer noch still, sogar Jiskas unheimlicher Gesang war verstummt.

Das Ungeheuer schläft, sie bekommt etwas Ruhe, dachte er.

Dann wurde die Tür zur Werkstatt mit einem Krachen aufgestoßen, und da stand Kreli, und ihre Augen waren wild vor Aufregung.

»Noahs Sohn bittet um Erlaubnis, deinen Laden besuchen zu dürfen.«

Haran rührte sich nicht vom Fleck.

»Verstehst du nicht?«, schrie Kreli.

Das tue ich wohl nicht, dachte Haran, aber laut sagte er:

»Will er Schmuck für seine Frau kaufen?«

Kreli beruhigte sich ein wenig.

»Das sagt er, aber ich glaube …«

»Ich weiß, was du glaubst«, sagte Haran. »Ist das sein einziges Anliegen?«

Sie sank zusammen, als sie antwortete:

»Nein, er hat um eine Unterredung bei dem Verrückten nachgesucht. Über das Schiff, wie du gesagt hast. Doch ich glaube auf jeden Fall …«

»Ich weiß, was du glaubst«, sagte Haran wieder. »Aber Kreli, es tut weh, wenn man enttäuscht wird.«

»Hast du keine Hoffnung mehr in dir?«, flüsterte sie.

»Nein, ich glaube nicht.«

Aber als sie ihn verlassen hatte, fühlte er, dass das nicht länger stimmte, dass sein Herz schnell schlug und dass sein Kopf plötzlich von törichten Gedanken erfüllt war.

Nach einer Weile folgte er Kreli, und es lag Festigkeit in seiner Stimme, als er sagte:

»Richte ein Bad für Jiska, sieh zu, dass sie sauber und gekämmt ist. Und schicke die Mädchen her, sie sollen mir helfen, den Laden aufzuräumen.«

Kapitel 12

Sein ganzes Leben lang hatte Ham sich Vorstellungen vom Nordreich und von Sinear gemacht. In seinen Phantasien war das ein Land mit starken Gegensätzen und grellen Farben. Schwarz wie die Bosheit, rot wie das Blut und golden wie der Palast des verrückten Königs.

Ein gefährliches Land, aber auch ein Ort, an dem die Gegensätze das Leben großartig und einfach machten, wo der Feind erkennbar war und der Hass und die Liebe einen im Kampf an den rechten Platz stellten.

Jetzt musste er lernen, dass das Land farblos war, einförmig, trostlos, grau, als ob die Zeit im Lehm steckengeblieben wäre und Bewegung und Hoffnung nicht existierten.

Sinear war gewachsen. In endlosem Wirrwarr duckten sich die zusammengedrängten Häuser am Strom entlang. Flüchtig konnte er die Menschen sehen, sie bewegten sich langsam, auch sie waren grau, hatten aufgedunsene Bäuche und Augen, die vom Fieber brannten.

»Sie hungern«, sagte einer von Hams Ruderern.

Ham hatte oft an den Gesprächen im Südreich teilgenommen, wo man mit Befriedigung über die erbärmliche Wirtschaft des Nachbarlandes sprach und darüber, was man tun könne, um sie noch mehr zu schwächen. Ham schämte sich wie ein Hund: Nicht einen Gedanken hatte er an den Hunger verschwendet, an die gewöhnlichen Menschen, an die Kinder.

»Mein Gott«, sagte er.

Ganz wie Noah berechnet hatte, erregten sie große Aufmerksamkeit, vor allem, nachdem sie die Stadtmauer passiert hatten, wo sich die Leute zuhauf am Kai entlang versammelten. Schweigend und mit großen Augen starrten die Menschen das schöne Schiff an, und Ham wünschte, dass sie ein anspruchsloseres Boot gewählt hätten, nicht so viele an Bord und nicht so wohlgekleidet und wohlgenährt wären.

»Guter Gott«, sagte er wieder.

Langsam glitten sie hinein in die Mitte der Stadt, noch hatte niemand eine Hand erhoben, um sie zu begrüßen oder ihnen einen Platz zuzuweisen. Dann, plötzlich, als wäre sie aus dem Boden gestampft, stand da eine ganze Truppe auf dem Kai, Soldaten in schnurgerader Linie. Ein Offizier zeigte mit einer befehlenden Geste auf einen Platz am Kai.

Elegant näherten sie sich dem angewiesenen Platz, und Ham dachte, dass es schwerer werden würde, als er vermutet hatte, und dass es nun galt, das Gesicht nicht zu verlieren.

»Wer seid ihr, und was ist euer Anliegen?«

Die erste Frage war überflüssig, sie führten Noahs Flagge, den grünen Wimpel des Grenzlandes. Aber Ham stand sehr aufrecht am Steuerrad, als er antwortete:

»Ich bin Noahs Sohn, Ham, und komme mit einer Botschaft für euren König, den hochwohlgeborenen Bontato.«

Er hörte ein Murmeln durch die Volksmenge gehen und sah, wie auch die Soldaten zusammenzuckten, der Name des Königs durfte auch hier nicht genannt werden.

»Habt ihr Waffen an Bord?«

»Nein.«

»Wir verlangen eine Durchsuchung des Schiffes.«

»Bitte sehr.«

Zwei Männer aus der Truppe nahmen die Bug- und Achterleinen entgegen, endlich waren sie vertäut. Bevor der Offizier an Bord ging, formierte er seine Truppe so, dass sie den Blick auf das Boot so weit wie möglich verdeckte. Dann gab er einem seiner Männer einen kurzen Befehl.

Als der Soldat in Richtung Marktplatz verschwand, verstand Ham, dass die Angelegenheit an einem höheren Ort entschieden werden musste. Von dem Schatten, dachte er und spürte, wie sein Herz sich überschlug.

Sechs Soldaten kamen an Bord, stellten Ruderbänke und Böden auf den Kopf, durchsuchten alle Räume, alle Kisten. Ham sah zufällig, wie sich das Gesicht des Jungen, der im Kielschwein des Bootes die Lederbeutel mit Proviant durchsuchte, vor Gier und Hunger verkrampfte.

Mein Gott, dachte Ham, und schluckte die Worte hinunter, mit denen er den Essensvorrat des Schiffes den Soldaten schenken wollte.

Die Inspektion war schnell und effizient, und das Boot wurde in perfektem Zustand wiederhergestellt. Der junge Offizier verbeugte sich, und als sein Blick dem von Ham begegnete, war offensichtlich, dass er gequält und verlegen war.

»Ich folge nur den Bestimmungen«, sagte er.

»Natürlich«, antwortete Ham und erinnerte sich an alles, was er über das Land gedacht hatte, in dem die Grenzen zwischen Gut und Böse so einfach sein sollten. Er erinnerte sich plötzlich an ein Gespräch während eines üppigen Essens im Südreich, bei dem jemand gesagt hatte, dass der Verteidigungswille des Nordreiches intakt sei, dass es dem Land leicht falle, Freiwillige für seine Armee zu rekrutieren. Eine Frau, die eine Erlaubnis bekommen hatte, Verwandte in Sinear zu besuchen, hatte widersprochen:

»Im Nordreich können nur die Soldaten sicher sein, eine Mahlzeit am Tag zu bekommen.«

Warum zum Teufel hatten sie Japhet fortgeschickt, wenn ich mit ihm hätte sprechen können, wäre ich besser vorbereitet.

Sie hatten einander nicht viel zu sagen, Ham und der Offizier, und das Schweigen wurde peinlich.

Schließlich kam der Mann, auf den sie gewartet hatten:

»Oberaufseher drei«, sagte der Offizier, und Ham verbeugte sich tief. Das war also einer der berüchtigten Sicherheitschefs, eine Stufe höher als der Schatten. Er war gewöhnlich gekleidet, ein kleingewachsener Kerl mit tiefliegenden Augen, neugieriger Nase und einem gequälten Zug um den Mund. Als hätte er Schmerzen.

»Willkommen in Sinear«, sagte er, und die Stimme war freundlich. »Ich nehme an, du bist gekommen, um … die Übergabe des Schiffes zu besprechen, das unser König bestellt hat.«

Ham nickte, allerdings erstaunt, und der andere fuhr fort:

»Wir haben Meldungen erhalten, dass das Schiff fertiggestellt wird.«

Der Oberaufseher sah bekümmert aus, er wusste natürlich, dass das Nordreich das Schiff nicht würde bezahlen können. Diesmal konnte Ham die tröstenden Worte nicht zurückhalten:

»Wir werden sehr günstige Bedingungen anbieten«, sagte er.

»Ich will nichts wissen«, sagte der Mann, und in den einfachen Worten lag ganz deutlich eine Warnung.

»Ich verstehe«, sagte Ham.

»Deinetwegen hoffe ich das«, sagte der Mann, und Ham hatte verstanden. In diesem Land vermied man unnötiges Reden und hielt alle Gefühle unter Kontrolle.

Es gelang ihnen, ein Gespräch in Gang zu bringen über die Kälte, den späten Frühling, das Hochwasser und die starken Strömungen im Fluss. Einmal erwähnte der Oberaufseher auch Japhet, sagte, dass sein Besuch und seine Lieder für die Leute in Sinear eine große Freude gewesen seien.

»Ich mag seine Dichtung selbst sehr gern«, sagte er, und zu seiner Verwunderung sah Ham, dass der Mann nicht log.

Das ist einer der berüchtigten Folterknechte des Nordreichs, das darf ich nicht vergessen. Die Sonne stieg am Himmel, es wurde wärmer und immer schwerer, das Gespräch in Gang zu halten. Schließlich erhob sich der Oberaufseher und zeigte mit einer Geste zum Marktplatz hinauf:

»Hier kommt der Berater des Königs«, sagte er.

Ham stand ebenfalls auf und folgte dem Oberaufseher auf den Kai.

Als der Tragestuhl abgesetzt war, stieg ein alter Mann mühevoll aus und verneigte sich bedächtig vor Ham.

Das ist wohl der älteste Mensch, den ich jemals gesehen habe, dachte er.

Aber obwohl der Alte gebrechlich aussah, hatte er listige Augen und einen funkelnden Blick, sein Rücken war gerade und die Stimme fest:

»Seine Majestät empfängt Noahs Sohn in der dritten Stunde nach der Mittagsruhe«, sagte er.

Ham dankte und verbeugte sich noch einmal: »Ich werde mich zur rechten Zeit einfinden.«

Er war zufrieden, er würde genug Zeit haben, Haran und seine Tochter zu treffen.

»Ich hoffe, dass ich und meine Männer die alte Stadt besuchen dürfen, in der mein Vater aufgewachsen ist«, sagte er zum Oberaufseher, dessen Miene sich verfinsterte, der unsicher wurde.

»Hast du ein besonderes Anliegen?«

»Ja, tatsächlich«, sagte Ham, und es gelang ihm zu lachen, während er von seiner Frau erzählte, die so gerne ein Schmuckstück vom wohlbekannten Goldschmied des Nordreichs haben wollte. Es klang sowohl einleuchtend als auch glaubwürdig, aber als er dem Blick des Oberaufsehers begegnete, sah er dessen Misstrauen.

»Du bist willkommen, die Stadt und Harans Laden zu besuchen«, sagte er schließlich. »Aber du und deine Männer müssen eine Eskorte haben.«

Als er Hams Erstaunen sah, fügte er hinzu:

»Unsere Straßen sind unsicher, und ihr seid eine verlockende Beute für Räuber.«

Ham wusste, dass er log, verzichtete aber auf einen Einwand.

Sie verabschiedeten sich mit hochachtungsvollen Verbeugungen. Der Oberaufseher sprach mit dem Offizier, der fünf Männer unter seinen Befehl stellte.

Ham trat unter den Baldachin über dem Achterdeck, holte tief Luft und sagte:

»Fünf von euch kommen mit.«

»Sechs gegen sechs«, sagte einer der Ruderer, und Ham lachte, bevor er fragte:

»Die Messer?«

»Schon fertig«, sagte der erste Ruderer, und Ham sah zu dem Geheimversteck in der Beplankung, wo ein Brett herausgehoben und wieder eingesetzt worden war.

»Gut«, sagte er und dankte Noah und seiner Pfiffigkeit.

Im alten Kern der Stadt konnte man die frühere Schönheit noch ahnen. Aber die schönen Paläste verfielen, es war schmutzig und grau hier wie überall. Am schwersten aber war es, die Menschen zu sehen, die die Fremden mit ängstlichen Augen beobachteten, flüsterten.

Niemand grüßte, niemand lächelte.

Daran haben die verdammten Soldaten Schuld, dachte Ham, der spürte, dass die Stimmung nicht feindlich war.

Er besuchte den Platz, an dem der Tempel seines Großvaters gestanden hatte. Der war vor vielen Jahren abgerissen worden, und in den Ruinen lebten Menschen wie Ratten. Lameks Haus war ebenfalls verschwunden, während des Krieges von den Soldaten des Südreichs niedergebrannt, erzählte der Offizier.

Allmählich näherten sie sich Harans Laden, die Soldaten und Hams Männer warteten draußen auf der Straße, aber der Offizier folgte ihm hinein.

Verdammt, dachte Ham. Im nächsten Augenblick begrüßte er Haran, und zum ersten Mal an diesem Tag war ihm wohl zumute, hier gab es einen klaren Sinn, einen festen Handschlag und eine offene Freundlichkeit.

»Ich kenne dein Anliegen bereits«, sagte der Goldschmied und zeigte mit einer Geste auf die Schmuckstücke, die er hervorgeholt hatte.

»Aber wie …?«

»Nirgendwo haben die Gerüchte so schnelle Füße wie in Sinear«, sagte Haran, und sowohl er als auch der Offizier lachten über Hams Erstaunen.

Ham wühlte in den funkelnden Schmuckstücken, er kannte sich nicht aus in der Kunst des Goldes und der Edelsteine. Aber er musste zugeben, dass sie schön waren, und er verstand es, das geschickte Handwerk zu würdigen. Sie sprachen, wie sie sollten, Haran über die kunstvolle Arbeit und die hohe Qualität der Steine, Ham über die Preise: Was konnte dieses Armband kosten?

Eine junge Frau kam mit einem Teetablett herein, und Ham sah sie an und versuchte, seine Erregung zu verbergen. Sie war groß und flink, hatte feine Gesichtszüge, intelligente Augen und einen Mund, der herzliches Lachen und gewandte Antworten gewohnt war.

Sie hat alles, was Japhet braucht, dachte er in großer Erleichterung, bis Haran sie vorstellte:

»Das ist Kreli, Haushälterin meiner Familie.«

Er sagte es scherzhaft, und als er Hams Enttäuschung sah, deutete er sie als Erstaunen:

»Kreli hat meinen Söhnen die Mutter ersetzt. Sie nennen sie Haushälterin, sie ist die Einzige, die sie in Zaum halten kann.«

Ham wagte nicht, nach der Tochter zu fragen, er war mit einem Halsband aus Rubinen in der Hand sitzengeblieben.

»Ich sehe, das Halsband führt dich in Versuchung«, sagte Haran, und plötzlich wusste Ham, dass der Goldschmied ein Spiel spielte, dass hinter den Worten verborgene Absichten lagen.

Ham nickte.

»Es ist teuer«, sagte Haran. »Aber das hat seine Gründe, du verstehst wohl, es gibt Rubine und Rubine.« Er holte ein anderes Schmuckstück mit Rubinen hervor und sagte:

»Das hier sieht genauso aus, nicht wahr. Dennoch kostet es nur die Hälfte. Hier drinnen in der Dunkelheit kannst du den Unterschied nicht sehen, lass uns in den Garten hinaus gehen.«

Im gleichen Augenblick kam Kreli mit einem Kuchen zurück, und Ham verstand.

»Wie gut der riecht«, sagte er und sog den Duft des Backwerks ein. »Esst und trinkt, während Haran und ich in den Garten gehen und die Rubine vergleichen.«

Der Offizier hatte schon seine Tasse und sein erstes Kuchenstück genommen, und Kreli nickte und lächelte:

»Bleibt nicht so lange, bis das Teewasser kalt wird«, sagte sie, und Ham folgte Haran mit den beiden Halsbändern in der Hand. Sie blieben unter dem großen Baum in der Mitte stehen:

»Hier gibt es keine Schnüffler.«

Ham hielt die Rubine gegen die Sonne und sagte:

»Ich bin gekommen, um für meinen Bruder Japhet deiner Tochter Jiska einen Heiratsantrag zu machen.«

Als er den Schmuck wieder senkte, sah er, dass es in Harans Augen glänzte.

Hastig erklärte Ham Noahs Plan, Haran fiel es schwer, sich zu beherrschen.

»Dank guter Gott«, flüsterte er.

»Wir müssen sehr praktisch sein.«

»Ja, ja«, Haran nickte und sagte überraschend:

»Ich kann das Schiff bezahlen.«

Ham verstand nicht und hatte keine Zeit zu fragen. Und Haran fuhr fort:

»Aber das Mädchen, Ham, sie muss schon jetzt aus dem Land hinaus, bevor der Schatten zurückkommt.«

In stockenden Worten hörte Ham die Geschichte vom Sohn des Schatten.

»Er ist eine Missgeburt und ein Ungeheuer, und er macht meine Tochter verrückt«, sagte Haran, und Ham hob das andere Halsband gegen das Licht.

»Ich muss mit ihr sprechen.«

»Geh hinein, ich werde eine Lösung finden.«

Ham ging mit langsamen Schritten zurück zur Werkstatt, wo Kreli und der Offizier Tee tranken und Kuchen aßen.

»Ich habe mich entschieden«, sagte Ham. »Ich nehme die feineren Rubine.«

»Gut«, sagte Kreli und lachte. »Deine Frau wird zufrieden sein.«

Jetzt war Haran zurück:

»Ich glaube, unser Gast möchte die Hände waschen«, sagte er. »Kreli, kannst du ihm den Weg zeigen.«

Er wurde durch das verfallene Haus geführt, alles war reinlich und arm. Im oberen Stockwerk erwartete sie ihn, im Zimmer dahinter schrie jemand, ein Tier, ein Kind, durchdringend und schauderhaft.

»Der Sohn des Schatten«, flüsterte sie, »du musst schnell sprechen.«

»Japhet möchte dich zur Frau haben.«

»Japhet«, sagte sie, und die Stimme kam von weit her, als versuche sie, sich an etwas Entferntes zu erinnern, das sie vor langem verloren hatte. »Ich liebte ihn einmal, dann war er fort, und ich darf seine Lieder nicht singen.«

»Warum darfst du das nicht?«

»Es tut doch so weh«, sagte sie.

»Du musst mir eine Antwort geben.«

»Vater soll bestimmen.«

Ham nickte und ging, trank seinen Tee mit Haran und dem Offizier, bezahlte das Halsband und dachte die ganze Zeit daran, dass er seine Verwunderung nicht zeigen durfte.

Erst als er wieder an Bord seines Schiffes war und die Soldaten des Nordreichs ihn verlassen hatten, konnte er seine Enttäuschung ausdrücken:

Was sah Japhet in diesem unschlüssigen, verwirrten und hässlichen Mädchen? Sie roch sogar schlecht.

Ham schloss die Augen, um das Bild der mageren und kleingewachsenen Frau mit den scharfen Gesichtszügen und den brennenden Augen zu verdrängen.

Sie wirkte fast … geisteskrank.

Kapitel 13

Zum dritten Mal an diesem Tag musste Ham sich anstrengen, sein Erstaunen nicht zu zeigen. Bontato, sein Palast und sein Hof stimmten ebenfalls nicht mit Hams Vorstellungen überein.

Er hatte sich das Treffen als eine pompöse Zeremonie vorgestellt und sich auf Kniefälle und Verbeugungen vorbereitet. Aber dann führte man ihn durch leere, hallende Säle zu einem einfachen Mann in grauen, sorgfältig genähten Kleidern, aber ohne den mindesten Prunk. Er wurde mit einem Handschlag und der Einladung, Platz zu nehmen, begrüßt.

Am Tisch saßen die Oberaufseher Eins und Zwei, und der Oberbefehlshaber des Nordreichs, ein alter Mann und der Einzige, der eine Uniform trug. Sie gaben sich nicht die Hand, begrüßten sich aber mit knappen Verbeugungen.

Dann begann der König das Gespräch. Der Verrückte, dachte Ham. Aber die Augen, in die er sah, waren intelligent, und die Rede war wie Bontatos Gedanken, schnell, klar und ohne Umständlichkeiten.

Dennoch hatte Ham Angst.

Der König machte keine Umschweife:

»Wir haben gehört, dass ihr unser Schiff fertigstellt. Warum? Wir haben die vereinbarte Anzahlung nicht geleistet.«

»Ich bin gekommen, um unsere Absichten zu erklären«, sagte Ham und hörte zu seiner Erleichterung, dass seine Stimme die Furcht nicht verriet. »Mein Vater möchte ein Angebot unterbreiten.«

»Und das bedeutet?«

»Zuerst möchte ich mitteilen, dass mein Bruder Japhet sich mit einer Frau hier aus Sinear verheiraten möchte.«

Kein erstauntes Murmeln ging durch den Raum, aber die Männer am Tisch sperrten die Augen auf und Bontatos Augenbrauen erreichten fast den Haaransatz. Er hatte große und buschige Augenbrauen, fast ebenso beeindruckend wie sein Schnurrbart.

»Wen?«, fragte er.

»Die Tochter des Goldschmieds Haran.«

Die Augenbrauen hingen noch am Haaransatz, während der Mächtige lachte:

»Das ist eine sonderbare Wahl«, sagte er, und alle im Raum stimmten in das Lachen ein. Der König brachte sie mit einer Handbewegung zum Schweigen, die Stimme wurde härter, und die Augenbrauen begegneten sich drohend über der Nasenwurzel, als er fortfuhr:

»Das hier ist ein freies Land, wir mischen uns nicht in das Privatleben des Volkes ein. Wenn das Mädchen will und Harans Erlaubnis hat, kannst du sie schon heute Abend außer Landes führen.«

Er wandte sich an den Ersten Oberaufseher:

»Regle die Ausreisegenehmigung.«

»Für sie und ihre Dienerin Kreli«, sagte Ham, und Bontato nickte gereizt und sagte:

»Nun zur Sache.«

»Wir wollen auch eine Ausreiseerlaubnis für Haran und seine Söhne, verbunden damit, dass wir das Schiff liefern.«

Ham war, als habe er nie zuvor ein so tiefes Schweigen erlebt, wie es nun den Raum beherrschte, und als Bontato es brach, waren seine Augen schmal wie Schlitze und sprühten vor Misstrauen:

»Ihr tauscht einen alten Goldschmied und seine Jungen gegen einen Vierzigruderer. An der Sache ist etwas faul, es stinkt. Dein Vater ist ein schlauer Fuchs, aber mich führt man nicht hinters Licht.«

Ham gelang es zu lachen, selbst erstaunt darüber, dass es natürlich klang.

»Ich bin von Noah beauftragt, über unsere Gründe Rechenschaft abzulegen«, sagte er. »Ich nehme an, Ihr wisst, dass wir Schiffe bauen für das Land südlich des Meeres.«

Nun lehnte sich Bontato vor, sehr interessiert.

»Wir haben das Gerücht gehört«, sagte er.

»Unser Problem ist, dass sie nicht mit Gold oder einem anderen Metall bezahlen, das in unserem Land gängig ist«, fuhr Ham fort und dankte Noahs Scharfsinn und dem Plan, den er gemacht hatte. »Sie geben uns Edelsteine, die wir nur schwer auf den Markt bringen können. Nun wissen wir, dass ihr hier im Nordreich Erfolg hattet mit dem Verkauf von Harans Schmuckstücken, dass seine Kunst im Südreich sehr gefragt ist.«

»Ich verstehe«, sagte der König, und Ham sah, dass er den Köder geschluckt hatte, dass es Noah gelungen war, einen Grund zu finden, der vernünftig klang. Dass wir ihnen ein Schiff um einer Liebesgeschichte willen überlassen, nein, das glauben sie niemals, hatte er gesagt.

Um Bontatos Mundwinkel bildete sich ein verächtlicher Zug, als er fortfuhr:

»Krämer seid ihr, Leute mit Krämerseelen.«

Ham lächelte über die Beleidigung und antwortete ruhig:

»Und warum sollten wir das nicht sein?«

Der König schloss die Augen, er sah plötzlich müde aus, als langweile ihn das Gespräch.

»Findet heraus, wie groß unsere Einkünfte aus Harans Schmuck sind«, sagte er, und einer der Oberaufseher verschwand.

»Ich will wissen, wie ihr euch … den Tausch gedacht habt«, sagte Bontato, und Ham erklärte den Plan. An einem vereinbarten Tag, und den konnte das Nordreich bestimmen, sollte das Schiff zur Grenze gebracht werden, wo Haran und seine Söhne warteten. Der König hatte eine ganze Weile ausgesehen, als schliefe er. Als Ham fertig war, seufzte er, schwieg weiter, und Ham spürte, dass es ein bedrohliches Schweigen war.

Und plötzlich fuhr Bontato hoch, wütend, die Augen brannten, und der Mund sprühte vor Bosheit: Sie wollten betrügen, sie würden ein Boot bauen, das leckschlage, es sei ein Plan, um ihn zu ertränken, aber er durchschaue ihn direkt, er wolle ihr Schiff nicht haben und eines Tages, eines Tages ... werde er Lameks Sohn vernichten, diesen Teufel, der sich wie eine Ratte im Grenzland verkrochen habe.

»Alle aus dem Priestergeschlecht werden ausgerottet«, schrie er, und nun sah Ham, dass ihm der Schaum vor dem Mund stand. Es ist wahr, er ist verrückt, dachte Ham und wusste, dass der Auftrag misslungen war.

Er stand auf, verbeugte sich und sagte:

»Es ist ein sehr schönes Schiff, wohlgeformt bis in alle Einzelheiten. Es ist schade, für uns ist es ebenso schwer, einen neuen Käufer für das Boot zu finden wie einen geschickten Goldschmied aufzutreiben.«

»Setz dich«, schrie der König, und Ham sah flehend zu den Männern am Tisch, fasste ein Zwinkern als Signal auf abzuwarten. Sie sind Ausbrüche gewohnt, sie warten einfach ab, dass es vorübergeht. Er setzte sich und schwieg.

Und einen Augenblick später sah er, wie der Krampf den Körper des Mächtigen losließ und die geballten Fäuste sich öffneten.

»Es ist ein schönes Schiff«, sagte er, und die Augen glänzten wie bei einem erwartungsvollen Kind. »Ja, ja, du sagst es, ein schönes Schiff.«

»Ich will rote Segel haben«, sagte er. »Und das Achterdeck soll vergoldet sein.«

»Das können wir einrichten«, sagte Ham und dachte, dass es schwer werden, dass Noah fluchen würde. Aber als der König fortfuhr, ihn anzustarren, den Kopf schief hielt und mit der Zunge sich die Lippen leckte, spürte er zu seiner eigenen Verwunderung, dass seine Angst gewichen war, dass sein Herz regelmäßig schlug. Geduldig, als spräche er mit einem Kind, erklärte er, dass es dem Nordreich zustehe, drei Offiziere zu schicken, wenn das Schiff vom Stapel laufe, dass die Werft alle denkbaren Kontrollen zulasse und dass Noah gewillt sei, eine Besatzung aus dem Nordreich zu unterweisen.

»Alle Einzelheiten müsst ihr mit meinem Oberbefehlshaber ausmachen«, sagte der König, so müde nun, dass er in sich zusammenzufallen schien. Aber in diesem Augenblick kam der Mann, der hinausgeschickt worden war, um Auskünfte über das Einkommen des Nordreichs durch Harans Arbeit einzuholen.

Er stand ehrerbietig neben seinem Herrscher und sprach so leise, dass Ham nichts hörte. Als er geendet hatte, breitete sich das verschlagene Lächeln wieder auf dem Gesicht des Verrückten aus:

»Ihr täuscht euch vielleicht, was Harans Wert angeht«, sagte er. »Aber mich hintergeht ihr nicht. Ich habe wohl verstanden, was du gesagt hast, dass ihr billig verkaufen müsst, weil ihr keinen anderen Käufer finden könnt. Und die Heirat wollt ihr, um den Goldschmied zu binden.«

Er sah zufrieden aus, das sei ihm gegönnt, dachte Ham und war bereit zum Abschied. Aber der König hatte seine Schärfe wiedergefunden und sagte überraschend:

»Das große Land südlich des Meeres hat viel Weizen?«

Ham nickte.

»Wenn sie in Edelsteinen bezahlen, können sie wohl auch Edelsteine als Bezahlung nehmen.«

Ham verstand, worauf der König hinaus wollte, er ist schlau bei all seiner Verrücktheit, dachte er.

»Das ist sehr gut möglich«, sagte er. »Das Problem ist, den Weizen am Südreich vorbeizuschiffen. Wir können Frachtschiffe bauen, aber …«

»Du hast gesagt, dass es möglich ist«, sagte der König, und Ham wagte nicht zu widersprechen. Und dann dachte er an den Hunger, an die Kinder, die er entlang der Ufer des Nordreichs gesehen hatte:

»Ich werde die Sache untersuchen. Wir haben ja Verbindungen, und vielleicht findet sich eine Möglichkeit …«

»Richte deinem Vater aus, dass es für ihn am besten ist, wenn er eine Möglichkeit findet«, sagte Bontato und fuhr im gleichen Ton

81

fort: »Richte ihm auch aus, dass wir seine Frau verdächtigen, fünfzig Menschen aus dem Dorf Maklea über die Grenze geführt zu haben.«

Ham blickte starr, schüttelte verwirrt den Kopf und sagte zum Schluss mit einer Verwunderung, die so echt war, dass man sich in ihr nicht irren konnte:

»Wie sollte das zugegangen sein? Sollte meine Mutter einen ganzen Schleppkahn voll Menschen an euren Wachen vorbei geführt haben?«

»Man sagt von ihr, dass sie keine Schleppkähne braucht.«

Ham lachte, beherrschte sich aber, als er sah, wie dem anderen wieder das Blut in den Kopf stieg.

»Ich habe meine Mutter nie … die schwarze Kunst ausüben sehen. Die Gerüchte über ihre eigenartigen Fähigkeiten sind reiner Aberglauben.«

Bontato sandte einen langen Blick zu den Männern am Tisch, es war kein Zweifel, er war zufrieden. Dann erhob er sich hastig, und als er die Hand zum Abschied reichte, musste Ham sich anstrengen, seine Erleichterung zu verbergen.

»Wir haben eine Abmachung«, sagte der König. »Ich schicke meine Leute in einigen Tagen zu der Werft, Noah soll mit ihnen alle praktischen Einzelheiten besprechen.«

Ham verbeugte sich, dankte und ging zur Tür. Aber auf halbem Weg blieb er stehen, als wäre ihm etwas eingefallen:

»Ich erinnere mich gerade, dass ich im Südreich Gerüchte über dieses Bauerndorf gehört habe«, sagte er. »Es wurde behauptet, dass die Bauern durch das Land der Toten weit weg in den Osten gezogen seien. Dort, ganz nahe der Grenze zum Südreich habe man ihnen Land zugewiesen und Saatgut zugeteilt.«

»Warum das?«

Die Frage des Oberbefehlshabers klang wie ein Peitschenhieb. Ham zuckte mit den Schultern:

»Ich nehme an, dem Südreich fehlten Leute, die sich in so entlegenen Gebieten niederlassen wollten. Und was eure Dorfbewohner betrifft, so sind sie wohl wie alle Bauern, sie wollen eigenen Boden haben.«

Der König nickte, Ham verbeugte sich noch einmal und verließ den Raum. Als er durch die äußeren Säle ging, hörte er den Verrückten wieder schreien und dachte nicht ohne Zufriedenheit, dass nun die Oberaufseher es beschwerlich hätten.

Ganz zu schweigen von dem Schatten.

Einige Augenblicke später erreichte er die Halle, wo seine fünf Ruderer warteten. Da spürte er, wie müde er war, wie jeder Muskel im Körper schmerzte, als hätte er allein ein großes Schiff gegen die Strömung und den Wind gerudert.

Als sie auf die Treppe hinaustraten, sah er, dass die Schatten länger geworden waren, die Sonne war auf dem Weg hinter den Horizont.

Kapitel 14

Im Schutz der Gasse, außer Hörweite für alle Wachen, die um den Palast herum standen, kam die Frage.

»Wie ist es gelaufen?«

»Überraschend gut«, sagte Ham. »Er hat den Köder geschluckt.«

Erst als er seine eigenen Worte hörte, fiel ihm auf, dass alles Mögliche geschehen konnte, dass sie es furchtbar eilig hatten.

»Bontato ist verrückt«, sagte er. »Er kann jeden Augenblick seine Meinung ändern. Wir müssen uns beeilen.«

Die Ruderer sahen die Unruhe in seinem Gesicht, und einer von ihnen sagte tröstend:

»Ein Vierzigruderer ist kein schlechter Köder.«

»Ihr versteht nicht«, sagte Ham. »Er ist unberechenbar, ich glaube, man kann sich auf nichts verlassen.«

Sie rannten nicht, gingen aber so schnell zu Harans Haus, dass sie ihre würdevolle Haltung aufs Spiel setzten. Kreli öffnete die Tür.

»Der Junge wurde schon abgeholt, und die Schmiede sind gegangen«, sagte sie, aber Ham hörte nicht zu.

»Schnell, Kreli, wir müssen sofort weg von hier, verstehst du.«

»Jiska ist angekleidet und hat gepackt.«

»Du auch, ich habe eine Ausreisegenehmigung für dich bekommen.«

Sie wurde flammend rot und dann sehr bleich. Ham sah, dass sie dem Weinen nahe war, und schrie:

»Um Gottes willen, Kreli, beeil dich.«

Die Frau verschwand ins obere Stockwerk, und dann kam Haran.

»Kommt«, sagte er. »Es eilt.«

Ham und seine Männer wurden hinter den großen Ofen der Werkstatt gedrängt, ein Geheimfach in der Mauer, das ebenso geschickt getarnt war, wie Noahs Messerversteck im Boot, wurde geöffnet, und drei schwere Lederbeutel wurden ans Licht geholt.

»Goldbarren«, sagte Haran. »Ihr müsst sie nehmen, die Mädchen wird man durchsuchen.«

Während drei von Hams Ruderern den Oberkörper entkleideten, die Schlinge über die Schulter hängten und die Beutel unter die Achselhöhlen pressten, erklärte Haran:

»Einer ist die Bezahlung für das Schiff, einer ist Jiskas Mitgift und einer ist für mich, für meine Arbeit.«

»Mein Gott«, sagte Ham und meinte eigentlich, dass er keine Überraschungen mehr ertragen konnte.

Während die Männer sich wieder ankleideten, gingen der Goldschmied und Ham hinaus in die Werkstatt.

»Danke, dass du an Kreli gedacht hast«, sagte Haran und wollte fortfahren, aber im gleichen Augenblick klopfte es an der Tür, und Kreli, die schon umgezogen war, öffnete. Die Soldaten strömten ins Haus, ein ganzer Trupp. Und der Offizier, ein älterer Mann mit brennendem Blick, sagte, als wäre es eine Selbstverständlichkeit:

»Wir haben den Befehl, die Staatsbürger Jiska und Kreli zu durchsuchen sowie eine Haussuchung vorzunehmen. Es ist unsere Pflicht darauf zu achten, dass nichts von Wert außer Landes geführt wird.«

»Bitte sehr«, sagte Haran, und Ham merkte, dass Haran damit gerechnet hatte und dass es auch für ihn eine Selbstverständlichkeit war.

»Wir haben den Befehl, vor der Dämmerung abzusegeln«, sagte Ham.

»Das wissen wir«, sagte der Offizier. »Es wird nicht lange dauern.«

Die Mädchen wurden in die Küche geführt und gezwungen, sich nackt auszuziehen, Ham, der nie zuvor gesehen hatte, dass Frauen so grob gedemütigt wurden, wollte aufbrausen, einer seiner Männer ballte die Fäuste, der Offizier sah es. Im nächsten Augenblick fuhr er mit der deutlichen Absicht, sie herauszufordern, mit seiner Hand zwischen Krelis Beine. Ham sagte kalt:

»Ich werde es Bontato melden.«

Alle zuckten zusammen, einen kurzen Moment stand die Zeit still in der Küche. Dann brach der Offizier das Schweigen und fauchte die nackten Frauen an:

»Zieht euch an.«

Ham sah Jiska entschuldigend an, aber sie wirkte unbeteiligt. Sie ist es gewöhnt, dachte er. Und: Guter Gott, wie mager sie ist.

Im nächsten Augenblick wurde das Innere der beiden ledernen Kleidersäcke nach außen gewendet, jedes Kleidungsstück wurde Zoll für Zoll untersucht, die Taschen wurden umgekrempelt, breite Säume aufgerissen. Ham sah seine Männer an, keiner von ihnen verriet mit einer Miene, dass die Goldbarren unter ihren Achseln brannten.

Schließlich waren sie fertig mit der Durchsuchung des Hauses. Zwölf Männer der Truppe wurden abkommandiert, sie zum Hafen zu begleiten. Als Jiska sich von ihrem Vater und ihren Brüdern verabschiedete, war sie so bleich, dass Ham befürchtete, sie würde ohnmächtig werden.

Laut sagte er:

»Wir sehen uns in vierzehn Tagen bei Noah, Haran, wie abgemacht.«

Das war vielleicht dumm, dachte er, aber es hatte die beabsichtigte Wirkung. Jiska schöpfte neue Kraft, richtete sich auf und begann die kurze Wanderung zum Kai und zum Schiff.

Die Dämmerung ging über in schwarze Nacht, als Ham die Vertäuungen löste und an Bord sprang. Der Wind wehte, ein frischer nördlicher Wind.

»Wir setzen Segel«, sagte er.

»Volle Segel?«

»Ja, volle Segel.«

Es war nicht ungefährlich in dem engen Hafen, das Schiff ruckte und gehorchte dem Steuer nicht. Aber Ham brachte es in den Wind.

Es durchschnitt den Fluss, wie der Pfeil den Himmel durchschneidet, und Sinear versank hinter ihnen in der Dunkelheit. Als das letzte Licht der Stadt verschwunden war, hätte Ham weinen können.

»Ich bin verdammt hungrig«, sagte er. »Haben wir heute überhaupt etwas zu essen bekommen?«

Die Männer lachten, einer von ihnen sagte:

»Ich kenne die westliche Küste hier oben gut. In einer Stunde erreichen wir eine Landzunge direkt im Fluss. Dort in ihrem Windschatten ankern wir und bereiten ein Abendessen.«

Ham nickte dankbar, bekam ein Stück Brot und einen Becher mit Bier, aß, gab das Steuerruder weiter und sank auf den Boden. Ein Mann legte ein Schaffell über ihn, sie dämpften ihre Stimmen, und Ham schlief sofort ein.

Er wachte erst auf, als das Segel gerefft und das Schiff hinter die Landzunge gerudert wurde.

Es war Vollmond.

Er würde sich den Abend nie ins Gedächtnis zurückrufen können, wie sie Feuer machten, was sie aßen, wie sie allmählich einschliefen, die Männer um das Lagerfeuer und die Frauen im Boot.

Nur an ein Ereignis erinnerte er sich, dass er Jiska einen Apfel gereicht hatte, dass sie ihn in der einen Hand gehalten hatte, während die andere sanft über die Frucht strich.

Das erinnerte ihn an jemanden, an etwas.

Aber er vermochte nicht mehr, es sich in Erinnerung zu rufen.

Kapitel 15

Sie erwachten im Sonnenschein und hörten das Singen der Vögel.

Auch Kreli spürte, dass es zu viel war. Dass die Vergangenheit mit ihr hier im Paradies ein Treffen vereinbart hatte.

Man muss bezahlen, immer bezahlen.

Das Rauschen des Waldes und die Gischt der Wellen, das Lachen zuversichtlicher Männer am Feuer, das neue Nahrung bekommen hatte. Für die Männer war es ein gewöhnlicher Morgen, Sonne und Freiheit, darauf hatten sie ein Anrecht.

Sie sah Jiska an, die die Augen geschlossen hatte, aber nicht schlief. Nur wenn sie schläft, weint sie, dachte Kreli, die in der Nacht hin und wieder aufgewacht war und das Mädchen gehört hatte.

»Frühstück«, rief eine fröhliche Stimme. »Jetzt müsst ihr aufwachen, Mädchen.«

»Sind sie … wirklich?«, flüsterte Jiska, und Kreli nahm sich zusammen und ließ die Stimme überzeugend klingen, als sie antwortete:

»Es sind gewöhnliche, freundliche Menschen.«

Da schlug das Mädchen die Augen auf, es gelang ihr zu lächeln.

»Aber uns ist eine gewöhnliche Freundlichkeit doch so fremd.«

Jiska aß wie ein Vogel, sagte kein Wort, sah die anderen nur mit großen dunklen Augen an, voller Verwunderung. Ham spürte seine Enttäuschung in Verbitterung übergehen. Wir haben immerhin unser Leben wegen dieses sonderbaren Mädchens riskiert.

Nach dem Frühstück ging sie ihre eigenen Wege, setzte sich ein Stück vom Lager entfernt nieder und ließ die Füße ins Wasser hän-

88

gen. Ham dachte, dass er mit ihr sprechen müsste, ging hinunter zum Ufer, hielt aber inne, als er näher kam und sah, dass sie die Augen geschlossen hatte.

»Jiska«, sagte er leise und fürchtete, sie zu erschrecken.

Sie sah auf, nickte, und Ham setzte sich neben sie.

»Es ist schwierig«, sagte sie. »Es gibt zu viele Wirklichkeiten. All dies, der Wald, der Fluss, du, all die Freundlichkeit. Das ist zu viel, ist das wahr?«

Ham konnte ihre Verwirrung verstehen, und plötzlich erinnerte er sich an etwas, das Naema zu sagen pflegte.

»Wo du bist, ist immer die Mitte der Welt«, sagte er.

Da lächelte sie ihn zum ersten Mal an, es war ein merkwürdiges Lächeln, es schimmerte.

»Das ist schön gesagt«, sagte sie. »Ich werde daran denken: wo ich bin, ist die Welt wirklich.«

Ham war erstaunt, so hatte er Naemas Worte nie verstanden. Aber er erkannte, dass Jiskas Deutung viele Möglichkeiten bot.

»Ich bin gekommen, um dir etwas Wichtiges zu sagen«, sagte er. »Als ich Noahs Auftrag bekam, nach Sinear zu reisen, wandte ich ein, dass wir nicht wüssten, was du wolltest. Dass Japhet dich haben wollte, war sicher, aber über deine Einstellung konnten wir nichts wissen. Schließlich sagte Noah, dass wir das Mädchen herholen müssten, dann darf sie selbst bestimmen. Du siehst also, du bist frei.«

»Und Japhet auch«, flüsterte sie.

»Ja.«

Eine Weile war es still, in der Bucht unten sprang ein Fisch, der Wind nahm zu.

»Du sollst wissen«, sagte sie schließlich, »ich erinnere mich an so wenig: Japhet ist ebenso verschwunden wie ein Traum, den man vor langer Zeit träumte, als man Kind war und Vertrauen hatte.«

»Ich verstehe«, sagte Ham, aber das tat er nicht, denn es war doch nicht sehr viel mehr als ein Mond vergangen, seit sie Japhet in seinem Boot nahe gewesen war.

»Es war ein Boot«, sagte sie, als hätte sie sein Bild erfasst. »Es war kleiner als deins, aber auch schön, wohlgeformt wie Japhet selbst. Als ich das zu ihm sagte, lachte er, fand, dass ich Recht habe, aber dass das Boot zerbrechlich sei, nichts, auf das man sich verlassen könne.«

Sie wurde rot, als hätte sie zu viel gesagt, nahm es zurück:

»Ich habe Kreli erzählt, wie es war, dass es nicht Japhet war, den ich liebte, es war die Liebe, das Schilf, das sang, das Boot, das schaukelte, die Hände, seine Hände …«

»Meinst du, dass du nicht wusstest, was du tatest?«

»Ja. Wir wussten es nicht. Es war die Liebe, die es mit uns tat.«

»Das klingt wie eines seiner Lieder«, sagte Ham, und im nächsten Augenblick verstand er, dass sein Bruder und das Mädchen einander ähnlich waren, Geschwisterseelen.

Und plötzlich wusste er auch, was ihn so stark berührt hatte, als sie gestern Abend mit der Hand über den Apfel strich. So machten es seine Mutter und das Waldvolk, wenn sie das Essen segneten.

»Ich weiß, dass du enttäuscht bist, Ham«, sagte das Mädchen, und er wandte sich ihr heftig zu, um es abzustreiten. Aber als er ihrem Blick begegnete, brachte er kein Wort heraus.

»Ich sehe ja nicht besonders gut aus«, sagte sie und lächelte wieder, und in diesem Augenblick wurde sie fast schön, fand Ham.

»Was ich versuche, dir zu sagen, ist, dass ich nicht verrückt bin, wie du manchmal befürchtest.«

Ham saß still da, er musste sich in seiner Verwunderung zurechtfinden.

»Hörst du das Singen der Vögel«, fragte er nach einer Weile.

»Ja, alle Vögel des Waldes. Du sollst wissen, dass ich die Stadt nie verlassen habe.«

Ham wollte sein Mitleid verbergen und legte seinen Arm um ihre Schultern:

»Wo du bist …«, sagte er, und sie ergänzte: »ist die Mitte der Welt. Ich will die ganze Zeit daran denken.«

Sie lehnte den Kopf an seinen Hals und flüsterte:

»Auch du sollst eines nicht vergessen, Ham. Ich bin dankbar, irgendwo weit weg bin ich dir dankbar für alles, was du getan hast.«

Sie hat meine Enttäuschung gespürt, dachte Ham. Sie ist wie Naema.

Er stand auf, zog sie mit sich und sagte in gewöhnlichem Gesprächston:

»Was ich dir sagen wollte, ist, dass du frei bist und dass du dir weder aus den Erwartungen etwas zu machen brauchst noch Dankbarkeit empfinden musst. Dein Vater hat für das Schiff bezahlt, für Noah bist du ein gutes Geschäft, ob du nun Japhet heiratest oder zu irgendeinem Platz im Südreich ziehst.«

Als sie zum Boot gingen, das für die Abfahrt klar gemacht worden war, sagte sie;

»Gut, dass ich das weiß.«

Er nickte, blieb stehen und sagte:

»Eine Sache habe ich vergessen. Japhet wartet nicht auf dich zu Hause, er wurde von Noah mit einem Auftrag zum Waldvolk geschickt.«

»Gut«, sagte sie wieder. »Dann habe ich nur vor einem Menschen Angst, deiner Mutter.«

Ham warf den Kopf nach hinten, als er aus vollem Hals lachte, sodass auch sie den Mund leicht zu einem Lächeln verziehen musste.

»Eines kann ich dir versichern«, sagte er zum Schluss. »Du wirst Naema sehr glücklich machen.«

Als Jiska an Bord ging, sah Kreli, dass sie etwas von ihrer Kraft zurückbekommen hatte.

Langsam glitten sie aus der Bucht hinaus, Noahs brandroten Siegerwimpel gehisst. Als sie sahen, wie der Wind das Segel blähte, sagte einer der Männer, es sei nun nur noch eine Frage von einigen Stunden, bis sie die Werft sehen würden.

Es war mäßiger Wind, sie segelten raumschots nach Süden, und Ham fragte:

»Sollen wir eines von Japhets Liedern singen?«

Er lächelte Jiska zu, sah, dass sie sich fürchtete. Aber es war zu spät, einer der Ruderer hatte das Lied von der ersten Reise des Sonnenbootes über den Himmel schon angestimmt, das Boot, in dem der junge Gott wie ein Kind schlief.

Der Sänger war musikalisch, hatte eine schöne Stimme. Er sang alleine, und sowohl Kreli als auch Ham sahen, wie Jiska immer bleicher wurde.

Aber als der Sonnengott seine Augen aufschlug und es der erste Tag auf Erden war, bekam Jiska ihre Farbe zurück, lächelte ihr merkwürdiges Lächeln und dankte dem Sänger.

»Das war großartig«, sagte sie. »Für mich ist vielleicht heute dieser Tag.«

Ham sah, dass seine Ruderer gerührt waren, dass das sonderbare Mädchen dabei war, auch ihre Vorurteile zu besiegen.

Eine Stunde später waren sie in der Bucht, der Wind frischte auf, sie hätten die Werft mit einem Schlag erreichen können, aber Ham segelte weiter raumschots am westlichen Flussufer entlang.

»Wir rudern, wenn wir quer kommen«, sagte er. »Es dauert länger, aber wir müssen um jeden Preis die Kontrolle an der Mauer umgehen.«

Die Ruderer nickten, das eine oder andere Lachen war zu hören, und alle dachten an die Goldbarren im Kielschwein.

Eine Weile später sahen sie die Werft, und Kreli rief:

»Aber das ist ja eine ganze Stadt.«

»Stadt ist zu viel gesagt«, sagte Ham. »Aber viele Familien finden in dieser Zeit ihr Auskommen auf Noahs Werft.«

»Ein gutes Auskommen«, sagte Kreli, als sie näher kamen und die gepflegten Häuser und die vielen grünenden Gärten sahen.

Und die Männer an Bord nickten stolz, und mitten vor der Werft strichen sie die Segel, wendeten und ruderten zum Landungssteg.

Kapitel 16

Auf das reine Wort Enlils und Enkis hin
Steigen Lahar und Aschnan aus dem Duku hinab.
Für Lahar errichten sie die Schafhürde,
Pflanzen und Kräuter in Fülle schenken sie ihm.
Für Aschnan errichten sie ein Haus,
Pflug und Joch schenken sie ihr.

Unter den hohen Gewölben in Enkis Tempel in Eridu hörte Noahs
ältester Sohn die Priester den alten Mythos lesen. Er stand in vor-
derster Linie unter den Menschen im Tempel und ließ sich von den
schönen Worten berauschen.

Lahar, in seiner Hürde stehend,
Ein Hirte ist er, den Reichtum der Hürde mehrend.
Aschnan, zwischen den Saaten stehend,
Eine Jungfrau ist sie, gütig und gnadenreich.

Sem dachte an das Volk seiner Mutter. Sie hätten ein Lied wie dieses dichten können, wenn sie sich etwas daraus gemacht hätten, das
Land zu bestellen.

Überfluss, der vom Himmel kommt,
Ließen Lahar und Aschnan auf der Erde werden,
In die Versammlung brachten sie Überfluss,
Ins Land brachten sie den Atem des Lebens,
Die Gesetze der Götter lenken sie,

Die Schätze in den Speichern vermehren sie,
Die Kornkammern füllen sie an.

Nun beschleunigte sich das Tempo der Lesung, die Tonhöhe stieg:

Ins Haus des Armen, der im Staube kriecht,
Treten sie ein mit Überfluss.
Die Beiden, wo sie auch stehen und gehen,
Bringen schweren Zuwachs ins Haus.
Die Stätte, wo sie stehen, machen sie satt,
Die Stätte, wo sie sitzen, ernähren sie,
Sie erfreuen das Herz Ans und Enlils.

Als Sem den Tempel verließ, dachte er wie gewöhnlich an alles, was
er gelernt hatte, das sein Herz einnahm und seinen Kopf verwirrte.
Er hatte einen guten Verstand, das war seine Stärke und sein Stolz.
Aber nun kam er nicht zurecht, denn in Eridu waren Gut und Böse
nicht voneinander zu trennen und die Verhältnisse des Menschen
zum Leben vieldeutig.

Wie die Götter.

Als er die prachtvolle Hauptstraße hinunter zum Hafen und zu
den Armenvierteln ging, erinnerte er sich an ein Gespräch aus seiner ersten Zeit in der Stadt. Er hatte einer der Priesterinnen Nansches vom Gott seiner Väter erzählt, von Ihm, der im Nordreich
herrschte, bis der verrückte König Ihn abgeschafft, Seine Priester
getötet und Seinen Tempel niedergebrannt hatte.

Die Priesterin war erstaunt:

»Ein Gott«, hatte sie gesagt und wiederholt:

»Ein einziger Gott.«

Sem sah, dass es sie erschreckte. Schließlich sagte sie:

»Um eine solche Macht zu haben, muss euer Gott auch sehr böse
sein.«

Als Sem erregt und eifrig versuchte, dieses Schöne und Einfache
zu erklären, dass Gott gut sei, lachte Nansches Priesterin ihn aus:

»Wenn man der Stärke eines einzigen Gottes vertraut, muss man verstehen, dass Er all die Kraft besitzt, die das Böse hat.«

Verwirrt hatte Sem zu erklären versucht: die gefallenen Engel, der Teufel. Die Priesterin hatte wieder gelacht.

»Aber du hast doch gesagt, ihr hättet nur einen Gott.«

Jetzt erreichte er das Hafenviertel und bog ab zu den Basaren, den Wirtshäusern, den Hurenhäusern. Da lag sein Wirtshaus, nicht sauberer als andere, aber mit gutem Essen zu einem erstaunlich niedrigen Preis.

Er bekam sein Schaffrikassee, sein Gemüse und einen Becher Wein und bemühte sich, nicht an die Gerüchte über Uttu zu denken, den Wirt, der fünf Kinder hatte. Sie waren klein und flink wie Iltisse, und es wurde gesagt, dass ihr Vater sie zum Hafen schickte, wo die Schiffe in der ersten Dämmerstunde entladen wurden. Dort stahlen sie alles, dessen sie habhaft werden konnten, Fleisch, Fisch, Gemüse, Getreide.

In Eridu war alles zweifelhaft, da konnte man sich nicht einmal über eine so einfache Sache freuen, dass man ein billiges Wirtshaus mit gutem Essen gefunden hatte, dachte Sem, der nicht vorhatte, am Nachmittag zum Fest in Enkis Tempel zurückzukehren. Er wusste ja, wie es weiterging mit Aschnan, der mildherzigen Jungfrau, die dem Menschen die Ähren schenkte, und dem Hirtengott, der seine Herde vermehrte. Sie würden sich mit Wein berauschen, anfangen zu streiten, bis Felder und Wiesen von ihrem Streit widerhallten. Er würde sich selber preisen und sie erniedrigen …

Im Südreich liegt das Böse immer auf der Lauer, dachte Sem, als er durch die engen Gassen nach Hause ging, in denen es von Huren und Bettlern wimmelte, heruntergekommenen Häusern, Dieben und Hehlern, die ihre Waren anpriesen. Hinter den schmutzigen Vorhängen der Hurenhäuser konnte er einen kurzen Blick auf die gelangweilten halbnackten Mädchen werfen und dachte, dass die

Stadt den Männern ihre Lust raubte, die Liebe schmutzig und einförmig machte.

Aber er erinnerte sich auch, wie er in seiner ersten Zeit in Eridu gedacht hatte, dass es hier alles gab, was ein Mensch sich wünschen konnte, alles, was dem Leben Glanz und Freude verlieh.

Er blieb an einem Stand stehen und sah eine Frau Stoff für einen neuen Mantel auswählen, sie strich darüber, betastete und fühlte die Stoffe mit gierigen Fingern, nervös, als ginge es um das Leben.

Dann fand sie, was sie suchte, die Finger wurden sanft, die Augen leuchteten, als sie den Stoff über ihrer Brust drapierte und eifrig mit dem Verkäufer über die Farbe sprach, einen bleichen, gelben Ton, der im Einklang mit ihren Augen stand. So sagte der Höker. Und sie glaubte ihm, denn sie wollte mit dem neuen Kleidungsstück Freude kaufen, ein Stück neues Leben.

Sem schüttelte den Kopf, als er weiterging, heimwärts zu Nansches Tempel, wo seine Schreibkammer und die Lehmtafeln waren, in die die Weisen von Eridu ihre Lehren geritzt hatten. Er dachte wie so oft in der letzten Zeit, dass sie vielleicht Recht hatten, die Alten in diesem Land, die lehrten, dass es ein unverdientes menschliches Leiden nicht gab.

Aber da wurde er von einem kleinen Jungen angehalten, ungefähr vier Jahre alt und blind wie so viele Bettelkinder hier.

Aus Gewohnheit blieb er an der Flussmündung stehen. Aber er konnte die Lagune nicht mehr sehen, die schimmernden Weiten, die ihm während seiner ersten Zeit in Eridu so viel Freude bereitet hatten.

Es ist erst ein Jahr her, dachte er und sah über die Schlammbänke, die vor der Stadt neues Land bildeten, flache Berge aus stinkendem Lehm. Es beunruhigte ihn wie alle anderen in der Stadt, seit Menschengedenken hatte der Fluss nie solche Mengen von Schlamm mit sich geführt. Die Lagune war nicht mehr zu ahnen hinter dem neuen grauen Land.

In der Hafeneinfahrt arbeiteten die Leute mit Schleppkähnen, um die Fahrrinne offen zu halten. Eine fast hoffnungslose Aufgabe, die Massen, die sie an einem Tag beseitigen konnten, waren am nächsten Morgen durch neuen Schlamm ersetzt.

Schlimmer noch, dachte Sem, trotz all der Schinderei wuchs der Schlammberg und würde bald den Fluss verstopfen. Der würde sich einen neuen Weg suchen müssen, dort wo das Flachland den geringsten Widerstand bot und die Leute wohnten.

Einige befürchteten, dass die Stadt überschwemmt werden würde, die Reichen zogen bereits die Abhänge hinauf, kauften Boden und bauten neue Häuser. Aber die Armen und die Gewöhnlichen würden zurückbleiben, von niemandem gewarnt.

Monatelang hatte man darüber gesprochen, dass die Siedler im Marschland, die ihre Hütten draußen im Schilf des Deltas gebaut hatten, wegziehen sollten. Aber die Beamten in Eridu waren in einen Disput über die Frage nach der Verantwortung geraten, wie sie die Angelegenheit nannten. Und während der Disput andauerte, wurden die Bewohner des Deltas unter den Schlammbergen begraben. Nur einigen hundert gelang es, in die Stadt zu fliehen.

Die Frage nach der Verantwortung? Sem hatte viel über diese Worte nachgedacht.

Er wurde von dunklen Schuldgefühlen geplagt, ohne Grund, denn die Veranwortung konnte nicht bei ihm liegen, einem Fremden. Aber er wusste, was Noah getan hätte, Sem konnte es in seinen Tagträumen sehen – die Schiffe, die Kähne, die Flöße, die ins Sumpfland zogen, um die Menschen da draußen zu holen. Er versuchte, sich mit dem Gedanken zu stärken, dass Noah in einer einfachen Welt lebte, in der die Tatkraft nicht durch das Spiel der Kräfte und schwer zu verstehende Rücksichten zersplittert wurde. Aber das war nicht die ganze Wahrheit, und Sem wusste es. Noah hätte kämpfen müssen, um das Herz rein und den Verstand klar zu halten.

Er würde sich nie mit dem Vater messen können, das war eine alte Einsicht.

Sem sah zum Tempel, wo Eridus Mathematiker und Astronomen in ewigen Krisentreffen saßen. Auch sie waren in Streit geraten und bildeten unterschiedliche Lager. Die Astronomen behaupteten, dass die Katastrophe darauf beruhe, dass der Mond sich der Erde nähere und die Wassermassen anziehe. Für diese Theorie sprächen die Beobachtungen, dass der Flussschlamm bei Vollmond zunehme.

Im anderen Lager behauptete man, dass eine Klimaveränderung in den fernen Bergen stattgefunden habe, wo die großen Flüsse ihre Quellen hatten. Es sei wärmer geworden, fand man, Eis und Schneemassen hätten sich von den hohen Bergen gelöst und Erde und Lehm mit sich in den Fluss gerissen und weiter über die weite Ebene gespült.

Die Anhänger der Mondtheorie fanden die Erklärung idiotisch, Eis und Schnee seien nur Vermutungen, Lügengeschichten, wie das meiste in den alten Sagen über die Berge.

»Ist hier jemand, der einen Eisblock gesehen hat?«, fragten sie ironisch und riefen Gelächter bei den Zuhörern hervor.

Über den Mond wusste man mehr, viel mehr. Jahrhundertelang war man seiner Bahn gefolgt und hatte seine Kraft sorgfältig berechnet, die Mondkraft, die Ebbe und Flut regelte.

Sem hatte, wie zahlreiche Studenten im Tempel, viel freie Zeit damit verbracht, der Debatte zu folgen. Er hatte über die Boshaftigkeit in den Argumenten, den Hohn, die Feindschaft gestaunt.

»Eines Tages geschieht hier ein Mord«, hatte einer von Sems Kameraden geflüstert, und die Studenten hatten verstohlen gelacht.

Nur Sem war es schwer gefallen zu lächeln.

Wer auch immer Recht hat, es führt nicht zu Taten, hatte er gedacht, und eines Tages hatte seine Verzweiflung die Feigheit besiegt. Er war aufgestanden, hatte das Wort begehrt und gesagt, was er dachte.

Es war lange still gewesen, bevor der Vorsitzende der Versammlung sich gefasst hatte und mitteilte: Eridus Redefreiheit gilt nicht für Fremde.

Am Abend hatte man Sem zum Obersten Priester in Nansches Tempel gerufen. Mit schweren Schritten war er die vielen Treppen hinaufgestiegen, durch das Viertel der Schreiber, über Höfe mit Springbrunnen der Göttin zu der heiligen Quelle des Tempels. Er hatte Angst gehabt, war auf Strafe gefasst, aber der Alte war mild wie sonst auch und bat Sem, Platz zu nehmen:

»Hör mir zu, Sohn des Noah. Lass die Menschen streiten, dem Urteil, das nun vollstreckt wird, kann man nicht ausweichen«, sagte er. Dann hörte Sem das Gedicht von Nansche, der Göttin der Elternlosen, Witwen und Armen.

Und der Priester erzählte, wie Nansche am ersten Tag des Jahres über das Menschengeschlecht zu Gericht sitzt. Zur Hilfe hat sie Nidaba, die Göttin der Schreibkunst und des Rechnens.

Und beide messen und wiegen die Handlungen der unvollkommenen Menschen:

Menschen, welche auf gesetzlosen Pfaden wandeln …
Welche wohlwollend auf die Stätten des Bösen geblickt haben …
Welche ein kleines Gewicht an die Stelle eines großen Gewichtes gesetzt haben,
Welche ein kleines Maß an die Stelle eines großen Maßes gesetzt haben …

Das Gedicht war lang, Sem spürte den Puls schlagen. Hier war endlich etwas, das er wiedererkennen, verstehen und dem er zustimmen konnte.

Um für die Mächtigen eine Stätte des Verderbens zu schaffen
Um die Mächtigen den Schwachen zu überantworten …
Ergründet Nansche die Herzen der Menschen.

Ein ernstes Schweigen folgte der Lesung. Als der Priester sich schließlich erhob, sagte er:

»Das Urteil der Göttin über Eridu wurde an Neujahr gefällt, und kurz darauf stieg der Fluss und führte den Schlamm mit sich, der uns vernichten wird. Lass die Gelehrten miteinander hadern, dann richten sie den geringsten Schaden an.«

Sem verbeugte sich tief. Als er den alten Priester verließ, fühlte er sich seltsamerweise ruhiger und weniger zerrissen.

Kapitel 17

Er konnte nur schwer einschlafen, wurde in den Nächten von
bösen Träumen geweckt und lauschte in die Stille hinaus.

Es geschah, dass er vor Sehnsucht nach den Geräuschen weinte,
dem Plätschern des Flusses im Land der Kindheit und den mächtigen Atemzügen der Lagune, die er in der ersten Zeit hier gehört
hatte.

Er erinnerte sich an die Vögel, die in seiner Heimat nachts wachten, die Nachtigall aus dem Waldland, die Nachtschwalbe in den
Büschen des Grenzlandes. Und in Eridu, das wilde Singen der Wat-
vögel im Delta und das Kreischen der Möwen.

Kita, der in den Bergen geboren war, sagte oft, dass der Schrei
der Möwe von der Freiheit erzähle, die einsam und rücksichtslos
sei. Und Sem hörte zu und glaubte zu verstehen, was der Sklaven-
junge hörte.

Aber das war lange her, die Möwen hatten das Land zusammen
mit Brachvögeln und Watvögeln verlassen.

Die Schlammberge im Delta wuchsen, ohne einen Laut von sich
zu geben. Still wie ein Feind in der Nacht eroberten sie die Lagune,
Stück für Stück. Manchmal konnte man den toten Schlag der kur-
zen Wellen gegen die Flussbank ausmachen, und eines Nachts hörte
Sem das Klagelied einer Frau, die ein Lied über den Tod des stolzen
Eridu im Lehm sang.

Das Lied war ohne Hoffnung, es war kein Versuch, das Herz der
Götter zu erweichen.

Ich muss nach Hause fahren, dachte er in dieser wie in anderen
Nächten. Ich muss, morgen.

Aber als der Tag anbrach, war sein Wille gelähmt. Als er gestern Abend aus der Stadt nach Hause gekommen war, hatte er den Obersten Priester im Hof des Tempels getroffen. Der Alte hatte Sem angesehen, fragend. Und seine Augen hatten gesagt: Du hast keinen Anteil an Eridus Schuld.

Nein, dachte Sem, ich habe keinen Anteil an der Schlechtigkeit der Stadt, ich habe mich nur des Guten und Großartigen bedient. Und vor allem dachte er an die Schrift, die er bis zur Vollkommenheit gelernt hatte, an alle diese Zeichen, die davon berichteten, was der Mensch seit Jahrhunderten getan hatte.

Er liebte die Lehmtafeln, die zerbrechlichen, kleinen Platten, die von Gedanken erzählten, die gedacht worden waren, von Ereignissen, die geschehen waren, von Weisheiten, zu denen die vor langem Gestorbenen gelangt waren. Es war ein Wunder.

Kita kam, wie immer morgens, um ihn zu wecken, ihm seinen Tee mit dem frischgebackenen Brot des Tempels, Honig und einer Frucht zu bringen. Sem betrachtete den Jungen mit einer Liebe, die schwer zu verbergen war. Ein einfacher Junge aus den Bergen im Osten. Ein anderes Land, eine andere Sprache, eine andere Anschauungsweise.

Gott im Himmel, wie Sem sich nach diesem Land sehnte.

Sie lächelten sich zu, wie sie es immer taten, es lag Wärme in dem Lächeln, aber auch eine Spannung, unaussprechbar, gefährlich und lieblich.

Jeden Morgen dachte Sem: Wie schön er ist. Wie die Antilope im Wald, scheu, aber in jeder Bewegung sich seiner Würde bewusst.

Als der Junge gegangen war, hörte er auf, sich vor sich selber zu verbergen, und machte sich klar, warum er hier blieb. Er konnte sich nicht von Kita trennen.

Wie Noah es ihn gelehrt hatte, sprach er das Morgengebet: Wende mir dein Angesicht zu und gib mir Frieden. Befreie mich von den Tagträumen, nimm von mir die Albträume der Nacht.

Die Träume der Nacht waren bis zum Zerspringen erfüllt mit Lust, dass er vor Scham krank wurde. Und die Tagträume waren sinnlos, ließen sich aber nicht zurückhalten. In ihnen kaufte er den Jungen frei, und die beiden begaben sich auf die Wanderung nach Norden, heimwärts.

Er sah seine Heimkehr in lebendigen Bildern vor sich, die Freude Noahs und der Mutter. Und da musste er plötzlich abbrechen. Denn er ahnte, was Naema wahrnehmen würde, wenn sie ihn und den Jungen zusammen sah. Und das war unerträglich, auch wenn er wusste, dass sie niemals verurteilte.

Die letzte Zeit hier in Eridu hatte er viel an seine Mutter gedacht, an ihre Weisheit und ihr geheimes Wissen, das von ganz anderer Art war als das der Lehmtafeln. Er versuchte, sich zu erinnern, was sie zu sagen pflegte, fand Bruchstücke von Gesprächen:

»Woher nimmst du dein Wissen, Mutter?«

Er konnte das Lachen in ihrer Stimme hören, als sie antwortete:

»Von der Rückseite des Mondes, Sem. Die Frauen, die noch schlafen, besitzen die Geheimnisse der Dunkelheit.«

Sie hatte Spaß gemacht, aber es erschreckte ihn noch immer, und er dachte an die Huren im Hafenviertel und ihre tiefen Schöße.

Einmal hatte sie gesagt, dass der, der bei Mondfinsternis geboren werde, das Unausweichliche sehe. Das hatte ihm ebenfalls Angst eingejagt, denn er hatte von seinem Großvater gehört, dass Naema den Körper ihrer Mutter in einer Nacht verließ, in der der Mond sich verfinstert hatte.

Wie jeden Morgen stieg er die vielen Treppen im Viertel der Schreiber hinauf, hörte die Schulmeister mit den neuen Schülern schreien über deren linkische Versuche, die Schriften zu kopieren, er dachte zufrieden, dass er die Prüfungen mit Leichtigkeit und gut bestanden hatte, schneller als die meisten, und er erreichte sein Studierzimmer.

Auf dem Tisch vor ihm lag eine Lehmtafel, auf die er lange gewartet hatte, nicht mehr als acht Zoll im Quadrat, aber in zwölf Spalten geteilt. Der geschickte Schreiber hatte Platz für fast sechshundert Zeilen geschaffen, indem er die kleinsten Zeichen verwendet hatte.

Die Tafel handelte von dem Herrscher, der die Gerechtigkeit im Land wiederhergestellt, die Steuerbeamten abgesetzt und den Armen Wert und Macht verliehen hatte.

Sem wollte diese Tafel studieren und abschreiben, um zu verstehen, was in Noahs Land geschehen war. Denn früher einmal, als die Revolution begann, hatte ja auch der verrückte Bontato im Nordreich Gerechtigkeit und Schutz für die Schwachen gewollt.

Nun las er, dass der Herrscher die Stadt von Wucherern, Dieben und Mördern befreit hatte. Aber wie? Darüber stand dort kein Wort, und Sem deutete es so, dass die Scharfrichter viel zu tun gehabt hatten.

Aber er fand die Antwort auf eine seiner Fragen, der König, der das Recht der Elternlosen gegen »die Männer mit Macht« behauptete, verneinte die Gottheit nicht. Im Gegenteil, er schloss einen besonderen Bund mit dem Gott der Stadt, der versprach, die Befolgung der neuen Gesetze zu überwachen.

In schnellem Tempo begann Sem, die Tafel abzuschreiben, war ein gutes Stück bis in die vierte Spalte gekommen, als er von Kita unterbrochen wurde. Der Junge war aufgeregt:

»Dein Bruder wartet im inneren Hafen auf dich, wohin er mit einem von Noahs Zehnruderern gekommen ist.«

Sem senkte den Blick, versuchte die Trauer über den Abschied und die Erleichterung über den Beschluss, der gefasst worden war, zu verbergen.

Kapitel 18

Noahs Zehnruderer erregte hier nicht das gleiche Aufsehen wie im Nordreich. Aber das stattliche Schiff lenkte Aufmerksamkeit auf sich, als es langsam zum Kai hinglitt, der sich rasch mit Neugierigen füllte.

Ham war in der Stadt wohlbekannt, viele begrüßten ihn mit freundlichen Rufen:

»Brauchst du einen Zehnruderer, um deinen Bruder zu holen?«

»Hat der König das Schiff bestellt?«

Einige waren ernster:

»Habt ihr von dem Schlamm gehört, der die Mündung verstopft?«

Ham nickte und lächelte, lachte geradezu. Aber plötzlich schrie eine schrille Frauenstimme so laut, dass es von den gepflasterten Kaimauern widerhallte:

»Was wird Noah mit all seinem Gold machen, wenn die Sintflut kommt?«

Die Sintflut, dachte Ham, und trotz des Sonnenscheins wurde ihm eigenartig kalt. Er hatte das Wort noch nie gehört.

Dann sah er, wie Sem sich durch das Gewimmel drängte und stehen blieb, als er das Schiff erblickte. Ham konnte sehen, wie seine Lungen sich mit Luft füllten und wie seine Gestalt wuchs.

Im nächsten Augenblick war er an Bord und die Brüder sahen sich an. Er ist erwachsen geworden, dachte Sem – er ist demütig geworden, dachte Ham.

Keiner von ihnen hielt seine Freude zurück, sie umarmten einander, drückten sich und begannen plötzlich ein Schattenboxen wie kleine Jungen.

»Du sollst zur Hochzeit nach Hause kommen«, sagte Ham.

»Ja, ich komme nach Hause«, antwortete Sem. Und es dauerte eine Weile, bis er die ganze Botschaft verstanden hatte und fragte:

»Wer heiratet?«

»Japhet.«

»Japhet. Und wen?«

»Oh, Sem, das ist eine lange Geschichte.«

Jetzt lachten auch die zehn Ruderer, und Sem, der sie alle kannte, ging auf dem Schiff umher und schüttelte ihnen die Hand. Sinar war der älteste von ihnen, er umarmte Sem und sah ihn dann lange und forschend an.

»Ich glaube nicht, dass die Gelehrsamkeit dich glücklicher gemacht hat«, sagte er, und mit einem Mal erinnerte sich Sem an die schlichte Freude während all der Jahre, als Sinar ihn alles über Boote und gute Seefahrerkunst gelehrt hatte.

»Wieso denn?«

»Du bist schwermütiger geworden.«

Sem lachte:

»Darüber habe ich noch nicht nachgedacht, aber Wissen ist auch eine Last.«

Dann, unerwartet, verspürte er ein starkes Glücksgefühl. Er war zu Hause, das war sein Volk, Menschen mit Worten, die keinen doppelten Sinn hatten.

»Wir reisen morgen bei Tagesanbruch«, sagte Ham. »Du hast den Nachmittag, um zu packen und dich zu verabschieden.«

Sem lachte vor Freude:

»Das ist schnell getan«, sagte er.

»Gut«, sagte Ham, und in diesem Augenblick sah Sem, dass der Bruder beunruhigt war.

»Ist zu Hause etwas passiert?«

»Es geht allen gut. Aber du und ich müssen unter vier Augen sprechen.«

Sem sah über die lärmende Stadt.

»Lass uns in meinen Raum im Tempel gehen«, sagte er.

Sie aßen ihr Mittagsmahl an Bord, Brot und geräucherten Fisch. Und sie hoben ihre Becher auf eine glückliche Heimreise.

Bier. So viel besser für das Gemüt als Wein, dachte Sem.

Die Brüder gingen langsam durch die Stadt, und Sem erzählte von den Schlammbergen, in vorsichtigen Worten, beruhigt durch die Einsicht, dass Ham mit großer Aufmerksamkeit zuhörte.

Plötzlich unterbrach Ham seinen Bruder:

»Lass uns einen Becher Wein trinken«, sagte er, ging Sem voran in eine Weinstube und fand einen Tisch. Er war sonderbar ernst, und Sem verstand es, das Schweigen nicht mit Geplauder zu unterbrechen.

Ham dachte an das Gespräch mit Noah und Naema am letzten Abend, als er endlich erfahren hatte, warum Japhet zu dem Waldvolk geschickt worden war. Noah hatte von dem Boten Gottes erzählt, und Ham hatte ihm nicht ins Gesicht sehen können.

War der Alte dabei, den Verstand zu verlieren?

Aber Noahs Blick war klar und klug wie immer gewesen, und er hatte nicht nach Worten gesucht, als er von den Gesprächen mit dem Gesandten des Himmels berichtete.

»Aber Vater«, hatte Ham gesagt. »Du musst das alles geträumt haben.«

Noah hatte den Kopf geschüttelt.

Da hatte Ham die Augen seiner Mutter gesucht, und als sie ihn ansah, hatte er Angst bekommen.

»Mutter«, hatte er gefleht. »Das kann nicht wahr sein.«

Aber es war wahr, er sah es ihrem Gesicht an, dem Ernst und der Entschlossenheit. In diesem Augenblick hatte Noah gesagt:

»Wir werden ein Boot bauen.«

Aber Ham hörte nicht zu, er dachte mit Panik an seine Söhne.

»Meine Kinder«, sagte er.

»Du wirst deine Familie holen.«

»Aber Nin Dada…?«

»Bring sie her, es wird Naemas Sache sein, mit ihr zu sprechen.«

»Wie viel Zeit …?«

»Ich weiß es nicht, ich verhandle.«

»Vater«, sagte Ham und hörte, dass er flehte wie ein kleiner Junge, der ein unheimliches Märchen gehört hat. »Das kann nicht wahr sein, man verhandelt nicht mit Gott.«

»Das habe ich auch geglaubt«, sagte Noah kurz. »Aber nun tue ich es jedenfalls.«

Ham drängte noch einmal:

»Bist du ganz sicher?«

»Nein, ich zweifle. Mutter ist sicher. Volle Gewissheit bekommen wir erst, wenn Japhet zurückkommt.«

Japhet, beim Waldvolk, endlich hatte Ham begriffen. Wenn es wahr war, wüsste Mutters Volk davon.

Lange, lange hatte Ham über die Werft gesehen, über all das Wohlbekannte.

»Du wirst Sem holen. Es ist ein Riesenunternehmen, ein Schiff zu bauen, das uns retten soll. Ich brauche einen Mann, der rechnen kann.«

Das waren Noahs letzte Worte, bevor sie sich verabschiedeten. Ham hatte sich für den Zehnruderer entschieden und seine Leute ausgesucht.

Auf der Reise nach Süden hatte Ham Zeit, sich zu besinnen. Sie sind verrückt, Vater sieht Gespenster, und Mutter, ja, Naema hatte ja selbst gesagt, dass ihr Sehvermögen sie verließ. Es herrschte eine starke Strömung, sicherlich, aber die Welt war wie immer, und es war ein schöner Morgen.

Sie hatten in seinem Haus bei Nin Dada und den Kindern übernachtet. Und sie hatten sich wohl miteinander gefühlt, in dieser Nacht, als Ham von der Reise nach Sinear erzählte, vom Goldschmied und seiner eigenartigen Tochter, dem verrückten König und den hungernden Menschen.

Nin Dada hatte aus Mitleid mit den hungernden Kindern im Nordreich geweint und den Atem angehalten, als er seinen Besuch bei dem Verrückten schilderte. Und am Morgen hatte sie ihn voll

Bewunderung angesehen. Erst da erinnerte er sich an das Rubinhalsband.

An diesem Morgen hatte sie sich ihm ohne Angst hingegeben, und erst als er wieder zu sich kam, verstand er, dass es Krelis Körper war, den er hinter geschlossenen Augenlidern liebkost hatte.

Nun bereitete Nin Dada die Abreise zu dem Fest vor, zu der Hochzeit, aus der vielleicht nichts werden würde, dachte Ham und schnitt eine Grimasse.

»Ich muss mehr über die Schlammberge wissen«, sagte Ham plötzlich so laut, dass Sem, der seinen eigenen Überlegungen nachgegangen war, zusammenzuckte. Sem begann zu erzählen, zunächst von den Menschen im Delta, die vom Schlamm begraben wurden, während die Herren der Stadt die Frage nach der Verantwortung erörterten, und dann von den Weisen, die jeden Tag im Tempel zusammenkamen. Sem wurde rot vor Zorn, als er bei der gehässigen Debatte zwischen den Gelehrten anlangte, die behaupteten, der Mond sei aus seiner Bahn gezogen worden, und denen, die meinten, dass die Katastrophe eine Folge von Wärme und Eisschmelze in den Bergen sei.

»Es ist, als wären sie verrückt«, sagte er. »Die Theorien werden immer verwickelter, und der Ton wird immer lauter. Sie hassen einander, und eines Tages werden sie sich schlagen. Der Schlamm nimmt zu, keiner tut etwas, nur die unglücklichen Sklaven auf den Schleppkähnen versuchen vergebens, eine schmale Segelrinne offenzuhalten.«

»Verrückt sind sie nicht«, sagte Ham. »Diese Schwarzköpfe im Südreich waren immer klüger als alle anderen. Und immer fehlte ihnen jede Vernunft.«

Die Brüder lachten halbherzig, bezahlten ihren Wein und gingen.

Als sie die Flussmündung erreichten, blieb Ham stehen, lange und ganz ruhig, während die Gewissheit langsam von ihm Besitz ergriff.

Die große Lagune war verschwunden, und so weit das Auge reichte, türmten sich die großen Lehmberge auf.

Schließlich wandte er sich zu seinem Bruder um, aber es dauerte, bis er die Worte fand und flüstern konnte:

»Wir werden nach Hause fahren, Sem. Es ist eilig, Noah will ein Boot bauen.«

Den Rest des Nachmittags verbrachten die beiden Brüder auf den schmalen Bänken sitzend in Sems Studierzimmer. Ham sprach, Sem dachte.

In seinem Kopf nahm ein Schiff Form an, ein riesiges Fahrzeug, das größte, das die Welt je gesehen hatte.

Kapitel 19

In schneller Fahrt und mit langen Ruderschlägen durchschnitt der Zehnruderer den Fluss. Erst an diesem Morgen erfuhr Sem die Geschichte von Japhets Mädchen.

»Sie versorgte den Sohn des Schatten«, fragte er erstaunt, und Ham dachte, dass der Bruder schon immer ein schwieriger Mensch gewesen war.

»Ja, und so viel ich verstehe, hat das Kind sie fast umgebracht«, sagte Nam. »Sie ist so mager, dass du ihre Rippen zählen kannst.«

Als Sem ihn erstaunt ansah, erzählte Ham von den Soldaten, die die Frauen gezwungen hatten, sich nackt auszuziehen, und von dem Gold, das unter den Achseln der Ruderer gebrannt hatte.

»Gold, das kommt gelegen«, sagte Sem, und Ham, der nun eingesehen hatte, dass sein Bruder die Rolle, die er in Sinear gespielt hatte, nicht würdigen würde, schüttelte den Kopf.

»Der Goldschmied kann für das Schiff bezahlen«, sagte er. »Aber was mit der Mitgift des Mädchens wird, wissen wir nicht, sie hat Japhet vergessen und will ihn wahrscheinlich nicht haben.«

»Sie muss«, sagte Sem, und die Bilder des großen Schiffes wirbelten wieder durch seinen Kopf.

Auf dem Steg bei dem weißen Haus wartete Nin Dada mit den Jungen. Sie wollten die Nacht hindurch rudern, um die Werft so schnell wie möglich zu erreichen, und die schläfrigen Jungen wurden unter den Baldachin auf dem Achterschiff gebettet. Befangen begrüßte Sem Nin Dada, er hatte seine schöne Schwägerin nie gemocht.

»Wir fahren zu einer Hochzeit, ist das nicht lustig«, sagte sie, und bevor Ham sich einmischen konnte, entgegnete Sem:

»Aber es ist doch nicht klar, ob das Mädchen ihn haben will.«

Da lachte Nin Dada, dass sie die Vögel erschreckte.

»Aber Sem, wie dumm du bist. Die Frau, die Japhet nicht haben will, gibt es nicht.«

Weder Sem noch Ham stimmten in das Lachen ein, sie dachten beide an ihren jüngsten Bruder, der den größten Teil von Naemas Liebe bekommen hatte.

»Ist er noch immer Sänger?«

»Ja, und alle im Südreich und im Nordreich singen seine Lieder«, sagte Nin Dada.

In der Morgendämmerung sahen sie, wie der Fluss sich weitete, und sie hörten das Brausen des in die Bucht mündenden Titzikona. Ham gab seinen Befehl: dicht steuerbord, und langsam glitt der Zehnruderer zum Landungssteg hin.

Erstaunt sah Sem über die Werft, so viele Leute, so viele Fremde. Die Hammerschläge dröhnten über der Bucht, Noah hatte es eilig, den Vierzigruderer des Nordreichs seetüchtig zu bekommen.

»Hütet eure Zungen«, sagte Ham zu Sem und Nin Dada. »Die Werft wimmelt von Offizieren des Nordreichs.«

Sem ging, um Noah zu begrüßen, während Ham Nin Dada und die verschlafenen Jungen zu seiner Mutter führte.

»Ist Japhet zurückgekommen?«

»Ja, du findest ihn in seinem Boot am südlichen Steg. Aber mach dich bemerkbar, er ist nicht alleine.«

Naema sah glücklich aus, sodass Ham verstand, dass es mit der Liebe gegangen war, wie es sollte. Aber sie irrte sich, Japhet saß allein in seinem Boot.

Als er seinen Bruder erblickte, leuchtete sein Gesicht von innen her, wie früher, als er noch ein Kind gewesen war. Die Begegnung war weniger ausgelassen als die mit Sem auf dem Kai in Eridu. Aber vielleicht herrschte hier eine größere Herzlichkeit.

Auch Japhet ist schwermütiger geworden, dachte Ham. Aber er wirkt nicht mehr so traurig.

»Ich muss dir für vieles danken«, sagte Japhet, aber Ham unterbrach ihn mit einer Handbewegung:

»Ich will zuerst hören, was das Waldvolk zu sagen hatte.«

Japhet setzte sich seinem Bruder gegenüber auf die Ruderbank.

»Sie haben mich erwartet«, sagte er, »sie wissen ja alles im Voraus.«

Er verstummte und erinnerte sich, wie er am Rande des Flussbettes des Titzikona das Boot auf den weißen Sand hinausgezogen hatte, wie er in den großen Nadelwald hinauf gegangen war, an das Singen der Vögel und das erste Lachen zwischen den Baumstämmen.

»Man kommt sich immer so vor, als ginge man durch die Zeit zurück und käme nach Hause«, sagte er. »Ich war hungrig, sie hatten auf der Glut eine Antilope geröstet, erinnerst du dich, wie das schmeckt und duftet.«

»Großvater«, sagte er, »ist unverändert, nicht einen Tag älter. Ich erzählte von Noahs Begegnung mit dem Unbekannten, und er sagte, dass sie auf Nachricht gewartet hätten, seitdem beim Neujahrsfest der Gesang der Sonne verstummt sei.

In der Dämmerung rief die Schlangenkönigin die Sehenden zu sich. Sie saßen still da, als ich Noahs Treffen mit dem Gesandten beschrieb. Ich musste Geduld haben, du weißt, wie lange es dauert, wenn die Sehenden auf ihre Gedanken warten.

Dann sagten sie, dass Noah den Auftrag bekommen hat, weil er ein reines Herz hat, dass wir, das Volk im Osten, nie verstanden haben, dass die große Kraft aus der guten Absicht kommt. Sie sagten auch, dass das Urteil vor langer Zeit gefällt worden ist und dass sie es schon geahnt hatten, als Mutter in der Mondfinsternis geboren wurde. Volle Gewissheit hatten sie bekommen, als sie Noah wählte, den Fremden, der das große Schiff bauen konnte.

Wenn die Flut kommt, um von der Erde alle Verwirrung fortzuspülen, muss Naema gerettet werden, damit die Erzählungen des Waldvolkes weitergegeben werden.«

»Aber sie selbst?« Ham flüsterte.

»Sie gehen nach Westen, wo die Welt endet. Es sei nun Zeit dafür, sagten sie.«

»Das darf nicht wahr sein, sie dürfen nicht verschwinden.«

»Das habe ich auch gesagt«, fuhr Japhet fort, und seine Augen waren schwarz vor Trauer. »Aber sie lachten über mich, und die Schlangenkönigin erklärte, dass nichts jemals aus der großen Wirklichkeit verschwindet. Sie dachten auch sehr praktisch. Sie versicherten, dass Noah die Zeit bekommt, die er braucht, um das Schiff zu bauen, und dass sie uns mit dem Holz helfen wollen. Sie werden uns die Wege zu den großen Zedernwäldern zeigen. Ich soll zurückkommen, wenn Noah überlegt hat, was er braucht.«

Ham sah seinen Bruder lange an. Die Möwen schrien über dem Fluss, die Hammerschläge von der Werft dröhnten in der Luft.

»Sie sprachen auch über Jiska«, sagte Japhet. »Sie wussten, dass dein Auftrag gelungen war und dass sie sich auf dem Weg zu Naema befand. Sie ist ein Teil des Planes, sagten sie, sie ist für mich auserwählt, um Mutters Kraft auf der langen Reise aus der Vernichtung zu stärken.«

»Das verstehe ich«, sagte Ham.

Jetzt sahen sie Jiska mit Proviant für den Ausflug über den Berg kommen. Sie ging leicht wie ein Vogel, sie war froh. Zum ersten Mal nahm Ham ihre Stärke wahr.

Als sie Ham erblickte, ließ sie ihre Last los.

»O Ham«, sagte sie. »Ich habe mich nach dir gesehnt. Um dir zu danken und dir zu sagen, wie mutig und klug du warst. Und wie lieb.«

Ham wurde rot, und Japhet lachte.

»Schon gut«, sagte er. »Ich tue mich schwer mit den Worten des Dankes.«

Kapitel 20

In Noahs großer Küche saß Naema auf dem Fußboden und hielt Hams kleine Jungen im Arm. Auf irgendeine Weise hatte diese seltsame Frau Platz für alle drei. Sie küssten sich, umarmten sich und scherzten. Dem kleinsten blies sie in den Nacken, dass er vor Lachen fast erstickte.

Nin Dada war nach der langen Nacht auf dem Fluss müde und hatte wirre Gedanken:

So würde sich keine Großmutter in Eridu benehmen.

Wenn ich den Mund aufmache, sage ich etwas Dummes, wie gestern Abend, als ich mit Sem über die Hochzeit sprach.

Und dann in heftigem Zorn:

Es war gut, Ham zu sagen, dass ich seine Mutter verabscheue.

Jetzt sah die Schwiegermutter sie an, die seltsamen Mondaugen verrieten wie immer nichts:

»Du siehst müde aus, Nin Dada, du hast heute Nacht wohl nicht gerade viel Schlaf bekommen.«

»Überhaupt keinen«, sagte Nin Dada. Sie hörte, dass es sowohl mürrisch als auch unfreundlich klang, und dachte: Das ist einerlei, es bestätigt nur ihr Bild von mir.

»Ich glaube, du solltest eine Weile schlafen«, sagte Naema.

»Komm, leg dich auf mein Bett, dann kümmere ich mich um die Kinder.«

Ich werde wohl eine durchwachte Nacht aushalten, dachte Nin Dada, sagte aber nichts. Naema hatte bestimmt, dass sie Schlaf brauchte, und im gleichen Augenblick überwältigte sie die Müdigkeit. Diese verdammte Hexe, dachte sie, kroch aber ins Bett und ließ zu, dass Naema die Decke über ihr ausbreitete. Die große Frau lächelte freundlich, als sie ging, drehte sich aber in der Tür um und sagte:

»Du hast nette Kinder, Nin Dada. Du musst eine tüchtige Mutter sein. Ich weiß ja, wie schwer es ist mit drei Jungen.«

»Wie meinst du das?«

»Nur, dass es mir nicht so gut gelungen ist wie dir, zwischen ihnen die Waage zu halten, gerecht zu sein und dennoch zu sehen, was jeder von ihnen braucht. Da war so vieles, was ich nicht verstand, bevor es zu spät war.«

Sie sah traurig aus, aber Nin Dada hielt fest an dem Gedanken, dass die Hexe ihr eine Falle stellte.

»Ich bin ja ziemlich einsam«, sagte sie vorsichtig.

Naema nickte:

»Ich habe darüber nachgedacht, dass Ham so selten zu Hause ist. Das ist sicher nicht leicht.«

Dann lachte sie überraschend:

»Manchmal ist es vielleicht leichter«, sagte sie. »Oft ist ja auch der Mann wie ein Kind und am eifersüchtigsten von allen.«

Dann ging sie, und Nin Dada wünschte, sie hätte den Mut gehabt zu sagen, dass Ham aus dem einfachen Grund nicht eifersüchtig war, weil er sich nicht um sie kümmerte, weder um sie noch um die Söhne. Aber dann schlief sie ein, und sie schlief tief und fest, gestärkt durch die warmen Worte.

Sie erwachte mitten aus einem lichten Traum, und bevor sie die Augen aufschlug, wusste sie, dass sie beobachtet wurde:

»Nin Dada«, sagte eine helle Frauenstimme, »Nin Dada, es ist Zeit aufzustehen.«

Durch ihre Wimpern hindurch nahm Nin Dada das Bild der Fremden auf, einer großen, schönen Frau mit einem Lachen um den Mund und einem neugierigen Blick.

»Jiska?«

»Nein, nein, die schwebt mit ihrem Sänger auf Wolken über den Fluss. Ich bin Kreli, die Kusine.«

»Ja sicher, Ham hat von dir erzählt.«

Sie sahen einander an, und ihnen gefiel, was sie sahen. Sie sieht zerbrechlich aus, ist aber stark, dachte Kreli.

Sie sieht glücklich aus, glücklicher als sie ist, dachte Nin Dada. Endlich ein Mensch, mit dem man reden konnte.

Bevor sie es sich überlegen konnte, hatte sie es gesagt:

»Ich habe Angst vor Naema.«

Kreli setzte sich auf die Bettkante und nickte energisch:

»Das hatte ich auch in der ersten Zeit hier. Aber seitdem ich verstanden und auch akzeptiert habe, dass sie gar kein richtiger Mensch ist, ist es leichter geworden.«

»Kein richtiger Mensch?«

»Nun ja, das waren wohl die falschen Worte«, sagte Kreli. »Ich meine, dass sie nicht fühlt und denkt wie andere Menschen. Es ist, als ginge sie davon aus, dass man nie etwas verbergen muss und man daher genau sagen kann, wie es ist.«

»Du meinst, sie hat keine Absichten mit dem, was sie sagt?«

»Nein. Auch keine Ansichten, so viel ich verstehe.«

»Aber sie sieht direkt durch einen hindurch?«

»Ja«, sagte Kreli und gab zu:

»Am Anfang hat es mich erschreckt. Aber dann habe ich nachgedacht und herausgefunden, dass ich nichts zu verbergen habe.«

»Das habe ich auch nicht«, schrie Nin Dada.

»Das glaube ich dir. Und wenn man das weiß, ja, dann fühlt man sich geborgen bei Naema. So schön, verstehst du, was ich meine …«

Nin Dada schüttelte den Kopf, sie wollte nicht einsehen, dass das Leben einfach und selbstverständlich sein konnte.

»Man braucht keine Maske zu tragen«, sagte Kreli und begann unerwartet zu weinen, nahm ein Taschentuch hervor, schneuzte sich, erinnerte sich und begann zu erzählen:

»An einem der ersten Tage hier sagte sie zu mir, dass ich nicht länger so fröhlich zu sein bräuchte. Das klingt einfach, Nin Dada, aber für mich war es eine solche Erleichterung.«

Nin Dada dachte daran, was Ham über Kreli erzählt hatte, deren Freude und Kraft die ganze Familie des Goldschmieds trug. Kreli steckte das Taschentuch ein und fuhr fort:

»Warum hast du Angst vor ihr, wenn du nichts zu verbergen hast?«

»Weil ich nichts habe, weil sie sehen kann ... wie wenig Tiefe meine Gedanken haben.«

»Aber so denkt sie doch nicht. Eigenartig an ihr ist doch, dass sie das Ungewöhnliche in jedem Menschen, den sie trifft, sieht.«

»Dann ist es vielleicht so, dass ich nichts Ungewöhnliches habe«, sagte Nin Dada, und Kreli schnaubte:

»Jetzt bist du dumm.«

»Ja sicher«, sagte Nin Dada. »Da werden alle hier zustimmen, vor allem Ham.«

»Ich frage mich, warum du es dir so einfach machst«, sagte Kreli.

Es klopfte an der Tür, es war Naema, die zurückkam:

»Ham zeigt den Jungen die Werft«, sagte sie. »Wir müssen noch für morgen planen ...«

Nin Dada merkte, dass Naema unsicher wirkte, und ihr Erstaunen wuchs, als Kreli anfing zu lachen.

»Meine liebe Naema«, sagte sie. »Nun bist du dem Gedanken zum Opfer gefallen, dass du hier Hausmutter und Wirtin bist. Vergiss es, wir schaffen das.«

Naema stimmte in das Lachen ein. »Du weißt«, sagte sie zu Nin Dada, »dass ich mit all den Dingen hier nie eine gute Hand hatte. Kreli schafft es, dass alle Dinge ihr gehorchen. Seit sie ins Haus kam, ist alles hübsch, es gibt gutes Essen und Blumen in den Vasen und saubere Teller ... es ist so merkwürdig. Das liegt wohl daran, dass sie die Dinge liebt, glaubst du nicht?«

Zum ersten Mal im Leben sah Nin Dada ihre Schwiegermutter, wie sie war, und ihre Augen waren groß vor Erstaunen.

»Ich liebe die Dinge auch«, flüsterte sie.

»Ja«, sagte Naema, »das hast du immer getan, und das ist eine große Begabung.«

Nin Dada wollte sagen, dass Ham sie oberflächlich fand, wurde aber von Kreli unterbrochen:

»Jetzt müssen wir praktisch sein. Morgen geben wir ein Essen für den Oberbefehlshaber des Nordreichs und seine Offiziere, das ist schrecklich, aber es ist Noahs Befehl. Und am Abend, wenn Haran und seine Söhne hier sind, feiern wir Hochzeit.«

»Mutter«, sagte Nin Dada. »Wenn du dich um die Kinder kümmerst, werden Kreli und ich alles vorbereiten. Ich habe die feinen Messer mitgenommen, die wir bekamen, als wir heirateten. Und grüne Becher. Gibt es Tischdecken hier? Wie viele Öllampen?«

Die drei Frauen gingen in die Küche, Kreli und Nin Dada zählten Teller, Schüsseln, Becher, Messer.

»Drei Gänge müssen reichen«, sagte Kreli. »Geräucherter Fisch und Apfelpfannkuchen mit Sahne. Wir haben genug Wein, und die Krüge sollen von Anfang an gefüllt sein, hat Noah bestimmt.«

»Wie ist er, der General des Nordreichs?«, fragte Nin Dada. Naema dachte nach:

»Er ist wie ein alter Baum im Wald, so einer, weißt du, der bald fallen wird. Totes Holz, Schicht auf Schicht, und tief innen ein kranker Kern. Und so ängstlich, mit so viel Angst vor dem Fall.«

»Armer Kerl«, sagte Nin Dada.

»Ihr wisst nicht, wovon ihr redet«, sagte Kreli kurz. »Die Verfaulten im Nordreich haben eine verblüffende Lebenskraft.«

Sowohl Naema als auch Nin Dada nickten, gaben zu, dass sie kein Recht hatten, darüber zu urteilen.

»Die Blumen für den Tisch sollte Jiska pflücken«, sagte Kreli und schüttelte den Kopf. »Das müssen wir kontrollieren ... man kann sich im Moment nicht gut auf sie verlassen.«

Alle drei lachten, aber eine halbe Stunde später stand Jiska in der Tür, den Arm voll rosafarbener wilder Rosen, und Nin Dada sah in Augen, die bodenlos waren.

Ham hatte sie vorbereitet, hatte gesagt, dass es zwischen Japhets Mädchen und seiner Mutter eine Verwandtschaft gab. Trotzdem war sie so ergriffen von ihrer Verwunderung, dass sie sagte:

»Aber Naema, ich glaube, du hast endlich eine Tochter bekommen.«

Wenn in Nin Dadas Stimme eine Bitterkeit lag, so ließ sich doch niemand etwas anmerken. Sie lachten.

Sie selbst fühlte zu ihrem Erstaunen, dass sie traurig war wie ein Kind, das man übergangen hatte.

Kapitel 21

Nun lag er am Landungssteg, der Vierzigruderer des Nordreichs, getakelt und seeklar. Das große Segel knatterte im Wind wie eine Siegesfanfare. Es war ein schönes Schiff mit seinem langen schwarzen Rumpf, dem eleganten Baldachin über dem Achterschiff, dem hohen Mast und dem goldenen Segel.

Am Steven stand Naema, allein, stattlich in ihrem langen roten Kleid mit den schweren Goldketten um Arme und Hals. Langsam hob sie den Weinkrug über ihren Kopf, und die Leute verstummten. Als der Wein sich über den Steven ergoss, konnten sie ihre Worte hören: »Mögen Glück und Sieg deine Fahrten auf dem Fluss begleiten.« Die Worte waren immer dieselben, und die Leute auf der Werft kannten den Ritus. Sie hatten während der vergangenen Jahre oft gesehen, wie Naema Schiffe segnete.

Aber für die Männer aus dem Nordreich war die Zeremonie einzigartig, kraftvoll und ebenso fesselnd wie Noahs weithin berühmte Frau. Die Worte erschienen ihnen magisch, als ein Versprechen, nicht als ein Segenswunsch.

Es sind gute Jungen, dachte Noah verzweifelt in Gedanken an das Schicksal, das ihnen bevorstand. Im nächsten Augenblick fühlte er ihn wieder, den Zorn gegen Gott.

Japhet hielt das Steuerruder, als das Schiff vom Land ablegte und in weitem Bogen unter dem Wachturm des Nordreichs paradierte, während Noah in Begleitung des Oberbefehlshabers, Naemas, Sems und Hams den Pfad zur Grenze hinaufstieg, um den Goldschmied und seine Söhne zu empfangen.

Sie kamen, wie es abgesprochen war, ohne Zeremonien, grau und gebeugt die Treppe des Wachturms hinunter. Im gleichen Augenblick, als Noah Haran wiedererkannte, gab er Japhet das verabredete Zeichen, und das Schiff fuhr über die Grenzlinie, während Japhet das Ruder dem Steuermann des Nordreichs übergab.

Bevor das Boot am Wachturm festmachte, sah Noah, wie Japhet von Bord sprang, geschmeidig wie eine Katze, auf die richtige Seite der Grenze. Alles verlief wie geplant.

Nun blieb nur noch der Abschied vom Oberbefehlshaber des Nordreichs. Sie verbeugten sich tief voreinander, bevor der Alte auf unsicheren Beinen die Turmtreppe hinaufstieg. Noah lächelte verstohlen, wider Willen beeindruckt. Der General hatte trotz des vielen Weins während des Festmahls sein Gesicht nicht verloren.

Endlich konnte Noah Haran begrüßen. Er war älter, als Noah geglaubt hatte, kleiner, als er sich erinnerte, und müder, als er sich hätte vorstellen können.

»Alter Freund«, sagte Noah, aber dann blieben ihm die Worte in der Kehle stecken. Sie standen voreinander und versuchten, sich anzulächeln.

»Es wirkt erbärmlich«, sagte Haran schließlich, »aber man kann ja nicht mehr als danke sagen.«

Er lächelte, und da erkannte Noah ihn wieder, ja sicher, er war einer von denen, die von innen heraus leuchteten.

»Jiska?«, fragte er.

»Gut«, sagte Noah.

Dann beugte er sich herunter, um die Kinder zu begrüßen, und es wurde ihm warm ums Herz. Sie waren ernst, schienen viel älter als zehn und zwölf Jahre. Aber in ihren Augen funkelte Neugier. Und eine Art abgehärteter Unerschrockenheit.

Das werden wir brauchen, dachte Noah.

Haran verneigte sich vor Naema, begrüßte Sem, umarmte Ham. Auf dem Rückweg flüsterte Naema:

»Wir müssen mit seiner Würde behutsam umgehen.«

»Ich hatte auf einen Gleichaltrigen gehofft«, sagte Noah ebenso leise. »Und einen richtigen Schmied.«

»Denk an Jiska«, sagte Naema, und Noahs Miene hellte sich auf, als er sich an seine Enttäuschung über das hässliche und ungeschickte Mädchen erinnerte, das vor einigen Wochen aus Hams Boot gestiegen war. Jetzt war sie kraftvoll und fröhlich, ein Segen nicht nur für Japhet.

Ham hatte von Folter gesprochen, einer Art Folter der Seele. Vielleicht war Haran auf die gleiche Art gequält worden.

»Sinear ist eine böse Stadt«, sagte er. »Aber die meisten Menschen sind Opfer.«

Er dachte noch einmal an die jungen Ruderer aus dem Nordreich, die er die Seefahrerkunst gelehrt hatte. Sie alle hätten seine Söhne sein können, Jungen mit einem guten Willen.

»Heute Abend nach der Trauung muss er kommen«, flüsterte er seiner Frau zu, die nickte. Ja, das glaube sie wohl. Der Bote Gottes hatte sich in den letzten Wochen von der Werft ferngehalten, als hätte er die jungen Männer aus Sinear nicht ertragen, die Er ertränken wollte.

Naema spürte Noahs Zorn und legte ihre Hand auf seine:

»Was wirst du sagen?«

»Dass Gott, wenn Er beschlossen hat, die Menschen zu ertränken, diejenigen, die gerettet werden sollen, selbst aussuchen muss. Ich kann diese Wahl nicht auf mich nehmen.«

Naema suchte nach helfenden Worten, fand aber keine. Sie wurde von Jiska und Kreli unterbrochen, die ihnen entgegenliefen. Es war ein schwerer Augenblick für Haran, als er mit den beiden Mädchen in seinen Armen dastand.

»Bis zuletzt«, sagte er, »noch bis vor einer Stunde wagte ich nicht, daran zu glauben. Wir sind es so … so gewöhnt, immer das Schlimmste zu erwarten.«

»Ich verstehe«, sagte Noah, aber das stimmte nicht. Ein langes Leben hatte ihn gelehrt, immer das Beste zu erwarten. In den Nächten der letzten Zeit hatte er sich gegen die Hoffnung wehren müssen: der Bote würde nie wieder kommen, das große herrliche Leben mit seinen Herausforderungen, seiner Freude und seiner Zuversicht würde zurückkehren – Noahs Gott würde wieder gut werden.

Wenn Naema nicht gewesen wäre, wusste er, hätte er einen Ausweg gefunden und sich trösten lassen. Aber sie war da, sie kannte seine Gedanken und sie ließ sich nichts vormachen.

Sie hatte immer gewusst, dass Gott ohne Barmherzigkeit war, das verstand er. Auf dieser Gewissheit beruhte ihr Ernst wie auch die seltsame Fähigkeit, Trost und Lebenslügen zurückzuweisen.

Nun fragte Haran: »Aber wo ist Japhet?« Einen langen verwirrten Augenblick sahen sie einander an.

»Naema?«

Das war Noah, und seine Stimme war angespannt.

Sie schloss die Augen und flüsterte: »An Bord des Schiffes. Auf der Mastspitze.«

Noah rannte zurück zum Wachturm und blieb dort stehen.

Auf der Mastspitze des Vierzigruderers kletterte Japhet zusammen mit den Steuerleuten in den Tauen, die sich ineinander verschlungen hatten wie die Schlangen in der Grube.

»Keine Gefahr«, rief Japhet, aber Noah verstand, dass er auf seinen Vater gewartet hatte.

»Wir setzen ein Boot aus und helfen euch«, rief er zurück.

Zehn Minuten später waren Noah und Sinar an Bord und hatten die Taue entwirrt. Noah gab noch eine Lektion: Erstes Tau, zweites, drittes. Immer der Reihenfolge nach, eins nach dem anderen. Die Seeleute des Nordreichs waren verlegen, aber der General schlief den schweren Schlaf des Weines unter dem Baldachin, sodass sie nichts zu befürchten hatten.

»Denkt daran, dass ihr alle guten Mächte mit euch habt«, sagte Noah zu den Ruderern, bevor er mit Japhet und Sinar zu seinem Boot zurückging. Die Worte bewirkten, dass ihm schlecht zumute war, wie einem, der weiß, dass er lügt.

»Wie in Gottes Namen soll das gehen?«

»Das ist nicht unsere Sache«, antwortete Sinar.

»Es wird gut gehen«, sagte Japhet mit Naemas Sicherheit in der Stimme, und Noah dachte, dass man bei solchen Abenteuern vielleicht den Sängern vertrauen sollte. Dann brüllte er:

»Warum zum Teufel bist du alleine zurückgegangen?«

»Ich traue ihnen wirklich.«

»Aber der Oberbefehlshaber war an Bord.«

»Er schlief«, sagte Japhet und lachte.

Für die Leute auf der Werft wurde es ein langer, ruhiger Nachmittag. Aber als der Himmel sich durch die Abendbrise abkühlte, waren alle wieder auf den Beinen, festlich gekleidet und erwartungsvoll.

Kreli und Nin Dada hatten auf dem Landungssteg einen langen Tisch gedeckt, alle auf der Werft mit ihren Frauen und Kindern würden an dem Hochzeitsfest teilnehmen.

Haran hatte in Japhets Haus geschlafen, so tief und ruhig, wie damals, als er jung gewesen war, Als Kreli ihn weckte, sagte sie zufrieden:

»Das ist das Erste, was einem in der Freiheit passiert, man wagt endlich zu schlafen.«

Haran hatte Japhet getroffen und musste immer wieder sein Erstaunen ausdrücken.

»So ein merkwürdiger Junge.«

»Das habe ich am Anfang wohl auch gedacht«, sagte Kreli. »Aber man gewöhnt sich daran, er gehört hier ja zum Alltag.«

Sie hatte für Haran und die Jungen neue Kleider genäht, für sie brauchte sie sich also nicht zu schämen. Aber der Gedanke an Jiska, die Braut, in ihrem ewig gleichen braunen Kleid bereitete ihr Kummer. Sie hatte versucht, mit Naema über das Problem zu sprechen, aber die hatte ihre Kraft auf Noah gerichtet und hörte nicht zu.

Schließlich entschloss sich Kreli, alle Scham zu überwinden, und suchte Nin Dada auf, die immer noch dabei war, den Tisch zu de-

cken. Sie stand am Ende des Landungsstegs und kämpfte gegen den
zunehmenden Wind, der das große Brautbukett nicht in der Vase
stehen lassen wollte.

»Wir füllen nassen Sand in den Krug«, sagte Kreli, das taten sie,
und Nin Dada betrachtete zufrieden ihr Werk.

»Jetzt können wir uns endlich umkleiden«, sagte sie.

Da kam Kreli direkt zur Sache.

Nin Dada war gerührt. Und froh.

»Hol die Braut, dann probieren wir. Wir haben ja die gleiche
Größe.«

Sie kleideten die Braut in ein hellrosa Gewand aus glänzendem
Leinen und legten einen weißen Mantel mit Goldstickereien über
ihre Schultern. Das Mädchen war erstaunt und entzückt, und Kreli
verstand, dass auch Jiska sich über das Hochzeitskleid Sorgen gemacht hatte.

»Setz dich hin, Mädchen«, sagte Nin Dada, und dann flocht sie
Jiskas wildes Haar und band es auf dem Kopf zu einer großen Kro-
ne, zusammengehalten von einem fein bestickten Band. Zum
Schluss legte sie Harans Rubine um den Hals des Mädchens.

»Du bekommst sie als Hochzeitsgeschenk von Ham und mir«,
sagte sie, Jiska weinte, und Nin Dada zischte:

»Keine Tränen.« Denn sie hatte das Gesicht des Mädchens gepu-
dert und die Wimpern geschwärzt.

Als Jiska sich im Spiegel sah, flüsterte sie: »Ich bin ja beinahe
schön.«

»Nicht beinahe«, sagte Nin Dada gebieterisch. »Du hast ein sehr
feines und besonderes Gesicht.«

Kreli sah sie mit großen Augen an, nie hatte sie geglaubt, dass
ihre kleine graue Jiska so schön werden könnte. Aber Nin Dada,
die den Augenblick genoss und ihre eigene Großzügigkeit liebte,
fragte:

»Was wirst du anziehen?«

»Ich habe kein Festkleid. Das ist nicht wichtig, es geht ja nicht
um mich.«

Aber Nin Dada spielte die Erschrockene und ließ Kreli ihr blaues und ihr weißes Kleid anprobieren. Sie waren zu klein. Dann fand sie die Lösung:

»Mein großer Mantel«, sagte sie.

Kreli wurde in Nin Dadas glitzernden Mantel gehüllt und bekam ebenfalls eine neue Frisur.

Als Ham eine Weile später aufwachte, hatte Nin Dada ihren Söhnen bereits die feinsten Kleider angezogen und stand selbst in ihrem blauen Kleid vor dem Spiegel.

»Willst du nicht dein neues Gewand und den feinen Mantel anziehen?«

»Nein, das hier muss genügen.«

»Du hast doch wohl nicht vergessen, die Festgewänder einzupacken?«

»Ich habe sie ausgeliehen«, antwortete Nin Dada. »An die Braut und ihre Kusine, die kein einziges feines Kleid hatten.«

Ham sah sie lange an, bevor er sagte:

»Das ist lieb.«

Nin Dada errötete, dachte aber, dass sie nicht für jede Freundlichkeit von seiner Seite dankbar sein durfte. Und dann sagte sie:

»Ich habe Jiska auch das Rubinhalsband als Hochzeitsgeschenk von dir und mir gegeben. Ich fand, dass es zu ihr gehört.«

Eine Stunde später las Noah die alten, schönen Hochzeitsworte für die beiden jungen Menschen. Haran, Nin Dada und Kreli weinten, Japhet und Jiska waren unwirklich schön, und nur Naema sah, dass Noah, der Priestersohn, nicht ganz bei der Sache war.

Nach der Festmahlzeit würde er allein zu dem Berg im Norden gehen, zum Treffpunkt an der Mauer.

Kapitel 22

Die Dunkelheit senkte sich über die Landungsstege, und die Menschen dämpften ihre Stimmen, als Noah sich vom Tisch erhob, seiner Frau zunickte und ging. Es ist der richtige Augenblick, dachte Naema. In der Dämmerung, wenn die Sterne anfangen zu leuchten, teilen sich die Kraft der Erde und die Gedanken der Berge den Menschen mit.

Sie sah ihn in der Dunkelheit in Richtung Mauer verschwinden. Die Schritte waren schwer vor Entschlossenheit.

Und Noah dachte, als er da ging, dass der Bote ein vernünftiger Kerl war, freundlich und entgegenkommend. Es würde wohl gelingen, ihn zu mehr Verständnis zu bewegen und mit ihm sowohl über das Praktische zu sprechen als auch über das Schwere, dass Gott der Welt Böses wollte.

Er fand seinen Platz, den Stein, der so nahe an der Mauer lag, dass er vom Turm aus nicht gesehen werden konnte. Die Nacht um ihn herum wurde schwarz, der Fluss erhob seine Stimme wie immer, wenn die Dunkelheit hereingebrochen war, und der Seetaucher schrie über der Bucht.

Dann – unerwartet – wurde es totenstill, als wäre das Leben stehen geblieben, der Fluss in seinem Lauf, der Wind in den Bäumen und die Vögel im Gebüsch. Im nächsten Augenblick war Noah in Licht gehüllt. In blendend weißes Licht, so stark, dass er blinzeln musste.

Aber es war keine Gestalt im Licht, nur eine Stimme, die sowohl vom Himmel als auch von der Erde kam, aber am stärksten aus seinem eigenen Körper.

Das Ende allen Fleisches ist bei mir beschlossen,
denn die Erde ist voll von Frevel ihretwegen.
So will ich sie denn von der Erde vertilgen.
Mache dir eine Arche aus Gopherholz,
mit Zellen sollst du die Arche bauen,
und verpiche sie inwendig und auswendig mit Pech.
Und so sollst du sie machen:
Dreihundert Ellen sei die Länge der Arche,
fünfzig Ellen ihre Breite und dreißig Ellen ihre Höhe.
Ein Dach sollst du oben an der Arche machen,
und die Tür der Arche sollst du an der Seite anbringen,
ein unteres, zweites und drittes Stockwerk sollst du machen.
Ich aber lasse jetzt die Sintflut über die Erde kommen,
um alles Fleisch unter dem Himmel,
das Lebensatem in sich hat, zu vernichten;
alles, was auf Erden ist, soll umkommen.
Aber mit dir richte ich einen Bund auf:
Du sollst in die Arche gehen, du und deine Söhne
und deine Frau und die Frauen deiner Söhne mit dir …

Die gewaltige Stimme fuhr noch eine Weile fort, und die Worte sanken schwer wie Steine in Noahs Herz. Es waren Vorschriften über Tiere und Lebensmittel, und Noah wusste, dass er alles behielt und es Satz für Satz seiner Frau und seinen Söhnen wiedergeben konnte.

Aber als das Licht erloschen und das Flusswasser wieder zu hören war, verließ ihn das Entsetzen, und er konnte seinen Zorn wieder spüren. Das war nicht der Bote, das war Gott selbst, und Er hatte keine Vernunft, Er ließ nicht mit sich reden. Es gab keine Ähnlichkeit zwischen Ihm und dem Gott, der Noah in all den Jahren vertraut gewesen war, Ihm, der immer zugehört und gute Ratschläge gegeben hatte.

Noah saß noch lange auf seinem Stein. Er fror, obwohl die Nacht warm war, und er weinte wie einer, der schließlich versteht, dass der Mensch allein und einsam ist.

In die Nacht hinaus sagte er:

»Nimm Du auch mein Leben.«

Aber er wusste, dass niemand ihn hörte, dass nie jemand da draußen in den großen Himmeln zugehört hatte. Er hatte nur seine eigene Kraft, auf die er sich verlassen konnte.

Als er endlich aufstand und den Pfad hinunterging, kam Naema ihm entgegen, und nie hatte er sie so geliebt wie in diesem Augenblick.

Ich trage Verantwortung für sie und ihr Volk, dachte er. Vielleicht hat Er mich deshalb auserwählt, damit das Erbe des Waldvolkes auf Erden weiterlebt.

»Bei euch im Wald gibt es das Böse nicht«, sagte er.

Sie war erstaunt, nie hatte sie an ihr Volk als gut oder böse gedacht.

»Uns liegt doch auch nicht so viel daran, gut zu sein«, sagte sie.

Kapitel 23

Noah und seine Söhne saßen in der Zeichenwerkstatt. Und es war der Morgen des ersten Tages, nachdem Noah seinen Glauben verloren hatte.

Eine schwere Entschlossenheit lag über ihm, seine Fröhlichkeit war verschwunden, und das erschreckte die jüngeren Männer.

»Ich ging zu dem Treffen mit dem Boten, aber nicht er kam«, sagte Noah. »So viel ich verstehe, war es diesmal Gott selbst, der sprach.«

Noah schloss die Augen, aber den Lichtschein des gestrigen Abends konnte er nicht aussperren. Und die Worte waren ihm im Gedächtnis, unbarmherzig und niederschmetternd. Langsam wiederholte er die Botschaft, Satz für Satz.

Naema war die Einzige, die nicht erstaunt war, traurig, aber nicht erstaunt. Noah sah es, und sein Zorn wuchs:

»Du hast natürlich die ganze Zeit gewusst, dass Gott böse ist?«

Seine Söhne zuckten zusammen. Sie hatten Noah nie die Stimme gegen sie erheben hören.

»Ich habe euren Glauben nie verstanden«, sagte sie erregt und bestimmt. »Ich habe dich manchmal gefragt, wie der gute Gott all die Grausamkeit im Nordreich zulassen kann, wie er die Augen vor dem Mord an deinem Vater und deinen Brüdern schließen und wie er all die Ungerechtigkeiten im Südreich dulden konnte, wo die Reichen immer reicher werden und die Sklaven immer zahlreicher. Aber du warst immer taub auf diesem Ohr, Noah, du bist zu deiner Werft und an deine Arbeit gegangen, und es gelang dir, in der besten aller Welten zu bleiben.«

Seine Augen ließen die ihren nicht los:

»Du hättest mit mir streiten können.«

Sie senkte den Blick, und als sie ihn wieder ansah, glänzten Tränen in ihren Augen.

»Ja«, sagte sie. »Das gehört zu meinen Versäumnissen hier in deinem Land. Ich habe eben mein eigenes Wissen schlecht behauptet.«

Die Stimme klang hohl, und ihre Söhne fanden, dass ihre Verzweiflung schwerer zu ertragen war als die schrecklichen Worte Gottes, die Noah ihnen wiederholt hatte.

»Ich hatte so viele Entschuldigungen«, sagte sie und nahm sich zusammen, »Ich wollte deine Welt nicht spalten. Und dann die Kinder … die Geborgenheit. Ich bin immer noch unsicher, wer weiß …? Warum sollte ich dir den Grund nehmen, auf dem du stehst? Soviel ich verstehe, gibt es starke Gründe für deinen Glauben, das, was du immer behauptet hast … dass du ein Auserwählter seist. Das hat sich ja … jetzt bewahrheitet.«

»Aber wie siehst du Gott?«

»Für mich ist der Große Gott die Macht, die das Gleichgewicht in der Welt aufrechterhält, die Heiligkeit, die es geben muss, damit das Dasein nicht in Stücke geht. Er ist in uns allen … und in allem, was die Welt ausmacht, im Himmel und auf dem Erdboden, bei den Bäumen und den Tieren.«

Es war lange still. Noah erinnerte sich plötzlich, dass die Stimme Gottes aus allen Richtungen gekommen war, aber am stärksten aus seinem eigenen Körper. Aber er wies die Erinnerung zurück und fragte:

»Also kann ein Mensch sich nur auf seine eigene Kraft verlassen?«

»Ja, auf seine göttliche Kraft. Und dann natürlich auf alle guten Gaben, die er bekommen hat, seine Vernunft, sein Denken … und seinen Willen.«

»Für mich bleibt so ein Gott kalt. Etwas Unpersönliches, mit dem man keine Gemeinschaft empfinden kann.«

Naema senkte die Augen und dachte verzweifelt, dass sie nie würde erklären können, warum in ihrer Welt alles persönlich war, alles erkennbar – alle Bäume, jedes Tier und jeder Stern standen in einem persönlichen Verhältnis zu dem einzelnen Menschen, kannten ihn, schenkten ihm in jedem Augenblick Halt und Leben.

Sie haben ihre Zugehörigkeit verloren, dachte sie. Deshalb ist ihre Sehnsucht so groß. Im Grunde sind alle ihre eifrigen Taten und heißen Wünsche unterschiedliche Ausdrucksformen ihres großen Heimwehs.

Sie sah, wie die Dunkelheit in seinen Augen zunahm, bekam Angst, sprach weiter:

»Noah, das ist nicht so einfach. Ihr hier in deinen Ländern glaubt, dass alles mit ja oder nein beantwortet werden kann. Ich – wir können das nicht verstehen, für uns ist das Leben Zusammenhang und … Verlauf. Wie der Fluss, Noah, er war es ja, der dir zuerst sagte, dass etwas nicht stimmte.«

»Das verstehe ich nicht!«

»Noah, mein Geliebter. Wenn du deine göttliche Macht mit Demut anwendest, in Harmonie mit … allem in der Natur, dann arbeitet die große Kraft mit dir zusammen und du bekommst die Hilfe, die du brauchst.«

»Von Gott, meinst du?«

»Ja.«

»Aber Naema, ich will nicht mit einem Gott zusammenarbeiten, der die Menschen vernichten will, die Unschuldigen in beiden Ländern, die Jungen aus dem Nordreich, denen wir das Segeln beigebracht haben …«

Seine Stimme versagte. Aber sie konnte ihn nicht trösten:

»Die Welt, die die Menschen gebaut haben, ist so aus dem Gleichgewicht geraten, dass sie kaputtzugehen droht«, sagte sie. »Es kann Kriege geben, und die Kriege verstärken Hass und Angst, und die Welt wird immer zerrissener. Nun wählt … Gott

die Überschwemmung, um … die ursprüngliche Liebe wiederher-
zustellen.«

Da wurde das Gespräch überraschend von Ham unterbrochen,
der rot war vor Zorn:

»Ich bin nicht so philosophisch veranlagt wie ihr beiden«, sagte
er. »Für mich geht es darum, meine Kinder zu retten, mich selbst
und euch. Ich werde dich, verdammt nochmal, zur Zusammenarbeit zwingen.«

Noah sah seinen Sohn an, und sein Gesicht wurde sanfter.

»Du hast Recht, Ham. Wir werden all unsere Kräfte einsetzen,
um zu überleben.«

Dann erzählte er von seinen nächsten Plänen. Sem sollte die Verantwortung für die Konstruktion des Schiffes übernehmen, der Arche, berichtigte sich Noah und lächelte höhnisch. Japhet sollte mit
dem Waldvolk im Wald, der gefällt werden musste, zusammenarbeiten. Ham sollte über das verhandeln, was im Südreich gekauft
werden musste.

Noch sollte keiner, der nicht zur Familie gehörte, eingeweiht werden. Haran, seine Söhne und Kreli sollten nach Eridu reisen, um
das Südreich zu sehen, und allmählich einen Beschluss für ihre Zukunft fassen. Er selbst würde zusammen mit Naema, Japhet und
Jiska das Volk im Wald besuchen.

Als Noah verstummte, dachten seine Söhne, dass sie zum ersten
Mal ihren Vater hatten Befehle geben hören. Er hatte seine geschickte Art zuzuhören und zu überreden verloren. Sie saßen vor
dem Befehlshaber des großen Schiffes.

Noah wollte gerade das Treffen abschließen, als Japhet eine Frage
einwarf.

»Warum sprach Gott eine so seltsame Sprache? Wenn er meint,
dass wir einen Kasten bauen sollen, warum sagte er dann Arche?
Und was ist Gopherholz?«

»Das ist ein altertümliches Wort und bedeutet hartes und harz-
reiches Holz«, sagte Noah erstaunt darüber, dass er nicht schon frü-

her daran gedacht hatte. »Mein Vater nannte die Zeder Gopher. Und die Arche, ja, das war der Kasten im Tempel, in dem man die heiligen Gefäße aufbewahrte.«

»Aber die Menschen ›alles Fleisch‹ zu nennen«, sagte Japhet mit Abscheu. »Wer sieht den Menschen als Fleisch?«

»Das ist auch ein altes Priesterwort«, antwortete Noah, immer erstaunter. »Lamek, mein Vater, sprach von der Menschheit als ›allem Fleisch‹.«

Nach dem Treffen war Noah müde. Naema sah es und bereitete sein Bett und sagte: »Versuch, eine Weile zu schlafen.«

»Ham hat Recht«, sagte Noah, als sie die Decke über ihn legte.

»So einfach kann man es sagen: Hier gilt es, sein eigenes Leben zu retten.«

Sie nickte, strich ihm über die Wange und ging. Aber Noah konnte nicht einschlafen, er lag da und ging Wort für Wort das Gespräch des Vormittags durch. Er versuchte vergeblich zu verstehen, was Naema meinte, als sie von Gott sprach. Aber die Frage, die ihn am meisten quälte, war: Warum sprach Gott wie Lamek, der Vater, an den zu erinnern er sich weigerte?

Kapitel 24

Der Schatten stand auf dem Wachturm und sah die Hochzeitsgäste sich auf den Stegen zum Fest versammeln. Er schaute nach Jiska aus. Er war schon am Vormittag gekommen, hatte sich aber in den Bergen versteckt. Außer Sichtweite für den Oberbefehlshaber des Nordreichs, hatte er das stattliche Schiff über die Grenzlinie ziehen sehen und verstanden, dass Noah sich nun Stellung und Einfluss bei dem Verrückten erkauft hatte.

Aber weshalb brauchte er das?

Als das Schiff mit dem schlafenden General auf dem Fluss nordwärts gerudert wurde, war er bei den Wachen auf dem Turm aufgetaucht. Er hatte damit gerechnet, dass sie noch nicht wussten, dass er in Ungnade gefallen war. Und er hatte Recht gehabt, sie begegneten ihm mit der bangen Furcht, die er gewohnt war.

Jetzt stand er hier und wartete. Er hatte viel Zeit zu sehen und sich zu erinnern. Er hatte wohl gehört, dass Noah Erfolg gehabt hatte, dass die Werft gewachsen war und an Bedeutung gewonnen hatte. Dennoch war er erstaunt, als er über die Bootsstege sah, die langen Werkstattgebäude, die Gärten und die vielen Wohnhäuser, die sich auf der anderen Seite des Tales und den Hang hinauf erstreckten. Hinter dem Berg im Süden lag die Seilerbahn der Werft, das wusste er. Vielleicht waren da noch mehr Häuser, mehr Werkstätten, versteckt vor den Spähern des Nordreichs.

Als Kind war er einmal hier gewesen, hatte dem verdammten Lamek folgen dürfen, um Noah zu besuchen. Weil er schon damals ein registrierendes Gedächtnis gehabt hatte, erinnerte er sich an jede Einzelheit.

Fast nichts war wie früher. Die Werft, die Noah nach dem Brand gebaut hatte, war insgesamt viel größer und besser durchdacht. Nur den leichten Duft von Pech, der über den beiden Talmulden lag, erkannte er wieder.

Die großen offenen Abbaustätten für das Pech hatten die Frage entschieden, wo die neue Werft angelegt werden sollte. Sowohl im Südreich wie im Nordreich brauchte man Schiffe. Man hatte Noah nachgegeben, als dieser behauptet hatte, Schiffsbau ohne Pech sei unmöglich.

So wurde ihm das Recht auf die Grenzzone zugestanden, und das, was Niemandsland werden sollte, war Noahs Land geworden, ein blühendes kleines Reich mit eigenem König. Aber ohne Schutz.

Man könnte es in einer Nacht niederbrennen, dachte der Schatten. Es würde ein noch größeres Feuer geben als beim letzten Mal.

Wie immer, wenn er an Noah dachte, spürte er eine ungewohnte Entrüstung, stärker jetzt, wo er dem Mann so nahe war. Wie so viele Male zuvor dachte er, dass es Gott selbst war, der Lameks Sohn gerettet hatte, und dass Gott, solange Noah und seine Söhne auf Erden lebten, seine Werkzeuge hätte. Die blinde Kraft könnte Sinear zurückerobern und alle menschliche Vernunft kurz und klein schlagen.

Nun trat das Hochzeitsgefolge aus dem größten Haus heraus und bewegte sich langsam in Richtung Landungssteg, wo der geschmückte Tisch wartete.

Voran gingen Japhet und Jiska.

Da war sie, das Mädchen, dem es gelungen war, eine flackernde Flamme von Leben und Willen in seinem Sohn zu entzünden.

Sie war wie eine Prinzessin gekleidet und geschmückt, und für einen Augenblick verstand er, dass er nie wieder Macht über sie bekommen würde. Aber er wies die Einsicht zurück und dachte, dass er ihr die schönen Kleider herunterreißen, sie zum Gehorsam peitschen und sie zu dem Platz, an den sie gehörte, zu seinem Sohn, zurückbringen wollte.

Im nächsten Augenblick erblickte er Noah.

Der verdammte Kriecher hatte sich seit seinen Jugendjahren nicht verändert. Noch schlimmer war, er glich Lamek, dem Priester, dem der Schatten mit eigenen Händen die Gedärme herausgeschnitten hatte.

So konntest du nicht sterben, du Teufel von einem Priester.

Er hatte laut gesprochen und merkte, dass der wachhabende Offizier an seiner Seite zusammenzuckte und erstaunt aussah.

Der Schatten versuchte, seine Erregung abzuschütteln, wurde aber die Frage nicht los: Warum hatte der böse Gott Lameks Sohn verschont?

Ich muss mich beruhigen, dachte der Schatten und ließ den Blick weiter zu der Frau an Noahs Seite wandern. Da war sie endlich, die Hexe, die Noah aus dem Wald entführt hatte, und er musste zugeben, dass sie eigenartig und schön war. Diese Frau schimmerte, als wäre sie vergoldet.

Vielleicht stimmte, was viele glaubten, dass sie und nicht der alte Gott Noah seinen Erfolg bescherte.

Eine Frau aus dem Sternenvolk, dachte der Schatten und erinnerte sich, wie Lamek und sein eigener Vater die unbekannten Menschen in den Wald verbannt hatten, das Volk der Sünde, Kinder gefallener Engel und irdischer Huren.

Einen Augenblick fragte er sich, ob Noah noch wusste, was die Priester über das Waldvolk gesagt hatten. Und was machte er mit dieser Erinnerung?

Vielleicht hasst er seinen Vater ebenso wie ich.

Plötzlich merkte der Schatten, wie müde er von all den ungewohnten Gefühlen wurde.

Ich muss von hier verschwinden, zurück in die Berge.

Und er dachte an sein Zuhause, an die Grotte, wo er sich mit seinem Esel versteckte, während die Zeit verstrich und er auf das Urteil aus der Hauptstadt wartete. Es konnte nicht mild werden, das ahnte er. Er hatte zugelassen, dass zweiundfünfzig Dorfbewohner verschwanden, spurlos und in einer Nacht. Es war ihm nicht gelungen, eine Erklärung zu finden, und er hatte sich mit seinen Spekulationen über Noahs Frau und ihre Zauberkünste lächerlich gemacht.

Nun verfolgten seine Augen Ham, den größten der Söhne da unten auf dem Steg. Ja, er sah aus, wie der Schatten ihn sich vorgestellt hatte, elegant und überlegen, seiner Mutter ähnlich und fast ebenso schön. Er konnte sich vorstellen, wie Ham dort bei dem Verrückten in der Tür gestanden hatte, sich umgedreht und beiläufig gesagt hatte, dass die Dorfbewohner durch den Sumpf nach Osten gezogen seien und in den mageren Berggegenden des Südreichs Boden und neue Unterkünfte bekommen hätten.

»Wir können dankbar sein, dass der König nicht auf der Stelle vor Wut starb«, sagte der Oberaufseher, der im Palast mit dabei gewesen war und der dem Schatten erzählen konnte, was geschehen war.

Der Schatten hatte seinen Kollegen eine ganze Weile angesehen, und schließlich hatten beide den Mund zu einem Lächeln verzogen bei dem unausweichlichen Gedanken, dass es für sie und das Land das Beste wäre, wenn den Verrückten der Schlag träfe.

Die Situation wurde nicht besser für den Schatten, als die Spione des Nordreichs eine Weile später Hams Geschichte bestätigen konnten. Auf eine unbegreifliche Weise waren die Dorfbewohner durch den Sumpf an der Grenze gezogen, den Sumpf, in dem Pech brodelte, der wie die Hölle stank und der jeden, der sich dorthin wagte, Tier oder Mensch, in öligen Schlamm hinabzog.

Sie hatten Hilfe bekommen, das war offensichtlich.

Der Schatten dachte an den Mann, den er verhört hatte, bis er gestorben war, an dessen triumphierendes Lächeln bis zuletzt. Es war eine Zusammenarbeit zwischen den Dörfern auf dem Berg Kerais und den Menschenschmugglern im Südreich im Gange. Dort brauchte man Arbeitskräfte. In jedem Dorf wusste man das, in jedem idiotischen Bergbewohner gab es eine Hoffnung.

Der König hatte mitgeteilt, dass er bereit sei, mit dem Urteil über den Schatten zu warten, bis dieser herausgefunden habe, wo der Fluchtweg verlaufen sei. Seit Wochen hatte er zusammen mit seinen fünfzehn Soldaten den Sumpf durchkämmt. Er hatte zwei Männer im Schlamm verloren. Auch der Schatten hatte ihren Tod unbehaglich gefunden, die schrecklichen Schreie, bevor das fette Pech ihre Münder für immer verschloss.

Schließlich hatte er die Lösung gefunden. Im Dickicht ganz im Osten hinter der Grenze zu unbekanntem Land gab es festeren Boden. Der ölige Schlamm war hier nur einige Zoll tief und es war möglich, in dunklen Nächten Halt für einfache Holzbrücken zu finden.

Es war das Land der Dämonen, ein Gebiet, in das sich nie ein Mensch begab, und die Soldaten des Schatten hatten vor Furcht gezittert, als er sie in Richtung Grenze trieb. Schließlich hatten sie sich geweigert, und er war allein gegangen.

Wie erwartet, fand er die Holzgestelle, die die Bretter der langen Stege gestützt hatten, die das Südreich gebaut hatte, um die Flüchtlinge entgegenzunehmen.

Für den Verrückten würde es sehr schwer werden, einen Offizier und seine Soldaten zur Wache in diesem Gebiet zu zwingen. Es hätte wohl niemand gewagt, sich zu weigern. Aber der Wachdienst konnte nicht kontrolliert werden, und alles sprach dafür, dass die Männer, die mehr Angst vor den Dämonen hatten als vor dem Verrückten, sich nie in die Nähe der Grenze wagen würden.

Das flößte dem Schatten Hoffnung ein, trotz allem nicht zum Tode verurteilt zu werden. Mit ihm an der Grenze könnte Sinear auf den Wachdienst vertrauen.

Jetzt senkte sich die Dämmerung auf die Stege, und der Schatten wurde immer müder. Er hatte etwas Flehendes an sich, als er sich von den Wachen auf dem Turm verabschiedete und sich zu dem Platz begab, wo sein Esel wartete.

»Er war ja fast menschlich«, sagten die erstaunten Soldaten eine Weile später, als sie die kräftige Gestalt auf dem Pfad nach Osten in der Dunkelheit verschwinden sahen.

Ein einziges Mal blieb er stehen und ließ den Blick über die Menschen da unten auf den Stegen gleiten. Die Öllampen auf den Tischen warfen ihr Licht auf die Gesichter, und der Schatten betrachtete lange Sem.

Ein intelligentes Gesicht. So einen Sohn wollte ...

Bevor er weiterging, sah er, wie Noah sich erhob und zur Mauer ging. Dort setzte er sich auf einen Stein und faltete die Hände. Der Schatten verstand, dass er betete, und fühlte den bitteren Hass in sich brennen:

»Lamek«, sagte er in die Dunkelheit hinein. »Pass auf deinen Sohn auf, er braucht es. Denn noch lebe und atme ich, und eines Tages werde ich Noah vernichten.«

Bevor er sich abwandte und in der Dunkelheit verschwand, meinte er, einen Lichtschein über dem Platz zu sehen, an dem Noah saß. Aber der verschwand schnell.

Die Nacht war sternenklar und kalt, aber der Schatten fror nicht. Die Müdigkeit wich von ihm, und die ungewohnten Gefühle verließen ihn, als er durch die Dunkelheit ging.

Als er das Gehölz fand, wo er seinen Esel festgebunden hatte, war er wieder er selbst, ruhig und klar, Die Eselin schlief auf dem Reisiglager, das er ihr bereitet hatte, und er legte sich neben sie. Sie hatte so viel Wärme, dass es auch für ihn reichte, dachte er und breitete die Reitdecke über sie beide.

Wie gewöhnlich bevor er einschlief, wanderten seine Gedanken nach Hause zu dem Jungen. Während der Wochen, die er bei der Tochter des Goldschmieds verbracht hatte, hatte er sich verändert, er hatte seinen Körper beherrschen und den Augen seines Vaters begegnen können. Jetzt ging es ihm wieder schlechter, und er bekam furchterregende Wutausbrüche.

Was hatte das Mädchen gemacht? Wenn er nur mit ihr sprechen und sie fragen könnte ... Seine alte Dienerin erzählte, dass Jiska das Kind immer auf dem Arm getragen, gesungen und mit ihm gesprochen habe. Er hatte sich in dieser Behandlung versucht, aber der Junge war ängstlich geworden und sein Zustand schlimmer denn je.

Sie musste eine Methode kennen, die auf das Kind wirkte, irgendeinen Trick, den er lernen konnte.

Falls es eine Zukunft gäbe. Er dachte an das Urteil, das ausstand. Falls es die Todesstrafe wäre, hätte er für den Sohn und die Frau gesorgt. Die alten treuen Diener im Haus in Sinear waren zuverlässig, sie würden das Gift nicht vergessen und wie man es in die Milch mischte, um einen tiefen Schlaf und einen sicheren Tod zu gewähren.

Aber wenn er den Wachdienst an der Grenze bekäme, würde er sich dort draußen in der Einöde ein Haus bauen. Wie alle anderen im Dienst bei den heimlichen Spezialtruppen hatte er Gold auf die hohe Kante gelegt, Säckel, mit denen die Leute versucht hatten, ihn zu bestechen.

Das neue Haus würde wohnlich werden. Und friedvoll. Seine kranke Frau brauchte die Ruhe. Und der Junge, ja, vielleicht würde auch er dort draußen in der tiefen Stille ruhiger werden.

Bald schlief der Schatten, tief und unschuldig, wie er es gewohnt war. Im Morgengrauen kam wie immer der Traum, aber nicht der übliche von Gott, der seine Schuld maß. Nein, einer, der schwerer war.

Auf der Treppe zum Wachturm, wo er gestanden und Noahs Werft beobachtet hatte, kam ihm Lamek entgegen. Es war heller Tag, und die Treppe führte zu dem großen Tempel in Sinear hinauf, und der großgewachsene Priester lächelte, wie er es immer getan hatte, ein schwermütiges und lüsternes Lächeln. In der Hand hielt er die Knute, und im Schlaf konnte der Schatten spüren, wie es in den tiefen Narben an seinem Unterkörper juckte.

Der Priester sprach und sprach, die Lippen bewegten sich, und der Schatten, der nun ein Kind war, konnte kein Wort hören und wusste, dass es keine Bedeutung hatte. Lamek sprach wie immer von seinem Kummer und seiner schweren Pflicht, Gott zu gehorchen und seine Kinder zu züchtigen.

Als die ersten Schläge fielen, schrie der Junge, und der Schatten dachte noch, dass dies geschehen war, bevor er gelernt hatte, sie auszuhalten. Aber dann erwachte er von seinem eigenen Schrei und von dem Esel, der aufsprang und vor Furcht bebte.

»So ja, so ja«, sagte der Schatten beruhigend, aber er bebte selbst und war schweißgebadet.

Sie legten sich wieder hin, der Esel schlief ein, aber der Mann lag wach und sah die Morgendämmerung kommen. Er hatte viel Zeit, sich an seine Kindheit zu erinnern. Die Mutter, die in den Fluss ging. Den Vater, der die Schande des Selbstmordes und den Sohn nicht aushielt und eigenartige Wutausbrüche bekam. Schließlich war der Fünfjährige Lamek überlassen worden, dem Priester, der wusste, wie Gott seine Kinder haben wollte.

Jetzt fror er und rückte näher an den Esel, und sein letzter Gedanke, bevor er einschlief, galt Noah:

»Du bist deinem Vater verdammt ähnlich«, sagte er direkt in den neuen Tag hinein.

Kapitel 25

In der Nacht nach dem Traum des Schatten von Lamek suchte der tote Priester Noah heim. Noah war früh eingeschlafen, müde und erregt nach einem Gespräch mit Jiska und Japhet.

Sie hatten sich am Nachmittag in Japhets Boot getroffen, um über die gemeinsame Reise zum Waldvolk zu sprechen. Noah hatte gemeint, dass es am besten sei, zwei kleinere Boote zu nehmen, kleine Fahrzeuge ließen sich leichter gegen den Strom rudern und waren an den wenigen Landungsplätzen des Titzikona einfacher zu handhaben.

Japhet hatte zugestimmt.

Dann hatte Noah ohne Grund und auch für ihn selbst überraschend Jiska gefragt:

»Was ist in Sinear aus Gott geworden, ich meine, seit Er verboten wurde?«

Jiska hatte von den Abenden am Feuer in der Küche erzählt, nachdem die Jungen eingeschlafen waren und die Bediensteten das Haus verlassen hatten.

»Manchmal hat Vater von Gott erzählt, wie schön es war mit Ihm, der dort im Tempel war und mit dem man sprechen konnte, wenn man den Priestern opferte. Er sagte, dass das Leben einfacher war, als man nicht alle schweren Beschlüsse selber fassen musste. Aber Mutter lächelte, und auch wenn ich noch klein war, habe ich verstanden, dass sie nie an den Gott des Tempels geglaubt hatte, obwohl sie als Seherin zum Tempel gehörte. Einmal sagte sie, dass Gott der Teil in ihrem Inneren sei, der ihr wahres Selbst verkörpere.«

Jiska hatte Noahs Augen gesucht, bevor sie fortfuhr:

»Ich war zu klein, um zu verstehen ... aber dennoch muss ich es irgendwie verstanden haben, denn ich habe es nie vergessen.«

Es war lange still gewesen, und die drei im Boot hatten nach Westen gesehen, zur Mündung des Titzikona und zu den grünen Stränden auf der anderen Seite der Bucht. Schließlich wagte Noah zu fragen:

»Wie starb deine Mutter?«

»Wir wussten, dass sie am Morgen kommen würden«, sagte Jiska, und ihre Stimme wurde tiefer. »Jemand hatte uns gewarnt, nehme ich an. Wir saßen die ganze Nacht in der Küche und redeten ... und am schwersten war es mit Vater. Aber schließlich muss ich doch eingeschlafen sein, denn ich erwachte, als die Soldaten kamen, und da war sie tot.«

Sowohl Japhet und Noah weinten, aber Jiskas Augen waren ohne Tränen und die Stimme sachlich, als sie sagte:

»Wisst ihr, sie wusste ja so viel über Gifte.«

Es war lange still, bevor das Mädchen fortfuhr:

»Aber da in der Nacht, bevor ich eingeschlafen bin ... da sagte sie zu mir, dass es das Wichtigste von allem sei, ehrlich zu sein ... und dass Ehrlichkeit immer Leiden bedeute.«

»Es fällt mir schwer, das zu verstehen«, sagte Japhet. Aber für Noah waren die Worte klar wie Wasser.

Als Noah zum Essen nach Hause kam, schwieg er über das Gespräch, er wollte es ohne Hilfe verstehen. So hatten sie schweigend gegessen. Als Naema ging, um die Sterne zu sehen, sagte Noah:

»Ich werde schlafengehen.«

»Dann willst du kein ... Abendgebet sprechen?«

»Nein.«

Als sie zurückkam, schlief Noah tief wie ein Kind, und sie bewegte sich so leise sie konnte, als sie sich auszog und sich an seine Seite legte, trotz allem froh darüber, dass der Schlaf ihn nicht im Stich gelassen hatte. Aber das barmherzige Vergessen dauerte nur einige Stunden.

Dann stand Lamek am Fußende des Bettes.

Noah sah den Vater an und wunderte sich, wie es ihm jemals hatte gelingen können, den Mann aus seinem Gedächtnis zu verdrängen, die blitzenden Augen und den lüsternen Mund, der sprach und sprach.

Noah hörte nicht, was er sagte, und das war auch nicht notwendig. Er konnte alle Worte auswendig, über den rächenden Gott, über Ihn, der den Menschen ohne Barmherzigkeit ansah. Deshalb war es die harte, verantwortungsvolle Aufgabe des Priesters, die Neugier und den Trotz aus dem Wesen der Kinder zu peitschen.

Noah schloss die Augen, um zu entkommen, aber das half ihm nicht. Sowie er die Augen schloss, kamen die Bilder der Misshandlung, der Brüder, die aus dem Darm bluteten.

Noah setzte sich im Bett auf, sperrte die Augen auf. Und da war er, Lamek mit seinem Lächeln und der flötenden Stimme, eindringlich, eine schmeichelnde Stimme, die nicht mehr verdrängt werden konnte.

Als er die Augen wieder schloss, kamen die Bilder von Kenans Sohn, dem kleinen Mahalaleel, dem Jungen, der heranwachsen würde, Oberaufseher des neuen Nordreichs werden sollte und den man den Schatten nennen würde.

Dass er überlebt hat, dachte Noah, und dann schrie er so, dass er sich selbst und Naema aufweckte.

Sie hielt ihn in ihren Armen, aber er wurde nicht ruhiger, und immer wieder rief er:

»Es war kein Traum, Naema, es war kein Traum. Er war hier, hast du ihn nicht gesehen?«

»Ich habe nichts gesehen, aber ich glaube dir, Noah. Sicher gibt es ihn, aber nicht in der Welt der Dinge. Er kann dir nichts Böses antun.«

Immer wieder wiederholte sie: Er kann dir nichts Böses mehr antun. Nach und nach wurde er etwas ruhiger.

»Ich will warme Milch mit Baldrian haben.«

»Ich werde sie machen.«

Aber er wollte nicht alleine bleiben, er folgte ihr in die Küche und versuchte mit ungeschickten Händen, das Feuer auf dem Herd zu entfachen. Es gelang ihm nicht, sie musste ihm helfen, und während die Milch warm wurde, ging sie zu dem Schrank, in dem die geheimen Kräuter aufbewahrt wurden.

Sie nahm nicht den Baldrian.

Als sie zurück zum Bett kamen, sagte sie: »Jetzt musst du endlich erzählen, Noah.«

Am Anfang tastend, dann immer schneller und schließlich in einem Schwall von Worten erfuhr sie von seiner Kindheit, von der Angst und von der Mutter, die beschlossen hatte, ihren jüngsten Sohn zu retten, und der es mit List und Lügen gelang, ihn zu ihrem Bruder zu bringen, dem Schiffsbauer. Zuerst für eine kürzere Zeit, einige Sommermonate, dann für immer längere Zeiträume.

»Wie stark sie gewesen sein muss«, flüsterte Naema.

Noah hielt einen Augenblick inne:

»Es wäre nie gegangen, wenn sie nicht bezahlt hätten«, sagte er. »Mein Onkel wurde durch seinen Schiffsbau reich, und seine Frau hatte ein Vermögen geerbt.«

»Sie kauften dich?«

»Ja. Lamek tat alles für Gold.«

Noah erzählte weiter, bis der Tag anbrach, und Naema unterbrach ihn nicht mehr. Aber sie dachte voller Erstaunen: Mein ganzes erwachsenes Leben habe ich mit einem Mann zusammengelebt und ihn geliebt, der solch eine Dunkelheit in sich begraben hatte.

Als die Sonne über der Werft aufging, wurde Noah schläfrig. Der Baldrian hat doch noch geholfen, sagte er, bevor er einschlief.

Nie zuvor war es vorgekommen, dass Noah bis in den Vormittag hinein geschlafen hatte. Das erregte Staunen, aber sowohl seine Söhne als auch seine Arbeiter mussten sich mit dem Bescheid zufriedengeben, dass Noah nach all der Mühe mit dem Schiff für das Nordreich müde war.

Aber er kam zum Mittagessen in Japhets Haus, und alle sahen, dass er ruhiger war als am Tag zuvor.

Vielleicht findet er einen Weg, den bösen Gott zu verstehen, dachte Ham.

Es gelang ihnen, ein ungezwungenes Gespräch in Gang zu bringen. Hams Jungen erzählten Harans Söhnen von den Merkwürdigkeiten, die sie im Südreich zu sehen bekommen würden.

Noah betrachtete die Kinder mit Freude, die offenen, eifrigen Gesichter bei Kus und Misraim und den sonnigen kleinen Fut, dem es schwerfiel, bei Tisch still zu sitzen. Es ist Nin Dadas Verdienst, dass sie sind, wie sie sind, dachte er und hob seinen Becher auf Hams Frau. Er hatte sie immer gern gehabt.

Wir haben Glück mit den Frauen in unserer Familie, dachte er und verspürte etwas von seiner alten Zufriedenheit. Dann lächelte er Jiska zu:

»Ich möchte dir für das Gespräch gestern Abend danken«, sagte er. »Es hat mir viel bedeutet.«

Sie lächelte zurück, und Sem lachte und sagte, was alle dachten:

»Ihr beiden habt wohl Geheimnisse miteinander.«

Noah stimmte in das Lachen ein und überlegte weiter. Ich muss Sem dazu bringen, Kreli zu heiraten. Aber wie? Ich werde mit Naema sprechen.

Harans Söhne saßen still am Tisch, schweigsamer und ernster als die anderen Kinder. Noah konnte ja sehen, dass sie noch wachsam waren, und dachte, dass Zeit vergehen würde, bevor die Furcht sie losließ.

»Ihr sollt wissen«, sagte er zu ihnen, »dass ihr nun frei seid, das Leben und die Berufe zu wählen, die ihr haben wollt. Aber eines solltet ihr euch merken, und das ist, dass ihr immer bei uns willkommen seid. Ihr könnt beide geschickte Seemänner werden.«

Sie wurden rot vor Freude, und Haran sagte mit unsicherer Stimme:

»Einmal, Noah, werde ich eine Rede auf dich halten.«

Nun lachten alle und am meisten Noah:

»Ich weiß, du brauchst nicht davon zu sprechen.«

In diesem Moment sah er so vollkommen zufrieden aus, dass alle den alten Noah wiedererkannten.

Sie waren fast fertig mit der Mahlzeit, als Kreli sagte, dass sie etwas … Unangenehmes zu erzählen habe. Sie hatte die Reste des großen Festmahls eingesammelt, Essen, das bald schlecht werden würde. Naema hatte gesagt, dass sie zu den hungrigen Soldaten auf dem Wachturm gehen solle, wie sie es immer taten. Auf dem Turm habe ein Offizier gestanden, den sie kenne, ein junger Bursche, der in Sinear ihr Nachbar gewesen sei.

»Logas Sohn, ihr wisst schon«, sagte sie zu Haran und Jiska, die beide nickten.

Sie war erstaunt gewesen und hatte einige Worte mit ihm gewechselt. Er hatte erzählt, dass der Schatten am Hochzeitsabend zu dem Turm gekommen sei und dort stundenlang gestanden und dem Fest zugesehen habe.

Noah spürte, dass er einer wichtigen Einsicht nahe war, dass er nachdenken musste. Aber er hatte keine Zeit, denn Ham erhob sich, rot vor Wut, und schrie:

»O Gott, wenn ich das gewusst hätte.«

Noah sah seinen Sohn an und ließ den Blick weiter zu Sem wandern, der ebenso aufgeregt war. Nur Japhet behielt die Fassung und legte seinen Arm um Jiskas Schultern.

»Was hättest du getan, wenn du es gewusst hättest«, fragte Noah, und alle hörten die Schärfe in seiner Stimme.

»Ich hätte ihm ein Messer in den Leib gestochen«, sagte Ham.

»Mein ganzes Leben lang wollte ich Lameks Tod rächen.«

»Du hättest ihn getötet?«

»Ja.«

»Aber der Schatten ist schon tot«, sagte Noah, und nun war die Stimme messerscharf. »Er wurde als Kind von eurem Großvater ermordet.«

Er stand auf und wandte sich zur Tür, blieb stehen und dankte Jiska für das Essen, ging, drehte sich aber noch einmal um und sah seine Söhne an.

»Wenn ihr an das Recht des Menschen glaubt, sich zu rächen, sollt ihr wissen, dass niemand ein größeres Recht haben kann als der Schatten, als er Lamek tötete.«

Kapitel 26

Sie blieben am Tisch sitzen, nachdem Noah sie verlassen hatte. Sems Kopf war voll von Gedanken, die in alle Richtungen gingen. Wie unruhige See. Eine Weile war ihm übel – seekrank, dachte er.

Aber am schwersten war es für Ham. Er fand, dass Noah seine Grundfeste erschüttert, dass das Leben seine Bedeutung verloren hatte. Er hasste sie beide, Noah und Naema.

Als er endlich glaubte, die Stimme unter Kontrolle zu haben, schrie er seine Mutter an:

»Das hättest du uns sagen können, als wir noch Kinder waren.«

»Nein«, antwortete sie. »Ich habe es … heute Nacht erfahren, als Lamek Noah in einem Traum heimsuchte.«

Da sahen sie alle, dass sie ebenso bewegt war wie sie selbst.

»Vielleicht hätte ich es verstehen müssen …«, sagte sie, und sie sprach zögernd. »Es war ja immer sehr sonderbar, dass Noah keine … Kindheitserinnerungen hatte. Ich glaube … dass er sich nicht erinnern konnte. Es gibt … etwas, das unerträglich ist.«

»Und woher weißt du, dass er sich nun an die Wahrheit erinnert?«, fragte Ham.

Auch Japhet, der mit dem Arm um Jiskas Schulter dasaß, war bleich. Er dachte an Gott, der mit den Worten des toten Priesters gesprochen hatte.

»Vielleicht ist Gott ebenso böse, wie Lamek es war«, sagte er.

»Zum Teufel mit Gott«, schrie Ham. »Ich will die Wahrheit über meinen Großvater wissen.«

Im gleichen Augenblick sahen alle ein, dass Haran, der Goldschmied, der Einzige war, der es wissen konnte. Aber Haran war widerstrebend und unschlüssig. »Es gab so viele Gerüchte«, sagte er.

Sie mussten ihm die Worte aus der Nase ziehen, konnten aber nach und nach ein Bild des Priesters formen, der seine Lust daran hatte, kleine Jungen zu quälen. Haran erzählte von dem Schatten, der verstummte, als seine Mutter in den Fluss gegangen war, und dann Lamek überlassen wurde. Und von Noahs Brüdern, und wie es ihnen erging, und schließlich von Noah selbst, der an seinen Onkel auf der Werft verkauft worden war.

Hams Wut verebbte, ihr folgte Leere. Sem gelang es, seine Gedanken zu sammeln, und er sagte erstaunt:

»Es ist, als seien wir ärmer geworden, nachdem wir die Gedanken an Rache verloren haben.«

Keiner am Tisch beachtete Jiska und das Erstaunen, das sich in ihrem Gesicht spiegelte.

Der Schatten, dachte sie, und verstand endlich, was sie immer gewusst hatte – dass er tot und es deshalb so wichtig war, seinen Sohn zum Leben zu erwecken.

Sie sah um sich, aber niemand begriff, dass der Schatten der Mittelpunkt war, immer gegenwärtig in ihrem Schicksal.

O Gott, dachte sie, hilf dem Schatten und seinem Sohn.

Sie erinnerte sich plötzlich an das Gespräch am ersten Tag hier auf der Werft, wie Kreli versucht hatte, Naema zu erklären, was mit ihr, mit Jiska, geschehen war, als sie gezwungen wurde, sich um den Sohn des Schatten zu kümmern.

Kreli hatte ihre Tage mit dem Kind beschrieben, wie sie es ihren kleinen Welpen genannt, seinen Blick gesucht, gejubelt hatte, als er endlich ihren Augen begegnen konnte, und wie verzweifelt sie war, als er in seine Dunkelheit zurückfiel.

Naema hatte zugehört, und nachdem Kreli fertig war, hatte sie lange geschwiegen.

Aber schließlich hatte sie gesagt, dass es bei Jiska vielleicht eine Einsicht gegeben habe.

»Ich glaube, der Schatten hat all das, was er nicht fühlen kann, seinem Sohn auferlegt, das arme Kind.«

»Du siehst es ja«, hatte sie gesagt. »Er reist herum, er ist ständig unterwegs. Er flieht vor seiner Dunkelheit, die der Junge tragen muss.«

Sie war verstummt, hatte nachgedacht und schließlich weitergesprochen:

»Aber da ist noch etwas. Der Sohn des Schatten trägt auch all die Angst, die im Land ist. Wenn Jiska das Kind dazu gebracht hätte, Mensch zu werden, sich seiner bewusst zu sein, dann hätte ein Wunder geschehen können.«

»Dachte sie so?«

»Nein, nein, es war eine Gewißheit jenseits des Denkens. Aber was sie nicht wissen konnte, die Aufgabe war zu groß. Nicht einmal Gott vermag es.«

Jiska hatte geschwiegen, wie sie es anfangs immer getan hatte. Sie verstand nicht, was Naema gesagt hatte, wusste nur, dass es wahr war. Aber am Nachmittag desselben Tages hatte sie Naema aufgesucht und gesagt:

»Du hast vergessen zu erwähnen, dass das Kind mir meine Seele weggenommen hat. Aber sie war zu klein. Es ging ihm nicht viel besser, aber von mir ist nur noch die Schale übrig.«

Naema hatte direkt durch sie hindurchgesehen, bevor sie geantwortet hatte.

»Du hast Recht damit, dass du ausgehöhlt bist, aber ich wage zu glauben, da ein anderer dir deine Seele genommen hat.«

In diesen ersten Tagen hatte Jiska allein die unwegsame und öde Gegend im Tal durchstreift, das Gebiet, das nach denen, die hier während des großen Krieges gefallen waren, das Land der Toten genannt wurde. Kreli folgte ihr selten, sie hatte Angst vor den Toten. Aber Jiska fühlte sich zu Hause in dem einsamen Gebiet, das von jungen Bäumen, Büschen und einem Meer von Blumen zurückerobert worden war.

Dort in der Dämmerung hatte sie verstanden, was Naema meinte, dass es Japhet war, der ihre Seele genommen hatte, und dass sie wieder hergestellt werden würde, wenn er zurückkam.

Nun brachen ihre Gäste vom Tisch auf, sie hatten endlich gesehen, dass Jiska in ihren Gedanken weit weg war. Noahs Söhne gingen zu einem weiteren Treffen mit dem Vater in die Zeichenwerkstatt, und Nin Dada verschwand, um zu packen, während Naema sich um die Kinder kümmerte.

Kapitel 27

Jiska räumte nach dem Essen auf, spülte und versuchte ebenfalls, für die Reise zu planen, die sie zum Waldvolk machen wollten. Aber sie wusste so wenig darüber, was man im Wald brauchte.

Ich muss mit Japhet sprechen, dachte sie.

Noahs Beschluss, dass sie mit auf die Reise kommen dürfe, hatte sie gefreut. Sie hatte es ihm gesagt: das beste Hochzeitsgeschenk. Jiska liebte ihren Schwiegervater.

Japhet hatte widersprüchliche Gefühle für seinen Vater, Bewunderung, aber auch Verachtung. Noah ist berechenbar wie alle, die unbewusst handeln, sagte er gewöhnlich.

Daran ist wohl etwas, dachte Jiska, blieb aber dann mit ihrem Stapel von Tellern mitten in der Küche stehen. Denn nun fiel ihr ein, dass Noah nicht länger berechenbar war, er hatte begonnen, sich zu erinnern und aufgehört, das Unbegreifliche zu verdrängen. Plötzlich hatte sie Angst um Noah.

Jiska war die Einzige auf der Werft, deren Gedanken sich nie mit Naema beschäftigten. Japhets Mutter war ihrer eigenen ähnlich und ihr daher vertraut.

Als sie mit ihrer Arbeit fertig war, ging sie, um nach ihrem Vater zu sehen. Haran war vielleicht erregt nach dem Gespräch beim Essen, dachte sie. Es war ihm nicht leichtgefallen zu erzählen, was er über Noahs Vater wusste.

Aber Haran hielt Mittagsschlaf. Es ist, als bekomme er nicht genug Schlaf, dachte Jiska.

Dann zog sie hinaus in die Wildnis, es war die Zeit der wilden Rosen, und es war schön, im Surren der Hummeln und im Wohlgeruch umherzustreifen. Während der Zeit hier hatte sie, die aus der Stadt kam, viel über Blumen gelernt. Naema hatte sie unterrichtet, nachdem sie entdeckt hatte, dass Jiska einen Sinn für Pflanzen besaß, für ihre Eigenart und wechselnden Eigenschaften.

Sie ging den Abhang des Südberges hinauf, setzte sich auf einen Stein und sah über die Bucht zu den Wäldern an der Mündung des Titzikona hinüber. Nun dachte sie an das Waldvolk und an alles, was Japhet über sie erzählt hatte, über die Menschen, die ihre Mythen lebten.

Ein Mythos handelte von all den Gaben, die die Göttersöhne ihren Kindern, die sie bei ihrer Rückkehr ins Weltall zurücklassen mussten, geschenkt hatten, damit diese sich auf der Erde allein zurechtfänden. Ein anderer hatte ihnen das Vertrauen gegeben, das Wissen, dass nichts verstanden werden kann, aber dass alles, selbst das Schwerste, zum Besten geschieht.

Ein dritter hatte ihnen die Gespräche geschenkt. Und die Sprachen des Windes und der Wolken, der Bäume und der Tiere. Ein vierter hatte sie gelehrt, die Zeichen zu verstehen, alle diese Zufälligkeiten, die zusammengefügt werden und dem Menschen das Wissen darüber verleihen konnten, was geschehen würde.

Sie nannten diese Eigenschaft das Sehen.

Aber die schönste Gabe hatten sie vom Mann des Abendsterns bekommen, von ihm, der, bevor er sie verließ, gesagt hatte:

»Ich gebe euch die Mythen, damit ihr sie in die Zukunft weitertragt. Sie werden von jedem Ohr, das sie hört, und von jedem Mund, der sie erzählt, geformt, Deshalb formen sie das Leben.«

Das ist wahr, dachte Jiska, und ihr Herz klopfte erwartungsvoll, als sie daran dachte, sie bald treffen zu dürfen. Langsam erhob sie sich von dem Stein und ging weiter in das Dickicht hinunter. Sie pflückte eine wilde Rose und sah lange in das vollendete und geheimnisvolle Auge der Blume.

Ist es die Schönheit, die dir Macht gibt, dachte sie.

»Ich wünsche mir eine Tochter«, sagte sie zu der Blume und fand, dass die Blume nickte.

Aber dann war Jiska wieder in die Gedanken an das Mittagessen vertieft, erinnerte sich an das, was Naema gesagt hatte, dass Japhet und nicht der Sohn des Schatten Jiskas Seele genommen habe. Damals fand sie, dass Noahs Frau dumm war, sie hatte sogar überlegt, zu Naema zurückzugehen, um ihr zu sagen, wie es war. Dass Japhet nur ein Augenblick in ihrem Leben war, ein Fremder, der kam und verschwand und der ihr nicht als Mensch und Teil der Wirklichkeit in der Erinnerung war.

Jetzt lachte die wilde Rose in ihrer Hand, und Jiska musste mitlachen.

Sie war nicht zu Hause gewesen, als er kam, sie hatte nicht gesehen, als Noah und Naema ihn auf dem Landungssteg empfingen. Das war gut, sie hatte nicht nervös werden und sich beunruhigen müssen, worüber sie so lange sprachen, was sie über die Tochter des Goldschmieds sagten, die ihn vergessen hatte und nicht haben wollte.

Jiska war an diesem Morgen mit Kreli durch die Wildnis gestreift. Als sie heimkamen, saß er dort auf der Terrasse.

Sie hatte gehört, wie Kreli flüsterte: Gott im Himmel, wie schön er ist. Aber Jiska hatte nicht verstanden, worüber Kreli sprach. Es war, als könnte sie Japhet nicht sehen, als müsste sie all ihre Aufmerksamkeit auf das Licht richten, das sich in ihrem Sinn und Körper ausbreitete, zusammenfügte, sie füllte und heilte.

Beide schwiegen, als er ihr die Hand gab und sie zu seinem Boot gingen. Sie schwiegen noch, als er über den Fluss und direkt in das Schilfdickicht auf der anderen Seite hinein ruderte.

Als das Boot auf der Düne auf Grund lief und das Schilf sich über ihnen schloss, zog er sie aus und alles war, wie es sein sollte.

Wie es vom Anfang der Zeiten an beabsichtigt war, sagte Jiska zu der Rose, die noch einmal lachte. Das erinnerte sie an Noahs Lachen und Naemas Lächeln, als Japhet und sie sich in der Dämmerung heimwärts begaben. Wie hungrig sie gewesen waren.

Und müde von der Liebe.

Der Schatten und sein mißgestaltetes Kind waren verschwunden. Erst heute beim Mittagstisch war der Junge zu ihr zurückgekehrt.

Ich frage mich, ob etwas von dem bisschen, was ich in ihm zum Leben erweckt habe, übriggeblieben ist, dachte sie.

Schnell warf sie die Rose weg, spürte, dass Schuldgefühle sie ergriffen.

Im nächsten Augenblick hörte sie Japhet ihren Namen rufen, und die schweren Gedanken verschwanden, als sie ihm entgegen lief. Aber seine Umarmung tat weh und seine Stimme war hart, als er sagte:

»Du darfst nicht länger alleine in der Gegend herumlaufen, Jiska.«

Ihre Augen waren groß vor Erstaunen, als sie verstand:

»Der Schatten?«

»Du musst verstehen, dass das Reich, das Noah errichtet hat, klein und verwundbar ist«, sagte er und hielt sie noch fester im Arm.

Sie gingen heimwärts, wie immer Hand in Hand, aber er war verschlossen und schweigsamer als sonst.

»Japhet«, sagte sie. »Der Schatten kann nicht …«

Aber er unterbrach sie:

»Hör mir zu, Jiska«, sagte er, und dann brach er sein Schweigegebot und erzählte von der Flut.

In dieser Nacht suchten sie einander, denn sie brauchten Stärke und Trost. Am nächsten Morgen wusste Jiska, dass das Mädchen, um das sie die wilde Rose gebeten hatte, sein Leben in ihrem Schoß begonnen hatte.

Kapitel 28

Er hatte sich danach gesehnt, allein zu sein und in Ruhe arbeiten zu können. Aber als das wahnwitzige Schiff Gestalt anzunehmen begann, vermisste er Noah.

Sem arbeitete mit Kohle an der Wand der Werkstatt. Ein schwimmender Kasten. Wie würde er sich auf See verhalten, bei stürmischem Wetter? Wie hielt man ihn im Lot, wenn die Katastrophe mit hoher See und Sturm kam?

Sie brauchten große Tanks am Bug und am Heck, Holzwannen, groß wie die Tempel in Eridu und mit Wasser gefüllt, das die Balance halten konnte. Wasser als Ballast, ja warum nicht?

Er zeichnete eine Rinne, einen geschlossenen Kanal zwischen Bug- und Hecktank. Bei ruhiger See würde das Wasser das Schiff im Gleichgewicht halten. Aber im Sturm müsste man den Strom zwischen den Tanks unterbrechen können.

Er zeichnete ein Schleusenventil.

Gebrannter Lehm? Nein, auch die Rinne musste aus Holz gebaut werden! Eine Holztrommel, die fast 300 Ellen lang war! War das möglich?

Das größte Problem hielt er zunächst von sich fern. Wie sollten sie den langen Kasten zusammenhalten können?

Lange überlegte er, ob sie gezwungen waren, sich an alle Vorschriften des donnernden Gottes zu halten. Er hatte Noah fragen wollen, sich aber nicht getraut, denn das Verhältnis des Vaters zu Gott war brüchig.

Aber ihm fiel ein, was Naema über Gottes Vorschriften hinsichtlich der wilden Tiere gesagt hatte, »von den Vögeln je nach ihrer

Art und von dem Vieh je nach seiner Art, von allem, was auf Erden kriecht ... je zwei von allen sollen zu dir kommen, um am Leben zu bleiben«.

Bilder von Löwen und Hirschen, Schlangen und Krokodilen waren durch Sems Kopf geschwirrt, als Noah den Befehl wiederholt hatte. Aber Naema hatte entrüstet die Nase gerümpft und gesagt:

»Das sind nichts als Dummheiten. Lange bevor die Katastrophe kommt, haben sich die wilden Tiere oben in den Bergen in Sicherheit gebracht.«

Sem und seine Brüder hatten aufgeatmet und sich an all die Geschichten über die Tiere des Waldes erinnert, die sich in den Fluss stürzten, lange bevor die Menschen den ersten schwachen Rauch eines nahenden Waldbrandes riechen konnten.

Noah war böse geworden, hatte aber zustimmen müssen. Gott sprach von Haustieren, hatten sie sich geeinigt. Wenn Noahs Gott eine Schwäche für Übertreibungen hatte, dachte Sem, galt dies vielleicht auch für die Maße des Schiffes.

Haustiere, dachte er.

Wie hält man Stiere und Kühe, Esel, Hühner, Schafe, Ziegen und Schweine in ihren Boxen auf einem Schiff, das im Sturm treibt? Für das Futter hatten sie Platz, aber der Mist ... was machte man damit?

Im nächsten Augenblick fiel ihm auf, dass nichts über die Zeit gesagt worden war. Vielleicht sollte das Schiff so groß sein, damit Menschen und Tiere dort lange leben konnten. Ein Jahr? Länger?

»Gott im Himmel«, sagte er.

Plötzlich erinnerte er sich an die Frau auf dem Kai in Eridu, die Ham höhnisch gefragt hatte, was Noah mit all seinem Gold machen würde, wenn die Sintflut käme, um sie alle zu ertränken.

Im nächsten Augenblick dachte er an die Toten, Tausende von Toten, deren Körper das Flusswasser vergiften würden. Wasser, dachte er, das meiste deutet darauf hin, dass es uns an Wasser mangeln wird.

»O Gott«, sagte er wieder. Wasser ist wichtiger als Essen, wenn wir überleben wollen.

Er hatte den Tag wie gewöhnlich mit einem Bad im Fluss begonnen und dabei wie alle in den letzten Tagen gefunden, dass das Wasser trübe war, dass der Schlamm, der die Flussmündung verstopfte, bereits in der Bucht angelangt war.

Nun war Sem so aufgeregt, dass er aufstehen, sich bewegen, in der Werkstatt herumgehen musste. Was hatte Sinar heute morgen gesagt, als Sem nach der Kiellegung des protzigen Bootes gesehen hatte, das sie für den dicken Kaufmann in Eridu bauten?

Dass in mehreren Familien die Kinder magenkrank und die Mütter besorgt seien.

Das Wasser, dachte Sem.

Im nächsten Augenblick war er auf dem Weg zur Werft, bat Sinar, alle Erwachsenen zu einem Treffen auf dem Landungssteg zusammenzurufen. Wir müssen das Wasser durch ein Sieb gießen, dachte er. Durch Segeltuch? Würde das reichen?

Er hatte Zeit nachzudenken, während die Menschen sich um ihn herum versammelten.

Kurz angebunden sagte er, dass er das Flusswasser nicht länger für trinkbar halte und die Kinder deshalb krank würden.

Es wurde still, als hielte der Fluss in seinem Lauf inne.

»Ich habe mir vorgestellt, dass das Wasser zum Waschen und Saubermachen durch ein Segeltuch geseiht werden soll. Ihr könnt Tuch aus dem Vorrat nehmen und es über die großen Tonkrüge spannen.«

»Aber«, fuhr er fort, »ich glaube nicht, dass wir das gefilterte Wasser zum Essen oder Trinken nehmen können. Wir müssen die Arbeit unterbrechen und alle verfügbaren Boote nehmen, um den Titzikona ein Stück hinaufzurudern. Soviel wir wissen, ist der Nebenfluss sauber.«

Eine junge Mutter, die ein Kind auf dem Arm hielt, fing an zu weinen:

»Sie sind so durstig, wenn sie krank sind«, sagte sie. »Mein Junge trinkt und trinkt.«

»Gib ihm so lange Milch«, antwortete Sem.

»Aber er behält die Milch nicht bei sich.«

»Dann muss er durstig bleiben«, sagte Sem. »Schon heute Nachmittag können wir mit frischem Wasser aus dem Titzikona zurück sein.«

Eine halbe Stunde später waren sie auf dem Weg, eine ganze Flotte von kleinen Booten zog den großen Kahn hinter sich her. Auf dem Kahn waren alle Tongefäße der Familien gestapelt.

Sie mussten den Titzikona weit hinaufrudern, bevor Sem das Wasser für ausreichend klar hielt und Gefäß nach Gefäß gefüllt werden konnte. Auf dem Heimweg über die Bucht sahen sie zum ersten Mal, dass auf der östlichen Seite tote Fische im Strom trieben, große Fische mit zur Wasseroberfläche gewandten Bäuchen.

Die Männer sahen sich an und plötzlich fragte einer von ihnen: »Was glaubst du, wie lange wir von den Fischen essen können?«

»Ich weiß es nicht.«

Es war leicht zu sehen, dass Noahs Sohn ratlos und ängstlich war.

Am nächsten Tag ging es den Kindern besser. In gegenseitigem Einverständnis rationierte man das Wasser aus dem Titzikona und staunte, wie frisch und klar es war. Aber als Sem den Befehl gab, dass nicht mehr gefischt werden durfte und dass die Familien, die Fisch haben wollten, den Nebenfluss hinauffahren mussten, um Netze zu legen, fanden alle, dass er übertrieb. Und als er sagte, dass das Gemüseland mit dem gefilterten Wasser bewässert werden musste, lachten sie hinter seinem Rücken. Gemüse wuchs doch in Schlamm.

Sem hatte den größten Teil der Nacht in der Zeichenwerkstatt zugebracht. Bei Tagesanbruch hatte er dort das Problem des Wasservorrats auf dem großen Schiff gelöst. Die Trimmtanks sollten mit Trinkwasser gefüllt werden.

Am nächsten Morgen ging er zur Seilerbahn hinter dem Südberg. Sie lag am tiefsten Punkt der Werft in einer Senke, und das steigende Flusswasser stand schon einen Zoll breit über dem Fußboden.

Hier würden sie das Schiff bauen.

Der Platz hatte viele Vorteile. Er war vom Wachturm des Nordreichs aus nicht zu sehen. Der Berg fiel an der südlichen Seite steil ab, was gelegen käme, wenn das Schiff in die Höhe wuchs. Auf der anderen Seite würde man mit der Zeit eine Rampe bauen müssen, und das würde im Südreich Aufsehen erregen.

Bis auf weiteres könnte man sagen, dass Noah eine neue Seilerbahn baute, was niemanden wundern würde. Die alte war verfallen und lange außer Betrieb. Noah bestellte sein Tauwerk bei dem Seiler in Eridu, es war teuer, aber der Mann garantierte hohe Qualität und hatte einen besseren Zugang zu langfaserigem Flachs.

Sem schüttelte den Kopf, als er daran dachte, wie viele Seile und welch dicke Trossen man für den Bau brauchen würde. Es wird ein Vermögen kosten, dachte er.

Er stand lange am Ufer und betrachtete den alten langen Schuppen, in dem die Seile gedreht wurden. Plötzlich wusste er, wie er das Schiff bauen würde.

Er sah es ganz klar vor sich. Einen Teil nach dem anderen würde er bauen, eine lange Reihe von Kästen, zusammengefügt mit den stärksten Seilen, die jemals gedreht worden waren.

Ein Bodenstück für ein Schiff dieser Größe würden sie nirgends auftreiben können, das hatte er von Anfang an gewusst. Nun würde jedes Teil seinen eigenen Boden bekommen und das lange Schiff wendiger werden.

Falls die Seile hielten.

Den Rest des Tages nutzte er, um seine Ideen auf die Wand zu übertragen. Und den Rest der Woche berechnete er den Holzverbrauch, eine Arbeit, die seine Gedanken schwindlig werden ließ.

Kapitel 29

Am achten Tag kehrten Noah und Naema zur Werft zurück. Noah war ruhiger, das konnte Sem auf den ersten Blick sehen. Aber er war ein Mann, der trauerte. Wie ein Mensch, der einen nahen Angehörigen verloren hat und sich langsam an den Verlust zu gewöhnen beginnt.

Auch Naema war traurig. Sie hatte sich von ihrem Volk und von ihrer Familie verabschiedet. Als Noah angelegt hatte, sah er erstaunt auf das große Floß, das gerade klar gemacht wurde, um über die Bucht geschleppt zu werden.

»Was hast du vor, Junge?«

Und Sem musste von seiner Entdeckung berichten, die er gemacht hatte, als die Kinder im Dorf krank wurden.

»So lange der Titzikona sauber ist, schaffen wir es«, versuchte er zu trösten. Naema nickte und ging zum Dorf. Sie wollte jedes Haus besuchen und jedes Kind untersuchen. Sem erzählte leise von den toten Fischen im Fluss, und Noah sagte:

»Dann hat sie schon angefangen, die Hölle.«

Es war ein heißer Tag, die Hitze flimmerte über dem Dorf und dem Fluss. Hochsommer – das Frischwasser würde sich nicht lange halten.

»Hast du an die Soldaten auf dem Turm gedacht?«

»Ja«, sagte Sem und war froh, dass er es getan hatte. Widerstrebend war er zum Turm hinaufgegangen und hatte die Wachen des Nordreichs vor den Fischen und dem Wasser gewarnt. Sie hatten die Magenschmerzen ebenfalls zu spüren bekommen, und bei ihnen hatte die Krankheit einen ernsteren Verlauf genommen.

Einer der jüngsten hatte mehrere Tage lang kein Essen behalten können.

»Sie haben ja kein Boot«, fuhr Sem fort. »In den ersten Tagen haben wir ihnen frisches Wasser gebracht, aber dann habe ich ihnen den alten Kahn geliehen.«

»Das ist gut, aber wenn sie nicht fischen können, besteht die Gefahr, dass sie hungern.«

»Wir haben sie mit Brot versorgt«, sagte Sem und erzählte vom Bäcker des Dorfes, der in Wut geraten war, als Sem das Brot zum Turm hinaufgetragen hatte.

»Ich werde mit ihm sprechen«, sagte Noah.

Dann gingen sie in die Zeichenwerkstatt, wo Vater und Sohn stundenlang vor der weiß gestrichenen Wand mit den ersten Zeichnungen saßen. Noah war beeindruckt. Einen Augenblick war er geradezu begeistert:

»Sem«, sagte er, »ich habe immer gesagt, dass du ein Genie bist.«

Sem wurde rot vor Freude, aber dann kam er auf seine Sorge mit den Seilen zu sprechen. Konnten so starke Trossen überhaupt hergestellt werden?

Noah hörte zu, und als Sem aufgehört hatte zu sprechen, sah er aus wie immer, wenn sein schlauer Kopf sich mit Ideen füllte.

»Wir können vielleicht den Seiler aus Eridu mit hinzunehmen«, sagte er. »Er ist ein Meister darin, starke Trossen zu fertigen.«

Sem war erstaunt, konnte aber nicht mehr darüber nachdenken, weil Noah fortfuhr:

»Hast du davon gehört, dass es unreines Kupfer gibt? Es enthält noch etwas, und wenn man es zum Schmelzen bringt, so sagt man, soll man ein Metall bekommen, das so hart ist wie der Tod.«

»Man könnte lange Nägel machen, die halten?«

»Ich weiß nicht, wir müssen mit Haran sprechen.«

»Wir wissen doch gar nicht, ob er sich entschließt, mitzumachen«, sagte Sem.

»Das wird er«, sagte Noah. »Und ich weiß, dass er ein geschickter Schmied ist.«

»Ich hatte Zeit, über einiges nachzudenken, verstehst du, und ich habe festgestellt, dass ich nicht bestimmen kann, welche Menschen es verdienen zu überleben. Aber ich kann versuchen, so viel wie möglich von dem Wissen zu retten, das es auf der Erde gibt.«

Sem lächelte erleichtert, das war eine praktische Art, die Aufgabe, die vor ihnen lag, zu sehen. Was waren die wichtigsten Kenntnisse der Menschen? Die Töpferei, die Baukunst, die Schmiedekunst, die schönen Künste, die Lieder, die Geschichten.

Er dachte an die Hymnen, die die Priester in den Tempeln in Eridu gelesen hatten, und sagte:

»Am wichtigsten von allem ist die Schreibkunst.«

Noah nickte, das hatte er schon eingesehen.

»Aber da sind wir gut versorgt. Diese Kenntnis haben du und Nin Dada.«

»Nin Dada?« Sem konnte sein Erstaunen nicht verbergen.

»Hast du vergessen, dass sie das einzige Kind des ersten Schreibers im großen Tempel in Eridu war? Sie hat schon als Kind lesen und schreiben gelernt. Ich habe gedacht, dass sie die Kinder unterrichten wird.«

Sem widerstrebte der Gedanke, er musste aber zugeben, dass es eine gute Idee war, auch weil Nin Dada mit Kindern eine so gute Hand hatte.

Dann sagte Noah etwas überraschend:

»Wir haben zu wenig Frauen.«

Sem errötete, er verstand das Problem, fand das Thema aber unangenehm. Noch schlimmer wurde es, als Noah fortfuhr:

»Ich will, dass du Kreli heiratest.«

Als Sem die Sprache wiedererlangt hatte, sagte er:

»Ich verstehe, dass du angefangen hast, uns als Zuchtvieh zu sehen, aber das gibt dir kein Recht zu – zu …« Er stotterte.

»Was?«

»Du bist doch nicht Gott«, sagte Sem. »Du kannst nicht über die Gefühle der Menschen bestimmen.«

»Nein, aber über ihre Handlungen«, sagte Noah. »Heiraten ist eine Handlung. Alle neigen Gott sei Dank nicht zu der großen Leidenschaft.« Sie waren lange still. Noah dachte an Naema und seine Abhängigkeit von ihr. Sem dachte an den Sklavenjungen in Eridu, der noch immer in seinen nächtlichen Träumen vorkam.

»Du kannst mir nicht befehlen zu heiraten.«

»Nein, Junge, beruhige dich«, sagte Noah. »Aber meistens bekomme ich ja doch, was ich will.«

Es war ein Scherz, aber Sem fühlte sich gekränkt und lachte nicht mit. Er musste aber zugeben, dass in Noahs Worten eine Wahrheit lag, als dieser fortfuhr:

»Das Schicksal hat uns getroffen, Sem. Wir haben keine Zeit … persönlich zu denken. Und übrigens verstehe ich nicht, was du gegen Kreli hast, der Mann, der sie bekommt, kann sich wahrlich glücklich schätzen.«

Plötzlich sah Sem Krelis Gesicht vor sich, das Lachen, das immer auf der Lauer lag.

»Ich glaube nicht, dass sie mich haben will.«

»Davon weiß ich nichts«, sagte Noah. »Es ist deine Sache, das herauszufinden, wenn du darüber nachgedacht hast.«

Noah war mit sich selbst zufrieden, als er die Werkstatt verließ. Während der Reise hatte er seine Idee mit Naema diskutiert, die widerwillig zugehört und nicht viel gesagt, aber bekümmert ausgesehen hatte. Was sie beunruhigte, hatte er nicht erfahren, aber es hatte mit Sem zu tun, nicht mit der Frau. Jetzt hatte er die Sache selbst in die Hand genommen.

Noah betete nicht mehr. Aber er befand sich oft in einem entrüsteten Streit mit dem Herrn.

»Mit dem Flusswasser da hättest Du wohl warten können«, sagte er, als er den Pfad zum Wachturm des Nordreichs hinaufstieg. »Aber Du hast keine Geduld.«

Auf halbem Weg zum Turm hinauf wurde er von seinem Zorn überwältigt und musste stehenbleiben:

»Was glaubst Du, wie wir Dein Boot bauen sollen, wenn Du den Fluss vergiftest«, sagte er.

»Boot«, fuhr er rasend fort. »Ich spreche von dem Kasten, den Du bestellt hast, und ich glaube nicht, dass Du begreifst, welch unmenschliche Aufgabe Du uns gegeben hast. Hier auf der Erde kann man nur durch schwere Arbeit etwas ausrichten. Ich frage mich, wie Du Dir das mit dem ganzen Holz gedacht hast, mit den Arbeitern, die in den Wald hinauf müssen, mit der gewaltigen Flößerei den Titzikona hinunter.«

»Du weißt vielleicht nicht, dass Holz trocknen muss, und wie sollen wir das machen, wenn der Fluss weiter die Seilerbahn überschwemmt?«

Noah sah zum Himmel, der unverändert blau und stumm war.

»Dass Du ohne Barmherzigkeit bist, ist schwer genug«, sagte er. »Aber etwas Vernunft müsstest Du doch haben.«

Die Soldaten auf dem Wachturm sahen erleichtert aus, als Noah kam. Ohne Bedenken und gegen alle Regeln ging er über die Grenzlinie und stieg zu ihnen herauf.

»Wie geht es dem kranken Jungen?«

Der Offizier schüttelte den Kopf, und Noah ging in die Baracke hinter dem Turm und betrachtete den Kranken. Dem Jungen fehlte alle Farbe, er war gelb wie ein Toter. Aber er stöhnte vor Schmerzen und hatte schwere Krämpfe.

»Ich werde meine Frau holen«, sagte Noah kurz, und als er den Berg hinunterlief, war sein Zorn so gewaltig, dass ihm das Atmen schwer fiel. Er fand Naema zu Hause in der Küche, wo sie an ihrem Kräuterschrank stand und in einem Mörser Kalmuswurzeln zerrieb.

»Der Junge im Turm stirbt«, sagte er.

»Krämpfe?«

»Ja.«

»Dann kann ich wohl nichts machen«, sagte sie leise. Aber sie folgte ihm und nahm das Kalmuspulver und den Topf mit dem Schlafmohn mit.

Das Opium wirkte schnell, die Krämpfe und Qualen ließen nach, und der Kranke konnte endlich schlafen.

»Wir müssen ihm zu trinken geben.«

Naema beugte den Kopf des Jungen nach hinten und versuchte, Wasser durch seine Nase zu blasen. Aber vergeblich, jeder Tropfen kam wieder heraus. Noah löste sie ab, die Soldaten fuhren fort, die Zeit verging und die Atmung des Jungen wurde immer kürzer.

Nur einmal gab er einen Laut von sich:

»Mama«, flüsterte er. »Mutter …«

Schließlich musste Naema aufgeben.

»Ich kann nichts mehr machen.«

Sie verstanden.

Sie ließ das Opium dort und sagte leise, bevor sie ging, dass sie ihm von der Medizin geben sollten, wenn die Schmerzen zurückkämen.

»Es heilt nicht, es lindert nur.«

Bevor Noah den Turm verließ, sagte er, dass sie im Laufe des Nachmittags Fleisch, Brot und frisches Wasser bekommen würden. Dann sah er auf die Medizin.

»Wenn irgendein … hohes Tier aus dem Nordreich kommen sollte, versteckt ihr am besten den Topf.«

Der wachhabende Offizier erwiderte mit einem eigentümlichen Lächeln:

»Es kommen keine hohen Tiere. Die Kinder sterben überall in den Dörfern am Fluss … und in Sinear verkriechen sich die Mächtigen in ihren Festungen.«

Auf dem Heimweg war Noah von seinem Zorn so in Anspruch genommen, dass er Naemas Angst nicht bemerkte. Erst zu Hause in der Küche entdeckte er, dass sie bleich war und ihre Hände zitterten. Für einen Augenblick war ihm, als würde er den Boden unter den Füßen verlieren und direkt in den Abgrund sehen. Er packte sie an den Schultern, schüttelte sie und flüsterte:

»Du bist der einzige Mensch hier, der keine Angst bekommen darf.«

»Ich habe keine Angst«, sagte sie erstaunt. »Ich bin nur traurig wegen all der Kinder. Noah, sie haben nichts … sie sind ausgehungert. Sie werden sterben wie die Fliegen.«

Er umarmte sie, musste aber sagen, wie es war:

»Naema, es kommt noch schlimmer, viel schlimmer.«

»Ich weiß.«

Sie aßen zusammen mit Sem ein einfaches Abendessen. In wenigen Worten erzählte Noah von dem sterbenden Soldaten auf dem Turm. Und was der Offizier über die toten Kinder in den Dörfern entlang des Flusses im Nordreich gesagt hatte.

Naema sah, wie Sem erstarrte, war aber überrascht, als er plötzlich schrie:

»Aber Hams Jungen, wir müssen …«

»Wir müssen Nin Dada warnen«, flüsterte Naema.

Noah sprang vom Tisch auf, um Sinar zu suchen, den besten Seemann der Werft.

»Ich nehme das kleinste Boot, das ist am schnellsten«, sagte Sinar.

»Du solltest vielleicht einen Mann mitnehmen.«

»Ich fahre mit dem Strom, es geht am schnellsten, wenn ich alleine bin.«

Noah wusste, dass in der Überlegung ein Fehler lag, aber er war zu aufgeregt, um sich die Zeit zum Nachdenken zu nehmen.

Eine kurze Weile später war Sinar auf dem Weg, in schneller Fahrt und mit einem Segel, das den Abendwind voll ausnutzte. An Bord hatte er zwei Tonkrüge mit Wasser aus dem Titzikona.

Kapitel 30

Sie hatten den Zehnruderer gewählt und waren im Morgengrauen aufgebrochen. Ham, Nin Dada, Haran, Kreli und die fünf Kinder. Der schöne Morgen war von Erwartungen erfüllt. Endlich würde die Familie aus dem Nordreich Eridu sehen dürfen, die Großstadt mit ihren berühmten Tempeln und ihrem Wohlstand.

»Ich bin am neugierigsten auf die Freiheit«, sagte Kreli. »Wie bewegen sich Menschen, die keine Angst haben? Wie klingen ihre Stimmen und ihr Lachen? Wie geht man, wenn man die Lust das Ziel bestimmen lässt?«

Sie lachte herzlich, aber Nin Dada sah besorgt aus, und Ham sagte:

»In Eridu rennen die Leute. Es ist wie in einem Ameisenhaufen.«

»Warum das?«

»Alle müssen alles schaffen.«

»Das verstehe ich nicht.«

»Ich auch nicht«, sagte Ham. »Aber wenn ich ein paar Tage dort gewesen bin, fange ich auch an zu rennen.«

Haran beobachtete sie. Sein Blick blieb an Nin Dada hängen.

»Was sagst du, du bist dort geboren?«

»Es ist, wie Ham es beschreibt. Freiheit, ich weiß nicht … Es ist klar, die Leute sind nicht so ängstlich wie in Sinear. Aber frei? Sie – wir jagen uns selbst. Es ist, als hätten wir den Tyrannen in uns.«

»Was ist das für ein Tyrann«, fragte Haran erstaunt.

»Es ist wohl die Gier«, sagte Nin Dada und lachte. Aber dann fuhr sie mit plötzlicher Heftigkeit fort:

»Eridu ist mir ein Greuel. Die Menschen begegnen sich nicht, sie sehen einander kaum auf ihrer Jagd nach immer neuen Erlebnissen.«

Kreli sah sie verwundert an. Nin Dada wurde rot und wollte es abschwächen:

»Das ist ja nur mein Bild, Kreli. Du wirst die Stadt vielleicht lieben.«

»Ich finde es spannend, dort zu sein«, sagte Ham. »Wie die Teilnahme an einem Wettkampf oder einem Schauspiel.«

Nin Dadas Blick streifte ihn, bevor sie ihre Augen weiter über den Fluss wandern ließ. Haran sah es, und wie seit den ersten Tagen fragte er sich: Warum sehen sich die beiden nie an?

Die Dunkelheit war hereingebrochen, als sie Hams und Nin Dadas Haus erreichten, die kleineren Jungen schliefen und mussten an Land getragen werden.

Es war ein schönes Haus. Kreli, Haran und seine Söhne gingen von Raum zu Raum und bewunderten die weißen Wände, die großen Luken zum Fluss hin, die wenigen, aber kostbaren Möbel und den schönen Garten mit seinen Blumen und seinem Springbrunnen. Nin Dada bereitete eine späte Mahlzeit und trug Essen ins Bootshaus, wo die Ruderer übernachteten.

Bevor sie schlafen gingen, erzählte Kreli, was der Älteste von Harans Söhnen gesagt hatte:

»Von allen, die wir getroffen haben, mögen wir Nin Dada am liebsten.«

Ham sah verdutzt aus, aber Haran sagte:

»Das verstehe ich, Nin Dada ist der erste erwachsene Mensch in ihrem Leben, der nicht mit Kindern spricht, als wären sie bedeutungslos.«

»Das stimmt«, sagte Kreli verblüfft, sah Nin Dada lange an und fragte:

»Wo hast du das gelernt?«

Nin Dada war selbst erstaunt, hatte aber rote Wangen vor Freude.

»Ich habe nie darüber nachgedacht«, sagte sie. »Aber das muss von meinem Vater kommen. Er sagte, dass alle Menschen, Männer und Kinder, Frauen und Sklaven, ein Geheimnis haben. Ihr eigenes Geheimnis, versteht ihr? Und dieses Eigene und Unbekannte ist das Wichtigste, man muss sich erinnern, dass es das gibt, und man soll es achten.«

Kreli und Haran waren still und glücklich wie Menschen es werden, wenn ein Gedanke ihnen den Weg zu neuen Einsichten öffnet. Aber Ham drehte und wand sich und sagte:

»Du fängst an, wie Naema zu reden.«

Er lachte, aber niemand fand, dass es lustig war.

Bevor Haran einschlief, stellte er sich wieder die Frage: Warum sahen sich Noahs Sohn und Schwiegertochter nie an? Ham hatte seinen Blick auf einen Punkt neben seiner Frau gerichtet, auch wenn er mit ihr sprach. Nin Dada suchte manchmal das Gesicht ihres Mannes, aber ihre Augen waren fast immer auf der Flucht.

Am nächsten Morgen sprach er mit Kreli darüber. Sie nickte, auch sie hatte es bemerkt:

»Ich glaube«, sagte sie, »die beiden bedeuten einander zu viel.«

Das beruhigte Haran.

Nin Dada blieb mit ihren Kindern zu Hause, als die anderen ihren Weg nach Eridu fortsetzten. Wie Noah vorhergesehen hatte, machte die Stadt den Goldschmied nervös. Der nie versiegende Strom von Menschen, deren Augen sich nicht begegneten, beunruhigte ihn, die vielen Läden überwältigten ihn, die Bettler, die auf den Straßen schliefen und ihm ihre krallenartigen Hände entgegenstreckten, erschreckten ihn.

Er ging zu den Goldschmieden, fand ihre Arbeiten aber protzig. Er suchte die Werkstätten der Künstler auf und hörte verwickelten Gesprächen über die Aufgabe der Kunst zu.

Obwohl er viele einsame Jahre in Sinear damit verbracht hatte, über die Schönheit nachzudenken, konnte er an den Gesprächen nicht teilnehmen. Er hatte seine Antworten gefunden, meinte er. Die Schönheit war Gottes Ausdrucksmittel, sie weckte das

Mitleid in den Menschen und öffnete ihre Sinne für das Mysterium.

Nichts von all dem konnte er in Eridu mitteilen. Er fürchtete den Hohn, wurde unsicher, fand seine Schlussfolgerungen kindisch.

Auch seine Jungen hatten Angst vor der Stadt. Aber Kreli genoss den schnellen Rhythmus und den Wohlstand, die farbenfrohen Stoffe, die eleganten Kleider, die Spiegel, die Kupfergefäße, die Gewürze und den Überfluss an Früchten, Gemüse, Fisch und Fleisch.

Sie war jedoch einer Meinung mit Haran, hier wollten sie nicht wohnen.

Ham traf sich oft mit Kaufleuten und Handwerkern, kam erst spät am Abend zurück ins Wirtshaus und wirkte müde und bekümmert. Haran begann zu begreifen, dass Noahs Geschäftstätigkeit größer war, als er geglaubt hatte, konnte aber Hams Unruhe nicht verstehen.

»Es geht doch nicht ums Leben«, sagte er, nachdem Ham einen halben Tag mit dem Seiler der Stadt verhandelt hatte, ohne ein Resultat. Noahs Sohn antwortete nicht, warf Haran aber einen sonderbaren Blick zu. Und am Nachmittag sagte er:

»Ich will, dass du mir zur Hafeneinfahrt folgst, Haran. Alleine – Kreli und die Jungen können sich auf eigene Faust vergnügen.«

In der Dämmerung, als die Luft sich abkühlte, standen Ham und Haran Seite an Seite und betrachteten die Schlammberge in der Einfahrt. Sie redeten nicht viel, standen nur dort. Nach einer Weile erzählte Ham von dem Fluss, der seit Beginn des Frühlings ununterbrochen gestiegen war, und zeigte auf den Tempel, in dem Eridus Weise in ständigen Sitzungen zusammensaßen, uneiniger als jemals zuvor.

»Sem zufolge können sie sich nicht darauf einigen, wer die Verantwortung für die Katastrophe übernehmen soll«, sagte Ham.

Am nächsten Morgen wollten sie zu dem Haus zurückkehren, wo Nin Dada wartete.

Kapitel 31

Nin Dada genoss ihre Einsamkeit. Das erstaunte sie, sie hatte sich während der vielen Jahre hier in ihrem Haus verlassen gefühlt, als sie wochenlang allein mit den Kindern war.

Es war immer wärmer geworden, die Jungen verbrachten viele Stunden im Fluss. Sie saß unter ihrem Sonnenschutz am Strand und freute sich über sie, über ihre Geschicklichkeit und ihren Mut, wenn sie wie Fische zum Grund hinabtauchten, um Schätze zu suchen. Jeder Stein, den sie heraufbrachten, war eine Perle, die sie ihrer Mutter feierlich schenkten. Sie dankte ebenso feierlich und versuchte nur zuweilen, das Spiel zu unterbrechen.

»Ihr seid doch Landlebewesen und keine Fische«, sagte sie. Aber ihre Stimme klang nicht ernst, und als die Jungen über sie lachten, stimmte sie in die Fröhlichkeit ein.

Sie bekamen kalte Gemüsesuppe mit Sahne zum Abendessen, und dann brach die Hölle los. Die Kinder erbrachen auf eine Art, die Nin Dada sich nur schwer erklären konnte, sie kehrten das Innere ihrer Körper nach außen. Als sie schließlich leer waren bis auf einen übelriechenden grünen Schleim, schrien sie vor schlimmen Magenschmerzen.

Nin Dada schickte ihre alte Dienerin nach dem Arzt. Er kam, schüttelte den Kopf und meinte, dass die Kinder von der Suppe vergiftet seien, dass die Sahne schlecht gewesen sei. Aber Nin Dada und ihre Dienerin hatten das Gleiche gegessen.

»Kindermägen sind empfindlicher«, sagte er. »Das Wichtigste ist nun, dass sie Flüssigkeit bekommen. Seht zu, dass sie Wasser trinken, so viel Wasser wie möglich. Und oft.«

Die alte Amme stand folglich weit draußen auf dem Steg und hievte Wasser herauf. Nin Dada lief von Kind zu Kind, und manchmal gelang es ihr, einem einige Tropfen einzuflößen. Aber sie konnten das Wasser nicht behalten, sie erbrachen erneut.

Sie wechselte Betttücher und Kleider und beauftragte die Alte, sie hinauszutragen und einzuweichen. Das Haus stank. Nin Dada behielt ihre Ruhe bis zuletzt, aber als Fut das Bewusstsein verlor, konnte sie den Schrecken nicht von sich fernhalten:

Naema, was hätte Naema getan? Sie dachte an den Kräuterschrank in Naemas Küche und verfluchte den Arzt, der keine Medizin dabeigehabt hatte. Im nächsten Augenblick schrie Misraim:

»Müssen wir jetzt sterben, Mutter, müssen wir sterben?«

»Nein«, sagte Nin Dada, »nein. Es geht vorbei, morgen ist es vorüber.« Aber als sie mit der alten Amme einen Blick tauschte, wusste sie: Es war möglich, dass der Junge Recht hatte.

Nin Dada ging mit dem kleinen Fut im Arm auf und ab, drückte ihn an sich, streichelte seine Wangen, weinte, flüsterte: »Komm zurück, mein Kleiner, komm zurück.«

Sie hörte nicht, dass ein Mann den Raum betrat, sah ihn nicht, bevor er seinen Arm um ihre Schultern legte:

»Sinar«, sagte sie. »Sinar, woher kommst du?«

»Von Noah«, sagte der Bootsmann. »Ich komme mit der Botschaft, dass der Fluss vergiftet ist und dass ihr das Wasser nicht trinken dürft.«

»Der Fluss«, schrie Nin Dada, »bei allen Göttern, der Fluss. Hast du Medizin dabei?«

»Nein, wir wussten nicht … aber ich habe frisches Wasser.«

Tropfen für Tropfen flößten sie den Kindern das Wasser aus dem Titzikona ein, die beiden älteren sanken in Schlaf, schliefen für einen kurzen Moment, um dann wieder mit Schmerzen aufzuwachen. Der kleine Fut konnte nicht trinken, aber Sinar nahm den Jungen und brüllte: »Wach jetzt auf, Junge.«

Es gelang ihm, für einen Augenblick schlug das Kind die Augen auf, und Sinar fuhr im gleichen befehlenden Ton fort:

»Trink jetzt, Fut.«

Der Junge schluckte einige Löffel voll, erbrach aber bald wieder.

»Wir müssen hier weg, Sinar. Zu Naema.«

»Aber …«

»Sinar, meine Kinder sterben.«

Er sah ein, dass sie Recht haben konnte, sagte aber doch, wie es war:

»Ich habe das kleinste Boot. Wenn wir heute Nacht gegen den Strom fahren, müssen wir zwei sein, die rudern.«

»Ich rudere.«

Er sah sie an, die feine Dame, wie die Leute auf der Werft sie nannten.

»Nin Dada, es wird schwer. Und jemand muss sich um die Kinder kümmern.«

»Wir haben keine andere Wahl«, sagte sie, und er gab nach.

Sie hüllten die Kinder in warme Decken und trugen sie zum Boot hinunter. Sinar richtete am Bug ein Lager aus Segeltuch, legte die Jungen dicht nebeneinander und deckte sie zu. Sie froren nun so, dass ihre Zähne klapperten.

Aber sie waren ruhiger, die Nachtluft und die Sicherheit, die Sinar ausstrahlte, halfen ihnen.

Während Sinar Nin Dadas Hände umwickelte, rief er der Dienerin einen Abschied zu. »Ham«, rief sie zurück, »Ham und die anderen kommen morgen.«

Nie hätte Nin Dada gedacht, dass es so schwer war, ein Boot gegen den Strom zu rudern, einen Augenblick befürchtete sie, vor Anstrengung ohnmächtig zu werden. Aber sie fanden einen Rhythmus und arbeiteten sich Stück für Stück nordwärts.

Die Kinder schliefen, nur manchmal wachten sie auf, weinten, wurden aber von Sinars Stimme beruhigt: »Bald sind wir da. Schlaft, dann wacht ihr bei Naema auf, die euch gesund macht.«

Nach einigen Stunden hatte Nin Dada einen Blutgeschmack im Mund, und Arme und Schultern schmerzten. Am schlimmsten war jedoch der brennende Schmerz in den Händen. Es blutete nun durch die Binden hindurch, die Sinar darum gewickelt hatte. Es klebte, brannte wie Feuer, aber sie gab keinen Laut von sich. Manchmal musste sie das Ruder loslassen, um den Kindern neues Wasser zu geben.

»Ich weiß nicht mehr, ob Fut schläft oder bewusstlos ist«, flüsterte sie Sinar zu.

»Sieh zu, dass du neue Binden um die Hände bekommst.«

Langsam wurde die Nacht heller, ging über von Schwarz in Grau. Die Kinder schrien nach ihrer Mutter, Nin Dada ging nach vorn, lag dort auf Knien, flößte ihnen Wasser ein, tröstete sie.

Sinar dachte gerade noch, dass jetzt nur noch die große Landzunge vor ihnen lag. Sowie er sie umfahren hatte, würde er das Notsignal anzünden, das Leute von der Werft zu Hilfe rufen würde. Weiter konnte er nicht denken, bevor ihm die eigenartige Stille bewusst wurde. Und der Geruch von Unwetter.

Im nächsten Augenblick war der Wolkenbruch über ihnen.

»Nin Dada«, schrie er. »Komm her, rudere, rudere um das Leben.«

Sie gelangten um die Landzunge herum und einige Meter weiter, bevor der Sturm losbrach. Das Boot trieb in rasender Fahrt auf die Klippen zu. Sinar hob zwei der Jungen hoch und warf Fut Nin Dada zu:

»Spring«, schrie er. »Spring um Gottes willen.«

Sie gehorchte, und als sie wieder an die Wasseroberfläche kam, sah sie, wie das Boot an den Klippen zerschellte. Sinar legte die beiden Kinder auf das Ufer und rannte herbei, um sie und Fut hinaufzuziehen.

Durchnässt saß sie am Ufer, hielt ihre Kinder im Arm und sah, wie Sinar sich gegen den Sturm zum Wrack hinüber kämpfte. Dann hörte sie ihn voller Triumph rufen. Er hatte die Feuergeräte gefunden. In rasender Geschwindigkeit nahm er den Topf mit dem Baumwollgarn und schüttete Öl hinein. Es brannte, fast eine Minute lang brannte ein Feuer auf der Klippenwand.

»Nun, können wir nur hoffen, dass der Sturm die Wachen nicht vertrieben hat«, sagte er, übernahm Misraim von Nin Dada und begann, den Körper des Jungen warmzureiben.

Sie tat es wie er, Kus bekam die Wärme zurück, aber der kleine Fut war bewusstlos und kalt wie Eis.

Kapitel 32

Noah erwachte wie so oft in der letzten Zeit aus einem Albtraum über Lamek. Es war, als lauerten die eingesperrten Erinnerungen an die Kindheit nur darauf, herauszukommen und ihn zu peinigen.

Er versuchte, Trost zu finden in Naemas Worten, es sei gut für ihn, sich zu erinnern. Aber er verstand sie nicht. Es konnte wohl niemandem nutzen, von schweren Erinnerungen gequält zu werden.

Nun saß er auf der Bettkante und bemühte sich, die Augen offenzuhalten. Er war müde und musste schlafen. Aber er wusste, wer dort drinnen in den Träumen auf ihn wartete.

»Guter Gott, hilf mir«, sagte er. Aber dann erinnerte er sich, dass Gott nicht gut war.

Naema bewegte sich unruhig im Schlaf. Vielleicht hatte auch sie böse Träume. Als er in die Küche hinausging, um sich eine Kelle Wasser zu holen, wachte sie auf:

»Bist du wach?«

»Ja, du weißt, der Traum …«

Aber sie wollte nicht zuhören, unterbrach ihn und flüsterte:

»Noah, etwas Schreckliches geschieht. Still, hör!«

Er lauschte, fand die Nacht wie immer.

»Hörst du nicht, wie still es ist?«

Noah öffnete die Fensterluke in der Küche und hörte in die Stille hinaus.

»Du hast Recht«, sagte er. »Das ist die Ruhe vor dem Sturm.«

Die Sommerstürme vom Meer waren nicht ungewöhnlich, sie

verwüsteten ungefähr jedes zweite Jahr die Flussufer. Noah sprang in die Kleider und rannte zu der Wache auf dem Steg.

»Es kommt ein Sturm. Blas in das Horn, wir müssen die Leute wecken, um die Boote zu retten.«

Zur gleichen Zeit, als der Platzregen einsetzte, kamen die schläfrigen Männer aus den Häusern gerannt, zogen ein Boot nach dem anderen an Land und in den Windschutz unter den Klippen. Sie waren geübt und wussten, was es bedeutete, wenn der Sommersturm auf dem Weg war. Aber der Wolkenbruch hatte eine fürchterliche Kraft. Mitten in der Plackerei mit den Booten hörte Noah noch ein Signal von den Wachen und rannte zum Steg.

»Jemand hat auf der Klippe südlich der Seilerbahn ein Notfeuer angezündet.«

»Sinar«, sagte Noah. »Um Gottes willen, Sinar.«

»Er muss gestrandet sein.«

Binnen weniger Minuten war Noah mit vier Männern auf dem Weg an der Seilerbahn vorbei und zu den Bergen hinauf.

Es ging schnell, sie hatten harten Wind im Rücken.

Im Rücken!

In diesem Augenblick verstand Noah, dass nichts stimmte. Das war kein Sommersturm. Das war Gottes Hand, die zuschlug, brutal und unerwartet. Er rächt sich für meinen Zorn und hat nicht vor, auf die Arche zu warten. Heute Nacht setzt er seinen Plan in die Tat um und ertränkt uns alle.

Noah hatte keine Angst, seine Wut war heftig wie der Sturmwind, und er verfluchte seinen Gott.

»Dann kann man sich nicht einmal auf Dich verlassen.«

Im nächsten Augenblick machte einer seiner Männer die gleiche Entdeckung:

»Der Wind«, schrie er, »der Wind kommt von Norden. Das ist kein gewöhnlicher Sturm vom Meer.«

»Was es auch ist, wir müssen Sinar retten.«

Die Männer liefen weiter den Berg hinauf. Bald konnten sie Sinars Stimme durch Regen und Sturm hören: »Hier, hier sind wir.«

Wir, dachte Noah und verstand plötzlich, was das bedeutete.

Sie fanden Nin Dada und die Kinder, alle ohne Bewusstsein. Sinar konnte selbst gehen, blutete aber stark aus einer Wunde an der Schulter. Nin Dadas Gesicht war im Dämmerlicht nicht zu sehen, es war von Blut verklebt. Nur die Kinder schienen unverletzt, heil, aber bewusstlos.

Mit den Kindern im Arm kämpften sich die Männer gegen den Wind zur Werft hinunter. Noah selbst trug Nin Dada auf dem Rücken, festgebunden mit den Decken, die Sinar hatte retten können und in Streifen gerissen hatte, um die Blutungen aus Nin Dadas Gesicht und an seinem eigenen Arm zu stoppen.

Es war schwer, es ging unerträglich langsam. Aber schließlich erreichten sie Noahs Haus und die Küche, wo Naema Wasser gewärmt, Verband und Medizin hervorgeholt hatte.

»Geh zurück zur Werft, dort wirst du am meisten gebraucht«, sagte Naema. »Und Noah, sieh zu, dass die Leute, die am Abhang wohnen, die Häuser verlassen.«

Er sah die Gefahr und nickte, der Sturm aus dem Norden konnte die Häuser an den südlichen Steilhängen zerschlagen. Er hatte sie dort gebaut im Hinblick darauf, dass sie gerade dort gegen die südlichen Stürme geschützt wären.

Als er die Treppe hinunterlief, hörte er Naema rufen:

»Sieh zu, dass die Leute sich von den Stegen fernhalten.«

Während Naema warmes Wasser in Wannen, die auf dem Küchenboden standen, schüttete, hörte sie Noah seine Befehle rufen, als sie den Jungen die Kleider vom Körper riss, konnte sie die erschreckten Schreie der Menschen hören, die aus ihren Häusern heraus und auf den Berg im Norden rannten.

Sie müssen sich vor dem Wachturm in Acht nehmen, dachte sie. Er wird in Stücke gehen.

Sobald sie die Jungen ins warme Wasser gelegt hatte, erwachten sie, und sie lächelte sie an und flößte ihnen Kalmus ein. Aber Fut erlangte das Bewusstsein nicht. Sie hielt ihn in der Wanne, streichelte ihn, kontrollierte sein Herz – es schlug – und seine Atmung, die allmählich ruhiger wurde.

Ich bräuchte Hilfe, dachte sie mit einem Blick auf Nin Dada, die Noah auf die Küchenbank gelegt und mit einigen trockenen Decken zugedeckt hatte. Aber es gab keine Hilfe.

Das Kalmusöl wirkte schnell, und bald konnte sie ihnen dünne Milchsuppe geben. Sie behielten einige Löffel voll bei sich und sie legte sie auf die Schaffelle auf dem Boden vor dem Feuer, wo sie einschliefen. Aber sie traute sich nicht, Fut loszulassen, sondern fuhr fort, ihn warmzureiben.

Wie viel Kalmus konnte man einem so kleinen Körper geben?

Es blieb nicht viel Zeit zum Nachdenken, sie beugte den Kopf des Jungen nach hinten und hielt ihm die Nase zu. Er schluckte, Gott sei Dank. Aber Milchsuppe bekam sie nicht in ihn hinein, nur einige Löffel frisches Wasser.

»Du rettest sie, Naema, nicht wahr?«

Nin Dadas Stimme drüben von der Küchenbank war schwach, aber gut zu hören, und Naema antwortete mit mehr Zuversicht, als sie fühlte:

»Sie schaffen es, Nin Dada. Bald schlafen sie, und ich kann dir helfen.«

Als Naema Nin Dadas Kleider aufschnitt und ihren Körper mit warmem Wasser wusch, hörte sie den Sturm draußen stärker werden. Der Wind heulte, als wäre er verrückt geworden, Noahs beruhigende Stimme war seit langem vom Tosen verschluckt.

Er vergisst wohl die Hirten auf dem Berg nicht?

Die Wunde in Nin Dadas Gesicht war nicht so tief, wie sie befürchtet hatte. Aber sie musste genäht werden. Schlimmer war es mit den Händen, Naema stöhnte leise, als sie die Innenseiten fast ohne Haut sah.

Sie bluteten noch, sie würden heilen. Aber die Narben …?

»Nin Dada.«

Sie schrie jetzt, um den Sturm zu übertönen, aber sie musste wissen, ob auch die Schwiegertochter vom Wasser vergiftet war.

»Nur die Kinder.«

Naema las die Worte von den Lippen der Kranken.

»Hör mir jetzt zu«, schrie Naema. »Ich muss dein Gesicht nähen und deine Hände sauber machen. Du wirst jetzt eine Medizin trinken, dann tut es weniger weh.«

Nin Dada nickte, sie hatte verstanden. Als Naema die Schnittwunde auf der Wange nähte, klagte sie bloß, aber sie schrie trotz der Betäubung, als die Hände gesäubert wurden.

Noah führte die Kinder des Dorfes und die Alten zur Zeichenwerkstatt. Sie lag ein Stück weit landeinwärts und bot einigermaßen Schutz vor dem Nordwind. Als er die Werkstatt verließ, sah er den Wachturm des Nordreichs davonfliegen und war froh, dass er daran gedacht und für seine Leute Schutz in den Bergspalten im Osten gefunden hatte.

Im nächsten Augenblick sah er die Wasserwand. Hoch wie ein Tempel stürzte sie über den Klippenvorsprung im Norden, mit rasender Kraft brauste sie an der Werft vorbei, zerbrach seine Stege, als wären sie aus Holzscheiten, stieg noch höher gegen den Himmel, wo die Flut schmaler wurde, und raste weiter nach Süden.

Es dröhnte zum Himmel, als wäre die Hölle los, und Noahs Zorn war weiß und endlos, als er seinen Gott verfluchte.

»Du hast nicht vor zu warten, Du wortbrüchiger Satan.«

Im nächsten Augenblick war alles vorbei, es wurde still, eine große, unwirkliche Stille herrschte.

Der verdammte Gott ruht sich einen Augenblick aus, dachte Noah und lief zu seinem Haus. Er wollte bei Naema sterben. Aber auf halbem Weg hielt er ein, blieb in der Stille stehen.

Da stand er lange und wartete. Schließlich verstand er:

»Ach so, Du, das war nur eine Übung.«

Zu Hause hörte er Nin Dada vor Schmerzen schreien, während Naema dicke Wegerichblätter auf die Wunden an den Händen legte. Aber Noah kümmerte sich nicht um Nin Dada, er fragte:

»Ist es vorbei?«

»Ja.«

Den ganzen Morgen ging Noah auf der Werft umher, sah nach Tieren und Menschen. Die Stege waren fort, vier Häuser hatten ihre Dächer verloren, die Masten der an Land gezogenen Schiffe waren zerbrochen. Alle seine Schafe und zwei seiner Hirten waren in der Wasserwand verschwunden.

Warum hatte sich niemand an die Hirten erinnert? Warum hatte er nicht an die jungen Burschen und seine Tiere auf dem Berg gedacht? Sie waren Brüder, Söhne eines seiner besten Bootsbauer. Mit schweren Schritten ging Noah zu dem Haus der Eltern, saß dort lange und schwieg zusammen mit ihnen.

Als er schließlich von dort wegging, dachte er an Ham. War er am Leben? Und Haran, Kreli und die Kinder? Und was würde die Wasserwand in der Großstadt anrichten?

Dann erinnerte er sich an Japhet. Und Jiska. Kann jemand einen solchen Sturm im großen Wald überleben?

Zum ersten Mal, seit das Unwetter kam, ließ der Zorn Noah los. Und er wurde ängstlich, sehr ängstlich.

Kapitel 33

Mitten in der Nacht erwachte Ham in dem Wirtshaus in Eridu, setzte sich im Bett auf und hatte böse Vorahnungen.

Er hörte das Klappern der Karrenräder draußen auf den Pflastersteinen, Eselschreie, Kommandorufe und den einen oder anderen grölenden Gesang der betrunkenen Nachtschwärmer auf dem Heimweg. Die große Stadt schlief nachts nicht, im Gegenteil. Während der dunklen Stunden wurden die Waren in die Basare gebracht.

Haran schlief ruhig, ohne Träume und mit tiefen, ruhigen Atemzügen. Ham versuchte herauszufinden, was ihn geweckt hatte, fand aber keine Erklärung. Hatte er geträumt? Nein.

Entschlossen legte er sich wieder hin und machte die Augen zu. Aber da fühlte er, wie die Unruhe sich zur Panik steigerte, er musste aufstehen, im Zimmer umhergehen und sich vergewissern, dass alles war, wie es sein sollte. Er ging hinaus, sah nach Kreli und den Jungen, die im Zimmer nebenan schliefen, er ging weiter die Treppe hinab und erschreckte den dösenden Türwächter.

»Verzeih mir«, sagte er, und der Mann nickte und fiel in seinen Schlummer zurück.

Als Ham in sein Zimmer zurückkam, öffnete er die Fensterluke und sah zu seinem Erstaunen, dass seine Hände zitterten. Draußen war alles wie immer. Noch.

Es lag etwas Furchtbares in der Luft, in der Dunkelheit selbst. Als hielte die Welt den Atem an vor dem Unausweichlichen.

Ham habe die Vorahnung geerbt, hatte Naema einmal vor langer Zeit gesagt. Nun schien ihm, als hörte er sie es erneut sagen.

»Mutter«, sagte er.

Im nächsten Augenblick hörte er sie, ein Flüstern, ganz deutlich: »Beeil dich, Ham, beeil dich.«

Mit rasender Geschwindigkeit weckte er Haran, schrie ihn an, er solle sich anziehen und das Notwendigste packen. Dann lief er in Krelis Zimmer, schrie sie und die Kinder wach.

»Ich bezahle die Zimmer, wir müssen aus dem Haus raus, jetzt, sofort, versteht ihr.«

Sie gehorchten, kamen die Treppen hinunter, als Ham gerade dem schläfrigen Türwächter seine Säckel gab. Draußen auf der Straße schrie er, dass sie um ihr Leben laufen sollten, zur Felsenhöhle, wo der Zehnruderer und die Bootsleute sich befanden.

Sie rannten, still und verbissen. Keiner fragte, was los war, und Ham dachte dankbar an die Übung, die sie in Sinear bekommen hatten. Nin Dada und seine eigenen Jungen hätten lauter Einwände gehabt, hätten gejammert und geklagt.

Ganz hinten im nördlichen Hafen lagen drei in den Kalksteinberg gehauene Höhlen für die Schiffe des Königs. Vor langer Zeit hatte Noah dort einen Ankerplatz für seine Boote erhalten, aber Ham nutzte im Allgemeinen den Vorzug nicht aus.

Diesmal hatte er es getan, trotz der Einwände der Hafenwachen. Was für ein Glück, dass ich nicht nachgegeben habe, dachte er, als er den Kindern hinterherlief. Kreli rannte weit voraus, es war dunkel, und er musste rufen: »Warte auf uns, Kreli.«

In der zweiten Höhle lag der Zehnruderer. Weit hinten an der Bergwand hatte man ihm Platz zugewiesen, und aus irgendeinem Grund war er erleichtert. Als er die erstaunten Gesichter der noch schlaftrunkenen Ruderer sah, sagte er:

»Ein Höllenunwetter ist auf dem Weg.«

Die Männer reagierten schnell auf die Worte, alles Bewegliche an Bord wurde festgezurrt und Kreli und die Jungen wurden mit Rettungsleinen unter dem Sonnendach auf dem Achterschiff festgebunden. Nur Ham stand ganz still, wie versteinert vor Verwunderung über seine eigenen Worte.

Einen Augenblick später konnten sie den Wolkenbruch draußen hören. Und den Sturm, der bis zur Raserei tobte.

»Um Gottes willen«, sagte einer der Ruderer und warf sich zusammen mit den anderen auf den Boden. Aber da konnten sie nicht bleiben, es gab einen Rücksog in der Höhle. Einen Augenblick war es, als würde sich das Wasser aus dem Bassin entleeren, und sie mussten alle ihre Kräfte einsetzen, um das Schiff von den Klippenwänden fernzuhalten.

Um sie herum zerschellten andere Schiffe am Fels. Die wenigen Wachen konnten nichts unternehmen, um ihre Boote zu retten.

»Es ist ein Sturm aus dem Norden«, schrie einer der Ruderer, und Ham nickte. Er hatte es gesehen, und er war vor Schreck wie gelähmt: Noahs verrückter Gott konnte doch wohl jetzt noch nicht anfangen.

Plötzlich hallte die Höhle von einem Dröhnen wider, so fürchterlich, dass alle an Bord sich die Ohren zuhalten mussten. Die ganze Öffnung wurde von Wasser ausgefüllt, einer Wand aus Wasser.

»Der Berg sinkt«, schrie Kreli, und die Männer starrten und fanden ebenfalls, dass sie sich weit unter der Wasseroberfläche befanden. Die hereinbrechende Sturzwelle hatte eine enorme Kraft, die Männer kämpften wie besessen, um ihr Boot davor zu retten, zerschlagen zu werden, und jemand schrie, dass sie noch Luft zum Atmen hätten.

Dann kam der Rücksog, und keine menschliche Kraft konnte verhindern, dass der Zehnruderer aus seinen Vertäuungen gerissen wurde und unerbittlich der Welle durch die Höhlenöffnung hinaus folgte. Dort draußen war es ruhig. Still, unwirklich still, als hätte eine Riesenhand den Sturm zum Stehen gebracht.

»Nach Norden«, schrie Ham, aber das Boot war schwerfällig und voller Wasser, Haran und Kreli, die Jungen und vier der Ruderer mussten das Schiff ausschöpfen, die anderen versuchten, das Schiff auf Kurs zu halten. Aber schließlich war das Schiff leer, und mit allen Ruderern an ihren Plätzen konnten sie sich nordwärts kämpfen, gegen den Strom, Elle für Elle, erbärmlich langsam.

Jeden Augenblick erwartete Ham, dass der Sturm wieder zupacken, dass eine neue Wasserwand sie zermalmen würde. Aber die Stille dauerte an. Und das Schweigen.

Es wurde Tag, sie konnten die zerstörten Häuser entlang der Ufer ahnen. Im zunehmenden Licht wurde das Schweigen gebrochen. Um sie herum schrien Menschen wie wilde Tiere, Frauen, Kinder, Männer, die im Fluss ertranken.

»Rudert«, rief Ham, »rudert. Gebt alle Kraft, die ihr habt.«

Plötzlich packte ein Mann das Steuerruder, und das Schiff verlor den Kurs.

»Um Nansches willen, der Barmherzigen«, schrie der Mann, und Ham zog ihn an Bord und konnte den Kurs wieder aufnehmen. Durch die Rufe hörte er Kreli vor Entsetzen schreien, und Ham befahl:

»Unter Deck mit dir und den Kindern.«

Das Licht war grau und dämmerig. Der Anblick, den es bot, war schwer fassbar. Die vielen reichen Häuser am Fluss waren kurz und klein geschlagen worden, Boote und Stege trieben auf dem Fluss, und Ham musste am Steuerruder all seine Geschicklichkeit aufbringen, um das Treibgut zu umschiffen.

Der Mann, den Ham gerettet hatte, starb, und der erste Ruderer warf den Körper über Bord. Allmählich verstummten die Schreie der ertrinkenden Menschen um sie herum, und Ham betete zu Noahs Gott für ihre Seelen. In diesem Augenblick ging die Verzweiflung in Angst über. Zum ersten Mal an diesem Morgen wurde ihm bewusst, dass das weiße Haus am Flussufer kaum der Flutwelle widerstanden haben konnte.

Nin Dada, meine Geliebte.

An die Kinder konnte er nicht denken.

Kapitel 34

Prachtvoll und ungerührt rollte die Sonnenscheibe über den Himmel. Das Boot schoss durch das Wasser, als wäre der mächtige Strom von der Sonne besänftigt worden.

Hams und Harans Augen begegneten sich, und es war offenbar, der Goldschmied dachte wie er, an Nin Dada und die Kinder. Auch die Ruderer taten das, keiner an Bord wagte, seinem Blick zu begegnen.

Und nach einer weiteren Stunde konnten sie sehen, dass es ein weißes Haus am Uferrand unterhalb des Hügels nicht mehr gab.

»Sie kann mit den Kindern landeinwärts gelaufen sein«, sagte Haran, und Ham versuchte zu nicken, versuchte zu denken, dass Nin Dada schon immer leicht aufgewacht war. Als sie zu dem Platz hinglitten, an dem der Steg gewesen war, sah er, wie Kinati ihnen entgegenlief.

»Gott sei Dank«, flüsterte Ham.

Die Alte rief etwas, aber die Worte waren nicht zu verstehen, die Entfernung war zu groß. Der Zehnruderer kam dem Treibgut am Strand gefährlich nahe, und Ham befahl, dass die Ruderer das Boot aufs freie Wasser hinaus steuern sollten. Er selbst schwamm zwischen den Resten seines Hauses zu der alten Amme hin, die am Ufer auf ihn wartete.

Er kümmerte sich nicht viel um ihren Bericht, dass die Kinder krank gewesen waren, er hörte nur die Nachricht, dass Sinar spät am Abend vor dem Sturm die Jungen und Nin Dada geholt hatte.

Bevor er wieder in den Fluss sprang, umarmte er die Alte und sagte:

»Wir kommen zurück, Kinati, warte auf uns.«

Sie sah erstaunt aus und versuchte immer wieder, ihn zurückzuhalten. Aber er hatte keine Zeit, er hörte kaum zu, als sie hinter ihm herrief:

»Sie waren todkrank, Ham. Und Sinar hatte nur ein kleines Boot.«

Erst als er wieder an Bord war und weitergerudert wurde, erreichten die Worte der Alten ihn wirklich. Er verstand mit einem Mal, dass Nin Dada Sinar gefolgt war, um bei Naema Heilung für die Kinder zu finden, dass weder sie noch Sinar etwas von dem Unwetter gewusst hatten.

Warum zum Teufel hatte Sinar keinen Zehnruderer?

Wann waren sie gefahren?

Spät am Abend, hatte die Alte gesagt. Zu welcher Stunde? Hatten sie es geschafft?

Als die Sonne hinter den Bergen im Westen versank, erreichte Ham nach der schnellsten Ruderfahrt, die jemals gemacht wurde, die Werft. Auch hier war kein Steg, an dem sie anlegen konnten, also sprang Ham wie am Vormittag in den Fluss und schwamm. Auf dem halben Weg zur Werft hin hörte er Noah rufen:

»Sie sind hier und am Leben.«

Als Noahs Hand Ham auf die Klippe am südlichen Berg hinaufzog, schüttelte er sich wie ein nasser Hund und hoffte, dass Tränen und Rotz vom Wasser weggespült waren. Aber als der Vater die Arme um ihn legte, konnte er sein Schluchzen nicht zurückhalten.

Noah stand lange da und umarmte seinen Sohn, bevor er sagte:

»Du musst stark sein, Ham. Dem kleinen Fut geht es noch immer sehr schlecht. Und Nin Dada ist verletzt.«

Ham richtete sich auf, schluckte und beruhigte die Stimme.

»Was ist passiert?«

Da hörte er von Sinar und dem zertrümmerten Boot, von Nin Dadas Gesicht, das Naema zusammengenäht hatte und von ihren Händen mit den tiefen Wunden.

»Das Schlimmste ist, dass sie so niedergeschlagen ist. Als hätte sie die Lebenslust verloren«, sagte Noah.

Und Ham fühlte sich schuldig. Das war noch unerträglicher als die große Furcht, die ihn den ganzen Tag gequält hatte.

»Kümmere dich um das Boot«, sagte er zu seinem Vater. »Und um die Leute, wir sind den ganzen Weg an einem Tag gerudert.«

Noah nickte und ging, Ham lief zu Naema, die mit trockenen Kleidern auf ihn wartete.

»Sie schlafen jetzt, die Kinder und Nin Dada«, flüsterte sie.

»Weck die Jungen nicht auf, aber geh zu deiner Frau.«

Sie schlief in Naemas Bett, der Kopf und die Hände waren in große Bandagen gewickelt, und das, was er von ihrem Gesicht sehen konnte, war ebenso weiß wie die Kissen und die Leinenstreifen.

Er sah, wie ihre Wimpern zitterten, sie verrieten, dass sie wach war und wusste, dass er da war. Als sie die Augen aufschlug, schmerzte es ihn, wie groß die Erschöpfung in ihrem Blick war.

»Ham«, flüsterte sie.

Wie sollte er ihr sagen können, dass er sie nie so sehr geliebt hatte wie jetzt, da er in eine andere verliebt war. Wenn er es wagte, würde sie es vielleicht in der Tiefe ihres widersprüchlichen Wesens verstehen?

Aber er würde es nie wagen.

Kapitel 35

Obwohl Ham müde war, hatte er in dieser Nacht einen leichten Schlaf auf Noahs Platz im Bett der Eltern. Er wachte jedes Mal auf, wenn Nin Dada im Schlaf weinte, versuchte, sie mit Worten und unbeholfenem Streicheln zu trösten. Aber es half nicht gegen die Schmerzen, und bald kam Naema mit dem Baldrian.

Bei Tagesanbruch hörte er Fut in der Küche weinen, ging hinaus und fand den Jungen auf Naemas Knien. Sie flößte dem Kind Wasser ein. Aber er wollte nicht, wollte schlafen.

Ham sah, dass seine Mutter bleich war vor Müdigkeit, sie hatte in den letzten Tagen keinen Schlaf bekommen. Er nahm ihr den Jungen ab, und als Fut seine Stimme hörte, schlug er die Augen auf und lächelte. Naema seufzte vor Erleichterung und flüsterte: »Rede, Ham, sprich.«

Und Ham plapperte mit seinem Sohn, kitzelte ihn am Bauch, wie er es immer tat, und der Junge blieb wach, schluckte dann und wann einen Löffel voll von der wässrigen Milchsuppe, die Naema schnell angerührt hatte.

»Dank, guter Gott«, sagte Naema. Immer wieder sagte sie es.

Nach einer Weile ging sie in das Schlafzimmer zu Nin Dada hinein, weckte sie und sagte mit Triumph in der Stimme:

»Ham hat es geschafft, der Junge isst. Die Krise ist vorbei, Nin Dada.«

Als die älteren Jungen aufwachten, stürzten sie sich in Hams Arme, wild vor Freude.

»Wir müssen dir alles erzählen, Vater.«

»Nicht jetzt«, sagte Ham und ging mit dem schlafenden Fut zu Nin Dada. Als er das Kind zu ihr ins Bett legte, konnten sie einander anlächeln, und Ham sagte endlich:

»Ich liebe dich, Nin Dada.«

Sie schloss die Augen und lächelte weiter:

»Ich weiß es, Ham. Auf deine Art, auf deine sonderbare Art.«

Sie frühstückten zusammen drinnen bei Nin Dada, die Jungen redeten durcheinander und erzählten von der Krankheit, von Sinar, der gekommen war, und von dem Boot, das an den Klippen zerschellt war. Fut schlief, Nin Dada unterbrach die Jungen und flüsterte, Ham müsse Sinar aufsuchen, es sei seinem Mut und seiner Geschicklichkeit zu verdanken, dass sie überlebt hätten.

Noah und Naema kamen herein, es wurde erzählt und erzählt: Ham erfuhr von dem vergifteten Flusswasser, von der Wasserwand und der Werft, von den Hirten, die gestorben waren. Er selbst erzählte, wie er mitten in der Nacht aufgewacht war, Kreli, Haran und seine Söhne aus dem Bett im Wirtshaus geholt hatte, wie sie in dem Höhlenbassin um ihr Leben und ihr Boot gekämpft hatten, wie der Sog nach der Wasserwand die Vertäuungen zerrissen hatte.

Die vielen Toten im Fluss verschwieg er. Und er sagte nichts über das weiße Haus, das verschwunden war. Aber er sah an Noahs Gesicht, dass dieser begriffen hatte.

Nin Dada, dachte Ham. Wie soll ich ihr das sagen können?

Aber es war, als hätte auch sie verstanden, denn sie fragte nur nach der alten Amme und seufzte vor Erleichterung, als Ham von seiner Begegnung mit Kinati berichtete.

»Warum bist du mitten in der Nacht aufgewacht?«

Es war Naema, und Ham musste den Mund zu einem Lächeln verziehen:

»Du weißt sehr wohl, dass du es warst, die mich weckte.«

Naema sah nicht so selbstzufrieden aus, wie Ham erwartet hatte. Sie wirkte eher erstaunt, fand er.

Als Noah wieder an seine Arbeit zurückgekehrt war und die größeren Jungen mit sich genommen hatte, fragte Nin Dada:

»Das Haus?«

»Weg.«

Sie nickte, sie hatte verstanden. Dann sagte sie:

»Das war wohl der Sinn. Jetzt sind wir hier zu Hause, und das ist gut.«

Aber Ham sah, dass ihre Augen glänzten, und nie würde er erfahren, dass sie aus Dankbarkeit weinte.

Nie mehr einsam, dachte Nin Dada.

Dann kam Naema mit neuen Verbänden, und Ham musste die Zähne zusammenbeißen, als er die Wunden sah, die sich in die Innenseiten ihrer Hände gegraben hatten. Nin Dada gab keinen Laut von sich, als Naema die Wunden mit Aloe wusch und neuen Wegerich auflegte, aber danach sank sie in sich zusammen und schlief vor Erschöpfung ein.

»Wird es heilen, Mutter?«

»Ja. Aber sie bekommt hässliche Narben.«

»Auch im Gesicht?«

»Man wird es sehen. Aber ich habe genäht und glaube nicht, dass es sie entstellt.«

Ham nickte und sagte:

»Ich hole Kreli. Sie kann hier wachen und sich um Fut kümmern. Du musst jetzt schlafen.«

»Ja«, sagte Naema. »Ich bin müde.«

Ham ging zuerst zu Harans Haus, wo Kreli sich schon angekleidet hatte und auf dem Weg zu Naema war:

»Mach dir keine Sorgen, ich kümmere mich um Nin Dada und die Kinder.«

Er ging weiter zu Sinar, der in seinem Garten an einem Baum lehnte und zusah, wie seine Kameraden ein neues Dach auf das Haus legten. Er hatte den Arm in einer Binde, sein Gesicht war grau vor Müdigkeit, leuchtete aber auf, als Ham sich näherte.

Sie standen voreinander, schweigend. Ham fehlten die Worte, und die, die er vorbereitet hatte, erreichten seine Lippen nie. Schließlich sagte Sinar:

»Du hast eine großartige Frau.«

Ham nickte, aber dann konnte er sich nicht mehr beherrschen, stürzte in Sinars Arme und schluchzte, wie er es als kleiner Junge so oft getan hatte.

Noah und Sem gingen auf der Werft umher und einigten sich über den Plan, wie alles wieder aufgebaut werden sollte. Die Pfähle der Bootsstege standen noch, es würde nicht lange dauern, die Stege wieder instand zu setzen. Die Boote waren in einigermaßen gutem Zustand, nur Masten und Takelagen mussten wiederhergestellt werden. Am schlimmsten war es mit den Häusern am südlichen Abhang. Sie mussten zuerst repariert werden, damit die Leute wieder einziehen konnten.

Sem plante, Noah nickte. Er ist noch nicht wieder er selbst, dachte Sem und wagte eine Frage:

»Machst du dir Sorgen um Japhet und Jiska?«

»Nein, Naema ist sicher, dass sie überlebt haben.«

Sem nickte und verstand: Noah kämpfte mit Gott, in Verzweiflung und Schrecken. Auch Sem hatte Angst, aber er schob sie weg. Wenn er ebenfalls anfangen würde, darüber zu grübeln, wie man Gottes Handlungen verstehen sollte, würde auf der Werft alles drunter und drüber gehen.

Kapitel 36

Am nächsten Morgen konnte Nin Dada sich im Bett aufsetzen und ertrug das Wechseln der Bandagen auf den Wunden an den Händen.

»Es heilt, wie es soll«, sagte Naema zufrieden.

Als sie Binden und Medizin zusammengeräumt hatte, sagte sie wie im Vorbeigehen:

»Du hast zu viel von deiner Kraft an Ham gebunden. Das ist nicht gut.«

Sie war schon auf dem Weg zur Tür, als Nin Dada sich von ihrem Erstaunen erholt hatte und flüstern konnte:

»Jetzt musst du erklären, was du meinst.«

Naema drehte sich um, legte die Bandagen weg und setzte sich auf die Bettkante.

»Verzeih mir«, sagte sie. »Ich habe die dumme Angewohnheit, davon auszugehen, dass die Leute verstehen.«

Dann schwieg sie, als suchte sie nach Worten. Nach einer Weile begann sie, von ihrem Volk im Wald zu erzählen, wie jede Frau lernen musste, Verantwortung für den Mann zu übernehmen.

»Wir sagen, dass wir die Seelen der Männer auf unseren Rücken tragen und dass es unsere Aufgabe ist, die Kraft zu mäßigen, die die Männer haben müssen, um die Welt zu bauen.«

»Als wären sie ... Kinder?«

»Viele von ihnen werden erst spät im Leben weise. Es ist, als würden die Forderungen der Außenwelt ... nach Taten es ihnen schwermachen, reif zu werden.«

Nin Dadas Augen waren groß vor Verwunderung:

»Mein Vater war erwachsen und weise.«

»Dann war er ein ungewöhnlicher Mann, Nin Dada.«

»Ja, sicher war er ungewöhnlich«, sagte Nin Dada und verlor sich für einen Augenblick in den Erinnerungen an den sanftmütigen Schreiber in Erudis Tempel. Er war gelehrt und klug. Aber auch ein Mann, der nie kämpfte, der auswich und sich klein machte.

Naema lachte leise und fuhr fort, von der Schlangenkönigin und den sehenden alten Frauen zu erzählen. Zu ihnen ging das Mädchen, nachdem sie ihren Mann gewählt hatte, und zusammen erforschten sie die Seele des Mannes, berechneten, wie schwer es sein würde, sie auf dem Rücken zu haben, ob sie schwer zu tragen war, leicht abglitt und solche Sachen.

»Wie merkwürdig«, sagte Nin Dada, und Naema lachte wieder und sagte:

»Aber ziemlich klug, Nin Dada.«

Nach einer Weile fuhr sie fort:

»Hams Seele ist keine schwere Last. Aber sie ist schwer zu tragen, denn sie jagt den Wind. Schon als kleiner Junge jagte er den Wind.«

»Wie meinst du das?«

»Dass er begehrt, was er nie bekommen kann, Nin Dada. Denk nach, wer fängt den Wind?«

Naema lächelte und ging in ihre Küche. Aber nach einer Weile kam sie zurück und setzte sich wieder auf die Bettkante. Sie war nun unsicher, fast befangen.

»Du hast Angst vor mir gehabt, vor meiner Art, durch Leute hindurchzusehen. Ich habe lange nach einer Gelegenheit gesucht, dir zu sagen, was ich … bei dir sehe, was ich schon beim ersten Mal gesehen habe, als wir uns begegneten.«

»Sag es«, flüsterte Nin Dada, aber sie war so ängstlich, dass ihr Herz klopfte.

»Du besitzt eine Kraft«, sagte Naema. »Es kam mir oft so vor, als hättest du einen Raum, der ordentlich und schön ist, und in den du immer gehen kannst, um Kraft zu schöpfen. Du fühlst dich wohl in deinen eigenen Wänden, Nin Dada, und das ist sehr ungewöhnlich.«

Naema wartete eine Weile, bevor sie fortfuhr:

»Es ist deutlich, dass deine Natürlichkeit für … viele eine Herausforderung ist. Das musst du aushalten. Es ist eine Gabe, die du … von deinem Vater oder von den Göttern, ich weiß es nicht, bekommen hast. Aber dank dieser Gabe verstehst du dich so gut auf Kinder und kannst selbst so kindlich sein. Ham hat Recht damit, dass du kindlich bist, Nin Dada, aber er hat nie verstanden, dass Kindlichkeit und Weisheit zusammengehören.«

Die bleiche Frau im Bett dachte, dass es wahr war, dass sie sich in der Beschreibung wiedererkannte. Sie verstand, was Naema sagen wollte. Nin Dada sollte in sich selbst hineingehen und ihre Kraft dort holen. Und Ham den Wind jagen lassen.

»Das ist nicht leicht, meine Liebe«, sagte Naema, bevor sie zurück zu Fut ging, der nun vor dem Feuer in der Küche aufgewacht war.

Nein, das ist nicht leicht, dachte Nin Dada und wagte endlich, sich an die letzte gemeinsame Nacht im weißen Haus zu erinnern, als sie mit Ham im Bett lag. Dieses Mal hatte sie keine Angst vor der Umarmung gehabt, aber als es vorbei war, hatte er einen Namen geflüstert. Nicht ihren, Krelis.

Dann war er eingeschlafen. Aber als sie sich am Morgen verabschiedeten, war es ihm schwergefallen, sie anzusehen, und er wurde von schlechtem Gewissen geplagt. Das hatte sie gefreut, sie hatte nach Boshaftigkeiten gesucht, die seine Qual noch schlimmer machen würden. Jetzt war sie froh, dass sie die giftigen Worte nicht gefunden hatte.

Am Vormittag ging Sem in seinem Garten umher und pflückte Blumen, die schönsten, die er finden konnte. Er hatte eine große Auswahl, es blühte reich auf seinen Beeten. Sem hatte das Interesse seiner Mutter für alle Arten der Pflanzenwelt geerbt. Als er mit seinem

Strauß zufrieden war, lenkte er seine Schritte zu Noahs Haus, um Nin Dada zu besuchen. Er hatte Glück, Ham war mit den größeren Jungen verschwunden, Naema schlief, und Kreli war alleine mit dem kleinen Fut in der Küche.

»Du kommst mit Blumen, wie lieb von dir«, sagte sie.

»Ich wollte Nin Dada besuchen.«

Sem spürte verärgert, dass er rot wurde, glaubte aber nicht, dass Kreli es bemerkte. Sie war schon auf dem Weg zu Nin Dada hinein.

»Du hast Besuch.«

»Wie lieb, Sem. Und so ein schöner Strauß.«

»Ich wollte dir gute Besserung wünschen«, sagte Sem.

Die Stimme war fest, aber er war stärker berührt, als er erwartet hatte. Wie bleich sie war. Und so klein, so winzig.

»Sinar hat von der Fahrt erzählt, Nin Dada. Er sparte nicht mit Worten, als er beschrieb, wie mutig und … tapfer du warst.«

Sie wurde rot vor Freude und wuchs etwas in dem großen Bett.

»Du weißt ja«, sagte sie, »dass Innana selbst den Müttern Kraft gibt, wenn ihre Kinder in Gefahr sind.«

Sie lachte, als würde sie scherzen, aber er hörte den Ernst.

»Das ist wohl wahr«, sagte er.

Es war so lange still, dass es beiden unangenehm wurde. Aber Sem sammelte sich allmählich:

»Ich habe einen besonderen Grund, dich zu bitten … so schnell wie möglich gesund zu werden. Du weißt, ich beschäftige mich mit … dem großen Bau. Es sind viele Berechnungen, zu viele, um sie im Kopf zu behalten.«

Er zögerte, verwirrt darüber, dass sie so erstaunt aussah.

»Es ist ja so, dass du schreiben kannst«, sagte er. »Ich brauche deine Hilfe für alle Merkzettel … und das ganze Rechnen.«

Nin Dada war stumm vor Verwunderung. Und Freude. Als Sem begann, die Aufgabe zu beschreiben, war sie begeistert. Sie redeten lange darüber, welche Rechenmethoden sie anwenden würden, über Systeme für Beschreibungen und Merktafeln. Sie war eifrig, er beeindruckt: Sie kann mehr, als ich glaubte.

Zuletzt sagte sie:

»Ich werde Naema fragen, wann sie die Bandagen wegnehmen kann. Es heilt, wie es soll, sie ist zufrieden mit meinen Händen.«

»Und die Wunde am Kopf?«

»Das dauert länger, aber ich werde ja nicht mit dem Kopf schreiben.«

»Nicht mit der Außenseite auf jeden Fall.«

Sie lachten. Bevor Sem sie verließ, wagte er das Unerhörte und küsste sie auf die unverletzte Wange.

Sem war zufrieden mit sich selbst und mit der Schwägerin, als er ging. Aber er war erstaunt, denn er hatte verstanden, dass Nin Dada nichts von der Katastrophe wusste, die sie erwartete. In der Zeichenwerkstatt traf er Noah, schwermütig und verschlossen.

»Vater«, sagte er so laut, dass Noah zusammenzuckte. Dann erzählte er von seinem Besuch bei Nin Dada und dass sie allem Anschein nach nichts von dem wusste, was ihnen bevorstand. Noah wurde böse, und das war gut so, denn es riss ihn aus seinem Grübeln.

»Der verdammte Ham«, sagte er. Dann seufzte er und fuhr fort:

»Es ist nicht, wie es sein soll, zwischen den beiden.«

Sem lächelte ein wenig und sagte:

»Aber Ham hat … seine schöne Puppe doch immer angebetet.«

»Eben«, sagte Noah. »Aber sie ist keine Puppe, und er fängt wohl an, das zu begreifen.«

Sem hatte das Gleiche gedacht. Aber es erstaunte ihn, dass Noah es verstanden hatte, er sah sonst nur, was er sehen wollte.

Noah überlegte nicht lange, bevor er sich auf den Weg zu Nin Dada machte. Er nickte Kreli zu, ging zu seiner Schwiegertochter hinein, schloss die Tür, setzte sich und begann zu erzählen. Vom Besuch des Boten, vom Waldvolk, das das Urteil über die Menschen bestätigt hatte, von Gott selbst, der ihm detaillierte Befehle gegeben hatte, wie das Schiff gebaut werden sollte.

Das Reden erleichterte ihn, das Chaos, in dem er seit dem großen

Sturm gelebt hatte, wich, und er bekam Ordnung in seine Gedanken.

»Du brauchst keine Angst zu haben, Nin Dada«, sagte er schließlich. »Wir werden es schaffen.«

»Du wirst es schaffen«, sagte sie. »Ich habe keine Angst.«

Er sah sie lange an und wusste, dass er die Verantwortung für ihr Vertrauen tragen musste.

»Ich brauche dich«, sagte er und berichtete von seinem Entschluss, das Wissen zu retten, die Fähigkeiten der Fachleute auf verschiedenen Gebieten.

Sie schloss die Augen, um ihren ungeheuren Stolz einigermaßen zu verbergen. Aber als er sich erhob, um zu gehen, sagte sie überraschend:

»Es muss schmerzhaft für dich sein, das mit Gott.«

»Wie meinst du das?«

»Dein Gott war doch gut.«

»Ja, das ist schwer. Ich kann es nicht begreifen.«

Nin Dada suchte nach tröstenden Worten, fand sie aber nicht. Zuletzt sagte sie:

»Vielleicht ist es so, dass wir nie verstehen können, was Gott ist. Deshalb machen wir ihn zu einem Abbild von uns selbst.«

Noah nickte, verabschiedete sich und verbot ihr, mit jemand anderem als Ham und Naema über das, was sie erfahren hatte, zu sprechen. Erst auf der Treppe hinunter zum Hof erreichten ihn ihre Worte, er blieb erstaunt stehen. Das war endlich etwas, was er verstehen konnte, viel begreiflicher als Naemas Rede von einem Gleichgewicht, das wiederhergestellt werden musste. Sein Gott war nicht zu verstehen. Um Ihn begreifen zu können, hatte Noah Ihn menschlich und sich selbst ähnlich gemacht, kindlich, vergesslich und nachsichtig.

Am Nachmittag wanderten vier Männer über die Grenze im Süden. Sie hatten ihre Familien vor der Sturmflut gerettet, aber ihre Schreinerwerkstatt war zerstört worden. Konnten sie Arbeit auf der

Werft bekommen? Noah brauchte Leute, mehr als jemals zuvor. Daher empfing er sie freundlich.

Wusste er, was in Eridu geschehen war?

Ja, dass viel zerstört war und dass die Sturmflut viele Menschenleben gekostet hatte.

Nein, nicht das. Das Größte, das Merkwürdigste war, dass die Wasserwand die Schlammberge in der Flussmündung weggespült hatte.

»Sie sind nicht mehr da«, sagten die Männer. »Die große Welle hat sie mit aufs Meer hinausgenommen.«

Mit entschlossenen Schritten ging Noah ein wenig später zur Nordklippe hinauf, wo sie die Wassertiefe maßen. Der Fluss war auf den Punkt in der Klippe gesunken, der den normalen Wasserstand anzeigte.

»Guter Gott«, sagte Noah, überlegte es sich aber anders:

»Gott im Himmel«, sagte er. Aber noch wagte er nicht, es als ein Zeichen zu nehmen, dass er das bekommen hatte, was er am meisten brauchte.

Zeit.

Kapitel 37

Jiska saß auf der vorderen Ruderbank in Japhets Boot und ließ die Hand durch das Wasser des Titzikona gleiten. Sie hatten kein Segel gesetzt, obwohl eine leichte westliche Brise wehte. Nein, sie trieben langsam mit dem Strom.

Sie wollten die Ankunft hinauszögern.

Jiska betrachtete Japhet und spürte wieder die Wehmut nach dem Abschied vom Waldvolk. Schließlich wagte sie, die Frage auszusprechen, die sie nun seit Tagen beschäftigt hatte:

»Was meinen sie, wenn sie sagen, dass sie westwärts zum Ende der Welt gehen werden?«

»Haben sie dir vom Tod erzählt?«

Sie schüttelte den Kopf, dachte verzweifelt: So war das gemeint.

»Sie sagen, dass im Westen der Eingang zum Reich des Todes liegt, das Land ohne Gegensätze, in dem der Mensch sich endlich mit seiner Seele vermählt. Mutter meint, dass sie seit langer Zeit auf dem Weg sind. So lange sie sich erinnern kann, sind sie immer weiter zu den Gebieten am Rand der Erde gezogen, um allmählich zu verschwinden.«

Jiska wollte weinen, aber ihre Trauer war zu groß für Tränen. Die langen Tage bei Naemas Volk hatten sie verändert, auch weil sie verstanden hatte und Japhets Trauer teilte.

»Sie werden in der Erinnerung der Menschen weiterleben. Wie der Traum von einem Göttervolk«, sagte Japhet.

»Warum nur als Traum?«

»Ich glaube, dass die Erinnerung an sie durch die Schuld verdunkelt werden wird.«

»Die Schuld?«

»Sie waren ja ein Beleg dafür, dass es für den Menschen einen anderen Weg gab.«

Jiska schwieg lange, während sie an all die Tage dachte, an denen sie bei den Frauen am Feuer gesessen hatte, an alle Erzählungen, die sie gehört hatte, alles Wissen, das sie bekommen hatte. Es war vom ersten Augenblick an merkwürdig gewesen, wie das mit der Sprache. Sie konnte nicht mit ihnen sprechen, aber sie verstand, was sie sagten. Sehr bald hatte sie gemerkt, dass sie ihre Gedanken lasen, ihre Fragen spürten und oft antworteten, bevor sie noch ihr Staunen ausgedrückt hatte.

Das allergrößte Wunder war jedoch gewesen, dass sie dieselbe Sprache sprachen wie die Tiere, die Bäume und alle Kräuter des Bodens. Und dass sie ihr die Sprache beigebracht hatten, dass ihnen viel daran lag, dass sie diese lernte.

Sie blinzelte in die Sonne und erinnerte sich an die Erzählung vom Mond und von der Sonne, die wie Zwillinge zusammen aufwuchsen und einander liebten. Die Sonne brachte in der Nacht die Seele des Mondes zum Leuchten, und sie teilte ihr geheimes Wissen mit ihm. Alles war gut in der Welt, so lange ihre Liebe dauerte. Aber eines Tages erblickten sie den Baum des Lebens, in dem alle Sterne blühten.

Beide verliebten sich, überboten einander in ihrem Streben, die Liebe des Baumes zu erobern. Aber den Baum zog es hin zur Erde, und er begann, sie mit seiner Schönheit zu erfüllen. Die Sonne half dem neuen Leben mit ihrer Wärme und dem Licht, das den Gedanken schärft. Und der Mond schenkte Kühle und teilte das geheime Wissen mit.

Aber die große Liebe zwischen Sonne und Mond war verloren, sie blieben Rivalen und zeigten sich immer seltener voreinander.

Schließlich brach Jiska das Schweigen:

»Ich liebte sie alle, deine Verwandten im Wald. Aber ich will doch sagen, wie es ist, Japhet. Ich könnte deren Leben nicht leben.«

Sie glaubte, dass er enttäuscht sein würde, aber er verstand:

»Ich weiß. Das gilt auch für mich, und all die Jahre hindurch war mir elend zumute. So traurig.«

»Wir ertragen die Unveränderlichkeit nicht«, sagte Jiska.

»Nein. Die Voraussetzung für ihr Leben ist, dass alle in ihrem Schicksal verbleiben.«

»Dennoch helfen sie Noah und seinem Bootsbau.«

»Ja. Ich glaube, dass sie verstanden haben, dass wir, dass Noah eine eigensinnige Kraft hat, die man nicht aufhalten kann. Sie muss dem Leben trotzen und das Schicksal bekämpfen. Und sie ist rücksichtslos wie das Leben selbst.«

»Wie der Tanz der Sterne im Baum des Lebens«, dachte Jiska.

Eine Weile später setzte Japhet das Segel, und nun ging es in schneller Fahrt zur Werft und zu den kämpfenden Menschen, die das größte Schiff der Welt bauen sollten.

Kapitel 38

Als sie die Bucht erreichten und die Werft erblickten, erschrak Japhet. Um Gottes willen, welche Verwüstung! Er strich sein Segel, hier gab es keinen Steg mehr, an dem man anlegen konnte. Vorsichtig ruderte er zur nördlichen Klippe.

»Wir haben dennoch gute Nachrichten«, sagte er zu Jiska, und als Noah zu dem Anlegeplatz gelaufen kam, rief er laut:

»Wir haben gute Nachrichten.«

Noah war seinem jüngsten Sohn gegenüber immer eigenartig scheu gewesen, sodass sich seine Freude über die Rückkehr an Jiska richtete. Er nahm sie in die Arme und tanzte mit ihr umher.

»Ihr müsst es schwer gehabt haben«, sagte Japhet, und Noah ließ Jiska los und umarmte endlich auch ihn.

»Wir haben überlebt«, sagte er. »Ihr werdet alles allmählich hören. Aber wir brauchen gute Nachrichten.«

Sehr schnell erzählte Japhet von den Wäldern im Nordwesten, von den endlosen Säulenhallen gerade gewachsener Zedern. Er war tagelang dort umhergegangen, hatte Bäume vermessen und markiert und versucht, das Problem zu lösen, wie sie für den Transport zum Fluss Schneisen durch den Wald hauen könnten.

»Man kommt nur schlecht vorwärts durch die umgefallenen Bäume überall«, sagte er. »Ich kann mir nur schwer vorstellen, wie wir uns überhaupt einen Weg bahnen sollen.«

Noah nickte, das war eines der großen Probleme, die er vor sich hergeschoben hatte.

Japhet fuhr fort zu erzählen, wie seine Arbeit von drei jungen Jägern unterbrochen worden war, die gesagt hatten, dass ein großes

Unwetter auf dem Weg war. Er wurde zu einer Grotte in den nördlichen Bergen geführt, und da war Jiska zusammen mit den anderen.

»Das war eine sonderbare Grotte«, sagte Japhet, aber Noah unterbrach ihn:

»Zur Sache.«

»Wir saßen dort den ganzen Tag. Kurz vor Tagesanbruch konnten wir den Sturm als ein entferntes Dröhnen hören, und um die Mittagszeit herum sagte die Schlangenkönigin, dass alles vorüber sei und dass wir in die Welt zurückkehren könnten. Als ich zum Zedernwald zurückkam, waren die Bäume am nördlichen Ufer vom Sturm umgeworfen worden.«

»Nördlich des Flusses?«

»Ja. Dort ist es bergig, wie du dich erinnerst. Also waren die Bäume wohl nicht so tief verwurzelt.«

Japhet war von der Erinnerung an den unglaublichen Anblick so in Anspruch genommen, dass er nicht bemerkte, wie Noah erbleichte und sich setzen musste.

»Ich fuhr mit meinem Boot über den Fluss«, fuhr Japhet fort. »Der Sturm hat, wie du dir denken kannst, keine Transportwege gebahnt. Aber das Ufer ist frei, man muss die umgeknickten Riesen nur in den Fluss rollen. Und hier und dort im großen Wald gibt es … Lücken, Inseln mit durch den Sturm gefällten Bäumen. Dort können wir roden und Stapelplätze für das Holz einrichten.«

Mit fröhlichem Blick suchte er Noah und erschrak, als er sah, wie bleich der Vater war:

»Aber Vater, was ist los?«

»Ich muss mich nur von meiner Verwunderung erholen.«

Es wurde eine lange Mahlzeit in Noahs Küche, alles musste ja erzählt werden.

Jiska saß lange bei Nin Dada, nahm die verletzten Hände in ihre und versuchte zu denken, wie sie es beim Waldvolk gelernt hatte.

Es half, der gequälte Ausdruck verschwand aus Nin Dadas Gesicht, und sie schlief ohne Baldrian ein.

»Hast du die Grotte gesehen, Mutter?«

Naema lächelte Japhet an und nickte. Ja, einmal kurz vor ihrer Hochzeit hatte sie dort eine Nacht zugebracht.

»Welche Malereien, Mutter. Welch wunderbare Bilder.«

Noah konnte nicht einschlafen. Immer wieder durchdachte er, was er zu Gott gesagt hatte an dem Tag, als der Soldat gestorben war und Noah seinem Zorn nachgegeben hatte. Er hatte den Herrn des ansteigenden Flusses wegen angeklagt und gefragt, wie Gott sich das vorgestellt habe, dass sie ein Boot bauen könnten, wenn sie von dem Flusswasser krank würden.

Und er hatte von dem Holz gesprochen, von der gewaltigen Arbeit, die Bäume zu fällen und sie rechtzeitig hinunter zu bekommen, sodass sie während des Winters getrocknet werden konnten.

Es war leicht, sich dafür zu bedanken, dass die schlimmsten Schwierigkeiten nun aus dem Weg geräumt waren. Aber es war schwer mit der Demut.

»Verzeih mir«, sagte er.

Das Gebet war halbherzig, Noah war immer noch böse auf Gott. Als Naema hereinkam, um schlafen zu gehen, erzählte er ihr von seinem großen Zorn, was er gesagt und was Gott getan hatte. Sie hörte mit leuchtenden Augen zu und lächelte ihr großes Lächeln.

»Aber Noah, du siehst wohl, dass du gut aufgehoben bist.«

Und als Noah sagte, dass er Angst habe, Gott würde ihn für die Wut strafen, die er nicht überwinden könne, lachte Naema laut:

»Gott misst wohl nicht mit menschlichen Maßen«, sagte sie.

Das hat Nin Dada gemeint, dachte Noah, bevor er einschlief. Meine Gedanken sind zu grob, um es richtig zu verstehen. Aber heute habe ich begriffen, dass ich auf die Worte achten muss, wenn ich mit Gott streite.

Am nächsten Morgen nach dem Frühstück rief Noah seine Familie zu einer Besprechung zusammen. Auch Haran, seine Söhne und Kreli wurden eingeladen. Sie sollten sich am Vormittag in der Zeichenwerkstatt treffen.

Die Leute auf der Werft holten ihr Wasser und ihren Fisch immer noch aus der Mündung des Titzikona. Naema hatte das gefordert, obwohl der eigene Fluss nach dem Sturm wieder sauber aussah.

»Nicht alle Verunreinigungen sind für das Auge sichtbar«, hatte sie gesagt.

Sowohl Männer als auch Frauen hatten protestiert, aber sie waren es gewohnt, ihr zu folgen. Und eines Tages stießen sie auf Leichen, als sie ihr Floß über den Fluss zogen.

Wie viele Leben hatte der Sturm im Nordreich gekostet? Niemand wusste es.

An diesem Morgen beschloss Japhet, die Netze im Titzikona einzuholen. Und er wollte Noah bei sich haben.

»Aber ich habe keine Zeit.«

»Es ist wichtig, Vater. Komm jetzt mit.«

Sie ruderten in gemächlichem Takt über die Bucht, und Japhet erzählte von der Grotte des Waldvolkes, der großen Höhle im Berg, in der die Wände vor Farben leuchteten.

»Es waren Malereien, wie ich sie noch nie gesehen habe, und sie waren Tausende von Jahren alt. Sie hatten da drinnen Bild für Bild ihre Geschichte und ihre Mythen gemalt. Aber sie glaubten auch, den Wänden ihre Seelen anvertraut und ihr Wissen dem Berg geschenkt zu haben, der es bewahrte, nachdem sie selbst von der Erde verschwunden sein würden.«

Wie immer, wenn die Rede auf das merkwürdige Volk kam, war Noah interessiert.

»Was stellten die Bilder dar?«

»Gewöhnliche Ereignisse aus ihrem Leben, Jagd, Tanz, das Sammeln von Pflanzen und so etwas. Andere zeigten Szenen aus ihren Mythen, das Sonnenboot mit dem schlafenden Gott, die Hochzeit der Sterne mit den Töchtern der Erde und anderes, das du aus ihren Erzählungen kennst.«

Noah nickte.

»Großvater sagte, dass die Bilder die Rede des Großen Gottes an den Menschen seien.«

Noah erstarrte, vergaß das Ruder:

»Erzähl weiter!«

»Ich fragte, warum Gott von so alltäglichen Dingen wie der Jagd und der Ernte von Heilpflanzen und anderen Gewächsen sprach. Sie lachten über mich, du weißt ja, wie sie lachen.«

Japhet lächelte bei der Erinnerung.

»Erzähl weiter, bitte«, bat Noah.

»Schließlich erbarmte sich die Schlangenkönigin meiner und meiner dummen Gedanken. Sie erklärte, dass Gott nie direkt zu dem Menschen sprechen könne. Er muss … Ausdrücke aus der eigenen Erfahrung des Menschen leihen, um sich verständlich zu machen.«

Noah hielt den Atem an, versuchte zu verstehen.

»Seine Sprache sei eine andere, eine sehr viel größere, sagte sie. Das beruhe darauf, dass Seine Wirklichkeit eine ganz andere Tragweite habe als unsere. Wenn Er eine Botschaft an einen Menschen richten will, muss Er ihr Form und Stimme aus der Erfahrung des Menschen geben.«

Noah nahm das Ruder wieder auf, bald darauf waren sie bei den Netzen angelangt, die sie einholen wollten. Aber sie schoben die Arbeit hinaus, blieben still sitzen und sahen einander an. Nach einer Weile fuhr Japhet fort:

»Ich dachte, wie du dir denken kannst, dass hier die Antwort auf die Frage liegt, warum Gott mit Lameks Worten zu dir sprach. Und ich dachte an den Boten, den Mann, der dich im Frühling besuchte.«

»Ja?«

»Du hast ihn als demütig und ein bisschen zögerlich beschrieben.«

»Offen und verständig«, sagte Noah.

»Ja. Ich erinnere mich, dass du erzählt hast, wie er sagte: Man könnte ein Boot bauen. Wer sprach so, Vater?«

Noah antwortete nicht, und es dauerte eine Weile, bevor Japhet sah, dass er weinte. Die Tränen rannen, und die Schultern zuckten, als er da auf der Ruderbank saß und sich endlich an seinen Onkel erinnerte, den Mann, der den kleinen Jungen geliebt und sich um ihn bemüht, der ihn von Lamek freigekauft hatte und der eines Morgens ein Boot mit allem Lebensnotwendigen vollgepackt und ihn den Titzikona hinaufgeschickt hatte.

Japhet musste die Netze alleine hochziehen, es war ein guter Fang, der jedem Tisch in allen Häusern eine Mahlzeit bieten konnte. Als er fertig war, sah er Noah an, der aufgehört hatte zu weinen, und sagte:

»Du hattest nie Zeit, um ihn zu trauern, Vater.«

»Nein«, sagte Noah. »In meinem Leben war nie Zeit, sich zu erinnern oder zu trauern, weder das eine noch das andere.«

Während sie langsam nach Hause ruderten, erzählte Noah von dem Boot, das mit Äxten und Netzen, geräuchertem Fleisch und Fisch, Salz und allem, was ein Mensch brauchte, um auf dem Fluss im Wald zu überleben, ausgerüstet worden war. Und wie er gegen den Strom gerudert war und die Werft drüben im Osten hatte brennen sehen.

»Ich war achtzehn Jahre alt und brauchte alle meine Kraft, um zu überleben«, sagte er. »Mehrere Wochen lang glaubte ich, dass ich allein auf der Welt wäre. Dann traf ich … Naema und ihr Volk.«

Kapitel 39

Nun saßen sie dort um den runden Tisch in der Zeichenwerkstatt. Auch die Kinder waren dabei, Hams und Harans Jungen. Nin Dada bekam den einzigen bequemen Stuhl und wurde mit Kissen gestützt.

Noah wandte sich zunächst an die Kinder:

»Ich will, dass ihr versprecht, nichts von dem, was hier heute gesprochen wird, weiterzusagen. Ihr seid groß genug, um ein Geheimnis zu bewahren.«

Der kleine Fut schlief in Hams Armen, aber der fünfjährige Misraim hob seine Hand und sagte:

»Ich schwöre bei allem, was mir heilig ist.«

Kreli lächelte, aber Nin Dada ergriff das Wort:

»Ich schlage vor, dass wir alle Misraim nachsprechen.«

Nachdem sie den Eid geleistet hatten, begann Noah seine Erzählung über den Boten und über die Sintflut, die die Welt ertränken würde. Er fasste sich kurz und verwendete im Großen und Ganzen die gleichen Worte wie damals, als er seine Geschichte Nin Dada erzählt hatte. Dann fuhr er fort:

»Als der Sturm und die Wasserwand kamen, glaubte ich, dass Gott … es sich anders überlegt hatte, dass Er auch uns ertränken wollte. Aber dann habe ich verstanden, dass das große Unwetter uns half. Der Schlamm, der die Flussmündung verstopfte, ist fort, der Fluss sinkt und in einigen Monaten wird das Wasser frisch sein. Wir haben einen Aufschub bekommen und die Zeit, die wir brauchen.

Dann kam Japhet nach Hause und erzählte von den vom Sturm

gefällten Bäumen nördlich des Titzikona. Es wird leichter werden, als wir geglaubt haben, die Stämme zum Fluss zu ziehen.«

Noah machte eine Pause, sein Blick suchte Haran.

»Wir werden also ein Schiff bauen, das so groß ist, dass es … vielleicht für mehrere Jahre unser Heim wird. Mit uns auf das Schiff werden wir die Haustiere führen, die der Mensch über Jahrhunderte hinweg gezähmt hat. Außerdem werden wir Saatgut und Pflanzungen haben, die wir zum Leben brauchen. Naema wird zusammen mit Jiska die Auswahl treffen und die Verantwortung für die Pflanzenzucht an Bord übernehmen.

Weil ich nur ein Mensch bin, habe ich mich gegen die Aufgabe gewehrt, die Menschen auszuwählen, die … gerettet werden sollen. Die Botschaft, die ich bekommen habe, galt nur meiner Familie. Aber es ist offenbar, dass ein Schiff von dieser Größe nicht von vier Männern geführt werden kann. Dazu kommt die ganze Arbeit mit den Tieren und Pflanzen an Bord.

Ich bin, wie ihr wisst, ein praktischer Mann. Ich kann über die Herzen der Menschen nicht urteilen, über diejenigen, welche das Recht haben sollen zu überleben. Deshalb habe ich mich entschlossen, die Fertigkeiten des Menschen zu retten. Auf der Reise will ich die Fachleute mithaben: den Schmied, den Töpfer, die Weberin, den Bauern, die Pflanzensammlerin, den Seiler, den Schreiner. Ich will auch das Gedicht, die Musik und die Kunst retten. Und die wichtigste unserer Kenntnisse, nämlich die Schreibkunst.

Über einen Teil dieser Kenntnisse verfügen wir. Andere fehlen, und ich bitte euch, darüber nachzudenken und Vorschläge zu machen. Ich selbst reise mit Naema nach Eridu, wo ich mich mit dem Seiler besprechen werde.«

Noah unterbrach sich und lachte, bevor er fortfuhr:

»Es wird nicht leicht, die Leute auszuwählen. Napular ist ein störrischer und eigensinniger Kerl, bissig und ein Hitzkopf. Und die Frau, mit der er verheiratet ist, ist reizbar und stammt von dem wandernden Bergvolk ab, das andere Gewohnheiten und Götter hat als wir. Aber Napular ist der beste Seiler, den man sich denken kann, und ich kann mir nur schwer vorstellen, wie wir es ohne ihn schaffen können. Noch einen Vorteil hat er. Er hat drei Töchter, und wir haben, wie ihr sehen könnt, zu wenig Frauen.«

Es war ein Scherz, aber niemand lachte. Stattdessen wurde es still, man schwieg lange und angespannt. Schließlich begehrte Naema das Wort:

»Eine Gesellschaft, die überleben will, braucht Menschen jeder Art«, sagte sie langsam. »Wir müssen sowohl die Trägen als auch die Temperamentvollen mit uns nehmen und ... die Andersartigen, die, die anders denken und glauben als wir.«

Noah sah seine Frau lange an, bevor er sagte:

»Es wird eine lange und schwierige Reise. Ich möchte keine Uneinigkeit und keinen Streit an Bord. Und keine Probleme mit verängstigten oder wütenden Menschen.«

»Die bekommst du auf jeden Fall«, sagte Naema und lächelte.

Noah stöhnte, dachte nach, lächelte zurück und sagte:

»Für alle Schwierigkeiten beim Zusammenleben an Bord werden die Frauen verantwortlich sein.«

»Aber dann ist es ja, wie es immer war«, sagte Jiska, und nun konnten alle in das Lachen einstimmen.

Eine Weile später gab Noah das Wort an Sem weiter, der ausgehend von den großen Kohlezeichnungen erklärte, wie das gewaltige Schiff gebaut werden sollte.

»Es ist eher ein Kasten als ein Boot«, sagte er. »Das heißt, es handelt sich um zwölf Kästen. Wenn wir den Anweisungen folgen wollen, die wir bekommen haben, muss jeder Kasten fünfundzwanzig Ellen lang werden.«

Ein Murmeln ging durch den Raum, als allen plötzlich klar wurde, welch enormes Unternehmen vor ihnen lag. Sems Zeichnungen und seine ruhige Sachlichkeit gaben Noahs Erzählung ein praktisches Fundament, eine unglaubliche und unwahrscheinliche Wirklichkeit.

»Die Arche aus Teilen zu bauen, bringt viele Vorteile mit sich«, fuhr er fort. »Die Arbeit ist leichter zu organisieren, wir können uns nach der Länge des Holzes richten, und wir können, wenn wir in Zeitnot kommen, die Größe des Schiffes vermindern. Aber der entscheidende Vorteil ist, dass es sich bei stürmischer See weicher bewegen müsste, dass es wendiger wird.«

»Das ist genial.«

Das war Japhet, und Sem wurde rot vor Freude.

»Du und ich werden ein paar Tage benötigen, um die Aufzeichnungen durchzugehen, die du in den Zedernwäldern gemacht hast.«

»Es gibt Bäume, die sind fünfzig Ellen hoch.«

»Aber bis zu welcher Länge reicht ihre Tragkraft?«

»Bis zu vierzig Ellen, glaube ich.«

»Wie viele gibt es?«

»Wie viele brauchst du?«

»Es geht um den Boden. Allein für ihn sind zweihundertvierzig Stämme notwendig. Dann für die Tanks, für die brauchen wir weitere zweihundert.«

Nun war die Stille so groß, dass die Zeit in der Werkstatt stillzustehen schien. Nach langem Warten sagte Ham:

»Wie um Gottes willen sollen wir all das Holz fällen? Wie sollen wir es zum Titzikona befördern? Wie bringen wir es hier an Land? Wie trocknet man Stämme, die man kaum heben kann?«

»Es wird deine Sache sein, Leute zu beschaffen«, sagte Noah, und Ham stöhnte:

»Im Südreich fehlt es immer an Arbeitern. Wie viele, meint ihr, brauchen wir?«

»Ich habe mit einhundertfünfzig Mann und ungefähr hundert Eseln gerechnet«, antwortete Sem, und Ham schüttelte den Kopf. Aber Sem fuhr unverdrossen fort, von den Ballasttanks im Vorschiff und im Heck zu erzählen, enormen Bottichen, gefüllt mit Wasser, die das Schiff im Gleichgewicht halten sollten.

»Ein so klobiges Schiff wie dieses hier müssen wir trimmen können«, sagte er. »Ihr seht wohl ein, dass es nicht zu steuern sein wird. Wir sind der Strömung und den Winden ausgeliefert.«

»Und wenn wir leckschlagen?«, fragte Japhet.

»Ich habe mir Pumpen am Bug und am Heck vorgestellt. Wir können das Wasser mit Hilfe von zwei Eselgöpeln zum Mitteldeck hinaufpumpen.«

Sem fuhr fort, über die Tiere zu berichten, die in Boxen auf dem Mitteldeck leben sollten, zeigte ihnen, wie er die Mistrinne und die Zufuhr von Futter geplant hatte. Im Tageslicht auf dem oberen Deck sollte das Gewächshaus seinen Platz bekommen. Die Menschen schließlich sollten in einem Langhaus wohnen, mit einem Raum für jede Familie und einer gemeinsamen Küche unter freiem Himmel.

»Wegen der Feuergefahr wollen wir nur einen Herd an Bord haben.«

Sie versuchten sich vorzustellen, wie der Alltag an Bord werden würde, Woche um Woche. Alle hatten unterschiedliche Bilder vor Augen, die Frauen dachten an die Ärmlichkeit und an die Schwierigkeiten, das Essen zu kochen. Und Kreli sagte:

»Ein einziger Herd unter freiem Himmel! Und wenn es einen Wolkenbruch gibt wie beim letzten Unwetter?«

Naema stimmte zu:

»Das geht nicht, Sem, Wir brauchen ein Kochhaus.«

Sem nickte:

»Ich werde weiter darüber nachdenken.«

Aber die Männer dachten an die unerhörten Belastungen für den Rumpf und daran, wie abhängig sie sein würden von den Tauen, die das Schiff zusammenhalten mussten.

»Auch wenn Napular der Teufel selbst und mit einem Dämon verheiratet ist, müssen wir ihn mitnehmen«, sagte Japhet.

Noah lachte, der Seiler im Südreich sei kein Teufel, nur ein Mann mit einem ungewöhnlich hitzigen Temperament, erklärte er und fügte hinzu:

»Napular ist ein guter Kerl, arbeitsam und erfinderisch. Und rechtschaffen, er hat Abmachungen immer gehalten. Die Gefahr ist vielleicht, dass er … meine Geschichte nicht glaubt und sich daher weigert.«

Zum ersten Mal begehrte Haran das Wort und war plötzlich so eifrig, dass er über die Worte stolperte:

»In den Kupfergruben im Nordreich hat man einige Schächte geöffnet, in denen das Kupfererz mit einem anderen Metall vermischt ist. Weil sie meinen, dass es unrein ist, haben sie den Abbau abgebrochen. Aber es gibt Gerüchte, dass das unreine Erz ein neues Material ergibt, wenn man es schmilzt, ein Metall, das härter ist als jedes andere.«

»Auch ich habe dieses Gerücht gehört«, sagte Noah interessiert. »Das müssten wir billig kaufen können. Ham, was glaubst du?«

»Wenn wir mit Weizen bezahlen …«, sagte Ham. »Aber wie sollen wir erklären, dass wir unreines Kupfer haben wollen, ohne dass sie misstrauisch werden?«

Ham dachte an den Verrückten im Palast von Sinear.

»Wie ihr seht, gibt es noch viele offene Fragen«, sagte Noah endlich. »Eine betrifft die Größe des Schiffs, und da habe ich beschlossen, dass das Holz, das wir besorgen können, entscheiden wird.«

Er verstummte und dachte an sein Gespräch mit Japhet während des Fischfangs am Morgen. Lamek, erinnerte er sich, Lamek übertrieb oft.

»Vermutlich brauchen wir kein so gewaltiges Schiff«, sagte er. »Aber wir wissen nichts über die Zeit, ob wir in unserem Kasten … jahrelang umhertreiben werden. Wir müssen damit rechnen, und mit Tieren, die eine kurze Lebenszeit haben und krank werden können vor Unbehagen, wenn sie auf einem schlingernden Schiff in Boxen eingesperrt werden. Wir können uns nicht mit einem Paar von jeder Sorte begnügen, wir brauchen zwei Stiere und vier Kühe, mindestens zwei Hühnerhöfe, Ziegen, Schafe … vielleicht jeweils zehn. Esel … wie viele? Sollen wir das Pferd mitnehmen, und wer von uns versteht sich auf dieses Tier?

Soweit wir beurteilen können, dürften wir keinen Wassermangel bekommen. Aber wir haben gelernt, dass das Flusswasser vergiftet sein kann. Wenn das Meerwasser hereinbricht und sich mit dem Flusswasser vermischt, wird es salzig und unbrauchbar.

Sems Vorschlag ist es, die Ballasttanks mit Frischwasser zu füllen. Das ist ein kühner Gedanke, aber es ist durchaus möglich. Es erfordert jedoch, dass die Tanks dicht und mit Deckeln versehen werden, die gut schließen. Wir brauchen gewaltige Mengen Pech. Aber das ist kein Problem. Die ganze Bergschlucht im Land der Toten ist voll von Pech.«

Japhet pfiff vor Begeisterung.

»Das schwierigste Problem ist es auszurechnen, wie viele wir sein werden und wen … wir retten sollen.«

Einen Augenblick lang konnten sie sehen, dass Noah schwer vor Sorge war. Es erschreckte sie und ließ sie verstehen, wie abhängig sie von seiner Zuversicht waren. Aber nach einem langen Schweigen sagte Jiska:

»Ich glaube wohl, dass Gott selbst seine Leute auswählt. Du wirst sehen, Noah, die Auswahl geschieht wie von selbst, das eine ergibt das andere, und zum Schluss wird es richtig.«

Noah sah Jiska lange an, dachte an die sonderbaren Wege, die sie zu seiner Familie geführt hatten, und daran, dass das Waldvolk gesagt hatte, Jiska sei auserwählt, um Naemas Fähigkeiten zu verstärken.

»Vielleicht hast du Recht, meine Liebe.« Nach einem langen Schweigen begehrte Haran das Wort:

»Ich würde gerne wissen, ob wir mitkommen dürfen, weil wir durch die Heirat Verwandte wurden oder …«

Noah lächelte breit und sagte:

»Ihr gehört zur Familie. Genauso wichtig ist, dass du ein geschickter Schmied und für die Aufgabe an Bord notwendig bist. So ist es auch mit Jiska, die Japhets Frau ist, aber besondere … Gaben hat, die für Naema eine Hilfe sein werden. Dasselbe gilt für Nin Dada, die Schwiegertochter, die aber auch eine gründliche Kenntnis aller Buchstaben hat. Sem und sie sollen die Schrift für die Zukunft retten.«

Jetzt sprach zum ersten Mal Kreli:

»Aber ich, ich habe doch keine besonderen Fertigkeiten.«

Da lachte Noah:

»Erstens, Kreli, habe ich geheime Absichten mit dir. Zweitens hast du eine Eigenschaft, die für die Reise von Bedeutung ist. Es ist deine Fähigkeit, deinen Mitmenschen Mut einzuflößen.

Ein Letztes, bevor jeder wieder an seine Arbeit geht«, fuhr Noah fort. »So lange wie möglich müssen unsere Pläne geheim bleiben. Wir werden sagen, dass wir auf dem flachen Ufer hinter der Südklippe eine neue Seilerbahn bauen. Ham soll im Südreich Gerüchte über große Schiffsbestellungen verbreiten, wenn die Leute anfangen zu fragen, warum wir so viel Holz den Titzikona hinabflößen. Die gewöhnliche Arbeit an den bestellten Schiffen muss so lange weitergehen, zum einen brauchen wir alle Einkünfte, die wir bekommen können, und zum anderen muss hier alles wie gewöhnlich wirken. Ihr könnt euch wohl leicht vorstellen, was passieren würde, wenn die Wahrheit bekannt würde.«

Sie versuchten es, verstanden aber nicht, sie waren müde von der ganzen Erregung. Aber schließlich sagte Japhet:

»Von Panik ergriffene Menschen aus der ganzen Welt würden zur Werft kommen, meinst du das?«

Noah sah erstaunt aus, daran hatte er nicht gedacht. Aber er sah ein, dass Japhet Recht hatte, und nickte langsam:

»Ich habe am ehesten darüber nachgedacht, was die Generäle des Nordreichs unternehmen könnten, wenn sie sich darüber klar würden, dass wir … das größte Schiff der Welt bauen.«

Als Noah aufstand, sagte er zu Nin Dada:

»Ich will mit dir und Ham einige Worte allein sprechen.«

Sowohl Ham als auch Nin Dada war nicht wohl zumute, als sie Noah folgten. Aber Noah hatte nicht die Absicht, ihre Ehe zu erörtern. Er sagte:

»Ich möchte nur gesagt haben, dass Nin Dada das gleiche Recht wie Jiska hat … ihre Verwandtschaft im Südreich zu retten. Es betrifft deine Mutter, mehr Familie hast du ja nicht.«

Nin Dadas Augen wurden schwarz vor Verzweiflung, als sie an die Mutter dachte, die ständig krank und immer mit sich selbst beschäftigt war. Schließlich flüsterte sie:

»Nein, meine Mutter würde … es doch nicht ertragen.«

Es war ein Todesurteil, und im gleichen Augenblick, als Nin Dada das einsah, begann sie zu zittern. Ham hob sie hoch, trug sie wie ein Kind zur Tür. Und Noah sagte:

»Ich musste fragen, Nin Dada.«

»Ich verstehe«, flüsterte die Frau.

Kapitel 40

Vor der Tür der Zeichenwerkstatt warteten die anderen auf Ham und Nin Dada. Nur Japhet war zu weiteren Überlegungen mit Sem und Noah gerufen worden.

Jiskas Augen wurden dunkel, als sie sah, wie Nin Dada zitterte, und verstand, was das Gespräch bedeutet hatte.

Sie gingen, die ganze Familie, dicht zusammen wie Soldaten, warfen scheue Blicke um sich, und es fiel ihnen schwer, auf die freundlichen Grüße der Dorfbewohner zu antworten. Ein paar Jungen kamen herbeigelaufen und wollten Harans Söhne zu einer Bootsfahrt mitnehmen. Der Zwölfjährige lehnte ab, und als sie weiter heimwärts gingen, sah Naema, dass er weinte.

Auch unsere Kinder werden einsam werden, dachte sie. Abgeschnitten von anderen. Durch Schuld.

Sie hörte Kreli flüstern:

»Ich werde den Menschen nie mehr in die Augen sehen können.«

Naema dachte an Noah. Was empfand er, wenn er jeden Morgen seine Leute begrüßte, Männer, mit denen er Jahre hindurch zusammengearbeitet hatte?

Als wäre es verabredet, gingen sie alle in Naemas Küche und blieben dort sitzen. Einige von ihnen redeten ununterbrochen, ohne einander zuzuhören. Andere waren stumm. Die Wärme kehrte langsam in Nin Dada zurück, und das Zittern hörte auf. Als Ham sie auf das Bett legte und die Decke über sie breitete, flüsterte sie:

»Frag Noah, ob ich tauschen darf … ob statt meiner Mutter Sinar und seine Frau mitkommen dürfen.«

»Sinar gehört sicher zu den Ausgewählten. Er ist Vaters ältester Freund. Außerdem ist er der beste Seemann der Werft.«

»Aber seine Frau …?«

»Die müssen wir wohl ertragen, Nin Dada.«

Sinars Frau war zänkisch und kränklich, eine Plage für die Nachbarn, die ihre böse Zunge fürchteten. Sie war kinderlos, und viele hatten sich während all der Jahre gewundert, wie Sinar es aushielt.

An diesem Abend gingen alle früh zu Bett. Harans Söhne konnten schlecht einschlafen, Kreli saß lange an ihrem Bett und versuchte, sie zu trösten. Aber sie fand keine Worte, saß still da mit den Händen der Kinder in den ihren. Sie selbst dachte an Noahs Worte über ihre Zuversicht und fühlte, dass sie nicht mehr viel davon übrig hatte.

Auch Haran lag lange wach und versuchte, das Unfassbare, das geschehen sollte, zu verstehen. Er hatte keine Angst und schämte sich weniger als die anderen.

Nach all den Jahren in Sinear habe ich ein Recht zu leben, dachte er. Bevor er einschlief, verspürte er ein sonderbares Glücksgefühl. Er würde an einem Abenteuer teilnehmen, für das all sein Können und seine ganze Kraft gebraucht würden. In den Träumen dieser Nacht schlich er zu den Kupfergruben im Nordreich und lud unreines Erz auf einen Esel.

Nin Dada sprach, und Ham hörte zu. Zum ersten Mal konnte sie von ihrer Kindheit erzählen, vom Vater, der sie geliebt und sich um sie gekümmert hatte. Und von der Mutter, die ihnen das Leben schwergemacht hatte.

»Sie nörgelte, sie trieb ihn in den Tod mit ihrem Ehrgeiz. Er kümmerte sich nicht um Stellung oder Macht, er lebte, um die alten Legenden zu retten. Du weißt, alle Gedichte über Innana, die in das Reich des Todes ging, und Enki, den Gott, der starb, aber auferstand. Sie wurden Jahrtausende lang erzählt, sind über Generationen von Mund zu Mund gegangen. Nun sollten sie für ewige Zeiten in Schrift bewahrt werden.

Du verstehst, jedes Wort war wichtig. Wir wogen die Worte, er und ich. Ich war nicht alt genug, um das Vieldeutige zu verstehen, das Symbolische. Aber er betrachtete das als einen Vorteil und meinte, dass er für seine Deutung den Scharfblick eines Kindes brauche.«

»Wir zwei«, sagte sie immer wieder. Als ob es die Mutter nicht gegeben hätte, dachte Ham. Sicher haben sie einander geholfen, sie auszuschließen.

Aber er sagte nichts, hörte nur zu. Als sie schließlich eingeschlafen war, blieb er mit allen seinen Problemen wach liegen: Wie um Himmels willen sollte er hundertfünfzig arbeitstaugliche Kerle herbeischaffen? Würde er es wagen, mit dem Verrückten im Nordreich über den Tausch von Erz und Getreide zu verhandeln? Und wann würden sich die Gerüchte über den großen Bau über die ganze Welt verbreiten, und was würde er sagen, um die Leute hinters Licht zu führen?

Japhet und Jiska hatten sich um Hams Söhne gekümmert, die von allen Erlebnissen dieses Tages und Nin Dadas Verzweiflung verschreckt waren. Die kleinen Jungen lagen in Japhets Bett, und er erzählte ihnen von dem Boot, das gebaut werden sollte und das sie vor der Überschwemmung retten würde.

Er lässt es wie ein großartiges Abenteuer klingen, dachte Jiska. Hier war es wieder, das, wovon das Waldvolk sprach, dass das Gedicht und der Sänger die Wirklichkeit bestimmen. Als sie die Decken über die Kinder breitete, nahm er seine Laute hervor und sang ein Wiegenlied.

»Du singst immer seltener«, sagte sie plötzlich, nachdem die Jungen eingeschlafen waren.

»Es ist nicht die Zeit zum Singen, es ist die Zeit zum Handeln«, sagte er, und es bestand kein Zweifel, er war glücklich darüber.

Noah und Naema schliefen im Tempelraum, den er auf dem Dach des Hauses eingerichtet hatte. Während sie sich auszogen, erzählte Noah von der Bootsfahrt mit Japhet und was dieser über Gott gesagt hatte, der sich in der Sprache der Menschen nicht verständlich machen konnte, sondern sich mit Hilfe der Erinnerungen, der Bilder und Worte, über die jeder einzelne Mensch verfügte, mitteilen musste.

»Ich weiß nun, wessen Stimme der Bote sich lieh«, sagte er und erzählte von seinem Onkel. »Und ich verstehe auch, warum Gott mich zum Schluss mit Lamek erschrecken musste, damit ich den Ernst der Botschaft verstand.«

Naema war still und dachte, dass sie ihm das schon vor langem hätte sagen können. Aber sie hatte die alte Wahrheit vergessen, dass Gott in Bildern sprach, die Er aus der Erfahrung des Menschen holte. Es ist, als ob mein … Erbe dabei ist, mich zu verlassen, dachte sie. Ich werde den Menschen hier immer ähnlicher.

Während der vielen gemeinsamen Jahre hatte Noah seine Frau nie weinen sehen. Dennoch wurde er nicht ängstlich. Er hielt ihre Hand und sagte:

»Wenn ich daran denke, dass ich das Volk im Wald nie wieder treffen darf, bin ich verzweifelt. Wie wirst du das dann erst empfinden?«

Sie lagen da, wie sie es immer getan hatten, Seite an Seite und Hand in Hand. Als Naemas Weinen nachgelassen hatte, sagte Noah:

»Japhet war der Einzige, der alles verstanden hat.«

»Daran habe ich auch gedacht. Das liegt an seiner lebhaften Phantasie, die dich immer beunruhigt hat.«

Noah musste lächeln:

»Ich habe vielleicht nicht verstanden, dass Phantasie eine praktische Fähigkeit ist. Aber du musst zugeben, dass er sich verändert hat. Das ist wohl die Verantwortung für Jiska und das Kind, das sie erwarten … und für alles, was vor uns liegt.«

»Ja«, sagte Naema. Aber sie dachte, dass Japhet auch deshalb erwachsen geworden war, weil er gewählt hatte. Nun war er in Noahs Welt zu Hause, wo die Menschen um das Leben kämpften.

Und bevor sie schließlich einschliefen, wurde ihr klar, dass sich Japhet hätte auch dazu entscheiden können, mit dem Waldvolk nach Westen zu gehen. Wenn Jiska nicht gekommen wäre.

»Das gute Mädchen«, flüsterte sie. Aber Noah hörte sie nicht, er schlief. Zum ersten Mal seit langer Zeit konnte er schlafen, ohne von Lamek heimgesucht zu werden.

Kapitel 41

Im weißen Licht des Morgengrauens stand Napular am Ufer und streckte sich, dass es in den Gelenken knackte. Neue Leichen waren an Land geschwemmt worden, und er hasste sie. Dann und wann hatte er einen Toten wiedererkannt, und immer war es, wie er vorhergesehen hatte, einer seiner Feinde.

»Du hast bekommen, was du verdient hast, du Teufel«, sagte er dann. Aber so leise, dass nicht einmal die Götter es hören konnten.

Heute musste er damit beginnen, den fetten Kaufmann hinaufzuziehen, der Tauwerk für ein protziges Schiff bestellt hatte, das Noah für ihn bauen sollte. Es war um Taue für ein Vermögen gegangen, aber der Geizhals hatte sich geweigert, etwas auf die Hand zu bezahlen. Es war eine schwere Leiche, eine irrsinnige Schinderei, sie über die Ufersteine zu ziehen. Lange kämpfte Napular gegen die Versuchung an, ihn in den Wellen verschwinden zu lassen.

Aber er wagte es nicht, denn er wusste, dass Wanda ihn durch die Luke in der Webkammer beobachtete. Wenn er aufgeben würde, käme sie herausgerannt und würde ihm ihre Verwünschungen entgegenschleudern, überzeugt davon, dass die Sünden des Toten auf Napular selbst übergingen, wenn er nicht zusah, dass die Leiche ein anständiges Begräbnis bekäme. So zog er an seinen Seilen, um den fetten Körper über die Steine zu bekommen, ruhte sich manchmal aus und passte genau auf, dass er seiner Frau den Rücken zuwandte, wenn er die Leiche anspuckte und das aufgeschwollene Gesicht genau zwischen die Augen traf.

Der Wind raschelte in den Stranddisteln, als er zum Ufer zurückkehrte, nachdem er den Toten zu den Soldaten geschleppt hatte, die östlich der zerstörten Seilerbahn Massengräber gruben. Sowohl der Seilerbahn als auch seiner Werkstatt hatte der Sturm ein Ende bereitet.

Plötzlich blieb Napular stehen, und sein Herz füllte sich mit Freude. Denn nun konnte er das trotzige Gekreische von der Lagune hören. Und bald konnte er sie sehen, die Möwen auf dem Weg zurück zur Küste. Es hatte wenig Vögel an der Flussmündung gegeben, seit die Schlammberge angefangen hatten zu wachsen. Nun waren sie fort, und die Seevögel flogen wieder in die Lagune hinein.

Er wollte gerne glauben, dass die Möwen die Botschaft brachten, das Leben würde zurückkehren. Aber er wagte es nicht zu hoffen, denn er wusste, dass das Land nur eine Atempause bekommen hatte. Das hatte die Schwiegermutter gesagt, die alte Hexe, für die er sorgte und die sein Leben vergiftete. Sie war Seherin, sah in die Zukunft und ihre Prophezeiungen erfüllten sich immer.

Zu ihm sagte sie oft, dass er kindlich sei wie ein Spatz und schlau wie ein Fuchs. Aber dass er ein gutes Herz habe.

Er mochte keines der Urteile, und am allerwenigsten mochte er die Aussage über sein Herz. Und es wurde nicht besser, wenn Wanda sich in das Gespräch einmischte und sagte:

»Du hast vergessen, Mutter, dass er faul ist wie ein Ochse.«

Warum zum Teufel hatte er sich überreden lassen, für Solina zu sorgen? Sie war beinahe hundert Jahre alt und hätte sich sicher ruhig damit abgefunden, wenn man sie zum Sterben allein in den Bergen gelassen hätte. Das machten sie so, die Menschen des Bergvolks, sie verließen ihre Alten, wenn diese nicht länger mit den Weidetieren umherziehen konnten.

Das war nicht so grausam, wie es schien. Alle Mitglieder des Stammes nahmen an einem geschützten und schönen Ort einen langen und klagenden Abschied von der Alten, sangen ihre Trauerlieder und versahen sie mit Wasser und Früchten für einige Tage. Napular hatte es selbst gesehen und so empfunden, als nähme er an seinem eigenen Begräbnis teil und genieße die Trauer der Angehörigen.

Aber Wanda hatte darauf bestanden, ihre Mutter zu sich zu nehmen. Sie hatte ihn damit überredet, dass sowohl er als auch die Kinder einen Nutzen von Solinas geheimem Wissen hätten. Es war richtig, sie hatte den Sturm vorausgesagt und die Wasserwand beschrieben, die alles menschliche Werk an der Flussmündung zertrümmern würde. Er hatte seine kostbaren Spindeln retten können, die Instrumente, mit denen er die Flachsfasern zu Seilen drehte.

Aber der Alten zufolge war der Sturm nur eine Vorübung.

»Es dauert vielleicht einige Jahre«, hatte sie gesagt. »Dann, Napular, kommt die Sintflut und ertränkt die Welt.«

Was sollte ein Mann wie er mit diesem Wissen anfangen? Wenn die Unruhe am schlimmsten war, geschah es, dass er Lust bekam, das alte Gespenst totzuschlagen, das in der Webkammer im Bett lag und sich bedienen ließ. Das würde jedoch den Untergang nicht aufhalten.

Noch eine Leiche trieb an den Strand, er stöhnte und bereitete sich auf die widerliche Aufgabe vor, sie an Land zu ziehen. Aber er wurde von Wanda unterbrochen, klein, dick und eine herrliche Frau, wenn man sie nachts im Bett hatte. Sie kam ihm entgegengelaufen und musste verschnaufen, bevor sie sprechen konnte.

»Mutter sagt, dass wir heute Besuch bekommen werden. Es kommt ein Herr mit einem Vorschlag, der unser Leben verändern kann.«

Napular schüttelte den Kopf.

»Wanda, mein Vogeljunges. Es gibt keinen Herren, der eine Sintflut aufhalten kann. Außerdem misstraue ich den Herren.«

»Dann würdest du ablehnen, du Sohn einer Schlange«, schrie Wanda.

»Das habe ich nicht gesagt«, schrie er zurück. »Aber dieses Mal glaube ich nicht an Solinas Prophezeiung.«

Sie drehte sich auf den Fersen um, blieb aber nach einigen Schritten stehen:

»Er soll seine Frau bei sich haben, und das soll eine merkwürdige Frau sein.«

Da mäßigte sich Napular und sank auf einen Stein nieder. Er wusste mit einem Mal, wer auf dem Weg war. Noah, dachte er. Noah und die Frau aus dem Waldvolk. Er erinnerte sich plötzlich an Ham, den eleganten Gecken, der am Tag vor dem Sturm die Seilerbahn besucht und ausweichend, aber beharrlich über eine Bestellung von Seilen gesprochen hatte.

Es ging um größere und stärkere Seile, als Napular sie jemals zuvor gemacht hatte. Aber er bekam kein Wort aus dem Besteller heraus, für was sie gebraucht würden, und zum Schluß war der Seiler ärgerlich geworden:

»Ich drehe keine Seile, ohne zu wissen, wozu sie gebraucht werden«, hatte er geschrien. Weiter kamen sie nicht, und zum Schluss hatte Ham sich kurz verabschiedet und war gegangen. Später hatte Napular es bereut, er brauchte die Bestellung, und Noah bezahlte gut.

Am nächsten Morgen kam der Sturm und blies alles fort, auch in Napulars Gedächtnis. Er hatte den Besuch vergessen.

Jetzt ließ er den Toten liegen, der am Rand des Wassers schwamm, und lief in die Webstube zur Schwiegermutter.

»Solina«, sagte er. »Wird Noah ein Schiff bauen?«

Die Alte machte die Augen zu, und es dauerte lange, bevor die schwarzen Falkenaugen die seinen suchten.

»Ich sehe ein Schiff«, sagte sie. »Das größte, das jemals gebaut wurde.«

Napular hatte Herzklopfen vor Aufregung, die Gedanken wirbelten durch seinen Kopf. Es ist möglich, es ist eine große Werft, sie sind geschickte Bootsbauer.

Dann dachte er wieder: Es ist möglich, es ist möglich. Und Noah schafft es nicht ohne den besten Seiler der Welt.

Jetzt tanzte er mit Wanda im Arm durch die Webstube, ließ sie los, schrie weiter: »Mach sauber, Frau, mach sauber, zum Teufel. Zieh dir und den Kindern gute Sachen an und bereite ein Essen wie für einen König.«

Für dieses eine Mal verlor Wanda die Sprache. Sie war still, auch als sie begann, das Haus in Ordnung zu bringen.

Napular selbst ging in den Waschkeller, wusch sich und rasierte sich zum ersten Mal nach dem Sturm. Dann ging er weiter zu dem Haus auf der Leeseite, der einzigen seiner Werkstätten, die durch den Sturm nicht zerstört worden war. Dort setzte er sich hin, um seine größten Spindeln zu betrachten, die dafür gedacht waren, die gröbsten Taue zu machen.

Er hatte einen großen Flachsanbau in den Bergen bei seinem Schwager, langfaserigen und starken Bergflachs. Vielleicht könnte er es mit zähem Wildgras mischen.

»Ich muss es ausprobieren.«

Kapitel 42

»*Ich* habe lange auf dich gewartet, Tapimana.«

Die alte Frau konnte nur schwer die Augen offen halten, als hätte das Warten sie ihrer letzten Kräfte beraubt.

»Schlaf eine Weile«, flüsterte Naema.

Die Alte nickte, und Naema blieb am Bett sitzen und hörte auf die Atemzüge, leicht und schnell wie die eines Kindes. Bald schlief sie, und Wanda flüsterte:

»Mutter hat Freude nie ertragen.«

Naema lächelte die rundliche Frau des Seilers an, sah sie aber kaum. Sie war sehr erstaunt.

Noah und Naema hatten eine schwere Reise gehabt. Keiner von beiden hatte sich richtig vorstellen können, welcher Anblick sich ihnen entlang des Flusses bieten würde. Die Verwüstung und die vielen Toten hatten ihnen jede Zuversicht genommen. Auch die Unruhe vor dem Treffen hatte sie ermüdet, und schließlich hatte Noah gesagt:

»Wir hätten vielleicht unseren Besuch ankündigen sollen.«

Es war nicht leichter geworden, als sie schließlich die zerstörte Seilerbahn und die Ruinen von Napulars Werkstatt erblickten.

Aber die Möwen schrien am Himmel, trotzig und hoffnungsvoll.

Auf dem Steg, den der Seiler über seine zerschlagene Landungsbrücke gelegt hatte, warteten drei Mädchen, sieben, elf und dreizehn Jahre alt. Rundlich und süß waren sie, und sie hatten braune Augen.

Geschickt nahmen sie die Leine entgegen, die Noah ihnen zuwarf, vertäuten das Boot und lächelten geschwind und scheu.

»Wir haben auf euch gewartet«, sagte die Älteste. »Großmutter hat schon heute Morgen erzählt, dass ihr kommen würdet.«

Als Napular selbst herbeigelaufen kam, wiederholte er, was das Mädchen gesagt hatte:

»Ich habe dich erwartet, Noah. Ich glaube, ich … kenne dein Anliegen, und ich bin für alle Vorschläge offen.«

Noah verkniff sich sein Erstaunen, sagte nur:

»Wir müssen über vieles reden, Napular.«

»Ich verstehe. Aber zuerst wollen wir essen. Meine Frau hofft, dass ihr hungrig seid.«

Naema strich den drei Mädchen übers Haar, bezaubert davon, wie lieblich sie waren.

»Ihr sollt wissen, dass ich selbst nur Söhne habe«, flüsterte sie ihnen zu. »Ich habe mich immer nach einer Tochter gesehnt.«

»Aber nun hast du Schwiegertöchter«, sagte das mittlere Mädchen tröstend.

»Ja, sie sind auch schön. Aber sie sind erwachsen.«

Die Mädchen lachten und verstanden, während sie die Gäste zum Wohnhaus oben auf dem Felsenvorsprung führten, wo ein üppig gedeckter Tisch sie erwartete. Da gab es frisches Brot, Spargel und Obst. Und es roch verführerisch nach gebratenen Hähnchen.

Noah rieb sich die Hände vor Entzücken und sagte:

»Ich wusste nicht, dass ich so hungrig war. Das wird uns trösten, Naema.«

Sie begrüßten Wanda, und Noah dachte, dass sie nett aussah, Napulars Frau. Sie wirkte auch nicht fremd, und das ganze Gerede über ihre böse Zunge war wohl übertrieben.

Nun verneigte sie sich vor Naema und flüsterte:

»Meine Mutter möchte dich gerne begrüßen, bevor wir zu Tisch gehen. Es dauert nicht lange, sie hat ihr Essen bekommen und wird bald ihren Mittagsschlaf halten.«

Als Naema vom Besuch bei der Alten zurückkehrte, war sie sehr bewegt. Noah sah es, und es dauerte eine Weile, bevor er verstand, dass sie froh war, beinahe glücklich.

»Meine Schwiegermutter ist eine alte Hexe, die Unheil voraussagt und meistens Recht bekommt«, sagte Napular zu Noah. Aber Naema entgegnete ihm:

»Sicher ist sie eine Hexe. Ihr müsst ihr dankbar sein.«

»Sie nimmt einem die Hoffnung«, sagte Napular mürrisch. Aber Naema lachte über ihn:

»Nur die falsche Hoffnung, Napular.«

Wanda hatte ihren Mann nie so geduldig und ruhig gesehen wie jetzt. Noahs sonderbare Frau hat einen großen Einfluss, dachte sie wütend, und ihre Stimme war angespannt, als sie zu Tisch bat. Dort jedoch wurde ihre Laune besser, denn die Gäste aßen und lobten das Essen.

Noch vergnügter wurde Wanda nach der Mahlzeit, als Naema ihr in die Webkammer folgte. Ohne Zweifel war Noahs Frau beeindruckt von den Stoffen, die aus Wandas Webstühlen flossen, schimmernde Gewebe in reichen, schwierigen Mustern und von einer Farbenpracht, die sie nie zuvor gesehen hatte.

»Du bist ja eine große Künstlerin«, sagte sie.

Wanda war sich nicht sicher, was das Wort bedeutete, verstand aber, dass es Hochschätzung ausdrückte. Als Naema nach Technik und Mustern zu fragen begann, wurde sie gesprächig. Sie vergaßen zu flüstern, und nach einer Weile erwachte die Alte. Naema ging zum Bett, setzte sich auf den Schemel und sagte, als wäre das Gespräch nie unterbrochen worden:

»Ich habe darauf gewartet, dich treffen zu dürfen, Solina. Ohne es zu verstehen, denn ich wusste nicht, dass es dich gibt.«

»Du brauchst Selbstvertrauen.«

»Ja«, sagte Naema und erzählte von dem Sternenvolk, das beschlossen hatte, aus der Welt zu verschwinden, als die Katastrophe nahte.

»Sie gehen nach Westen«, sagte sie.

Die Augen der Alten wurden dunkel.

»Die Welt wird ärmer«, sagte sie.

»Sie meinen, dass sie ihr Wissen mir übergeben haben, dass es meine Sache ist, es weiterzuführen. Aber ich zweifle an meiner Fähigkeit. Ich werde mehr und mehr wie Noah und sein Volk.«

Die Alte schloss die Augen, Naema ebenso, und sofort sah sie Jiskas Bild vor sich.

»Doch«, sagte sie. »Japhets Frau stärkt mich. Und der Junge auch, was das anbelangt. Aber sie sind noch so jung.«

»Seine Lieder.«

»Ja?«

»Sie sind wichtig. Es ist ja die Botschaft deines Volkes an uns andere, dass es das Gedicht ist, das die Welt schafft.«

»Aber ich bin aus der Art geschlagen, Solina. Ich bin ein praktischer Mensch, wie Noah. Ich habe keine Geschichten.«

Nun lachte die Alte über sie:

»Alle haben eine Geschichte, Tapimana. Ich kenne deine Einwände, dass die, die demselben Volk angehören, dieselben Geschichten haben. Aber das ist nur der Rahmen. Alle Leben sind verschieden, du wirst nie zwei gleichlautende Geschichten hören.«

Naema dachte an das Geschenk des Sterns: »Ich gebe euch die Mythen, die von jedem Ohr, das sie hört, und von jedem Mund, der sie erzählt, geformt werden …«

»Ja, genauso«, sagte Solina. »Aber du hast vielleicht nicht verstanden, dass die Erzählungen auch persönlich sind, dass jedes Kind seinen eigenen Ausgangspunkt wählt. Man kann sagen, dass die Vorstellungen des Volkes wie Kettenfäden im Gewebe des Lebens sind. Aber dann werden die Erfahrungen in das Gewebe eingefügt, und sie wechseln und nehmen die Farben der Erlebnisse und der Deutungen jedes einzelnen Menschen an.«

Solina dachte eine Weile nach, bevor sie fortfuhr:

»Was ich sagen will, ist, dass man sich nicht anstrengen muss. Das Leben wird gewoben, und je länger es wird, desto deutlicher ist das Muster zu sehen. Du hast alles, was du brauchst, Tapimana.

Dein Gewebe hat reichere Grundmuster und bedeutendere Querfäden als das anderer.«

Es herrschte ein langes Schweigen. Die drei Frauen in der Webstube hörten die Männer im Raum draußen sprechen und die hellen Stimmen der Mädchen aus dem Garten.

Schließlich sagte Naema mit einem Blick auf Wandas Webstühle: »Mein Volk stellt keine kunstvollen Gewebe her, Solina. Es ist ein kunstloses Leben.«

»So ist es«, sagte die Alte. »Das ist es, was verloren geht, das Selbstverständliche.«

In ihren Augen glänzten Tränen, aber sie schloss sie, hielt sie so lange geschlossen, bis Naema glaubte, sie sei eingeschlafen. Aber als sie aufstand, um hinauszuschleichen, nahm die Alte das Gespräch wieder auf:

»Es ist die Einfachheit, die es dir so schwer macht, Tapimana. Es fällt uns schwer, das Natürliche festzuhalten.«

Etwas später sagte sie:

»Du wirst dich wohl um meine Kinder kümmern?«

»Das verspreche ich.«

»Es wird nicht leicht, Napular ist wie ein Kind und schlau zugleich. Du darfst seine Worte nie ernst nehmen. Aber er hat ein gutes Herz. Was Wanda betrifft, ist sie wie ihr Mann und liebt das Schauspiel. Aber auch sie hat ein reines und kindliches Gemüt.«

Naema sah Wanda an, ängstlich, dass sie es übelnehmen würde. Aber Wanda lächelte, sie war es gewohnt.

Im Raum draußen verlief das Gespräch leicht, alles war einfacher, als Noah erwartet hatte. Napular hatte eine schnelle Auffassung, einen guten Verstand und große Kenntnisse. Um zu erklären, wie das Schiff gebaut werden sollte, gingen sie aus dem Haus hinaus zum Sandplatz unterhalb des Hauses. Noah zeichnete, und Napular hörte zu und war beeindruckter, als er wollte.

Aber er durfte es ja zum Schluss sagen, dass es ein großartiger Plan war.

Nachdem sie ihre Zeichnung weggewischt hatten und in den Raum zurückgekehrt waren, sagte er:

»Ich muss die Seile probeweise drehen. Es wird eine Höllenarbeit, eine ausreichende Belastung aufzutreiben. Aber ich werde wohl eine Lösung finden.«

»Dann kommt ihr also mit?«

»Noah«, sagte Napular. »Du weißt ebenso gut wie ich, dass du es ohne mich nicht schaffst. Und ich ... man will doch leben und sehen, wie die Kinder groß werden.«

Kapitel 43

Es wurde ein später Abend, und die Männer hatten noch viel zu besprechen. Sie saßen jetzt in der Küche, denn Wanda bereitete für ihre Gäste die Betten im Esszimmer. Sie legte ihre weichsten Decken auf die langen Bänke und holte ihre feinste Bettwäsche hervor. Sie hatte Angst vor Naema. Als sie in die Webkammer ging, um ihre Mutter für die Nacht zu versorgen, waren ihre Hände hart.

»Ich platze gleich vor Wut«, sagte sie entschuldigend.

Solina lächelte ihre Tochter spöttisch an:

»Du hast Angst vor Noahs Frau«, sagte sie.

»Das habe ich wohl. Nie werde ich vor ihr bestehen.«

»Sie ist ein lieber Mensch«, sagte die Alte.

»Lieb«, schrie Wanda. »Wenn du gesagt hättest, dass sie klug und gebildet ist, hätte ich verstanden. Aber lieb, nein du, sie ist hochmütig wie eine Königin und schwebt weit über den Köpfen gewöhnlicher Leute.«

Aber Solina hörte sie nicht, sie war schon eingeschlafen.

In der Küche war Noah bei seinem größten Problem angekommen, dem Holz.

»Hundertfünfzig Mann in drei Monaten!«

Napular stöhnte.

»Ham zufolge ist es unsere einzige Möglichkeit, Sklaven zu mieten oder zu kaufen.«

Napular rümpfte die Nase.

»Dein kluger Sohn hat eins vergessen«, sagte er heftig. »Im ganzen Südreich wird jeder Mann gebraucht, Sklaven und Freie, um das Land nach dem Sturm wiederaufzubauen. Der Preis für Sklaven ist noch nie so hoch gewesen wie jetzt, und dennoch gibt es nicht einen einzigen zu kaufen.«

Sie gingen ins Bett, und trotz aller Sorgen schlief Noah augenblicklich ein. Aber mitten in der Nacht wurden er und die anderen von Napulars Geschrei geweckt:

»Noah, zum Teufel. Wach auf, ich glaube, ich habe nun die Lösung.«

Noah kam schnell aus dem Bett, warf sich den Umhang über und schlich hinaus in die Küche. Wanda und ihre Töchter waren schon wieder eingeschlafen. Sie sind die Ausbrüche des Seilers wohl gewöhnt, dachte Noah.

»Hör zu«, schrie Napular in der Küche, und Noah sah ein, dass es keinen Sinn hatte, ihn dazu zu bringen, sich zu mäßigen. Nach einer Weile hatte er selbst vergessen, dass es Nacht war und das Haus schlafen musste.

Mit lauter Stimme und vielen Worten erzählte Napular vom Bergvolk, der Verwandtschaft seiner Frau, das mit seinen Tieren durch die Berge zog. »Ein starkes Geschlecht«, sagte er. »Stolz und verrückt. Und durstig nach Gold.«

»Es ist keine gewöhnliche Gier, Noah. Sie sammeln Gold, denn das Gold ist heilig.«

Napular berichtete, wie er sich die Sache gedacht hatte. Noah, er selbst und andere, die mit auf das Schiff sollten, müssten ihre Vermögen zusammenlegen und Gold beschaffen. Mit einem oder ein paar Goldbarren könnte das Bergvolk überredet werden.

Noah saß still da, dankte Gott und dachte an Harans Gold, die schweren Barren, die seine Ruderer aus Sinear hinausgeschmuggelt hatten. Dann war also auch mit ihnen eine Absicht verbunden, dachte er. Einer gehörte ihm, ehrliche Bezahlung für den Vierzigruderer des Nordreichs. Einer war Jiskas Mitgift, auf den hatten er und seine Familie ein Recht.

»Ich habe Gold«, sagte er. »Zwei Barren.«

Endlich verstummte Napular, erstaunt und sprachlos. Aber dann kam die Freude über ihn, und er musste aufspringen, über den Küchenboden tanzen und vor Entzücken jauchzen.

Auch Noah lachte laut und merkte nicht, dass Naema in der Tür stand und von dem einen zum anderen sah.

»Aber verstehen sie etwas vom Bäumefällen?«

»Bei allen Göttern, sie roden doch Wald, wo auch immer sie hinziehen in den Bergen. Um Weideland für ihre Tiere zu bekommen, verstehst du. Sie sind harte Arbeit gewöhnt, zäh und stur wie Ochsen.«

Es war eine Weile still, bevor Napular hinzufügte:

»Das heißt, wenn sie wollen, wenn sie sich entschließen. Sie sind auch ehrlich, auf ihre Art. Aber es ist ein stolzes und wildes Geschlecht, das nicht davor zurückschreckt, das Messer in den zu stechen, der sie zu betrügen versucht.«

War das eine Warnung?

»Es ist nicht meine Art zu betrügen«, sagte Noah,

»Das ist wahr«, sagte der Seiler. »Aber du bist listig, wenn du deine Geschäfte machst. Und ganz schön schlau bei deinen Berechnungen.«

Nun lachte Naema, die in der Tür stand, und die beiden Männer sahen sie erstaunt an:

»Napular hat Recht«, sagte sie. »Deine Schlauheit kannst du vergessen, wenn du mit dem Bergvolk verhandelst.«

Noah lächelte sie an und sagte, dass er es versuchen wollte.

Dann fassten sie schließlich den Entschluss, dass Noah und Napular am nächsten Morgen nach Osten reiten sollten. Naema sollte bei Wanda warten, und sie hatte nichts dagegen. Sie wollte mehr Gespräche mit Solina führen.

Aber dann kam alles anders, als Naema gedacht hatte. Am nächsten Morgen lag die Alte tot in der Webkammer.

Wanda schrie gellend und klagte. Ihre ganze Verzweiflung machte sich in Wut Luft.

»Du warst es, du Bestie, du hast sie mit deinen furchtbaren Gedanken getötet«, rief sie, und Napular wurde weiß wie ein Gespenst
und nahm die Schuld auf sich. Er hatte den Tod seiner Schwiegermutter herbeigewünscht.

Wanda raufte sich die Haare und schrie weiter. Die Einzigen in
der Familie, die sich würdig benehmen, sind die kleinen Mädchen, dachte Noah. Sie saßen am Bett der Großmutter und weinten still.

Noah sah Naema flehend an: Versuch, sie zum Schweigen zu
bringen. Aber Naema merkte es nicht, sie stand am Fußende des
Bettes und betrachtete die Tote mit Erstaunen und Dankbarkeit.
Schließlich öffnete Napular den Mund und schrie zurück:

»Es ist nicht nur meine Schuld. Sie war doch alt.«

Aber die Worte konnten Wanda nicht besänftigen, und Noah
hörte erstaunt ihren Verwünschungen zu.

»Gottes Strafe soll über dich kommen, du Sohn einer Hündin,
du Schlange ohne Seele, du …«

Nur manchmal musste sie nach Worten suchen.

Schließlich hielt Noah es nicht länger aus, packte Wanda hart im
Nacken und sagte:

»Jetzt schweigst du.«

Er war selbst erstaunt, dass sie gehorchte, ihren Mund schloss
und anfing zu weinen, laut, aber eher zu ertragen, fand Noah, der
die dicke Frau in seinen Armen hielt und versuchte, ihre Tränen zu
trocknen.

Dann sagte das älteste Mädchen:

»Großmutter wollte schon lange sterben. Aber sie musste auf
Naema warten.«

Naema nickte, das hatte sie verstanden.

Wanda war jetzt ruhig und bat, sie mit der Toten alleine zu lassen, die gewaschen und für ihr Begräbnis fein gemacht werden
musste. Sowie sie die Webkammer verließen, fand Napular seine
Tatkraft wieder und sagte:

»Das war gar nicht so dumm, Noah. Jetzt haben wir einen Grund, ihre Verwandten zu besuchen.«

Es war ein heißer Sommer, und es gab viele Tote in der Stadt. Einen Grund, einen Priester aus dem Tempel in Eridu zu rufen, gab es nicht, wie Napular fand. Noah sah Wanda beunruhigt an und erwartete einen neuen Ausbruch. Aber sie nickte nur und sagte, dass sie und ihre Mutter nicht viel mit Eridus Göttern gemeinsam hatten.

Also begruben sie Solina schon am Nachmittag im Garten. Und Noah las die Gebete seines Volkes für die Tote.

Früh am nächsten Morgen ritten Napular und Noah nach Osten, zu den Bergen und Wandas Verwandten, Die beiden Frauen kamen einander näher, als sie über die Tote sprechen konnten. Naema hörte die lange Geschichte über Solinas Leben. Sie war aus einem alten Geschlecht, Tochter eines Häuptlings. Aber das hatte ihr Leben nicht leichter gemacht, sie hatte drei Männer gehabt und zwölf Kinder geboren.

»Die Männer starben, stell dir vor, dreimal Witwe zu werden«, sagte Wanda, und Naema versuchte es, aber es gelang nicht. Von den zwölf Kindern hatten vier überlebt, Wanda und drei Brüder.

Kapitel 44

Auch Ham war in Eridu. Er hatte sich für den Zehnruderer entschieden, um seine Stellung und sein Ansehen zu stärken.

Aber er merkte bald, dass sein stattliches Schiff und seine vielen Ruderer ihm nicht helfen konnten. Die Menschen in Eridu waren zu Tode erschöpft. Große Teile des Hafens, Ladekais und Lagerhäuser, waren zerstört.

Er suchte seine Freunde im Viertel der Kaufleute auf, ging von Kontor zu Kontor und erkundigte sich nach der Möglichkeit, Sklaven mieten oder im schlimmsten Fall kaufen zu können.

Sie konnten nicht einmal über ihn lachen. In Eridu wurde jeder Mensch gebraucht, um die Stadt wiederaufzubauen.

Ham erzählte von der Werft, die zerstört worden war, sie nickten und verstanden, dass Noah Leute brauchte, um die Werft wieder instandzusetzen. Aber er musste warten.

»Wie lange?«

»Komm in einem Jahr wieder«, sagte der Sklavenhändler, mit dem Ham zuletzt sprach an diesem anstrengenden Tag.

Er bekam etwas zu essen in einem der Wirtshäuser nahe dem Tempel, wo die Verwüstung geringer war und es noch eine Art Ordnung gab. Es lag ein schwerer Geruch über der Stadt. Er kam von den Körpern, die unter den eingefallenen Häusern hervorgezogen wurden. Eridu grub Massengräber für seine Toten, Sklaven und Freie, Frau und Mann wurden Seite an Seite in die großen Gruben gelegt. Die Priester segneten die Gräber, aber auch das musste schnell gehen. Der Sommer war heiß, und die Leichen verwesten.

Nachdem Ham gegessen hatte, wanderte er den Berg hinauf, wo

der große, zu Enkis Ehren gebaute Tempel lag. Das Gebäude war erstaunlich unbeschädigt. Ham stand dort eine Weile und bewunderte die hohen Mauern und die vielen Statuen. Vermutlich verfügte er über die Kraft, sein Eigentum zu schützen, der Gott der Schwarzköpfe.

Hams Augen suchten den hohen Turm hinter der schönen Tempelfassade. Dort wohnte die alte Prinzessin, die Erstgeborene des Königs, die schon bei der Geburt zur Gemahlin des Mondgottes ernannt worden war. Jede Neujahrsnacht stand sie zusammen mit ihren Priesterinnen auf dem Dach des Turmes und verzehrte einen Säugling, der zur Ehre des Mondes geopfert worden war.

Ham schauderte vor Unbehagen und ließ den Blick zum langgestreckten Königspalast am Fuße des Turms wandern. Das war ebenfalls ein schönes Gebäude, viel eleganter als der mächtige Palast in Sinear.

Seit langer Zeit hatte der König in Eridu keine Macht mehr. Ham hatte ihn einmal während einer Zeremonie im Tempel gesehen und war enttäuscht gewesen. Er war ein klein gewachsener Mann, dessen Augen ängstlich die Zustimmung des Obersten Priesters suchten. Der König war schon damals alt. Aber es war nicht das Alter, das ihn unbedeutend machte. Sein Wille war früh gebrochen worden, er war noch nicht zehn Jahre alt, als sein Vater ermordet und seine Mutter aus dem Palast vertrieben wurde, gejagt vom Pöbel.

Von seinem Aussichtspunkt aus konnte Ham die Hafeneinfahrt sehen, und ihm schien, als hätten auch die anderen Tempel den Sturm unbeschadet überstanden. Aber das lag wohl daran, dass sie vor dem nördlichen Wind geschützt lagen.

Es gab einige, die behaupteten, dass in den Tempeln die wirkliche Macht Eridus lag, bei den Priestern, die geschickte Mathematiker und Astronomen waren. Zu ihnen floss auch ein großer Teil der Reichtümer der Stadt. Die Steuern, die der König und Enkis Priester aus dem Volk pressen konnten, waren unbedeutend im Vergleich zu dem, was die Reichen den Astronomen bezahlten, die ihre Horoskope stellten.

243

Ham jedoch dachte wie schon mehrmals zuvor, dass die Macht vielleicht bei den Kaufleuten in Eridu lag, nicht beim König oder bei den Priestern. Es waren sonderbare Menschen, die sich selbst Schwarzköpfe nannten und begabter und schwieriger waren als andere.

Im nächsten Augenblick dachte er daran, dass er mit einer Frau aus diesem Volk verheiratet war. Vielleicht war es nicht so merkwürdig, dass er sie nur schwer verstehen konnte.

Aber Ham war auf dem Weg zu den Schmieden innerhalb der Tempelmauern auf der Ostseite des Berges. Er wollte von Schmied zu Schmied gehen und sich nach den Möglichkeiten erkundigen, Kupfererz zu kaufen.

In Eridu war ein Schmied ein Mann von hohem Rang. Es gab sogar Leute, die seine Macht für größer hielten als die des Priesters. Ein Schmied war Herr über das Feuer, kannte dessen Geheimnisse und zwang es, etwas zu erschaffen anstatt zu zerstören. Und als Ham sich der ersten Schmiede näherte, konnte er die Rede von den magischen Kräften des Schmieds verstehen. Es war eine überwältigende Anlage mit ihren großen Öfen, ihrer Hitze und den schwarzen Rauchwolken.

Aber der rußige Mann, der seine Feuerstelle verließ, um ihn zu begrüßen, hatte kein Kupfererz zu verkaufen. In der nächsten Schmiede bekam Ham die gleiche Auskunft und fühlte die gleiche Hoffnungslosigkeit wie am Vormittag. Mit dem Erzkauf wird es wie mit dem Sklavenhandel, dachte er.

Aber in der vierten Schmiede ganz unten am Abhang sagte der Schmied, der größer und rußiger war als alle anderen:

»Das Erz mit einem anständigen Kupfergehalt, das ich habe, brauche ich selbst. Aber ich habe einige unreine Klumpen, Abfall, den ich gekauft habe, um zu probieren. Die Schmuggler, die ihn verkauften, behaupteten, dass er ein härteres Metall geben würde als reines Kupfer, aber das war eine Lüge. Ich weiß es, denn ich habe es versucht.«

Ham spürte sein Herz schlagen und hielt seine Gesichtszüge unter Kontrolle, als er sagte:

»Das trifft sich gut. Wir wollen es als Ballast in einem Boot verwenden. Wie es aussieht, hat keine Bedeutung, es muss nur schwer sein.«

Der Schmied sah erstaunt aus:

»Das muss ein kostbares Schiff sein«, sagte er. »Hat der König selbst es bestellt? Warum bei allen Göttern könnt ihr euch nicht mit Steinen als Ballast begnügen. Wie ihr es immer macht.«

»Steine verschieben sich bei stürmischem Wetter«, antwortete Ham. »Wir haben es mit Sand versucht, aber es besteht die Gefahr, dass er zu schwer wird, wenn er nass wird. Und weil der Auftraggeber nicht auf die Kosten sieht …«

Der Schmied nickte, er war ja kein Bootsbauer, und Noah war bekannt dafür zu wissen, was er tat. Dass der Name des Auftraggebers geheim war, musste er gelten lassen, auch er hatte Kunden, deren Namen nicht preisgegeben werden durften.

»Ihr habt jetzt Haran bei euch auf der Werft«, sagte er. »Sag ihm, dass er die heißeste Schmelze hervorbringen muss, die man sich denken kann, wenn er das Erz überhaupt zum Fließen bringen will.«

Sie schlossen das Geschäft ab, Ham bezahlte und mietete einige Esel, um seine schwere Last zum Schiff zu führen. Der Schmied erkundigte sich, wie die Werft den Sturm überstanden habe, und Ham übertrieb, als er die Verwüstung beschrieb.

Ich lüge ganz von selbst, dachte er. Der Schmied lud ihn zu einem Bier ein, sie stießen auf das Geschäft an, und zum Schluss wagte Ham zu fragen:

»Was sind das für Schmuggler, von denen du gesprochen hast?«

»Es ziehen einige Leute aus dem Nordreich über die Grenze, arme Kerle, die verkaufen, was sie nur können, um hier unten Getreide zu kaufen. Zuweilen führen sie Erz von guter Qualität mit sich, aber das ist selten.«

Ham zögerte, wagte aber noch eine Frage:

»Aber wo um Himmels willen überqueren sie die Grenze?«

»Ganz weit im Osten gibt es anscheinend einige Löcher im Netz«, sagte der Schmied und lachte. »Wahrscheinlich werden sie jetzt gestopft, denn der Schatten wurde aus Sinear verwiesen, um im Osten die Grenze im Sumpf zu bewachen.«

Es wurde dunkel, bevor Ham das Boot erreichte. Aber er brachte seine schwere Last an Bord und schickte einen der Ruderer mit den Eseln zurück.

Am nächsten Morgen beschloss er, mit dem Zehnruderer zum Seiler zu fahren. Dort könnte er das Erz in Noahs kleineres Boot umladen, das das Kupfer schneller zur Werft und zu Haran bringen konnte. Naema und Noah würden außerdem eine bequemere Heimreise bekommen.

Als er die Landzunge vor der Seilerbahn erreichte, wurde er unruhig, ob Noah sich schon auf den Weg gemacht hätte. Aber das Boot lag noch da, vertäut an den Resten des Steges.

Ham und seine Ruderer sahen schweigend auf die Überreste der stattlichen Seilerbahn. Aber sie hatten in den letzten Tagen so viel Verwüstung gesehen, dass sie mit einem Achselzucken reagierten. Das war ja nur das, was sie hatten erwarten können, so gefährdet wie die Bahn gelegen hatte.

Kapitel 45

Am Vormittag des zweiten Tages gingen Naema und Wanda alle Gesprächsthemen aus. Sie waren einander näher gekommen, so lange sie über Solina gesprochen hatten. Auch Wandas Gewebe reichten zu einem langen Gespräch über Technik und Muster.

»Du könntest mir ein neues Kleid aus dem dunkelblauen Stoff mit dem lila Muster nähen«, sagte Naema sehnsüchtig, und Wanda war begeistert. Sie legte das Gewebe über Naemas Schultern, und Noahs Frau tat ihr Bestes, um sich vor dem Spiegel in die Brust zu werfen. Aber wie gewöhnlich bekam sie Angst vor ihrem eigenen Bild.

»Was würde es kosten?«

Wanda dachte nach, und das runde Gesicht bekam einen schlauen Zug. Aber als sie ihren Preis nannte, sagte Naema:

»Das ist nicht teuer für eine so schöne Handarbeit. Ich kann es aber nicht selbst bestimmen, deshalb müssen wir auf Noah warten.«

Wanda nickte, und die Stille, die sie beide gefürchtet hatten, legte sich schwer zwischen sie. Schließlich sagte Naema:

»Ich habe etwas Kopfschmerzen, hast du etwas dagegen, wenn ich versuche, eine Weile zu schlafen?«

Wanda war voller Fürsorge, bereitete Naema ein Bett im Inneren des Hauses, wo niemand sie stören würde, legte eine Decke über ihren Gast, zog die Fensterläden zu und schlich aus dem Zimmer.

Naema war unangenehm berührt. Wie leicht es gewesen war zu lügen, und welchen Gewinn es ihr gegeben hatte.

Jeden Tag lerne ich neue Schliche, dachte sie bitter. Heute hatte sie verstanden, wie zweckmäßig die Notlüge sein konnte. Nun war sie mit sich allein und konnte ihr Gespräch mit Solina fortsetzen.

»Du musst verstehen, es war nicht leicht«, sagte sie. »Ich kam zu Noahs Volk, und sie redeten und redeten. Ich glaubte, dass Menschen, die so viel zu reden haben, über große Kenntnisse verfügen mussten. Also lernte ich die Sprache und verstand, dass sie auf eine ganz andere Art dachten als ich. Dass sie die ganze Zeit die Welt aufteilten, allem einen Namen gaben und Fragen nach dem Wie und dem Warum stellten.

Das weckte mein Staunen, und ich war voller Bewunderung. Ich betrachtete mich selbst und mein Volk mit Verachtung. Es dauerte viele Jahre, bis ich verstand, dass Noahs Volk so viel sprach und dachte, weil es so wenig wusste.«

Ihr war, als könnte sie Solina lachen hören.

»Aber nach einer Weile begann auch ich zu denken«, fuhr Naema fort. »Das war wohl unvermeidlich?«

Sie lächelte:

»Ich übertreibe ein bisschen, das verstehst du sicher. Bestimmt konnte das Waldvolk denken, sie, wir mussten doch auch Probleme lösen, wenn die Kräuter gesammelt und getrocknet werden sollten, wenn wir jagten oder wenn wir unsere Höhlenwände bemalten. Aber es war eher greifbar, es waren Gedanken, die mit der Natur zusammengehörten, den Tieren und den Dingen. Was die großen Zusammenhänge angeht, hatten wir keine Fragen und machten uns keine Gedanken. Wir wussten. Wir hatten keinen Bedarf an … Ideen.

Es sind ja die Ideen, die den Menschen in die Irre leiten«, sagte Naema und konnte Solinas Zustimmung spüren.

Nach dem Gespräch war Naema müde und schlief ein.

Am dritten Tag begann das Beisammensein die beiden Frauen zu quälen. Wandas Furcht kam und ging, und Naema konnte nicht verstehen, womit sie diese hervorrief. Wandas Angst jedoch machte sich in Wut Luft, und es waren die Kinder, die sie ertragen mussten. Das war schwer für Naema, die ernsthaft darüber nachdachte, direkt zu fragen: Was ist an mir, das dich verletzt?

Aber vermutlich würde das Wanda nur noch viel mehr erschrecken.

Ihre Überlegungen wurden durch das kleinste Mädchen unterbrochen, das herbeigerannt kam und sagte, dass ein Zehnruderer an dem zerstörten Steg anzulegen versuche und dass die älteren Schwestern schon dort seien, um zu helfen.

Ham kommt mir zu Hilfe, dachte Naema. Aber im nächsten Augenblick wurde sie unruhig, und während sie und Wanda zum Steg liefen, sagte sie laut:

»Es wird doch wohl nichts passiert sein?«

Es dauerte fast eine Stunde, bis das lange Schiff geankert hatte und am Steg vertäut war. Dann stand Ham da und umarmte seine Mutter.

Naema sah, dass er Eindruck auf Wanda und ihre Töchter machte. Aber sie bemerkte auch, dass er dem ältesten Mädchen lange Blicke zuwarf.

Verflixter Junge, dachte sie.

Bald wusste sie, warum er gekommen war, und stimmte ohne weiteres zu, dass sie das Erz in das kleinere Boot hinüberluden, das mit vier Mann an den Rudern die Werft in anderthalb Tagen erreichen konnte.

»Wo ist Vater?«

Naema erzählte leise von Napulars Vorschlag, Arbeitshilfe in den Bergen zu suchen, und Ham atmete auf und berichtete von seinen misslungenen Versuchen, Leute zu bekommen:

»Hier gibt es nicht einen einzigen Mann anzustellen und keinen Sklaven zu kaufen.«

Der Nachmittag und der Abend verliefen leicht mit Ham und seinen Männern am Tisch im Esszimmer und Wanda am Herd.

Naema ging früh ins Bett und dachte, bevor sie einschlief, dass Ham die Kunst gelernt hatte, viel und nett über nichts zu sprechen.

Das war natürlich gut, es war eine der Fähigkeiten, die ihn zu einem so geschickten Unterhändler machten. Aber sie mochte es nicht.

Um die Mittagszeit des nächsten Tages kamen Noah und Napular zurück, müde nach dem langen Ritt. Aber Noah sah froh aus und war zuversichtlich:

»Es wird wohl gehen, eine Verabredung mit dem Bergvolk zu treffen«, sagte er.

Er war ebenfalls froh darüber, den Zehnruderer zu sehen. Das würde eine bequeme Heimreise werden. Sowohl er als auch Naema könnten unter dem Baldachin auf dem Vorschiff schlafen. Er nahm ein Bad, aß etwas, und dann begaben sie sich nach einem langen und wortreichen Abschied auf den Weg nach Hause.

Napular würde binnen zehn Tagen zur Werft nachkommen.

Kapitel 46

Woche um Woche verging. Am Rand des Ölsumpfes südöstlich des Nordreiches wartete der Schatten auf das Urteil aus Sinear.

Er war geduldig und rechnete damit, dass die Nachricht auf sich warten lassen würde. Der Verrückte hatte immer ein Vergnügen darin gefunden, die Leute auf glühenden Kohlen sitzen zu lassen.

Eines Tages begann der Schatten, Backsteine für sein Haus zu schlagen. Nicht weil er damit rechnete, weiterleben zu dürfen, eher um etwas zu tun zu haben. Er war handwerklich nicht geübt. Aber er hatte viele Tage damit zugebracht, die Arbeit der Maurer und Schreiner in Sinear zu überwachen. Und er hatte ein gutes Gedächtnis.

Die Arbeit ging schnell voran, und am gleichen Tag, als der Bote mit vier Soldaten kam, hatte er den Grundstein gelegt. Das Urteil lautete auf Ausweisung aus Sinear und einen einfachen Wachdienst an der Grenze.

Einen Mond später hatte er sein Haus errichtet und wartete auf die Möbelfuhre aus der Stadt. Als die Möbel kamen, die Decken, Tücher, Teppiche und Tongefäße, stellte er alles an seinen Platz und verspürte ein ungewohntes Gefühl, stärker als Zufriedenheit.

Nach einigen weiteren Tagen kamen die Tragestühle mit der Frau und dem Sohn. Mit ihnen folgten die alten Diener, der Mann und die Frau, die einmal Sklaven bei Lamek gewesen waren, und die treu bei dem Schatten geblieben waren, aus Dankbarkeit, dass er sie von dem Priester befreit hatte.

Die Frau schrie nicht vor Furcht, als sie ihn traf. Sie hatte vergessen, wie er aussah. Das war ein Fortschritt. Er trug sie ins Haus hinein und legte sie in dem Zimmer, das er für sie vorbereitet hatte, auf das Bett. Sie weinte ein bisschen, am meisten aus Müdigkeit von der Reise. Am nächsten Morgen hatte sie vergessen, dass sie umgezogen war, sie lag dort in ihrem gewöhnlichen Bett, und ihr Leben war wie in Sinear.

Auch der Junge war vom Umzug nicht beeinträchtigt. Er war gewachsen, und der Schatten sah mit Zufriedenheit, dass er seinen Kopf aufrecht hielt und überhaupt eine bessere Körperhaltung hatte. All das, was er von der Tochter des Goldschmieds gelernt hatte, war nicht verloren gegangen.

Aber er hatte eine neue Angewohnheit. Wenn er aufgeregt war, schlug er mit dem Kopf gegen die Wand, schlug ihn hartnäckig und beharrlich und so stark dagegen, dass das Blut aus der Nase lief. Die Alten versuchten, ihn daran zu hindern, aber er war groß und stark.

Widerwillig begann der Schatten, einen Käfig für den Jungen zu flechten, und mit Hilfe der Diener kleidete er die Käfigwände mit Decken aus.

Pflichtbewusst wie immer ging der Schatten seinen täglichen Wachgang die Grenze entlang. Die Soldaten, die er für den Wachdienst bekommen hatte, fürchteten sich vor dem Sumpf, und der Schatten, der keine Machtmittel mehr hatte, musste sich damit abfinden, die Außenbezirke selbst zu bewachen.

Er hatte bald einen Plan für den Rundweg entworfen, lernte, wie er gehen musste, um nicht im Sumpf zu versinken, und wo er festen Boden finden, stehenbleiben und das Gelände überblicken konnte. Aber er sah keinen einzigen Menschen. Flüchtlinge und Schmuggler wussten jetzt, wo der Schatten sich befand, und sie hatten eingesehen, dass es hoffnungslos war zu versuchen, an ihm vorbeizukommen.

Wie immer hatte er viel Zeit zum Nachdenken. Seine Gedanken gingen immer häufiger zu Noah und seiner Werft, seinen Söhnen, ja, zu dem ganzen Glück, das der Schatten vom Wachturm aus beobachtet hatte. Das war eine Verhöhnung des gewöhnlichen Lebens.

Immer wieder kehrte er zu dem Gedanken zurück, dass Noah von dem alten Gott auserwählt sei, aufgehoben für irgendeinen dunklen Plan, den der Unbegreifliche hatte. Der Einzige, der diesen Plan verhindern konnte, war er, der Schatten. Wenn nur alles wie früher gewesen wäre, wenn er noch seine Macht gehabt hätte.

Eines Tages, als er im Gestrüpp auf einer der Inseln im Sumpf rastete, bekam er etwas Unglaubliches zu sehen. Drei Männer ritten auf der anderen Seite der Grenze vorbei, ein gutes Stück hinein ins Niemandsland. Sie waren groß gewachsen, in leuchtende Gewänder gehüllt, hatten Goldringe in den Ohren und wohlgestutzte Bärte.

Dennoch waren es nicht die Männer, die den größten Eindruck auf den Schatten machten, sondern die Tiere, auf denen sie ritten. Pferde, dachte der Schatten, und starrte die hoch gewachsenen Tiere an, die sich leicht, als ob sie tanzten, über den Boden bewegten.

Als der Schatten sich von seinem Erstaunen erholt hatte, kamen die Fragen: Was würden die Männer aus dem fremden Volk bei Noah machen? Sie sahen aus wie Krieger, plante Noah einen Krieg? Aufruhr?

Endlich konnte er etwas nach Sinear berichten.

Aber auf dem Heimweg durchdachte er die Sache noch einmal. Wenn die Reiter auf dem Weg zur Werft waren, würden die Wachen auf dem Turm einen Bericht schicken. Er selbst wollte abwarten und sich in einer mondlosen Nacht dorthin begeben. Wenn die Fremden zu dem Plan des bösen Gottes gehörten, wollte der Schatten auf eigene Faust herausfinden, warum.

Kapitel 47

Haran arbeitete unermüdlich an den einfachen Schmelzöfen, die er gebaut hatte, schalenförmigen Gruben in der Erde, die mit Lehm ausgekleidet und mit glühender Holzkohle gefüllt waren. Er hatte bald verstanden, warum der Schmied in Eridu nicht erfolgreich gewesen war: Er konnte in seinen großen, über der Erde gelegenen Öfen keine ausreichend hohe Temperatur bekommen.

Auch Haran hatte bei den ersten Versuchen keinen Erfolg. Es war schwierig, während des Schmelzens die richtige Luftmischung in den Gruben zu bekommen. Er bekam Hilfe von Sem, um größere Blasebälge herzustellen, und lernte allmählich, das Luftgemisch im unterirdischen Herd zu beherrschen. Als er zum fünften Mal das runde Dach über dem ersten Ofen abnahm, konnte er endlich den Tiegel mit dem flüssigen Metall herausheben und es in die Formen gießen.

Die Gussformen hatte er ganz einfach nach den gewöhnlichen Kupferäxten der Werft hergestellt, die in Kisten mit hart gepresstem Sand gepackt worden waren.

Die neuen Äxte sahen nicht besonders aus, die Farbe war matter und langweiliger als die der Kupferäxte. Aber als Haran die Schneide der ersten Axt bearbeitet hatte, rief er Sinar und bat ihn, sie zu prüfen. Sinar hatte, wie alle anderen auf der Werft, Harans Arbeit mit erstauntem Interesse verfolgt. Nun ging er beinahe feierlich zum Holzstapel, wo immer übriggebliebenes Holz lag, das zu Brennholz verarbeitet werden sollte.

Noch am selben Abend bekam Haran den Bescheid, dass die neue Axt schärfer war, seltener ausrutschte und besser spaltete.

Und am wichtigsten von allem: die Schneide behielt ihre Schärfe und brauchte nach getaner Arbeit nicht geschliffen zu werden.

Als Noah nach Hause kam, prüfte er die neuen Äxte, eine nach der anderen. Er freute sich wie ein König: Aber würde Haran es schaffen, im nächsten Monat hunderte von Äxten herzustellen? Würde das Erz ausreichen?

Die erste Frage konnte der Schmied ohne Zögern beantworten. Nachdem er nun seine Technik gefunden hatte, würde sich die Geschwindigkeit der Herstellung steigern lassen. Schlechter allerdings stand es mit dem Material, vielleicht reichte es für die Äxte, aber ...?

»Aber?«, fragte Noah auffordernd.

Haran und Sem erklärten, wie sie es sich gedacht hatten. Während des Winters würde Haran grobe Stangen in rechte Winkel gießen, sie herausnehmen, sie in jedem Schenkel auf eine Länge von einer knappen Elle einschneiden und mit Löchern für Nieten versehen.

»Wenn das Metall hält, was es verspricht, können wir die Arche auch mit Metallwinkeln zusammenhalten. Wir sind dann nicht ganz so abhängig vom Pech und von Napulars Seilen«, sagte Sem.

Noah war ungewöhnlich zufrieden, als er an diesem Abend zu Bett ging. Auf irgendeine Weise würde er Mischerz beschaffen.

Am vierten Tag nach Noahs Heimkehr kamen drei Männer durch die Einöde im Osten geritten. Sie erregten eine solche Aufmerksamkeit, dass überall auf der Werft die Arbeit aufhörte. Männer, Frauen und Kinder sammelten sich in Scharen auf dem offenen Platz zwischen den Stegen und Noahs Haus.

Mit vor Erstaunen runden Augen sahen sie die Fremden an, große Männer mit Bärten und blitzenden Goldringen in den Ohren, in Tuniken und Umhänge gekleidet, die in dunklen Farben schimmerten. Und die Tiere, auf denen sie ritten? Nach einer Weile ging ein Flüstern wie ein Rauschen von Mann zu Mann: Das sind Pferde.

Niemand auf der Werft hatte jemals ein Pferd gesehen, man hatte nur Gerüchte über den merkwürdigen Esel gehört, der schnell war wie der Wind.

Die großen Tiere tanzten elegant auf langen Beinen, als Noah vortrat, um die Männer zu begrüßen. Er schien sie zu kennen, und die Leute der Werft verstanden, dass die Fremden erwartete Gäste waren.

Aber nachdem sie ihre Willkommensgrüße ausgetauscht hatten, wurde es still. Es war deutlich, dass Noah und seine Gäste nicht miteinander sprechen konnten. Ihr Führer sah sich nach dem Seiler um.

»Napular«, sagte er mit Nachdruck auf jeder Silbe.

Noah schüttelte den Kopf, zeigte auf den Fluss und versuchte, auf alle Arten klarzumachen, dass sie auf den Seiler warteten. Kreli, die gute Seele, kam mit einem Tablett herbei, auf dem hohe, mit Wein gefüllte Becher standen, und Noah reichte den Willkommenstrunk.

Als Noah seine Gäste zu dem Haus führte, das er für sie in Ordnung hatte bringen lassen, flüsterte er Kreli zu: »Die feinste Mahlzeit, die du zustande bringen kannst, meine Liebe.«

Die Fremden sattelten ihre Tiere ab und verschwanden in ihrem Haus, um sich zu waschen und die Kleider zu wechseln. Die Leute der Werft gingen an ihre Arbeit zurück und Noah zu seinem Haus.

Naema hatte die Bedeutung des Augenblicks schon verstanden, trug ihr rotes Gewand und hatte die goldene Kette um den Hals gelegt. Gut. Kreli deckte den großen Tisch mit den besten Tonwaren, und Jiska stand am Herd und rührte eine Soße für den geräucherten Fisch.

»Wo ist Japhet? Wir können mit den Männern des Bergvolks nicht reden, und er ist doch der Beste, den wir haben, wenn es darum geht … mit dem Körper zu sprechen.«

Japhet war in der Zeichenwerkstatt und konnte schnell geholt werden. Zusammen mit Noah wartete er vor dem Gästehaus auf die Fremden. Als sie herauskamen, stellte er sich mit beredten Gesten als Noahs jüngster Sohn vor und ging davon aus, dass sie gerne die Werft sehen würden.

Er führte sie von Schiff zu Schiff, neugierig beobachteten sie, wie die Kiele gelegt und die Schiffe zusammengefügt wurden. Die Arbeit, die Stege zu reparieren, interessierte sie besonders, eingehend verfolgten sie, wie die Schreiner Stock an Stock zu langen Böden zusammenbanden. In der Zeichenwerkstatt bei Sem waren sie hauptsächlich höflich, von seiner Arbeit verstanden sie nichts. Aber sie verneigten sich tief vor Nin Dada und sahen erstaunt auf die Tontafeln unter ihren flinken Fingern.

»Geht und zieht euch um«, sagte Noah zu Sem und Nin Dada. »Bald gibt es Mittagessen.«

Aber das Essen verspätete sich, denn die Bergmänner blieben bei Haran stehen, der mit Japhets Hilfe den ganzen langen Prozess des Gießens zeigte. Sehr genau folgten sie der Vorführung, und Noah konnte sehen, wie sie sich die verschiedenen Momente in ihr Gedächtnis einprägten. Das waren Kenntnisse, für die sie Verwendung hatten.

Als Haran ihnen zum Schluss eine neue Axt mit harter Schneide zeigte, lachten sie laut vor Begeisterung.

»Kannst du auf irgendeine Art deutlich machen, dass wir die Äxte für ihre Arbeit oben in den Wäldern herstellen?«, fragte Noah Japhet. Er selbst war gebannt von dem Schauspiel, als Japhet hohe Baumstämme zum Himmel zeichnete, auf einen der Männer zeigte und einen der großen Bäume fällte.

Der Anführer der Männer nickte, er hatte verstanden. Aber seine Augenbrauen hoben sich fragend zur Stirn: Wo? Er deutete mit der Hand über den Horizont.

Japhet ging ihnen voraus zum Strand, zeigte zu den Wäldern auf der anderen Seite und zu der Mündung des Titzikona hinüber und dann auf die Boote der Werft.

Der Anführer hatte noch eine Frage, und es dauerte eine Weile, bevor Japhet verstanden hatte, dass es um die vielen Esel ging. Wie sollten sie den Fluss hinauf gebracht werden?

»Die Schleppkähne, Japhet«, sagte Noah.

Also gingen sie zusammen zum Hafenbassin, wo die Kähne der Werft vertäut waren, die Bergmänner sahen zweifelnd aus, aber sowohl Noah als auch Japhet lächelten: Das war kein Problem, das hatten sie schon früher gemacht.

Am schön gedeckten Tisch in Noahs Haus wartete Naema, und allem Anschein nach kannten die Männer aus den Bergen ihren Ruf. Sie verbeugten sich tief, konnten ihre Neugierde aber nur schwer verbergen. Nach der Mahlzeit sang Japhet seine Lieder, und die Gäste lachten und weinten. Bald konnten sie die Kehrreime mitsingen, sicher in der Melodie und mit ungewöhnlich tiefen Stimmen. Auch sie sind ein Volk von Sängern, dachte Naema.

Die Fremden waren jedoch müde nach dem langen Ritt, die Tafel wurde früh aufgehoben, und nachdem sie nach ihren Pferden gesehen hatten, sagten sie ihren Gastgebern gute Nacht. Nur eine halbe Stunde später kam Napular den Fluss heraufgerudert, müde, aber wortreich und eifrig wie immer.

Nachdem er eine Mahlzeit und ein Bett in Noahs Haus bekommen hatte, sagte Naema, dass es gut sei, sehr gut, dass die Männer des Bergvolks vor dem Seiler gekommen waren. Dass sie Noah, seine Familie und seine Werft hatten kennen lernen können, bevor Napular sie in einen Schwall von Worten hüllte.

Bei den Verhandlungen am nächsten Tag dachte Noah an ihre Worte und verstand sie. Nun bestand ein Vertrauen zwischen ihm und dem Anführer, und manchmal lächelten sie sich zu, wenn kurze Repliken in lange Wortschwälle übersetzt wurden. Punkt für Punkt einigten sie sich: Das Bergvolk übernahm es, am Abhang bei der alten Seilerbahn einen Stapelplatz für das Holz zu roden, den Wald zu fällen und das Holz zum Titzikona zu führen sowie das Holz bei der Werft entgegenzunehmen und es zum Trocknen zu stapeln.

258

Dagegen wollten sie nichts mit dem Flößen zu tun haben, das war eine Fertigkeit, über die sie nicht verfügten. Oben in den Wäldern wollten sie Leute von der Werft haben, die die Verantwortung für das Holz übernehmen konnten, so lange es auf dem Fluss schwamm. Weiter forderten sie, dass Japhet mit in den Wald käme, als Wegweiser und wegen seiner Lieder.

Sie unterstrichen eingehend seine Rolle als Ratgeber. Sie selbst wollten die große Arbeit leiten und alle Beschlüsse fassen.

Zum Schluss wurden sie sich einig. Noah konnte seine Erleichterung nur schwer verbergen, als er einsah, dass das größte seiner Probleme dabei war, gelöst zu werden. Er rief Sinar herein, stellte ihn den Gästen als sachkundigen Flößer vor und bat ihn, selbst zu beurteilen, wie viele Männer er brauchte.

Am Schluss blieb nur noch die Frage der Bezahlung. Napular hatte gesagt, die Männer würden das Gold sehen wollen, bevor sie endgültig zusagten, und Noah hatte schon früh am Morgen zwei von Harans Goldbarren aus seinem Geheimfach geholt. Nun legte er sie auf den Tisch und staunte über die Feierlichkeit, die plötzlich im Raum herrschte.

Es war lange still, bevor der Anführer sich erhob, die Goldbarren in die Hand nahm und wog, einen nach dem anderen. Dann legte er sie langsam wieder auf den Tisch, der sich plötzlich in einen Altar verwandelt hatte.

Erst als Noah sein Gold wieder in das Leinentuch gewickelt und es zurück in die Kiste gelegt hatte, war die Andacht beendet und die Männer des Bergvolks lächelten: Das war gutes Gold, schwer und rein. Sie waren für den Auftrag bereit und rechneten damit, in zehn Tagen mit ungefähr hundert Männern und ebenso vielen Eseln zurück zu sein.

Noah bot Wein an, und sie tranken auf die Abmachung.

Kapitel 48

Es war noch heißer Sommer an dem Tag, als die Männer des Berg-volks kamen und ihre schwarzen Zelte in der Wildnis hinter der Werft aufschlugen. In weniger als einer Woche hatten sie den Platz gerodet, wo das Holz getrocknet werden sollte. Die Reise den Fluss hinauf konnte beginnen.

Alles was schwamm, alle Boote der Werft, zogen westwärts den Titzikona hinauf. Mit den Leuten, dem Werkzeug, den Zelten und dem Proviant an Bord war es ein schweres Rudern. Nicht ein Ein-ziger der Fremden bot seine Hilfe an.

Noah sah wohl, dass es seine eigenen Männer erstaunte. Aber seine Aufmerksamkeit war vor allem von der offensichtlichen Un-ruhe in Anspruch genommen, die auf dem Wachturm des Nord-reichs aufkam, als seine ganze Flotte die Bucht überquerte.

»Jetzt haben sie endlich etwas zu berichten«, sagte Sem und lachte.

Er war froh an diesem Tag, an dem der erste Schritt gemacht wur-de. Noah lächelte seinen ältesten Sohn an und dachte, dass es viel-leicht noch einen Grund für Sems gute Laune gebe. Langsam und scheu näherte Sem sich Kreli. Aber Noah machte sich keine Sorgen über den Ausgang, er würde bekommen, was er wollte.

»Hast du den Wachen des Nordreiches erklärt, dass wir Leute angeheuert haben, um Holz zu fällen?«

Ham rief seine Frage von dem Boot herüber, auf dem er das Ru-der führte. Noah rief sein Ja so laut, dass es über die Bucht hallte. Er hatte eine ganze Weile oben auf dem Wachturm zugebracht, über seine neue Seilerbahn gesprochen, über das viele Holz, das er fällen musste und über das Bergvolk, das für den Auftrag angeworben worden war.

Japhet war stiller als gewöhnlich, wehmütig nach dem Abschied von Jiska. Dennoch konnte Noah sehen, dass er stolz darüber war, dass die Männer des Bergvolks ihn als Wegweiser durch den Wald gewählt hatten. Sein jüngster Sohn hatte jetzt die schwerste Verantwortung, auf seiner Fähigkeit, mit den Fremden zusammenzuarbeiten, beruhte das Ergebnis. Noah war besorgt, er hatte Napular sagen hören:

»Du musst listig sein wie eine Schlange und mild wie eine Taube. Wenn du jemandem auf den Fuß treten solltest, kann dir die Kehle durchgeschnitten werden.«

Japhet war wütend geworden und hatte geantwortet:

»Ich bin, wie ich bin und nicht besonders listig. Und ich vertraue den Fremden.«

Japhet hatte viele Stunden gemeinsam mit Napular zugebracht, um die Sprache des Bergvolkes zu lernen. Weil er gelehrig war, war er weit gekommen. Nun führte er das Ruder im Boot des Anführers, und Noah beobachtete, wie die beiden sich unterhielten, Japhet etwas zögernd und der Anführer sowohl belustigt als auch geschmeichelt.

Zwei Tage später kehrten Noah und seine Leute mit den leeren Schiffen zurück. Während das Bergvolk weit oben am Ufer des Titzikona sein Lager aufschlug, belud Noah die Schleppkähne mit den Eseln.

Es wurde still auf der Werft, nachdem die Fremden verschwunden waren und die gewöhnliche Arbeit wieder aufgenommen worden war. Von Zeit zu Zeit wurde Noah von Sorge um seinen Sohn ergriffen, und er wagte nicht, Naema zu vertrauen, wenn sie versicherte, Japhet gehe es gut. Als die Furcht am schlimmsten war, versuchte er zu beten, aber wie immer in diesem Sommer fehlten seinen Gebeten Zuversicht und Inbrunst:

»Sieh zu, dass dem Jungen nichts Böses geschieht.«

Die Hitze nahm ab, mit jedem Tag wurde die Luft klarer. An einem kühlen Morgen wurde Noah von der Wache geweckt, und bald darauf stand er auf seinem neuen Steg und sah das erste Holz aus der Mündung des Titzikona schwimmen.

Das Flößen war beschwerlich, die langen Stämme durften nicht zerbrechen, Sinar und seine Männer waren erschöpft, als sie die Werft erreichten, und Noah verstand, dass sie abgelöst werden mussten, dass er noch eine Flößermannschaft aufstellen musste.

Aber Sinar war zufrieden, die Arbeit in den Wäldern ging gut voran:

»Es sind Mordskerle!«, sagte er.

»Und Japhet?«

»Ich glaube, er hat bald keine Lust mehr, jeden Abend zu singen«, sagte Sinar mit einem Lachen. »Im Übrigen geht es ihm wie einem Prinzen, und er wird auch wie einer behandelt.«

Noah spürte die Erleichterung im ganzen Körper.

»Und das Waldvolk?«

Naemas Frage war leise, fast scheu.

»Wir haben keine Spur von ihnen gesehen.«

Zwei Monde später war an der südlichen Grenze der Werft das Holz zu gewaltigen Stapeln angewachsen. Ordentlich, als handele es sich um Brennholz, wurden die langen Bäume mit dem schmalen Ende an das dicke Ende gelegt, sodass die trockenen Winterwinde durch die Holzberge streichen konnten.

Schließlich kam der Tag, an dem die Fremden ihr Gold bekamen und die Werft verließen. Noah und der Anführer verabschiedeten sich mit gegenseitiger Hochachtung. Und als Japhet wiederkam, nachdem er ihnen ein Stück des Weges gefolgt war, sagte er, dass er sie vermissen werde, so lange er lebe. Er habe viel gelernt.

Eine Woche später suchte einer der ältesten Schreiner der Werft Noah auf. Er wollte seine Anstellung aufgeben und Arbeit bei den

Handwerkern in Eridu annehmen, wo Leute gebraucht würden, teilte er mit.

Noah machte keine Einwände, der Mann war geschickt, aber nicht unersetzbar. Er war immer mürrisch und die Zusammenarbeit mit ihm schwer gewesen. Aber nach einigen weiteren Tagen kündigte noch ein Schreiner, und Noah merkte, dass er sich verletzt fühlte. Er sah sich selbst als einen Vater, auch für die Angestellten.

Als der Mann, der im Umgang mit Schiffswerg am geschicktesten war, mit dem gleichen Anliegen kam, musste er fragen:

»Womit seid ihr unzufrieden?«

Der Mann wurde verlegen und antwortete ausweichend: Seine Frau fühle sich in dem Dorf nicht mehr wohl, seine Kinder wollten in die Stadt, wo es so viele Möglichkeiten gebe ...

Am Abend hatte Noah ein langes Gespräch mit Sinar, der glaubte, die Leute würden durch die großen Veränderungen auf der Werft vertrieben. Sie hätten eingesehen, dass der Schiffsbau Noah nicht mehr interessierte. Vielleicht hätten sie sich durch das Bergvolk verletzt gefühlt, die Fremden verabscheut und Angst vor ihnen gehabt.

Sinar, der einer der wenigen Eingeweihten auf der Werft war, sagte:

»Es ist am besten so, wie es geschieht, Noah.«

Beim Essen später am Abend sagte Jiska:

»Jetzt kannst du selbst sehen, dass nicht du die Verantwortung trägst, die Menschen auszuwählen, die gerettet werden sollen. Die Auswahl geschieht ... von selbst.«

Noah nickte und dachte, dass sie dennoch Sklaven anheuern mussten, wenn bei Frühlingsanfang der große Bau beginnen sollte. Er verabscheute den Gedanken.

An den Abenden dieses Herbstes ging Noah an der nördlichen Mauer auf und ab und überlegte, wie er es anstellen könnte, Erz aus Sinear zu beschaffen. Ein listiger Plan nach dem anderen wurde geboren. Und verworfen.

Schließlich fasste er einen Entschluss. Es war kühn, vielleicht tollkühn, aber er würde die Wahrheit sagen. Sagen, wie es war, dass sie in Eridu unreines Erz gekauft und herausgefunden hatten, dass es sich ausgezeichnet zur Herstellung von Werkzeug eignete. Was würde es kosten, eine weitere Ladung unmittelbar aus Sinear zu kaufen?

In knappen Worten teilte er den Wachen des Nordreiches mit, dass er Kupfererz zu kaufen wünsche und dankbar wäre für ein Zusammentreffen mit jemandem, der die Befugnis habe zu verkaufen.

Es dauerte nur drei Tage, bis der Oberbefehlshaber des Nordreiches im Turm zur Stelle war. Noah war erstaunt, das war doch keine militärische Frage. Aber er hatte nichts gegen den alten General und war froh, mit jemandem zu verhandeln, den er kannte.

Nach einer Weile verstand er, warum das Nordreich einen General geschickt hatte. Der Alte wusste das meiste über Harans Experimente, Schritt für Schritt hatten die Wachen sie vom Turm aus verfolgt und in Sinear mitgeteilt, dass es dem Goldschmied gelungen war, eine Schmelze herzustellen, die der Werft neue und viel bessere Äxte gab.

Im Nordreich hatte man wiederholt Versuche gemacht, die aber misslungen waren. Wenn sie bereit wären, Harans geheime Methode zu enthüllen, dürften sie Erz kaufen.

Noah verstand. Wenn man scharfe Äxte machen kann, kann man scharfe Schwerter machen. Wenn man Werkzeug machen kann, das hält, kann man Speere machen, die nicht brechen.

Der Gedanke war unbehaglich. Auf der anderen Seite würde das Nordreich kaum Zeit haben, seine neuen Waffen zu erproben. Er bat, wiederkommen zu dürfen, er wollte mit Haran sprechen.

Der Schmied hatte keine Bedenken, er war völlig überzeugt davon, dass der Große Gott selbst das Nordreich ertränken würde, bevor die neuen Waffen angewendet werden könnten. Der General sei willkommen, das Schmelzen mitanzusehen.

Der Alte war erstaunt über die primitiven Erdöfen, verstand aber bald das Prinzip. Er kannte sich aus, stellte die richtigen Fragen und prägte sich alles, was er hörte, ins Gedächtnis ein:

»Wenn wir trotzdem Probleme bekommen, können wir vielleicht einen unserer … Waffenschmiede schicken, um den Vorgang zu beobachten?«

Noah zögerte:

»Wir werden aber auch vom Südreich aus beobachtet.«

Der Alte nickte und ließ die Frage fallen, als Haran versicherte, dass es den Schmieden in Sinear nicht misslingen konnte. Es war ja einfach, man müsste nur eine hohe und gleichmäßige Temperatur halten. Und das konnte man leicht in einem Erdofen.

Sie einigten sich über den Preis, Noah würde in Gold bezahlen. Eine Woche später kamen fünf mit Erz bepackte Esel zum Turm, Noah bezahlte, und Haran begann, die Sandformen für die gewinkelten Metallstäbe herzustellen.

Als die Sonne im Winter am tiefsten stand, genau am Tag der Sonnenwende, gebar Jiska ihre Tochter. Es war ein Kind, das alle in Erstaunen versetzte.

Das Mädchen hatte blaue Augen und lockiges helles Haar.

Und alle sagten, dass sie etwas Ähnliches noch nie gesehen hätten.

Sie bekam den Namen Rehuma nach Jiskas Mutter.

Einen Mond später bekam Nin Dada ihren vierten Sohn, und auch er war ein merkwürdiges Kind, willensstark und eigensinnig. Er wurde Kanaan genannt und ähnelte Ham sehr.

Kapitel 49

Der Frühling kam früh in diesem Jahr. Noah achtete genau auf das Wetter, jede Veränderung interessierte ihn. Aber es gab keine beunruhigenden Anzeichen.

Der kühle Regen fiel wie er sollte, und die trockene Erde trank. Als die ersten Blumen auf den Abhängen hinter der Werft leuchteten, ging Naema zusammen mit Jiska hinaus auf die Felder, um zu sehen und nachzudenken. Bald würde es an der Zeit sein, die Samen der frühen Frühlingsblumen zu ernten.

Von einigen, den reichlich Blühenden und den Zähen, würden die Samen reichen. Von anderen? Welche sollten sie in die Beete auf dem Schiff aussäen? Wie viel Licht und Wasser brauchten sie zum Überleben?

Habichtskraut, Leimkraut, Reseda. Das gelbe Bitterkraut breitete Teppiche über die Hügel. Naema dachte nach. Sollte sie sie mitnehmen? Und was sollte sie mit den vielen Lilienarten machen? Welche Zwiebeln musste sie mit auf das Schiff nehmen?

Weißrosa Zyklamen breitete seine Schmetterlingsflügel vor ihr aus, und sie nickte der Blume zu. Du wirst mit mir kommen, sagte sie. Glaub aber bloß nicht, es wäre um deiner Schönheit willen. Aus Zyklamen stellte Naema eines ihrer besten schmerzstillenden Mittel her.

Sie sah lange auf den reichen Bestand an Oleander und schüttelte den Kopf.

»Du bist so giftig, dass du nur zu Rattengift taugst«, sagte sie. Aber es tat ihr Leid, denn sie liebte die spröden Blüten und ihren Duft.

Sie blieb vor dem Dickicht der niedrigwachsenden Engelstrompete stehen. Ja, dachte sie, wegen des Narkotikums und des Absuds, den sie aus den Früchten machen und mit dem sie Gelenkschmerzen lindern konnte. Hier gab es viele Schösslinge. Sie beschloss, probeweise einige Pflanzen zum Treiben zu bringen.

Aber an den Hexenkräutern, der Alraune und dem Bilsenkraut ging sie vorbei.

Die Tamariske? Sie trieb gerade Knospen, bald würde sie bis zum Himmel leuchten. Die musste sie retten, wegen ihrer Schönheit. Wie die Zistrose.

Wie soll ich all das im Kopf behalten, dachte sie, für einen Augenblick verwirrt. Aber dann erinnerte sie sich, dass sie in ihrem eigenen Garten beginnen würde, wo es schon vieles gab und alles wohlgeordnet war. Sie lächelte bei der Erinnerung an Noahs Worte: »Wenn du die Weinstöcke vergisst, werde ich dir das niemals verzeihen.«

Sie blieb lange unter der alten Sykomore stehen, dem Baum, der das ganze Jahr hindurch Früchte trug. Sie würden es wohl schaffen, einen Spross in einem Topf Wurzeln schlagen zu lassen.

Jiska folgte ihr mit dem blonden Kind in einem Tragesack auf dem Rücken. Naema nahm eine Frucht von dem Baum und zeigte, wie die Blume in einem Hohlraum ganz weit innen in der Frucht lebte.

»Wie das Kind in der Gebärmutter«, sagte Jiska, und Naema lachte. Vielleicht war die Sykomore aus diesem Grund zum Baum der Liebesgöttin geworden, dachte sie.

Hinter den Hügeln konnten sie sehen, wie sich die Fächer der hochgewachsenen Dattelpalmen gegen den Himmel im Süden abzeichneten. Die konnten sie nicht erreichen, sie wuchsen hinter der Grenze zum Südreich. Naema seufzte leicht und erzählte Jiska von ihrem Besuch in Eridus Palmenhainen.

»Ausnahmsweise war ich beeindruckt vom Südvolk«, sagte sie. »Sie züchteten eine kleine Zahl männlicher Bäume am Rand der großen Palmenpflanzung. Alles andere waren weibliche Bäume. Im Frühling, wenn die Bäume blühten, kletterten sie in die männlichen Bäume hinauf, pflückten die Blüten und flochten sie zu einfachen

Kränzen. Dann kletterten sie in die weiblichen Bäume und befestigten die Kränze in deren Kronen.«

»Man braucht nur einen männlichen Baum für dreißig weibliche Bäume«, sagte Naema, und beide lachten laut.

Es war später Nachmittag. Sie waren immer weiter auf den Abhang oberhalb des Sumpfes gelangt, als Naema plötzlich spürte, dass Gefahr drohte. Es war eine so starke Empfindung, dass sie Herzklopfen bekam und ihr das Atmen schwer fiel.

Sie stand mit dem Rücken zum Dickicht bei den großen Ölsümpfen. Es waren vielleicht ein paar hundert Ellen zum Waldrand, und sie drehte sich nicht um. Dennoch wusste sie, dass der Schrecken von dort kam.

»Jiska«, sagte sie, ohne die Stimme zu erheben. »Mach keine heftige Bewegung, aber sieh zum Dickicht hinter mir.«

»Es steht ein Mann zwischen den Bäumen«, flüsterte Jiska nach einer Weile, und Naema hielt einen Zweig der Sykomore vor Jiskas Gesicht, um ihre Aufregung zu verbergen. Sie dachte schnell.

Napular befand sich ein Stück weiter auf dem Berg, wo er eine Bahn gebaut hatte, um probeweise seine Seile zu drehen. Naema bückte sich und riss unter dem Baum Gras heraus, lachte laut und rief:

»Napular, Napular, ich glaube, wir haben das Gras gefunden, das du suchst.«

Es dauerte, aber er kam, widerstrebend und langsam ging er zu dem Baum, wo Naema wartete. Einen kurzen Moment überlegte sie, ihm entgegenzugehen, aber sie konnte nicht, ihre Beine waren wie am Boden festgewachsen. Sie hielt das Grasbüschel über den Kopf, lockte ihn damit, rief immer wieder:

»Napular, du Faulpelz, beeil dich. Wir haben dein Gras gefunden.«

Er kam, nahm das Grasbüschel, schüttelte erstaunt den Kopf und rümpfte die Nase. Aber noch bevor er etwas sagen konnte, flüsterte Jiska: »Ein Räuber steht zwischen den Bäumen dort drüben.«

Naema sagte blitzschnell:

»Dreh dich nicht um und mach nichts.«

Er verstand, stand still, starrte auf das Gras und rief nach seiner ältesten Tochter, die ihm zum Prüfen der Seile gefolgt war. Das Mädchen lief herbei, und Napular gab ihr das Grasbüschel und zischte:

»Lauf um Himmels willen und hol Leute.«

»Lauf erst, wenn du außer Sichtweite bist«, sagte Naema leise.

Als das Mädchen verschwunden war, flüsterte Napular:

»Ich kann dort hinten um den Hügel herum gehen und versuchen, ihn von hinten zu greifen.« Naema nickte, zeigte zum Hügel hinauf und rief ihm nach:

»Dort oben gibt es viel Gras von der gleichen Sorte.«

Die Zeit stand still, die beiden Frauen warteten eine ganze Ewigkeit. Der Säugling, der die Unruhe spürte, begann zu weinen, und Jiska nahm das Mädchen aus dem Tragesack und legte es an ihre Brust. Naema sah mit Bewunderung, dass Jiskas Hände ruhig und sicher waren, während sie selbst am ganzen Körper zitterte.

»Ich verstehe nicht, warum ich so ängstlich bin«, flüsterte sie.

»Ich aber«, sagte Jiska leise. »Der Mann im Dickicht dort hinten ist der Schrecken selbst, der, den wir den Schatten nannten.«

Als sie sah, wie Naema zusammenzuckte, fuhr sie fort:

»Hilfe ist unterwegs, Naema. Wir schaffen es.«

Im nächsten Augenblick hörten sie Napular im Triumph schreien:

»Jetzt habe ich dich, du Teufel.«

Den Fremden vor sich her schiebend, trat er aus dem Dickicht hervor. Der eine Arm des Mannes war wie in einem Schraubstock auf dem Rücken gekrümmt. An seinen Hals hielt Napular ein langes Messer.

Im gleichen Augenblick kamen die Männer von der Werft herbeigerannt, die drei Söhne und Sinar. Naema bekam ihre Kraft zurück und konnte sich wieder bewegen, drehte sich um und sah dem Schatten direkt ins Gesicht.

Noah hat Recht, er ist schon tot, dachte sie.

Dann hörte sie Japhet schreien:

»Das ist der Schatten, bei Gott, das ist der Schatten.«

Sem, der den Fremden fesselte und gerade zu Napular gesagt hatte, er solle aufhören, mit dem Messer zu drohen, wurde weiß.

Vor Furcht? Vor Hass? Naema wusste es nicht, aber als Ham schrie, er wolle das Messer haben, um ihn zu töten, hob sie die Hand und übertönte alle.

»Hier geschieht kein Mord. Jetzt beruhigt ihr euch alle, bis Noah kommt.«

»Mutter hat Recht«, sagte Japhet. »Übrigens brauchen wir ihn nicht zu töten. Wir liefern ihn der Wache im Turm aus. Dann können die Generäle im Nordreich ihn hinrichten.«

»Warum sollten sie das tun«, sagte Ham.

»Weil er versucht hat, aus dem Dienst zu fliehen«, sagte Japhet. »Wir wissen ja, dass es schon schlecht um ihn steht.«

Aber Japhet war nicht wohl zumute, als er da stand und direkt in die Augen des Schatten sah. Blaue Augen, die gleiche Himmelsfarbe wie bei seiner kleinen Tochter. Wir sind verwandt, dachte er. Seine Mutter war Lameks Schwester.

Japhet betrachtete andauernd das unberührte kindliche Gesicht und dachte an alles, was Noah nicht erzählt hatte, daran, wie verborgen und dunkel die Geschichte der Familie war.

Wir sind vom selben Blut, er und ich. Und das Kind hat seine Augen geerbt.

Sie mussten auf Noah warten. Als er endlich kam, blieb er vor dem Schatten stehen, sah ihn auf die gleiche Art an wie Japhet und fragte schließlich:

»Wo bist du durch die Mauer gekommen, Mahalaleel? Und was willst du von mir?«

»Der Mauerrand ist ein Stück weiter in den Sumpf hinein eingestürzt. Ich wollte wissen, was das für ein großer Bau ist, den du vorbereitest.«

Die Stimme war trocken und die Worte waren klanglos, ein bisschen schleppend. Er hatte keine Angst, er hatte erkannt, dass er unterlegen war.

»Dein Sohn hat gerade darauf hingewiesen, dass ich hingerichtet werde, wenn du mich der Wache übergibst«, stellte er im gleichen Ton fest.

»Lasst ihn los«, sagte Noah zu den Söhnen, und als keiner gehorchte, löste er selbst die Seile:

»Ich folge dir bis zu der eingestürzten Mauer.«

Sie gingen Seite an Seite, den Abhang hinunter, auf Noahs Stegen über den Sumpf und verschwanden im Dickicht auf der Nordseite außer Sichtweite. Napular schrie vor Wut, Noah sei nicht bei Sinnen, der Mann könnte ihn ja jeden Augenblick erschlagen. Und ganz davon zu schweigen, was wäre, wenn er zurückkäme?

Noahs Söhne schwiegen.

Sie redeten nicht miteinander, es gab keine Worte. Aber als Noah dort neben dem Schatten herging, dachte er zum ersten Mal an das, was er immer gewusst hatte, aber nicht wissen wollte. Es war Mahalaleel gewesen, der Noah befreit hatte. Zwei Jungen waren ausgetauscht worden, und das Leben, das für Noah bestimmt war, lebte der Schatten.

Lamek hätte seinen jüngsten Sohn nicht fortgeschenkt, wenn er nicht einen anderen Jungen bekommen hätte, den er quälen konnte.

Sie waren bei der Mauer angekommen. Der Schatten sprang geschmeidig hinüber. Dann blieben sie eine Weile stehen und sahen einander an:

»Mich führst du nicht hinters Licht, Noah. Ich weiß, dass du das Werkzeug des bösen Gottes bist.«

Noah lächelte schief, zuckte mit den Schultern und ging. Auf dem Heimweg begann er zu begreifen, dass der Schatten Recht hatte. Er war das Werkzeug des bösen Gottes, Mitarbeiter in einem dunklen Plan.

Kapitel 50

In jedem einsamen Augenblick während des kurzen Winters hatte Kreli darüber nachgedacht, was Noah gemeint hatte, als er sagte, er habe geheime Pläne mit ihr. Schließlich überwand sie ihre Bedenken und beschloss, Jiska zu fragen.

Jiska wurde rot, kicherte, sah zum Himmel und sagte:

»Ich denke nicht daran, dir das zu erklären. Es ist ja so offensichtlich.«

Kreli wurde wütend, aber wie immer fiel es ihr schwer, Jiska zu widerstehen, wenn das Mädchen den Kopf schräg hielt und sie flehend ansah.

»Denk nach, Kreli.«

»Ich habe lange nachgedacht«, sagte Kreli und ging ihres Weges. Nach einer Weile bog sie zur Zeichenwerkstatt ab. Sie wollte Nin Dada fragen.

Sie hatte Glück. Nin Dada war allein mit ihren Tontafeln.

»Wenn du Sem suchst, findest du ihn auf dem Bauplatz, wo er seinen Kran prüft«, sagte Nin Dada, und Kreli nickte. Sem hatte eine Vorrichtung gebaut, um die langen Baumstämme hochzuziehen, und war seit ein paar Tagen damit beschäftigt, sie auszuprobieren und zu verbessern.

»Ich suche dich«, sagte Kreli. Und dann fragte sie geradeheraus.

Auch Nin Dada konnte das Lachen kaum zurückhalten und sagte, dass Kreli das eigentlich verstehen könnte. Aber als Kreli den Kopf schüttelte, fuhr sie fort:

»Dann bist du die Einzige auf der ganzen Werft, die nicht begriffen hat, dass Sem in dich verliebt ist.«

Kreli musste sich setzen.

»Aber Kreli. Du hast doch wohl bemerkt, dass er rot wird und Sachen fallen lässt, wenn du in der Nähe bist. Manchmal stottert er richtig, so aufgeregt wird er.«

»Ich glaubte, dass er so ist, etwas langsam und unbeholfen.«

Nin Dada lachte wieder und sagte:

»Auch du musst eingesehen haben, dass Sem der Klügste von Noahs Söhnen ist. Er ist schneller im Kopf als die anderen, der scharfsinnigste Mann, den ich jemals getroffen habe. Er ist nicht unbeholfen, außer wenn du dabei bist und hier in der Zeichenwerkstatt herumgehst und mit dem Hintern wackelst.«

»Ich wackle nicht mit dem Hintern«, schrie Kreli, blutrot vor Zorn und Scham.

Als sie davonlief, hörte sie Nin Dada lachen. Aber sie drehte sich nicht um und sah nicht den zufriedenen Ausdruck in ihrem Gesicht.

Ich habe ein bisschen übertrieben, dachte Nin Dada. Aber sie war zufrieden mit sich selbst und sehr neugierig, was jetzt geschehen würde, wenn Kreli die Sache in die Hand nahm.

Wie immer, wenn Kreli Probleme hatte, musste sie arbeiten. Harte Arbeit schärfte ihre Gedanken und milderte die Aufregung. An diesem Tag beschloss sie, dass es Zeit für große Wäsche war.

Sie ging zu dem Waschkessel am südlichen Felsenvorsprung, füllte ihn mit Wasser, und allmählich fing das Holz Feuer. Man kann auch in die härtesten Holzscheite Feuer bekommen. Wenn man Geduld hat, dachte sie.

Kurz darauf war sie auf dem Weg zu Noahs Haus.

»Ich habe vor zu waschen«, sagte sie zu Naema, die wie gewöhnlich schuldbewusst dreinsah, wenn es um die Hausarbeit ging. Sie half Kreli, den schweren Korb mit der schmutzigen Wäsche auf den Kopf zu heben, und sagte:

»Ich muss ja auf die kleinen Kinder aufpassen.«

»Mach dir keine Sorgen, ich schaffe das«, sagte Kreli, und es gelang ihr zu lächeln. Das war unnötig, kein Lächeln der Welt konnte Naema täuschen. Wie lange hatte sie das mit Sem gewusst? Und was hielt sie davon?

Krelis Lächeln war ganz echt, als sie mit dem Korb zum Waschplatz ging. Sie war sich ganz sicher, dass Naema sie als Schwiegertochter willkommen heißen würde.

Das würde Noah ebenfalls, das hatte er schon mit seinem zufriedenen Lächeln an dem Tag des großen Treffens bewiesen. Alle hatten verstanden. Nur sie nicht. Sowohl Nin Dada als auch Jiska hatten Recht, wenn sie fanden, dass sie ein Dummkopf war.

Es brannte munter in der Grube unter dem großen Waschkessel, und Kreli begann, die Wäsche in ordentliche Haufen aufzuteilen.

Ordentliche Haufen, wohl sortiert. Das passte. Das passte so gut, es war fast zu schön, um wahr zu sein. Sie wusste, dass Noah sie brauchte, das hatte er gesagt. Ihr praktischer Verstand und ihre gute Laune waren wichtige Gewinne auf der Reise in das Unbekannte.

Sie war jetzt wütend, sie schüttete Soda ins kochende Wasser und warf die ersten Kleidungsstücke hinein. Das würde ihnen so passen. Während die erste Wäsche kochte, ging sie zu Harans Haus, um mehr schmutzige Wäsche zu holen. Der Korb war leichter, Kreli wusch meist etwas nach und nach. Sie machte es nicht wie Naema, die die schmutzige Wäsche in den Korb warf und sie vergaß.

Sie ging an Jiskas Haus vorbei und rief:

»Ich wasche. Wenn du etwas mit in die Wäsche tun willst, musst du es selbst bringen.«

Sie hörte nicht, was Jiska antwortete, aber sie war zufrieden mit sich selbst. Das war nicht die Dienerin Kreli, die gesprochen hatte.

Im nächsten Augenblick war sie so erstaunt, dass sie auf dem Weg hinauf zum Waschplatz stehen bleiben musste. Ein herrlicher Gedanke ließ ihr Herz schneller schlagen: Die bescheidene Kreli, deren Stellung als arme Verwandte unsicher gewesen war, würde für immer verschwinden. Als die Frau des ältesten Sohnes würde sie den höchsten Rang unter den Schwägerinnen einnehmen. Der Platz unmittelbar nach Naema würde der ihre sein.

Der nächste Gedanke war noch besser: Sie würde ein eigenes Heim bekommen, eigene Kleider, eigenen Hausrat und eigene Möbel.

Eigene Kinder, dachte sie in dem Augenblick, als sie am Ziel war, warf den Korb auf den Boden und holte tief Luft. Sie, die ihr ganzes Leben lang auf die Kinder anderer aufgepasst hatte, würde eigene bekommen …

Als Kreli die erste heiße Wäsche aus dem Kessel zog, rannen ihre Tränen. Zum ersten Mal im Leben konnte sie vor Freude weinen. Erst als sie ihren Wäscheklopfer hervorholte und die Lauge aus den Kleidungsstücken zu schlagen begann, dachte sie an Sem. An den Mann selbst, und wer er war.

Die Schläge auf die Kleider waren hart und flink. Wer war Sem? Wie war er? Gelehrt, erschreckend begabt. Lieb? Ja, lieb.

Plötzlich erinnerte sie sich daran, was Nin Dada über sie gesagt hatte, dass sie, Kreli, die anständigste der Frauen, mit dem Hintern wackelte, wenn Sem in der Nähe war. Nun schlug sie in solch maßlosem Zorn zu, dass Noahs Kleidung in Fetzen zu gehen drohte.

Wenn es wahr wäre? Wenn ihr Körper etwas wusste, was sie selbst nicht gewusst hatte? Er hatte schöne Augen, das hatte er. Und ein scheues und schönes Lächeln.

Sie dachte an seine Hände, die kleiner waren als die der Brüder, aber fast zärtlich, wenn er seinen Kohlestift über die Zeichenwand führte. Als sie losging, um die dritte und letzte Wäsche zum Spülplatz zu holen, spürte sie, dass ihr Gesicht rot war und sie ein merkwürdig schwelendes Feuer im Körper hatte.

Zurück am Spülplatz berichtigte sie sich. Nein, sie brannte nicht. Es war eher wie Hunger, eine sonderbare Gier, die im Magen kribbelte und ihren Schoß zusammenzog.

Als sie ihre Wäsche in der Nachmittagssonne aufhängte, war sie feucht an der Innenseite der Schenkel. Und ihre Brüste mit den steifen Brustwarzen waren schwer.

Verliebt bin ich nicht in ihn, sagte sie, als sie nach getaner Arbeit heimwärts ging. Nur der Körper spukt. Und ich habe mich noch nicht entschieden.

Übrigens hatte er nicht gefreit.

Ham kam am selben Abend von einer seiner vielen Reisen aus Eridu nach Hause zurück. Er führte jetzt ständig neue Waren zur Werft und dachte oft und mit Unruhe daran, dass Noah das ganze Vermögen der Werft ausgab.

Die Kinder schliefen, und Nin Dada bereitete eine gute Mahlzeit. Sie tranken einen Becher des Weines, den Ham mitgebracht hatte. Das Gespräch zwischen ihnen floss ruhig, er erzählte Neuigkeiten aus der Stadt und sie über das, was auf der Werft geschehen war.

Ham interessierte sich sehr für Sems Hebevorrichtung.

»Das kann wohl nicht so schwierig sein«, sagte er. »Sem musste doch viele in Eridu gesehen haben.«

»Ja, ich weiß nicht. Aber er hat Probleme mit dem Kran«, sagte Nin Dada und machte eine kurze Pause, bevor sie fortfuhr:

»Gerade jetzt ist er etwas verwirrt. Er ist ja so fürchterlich verliebt in Kreli, und das spaltet ihn.«

Sie hatte erwartet, dass Ham reagieren würde, erschrak aber dennoch, als er sich vom Tisch erhob und schrie:

»Dieser verdammte Idiot tut alles, um Noah zu Willen zu sein. Noah hat ihm den Gedanken in den Kopf gesetzt, Kreli zu heiraten. Und sofort gehorcht er. Er ist wie ein dressierter … Esel.«

Nach dem Ausbruch rannte Ham zur Tür, machte aber kehrt und sagte etwas ruhiger:

»Das ist doch lächerlich. Kreli will Sem nicht haben.«

»Ich glaube doch«, sagte Nin Dada ruhig. »Ich habe sie den ganzen Winter um ihn herumscharwenzeln sehen.«

»Was heißt hier herumscharwenzeln?«

»Sie wackelt mit dem Hintern und streckt die Brust heraus«, sagte Nin Dada mit einem Lachen. »Gerade so, weißt du, wie Mädchen es tun, wenn sie verliebt sind.«

Nachdem Ham in die Dunkelheit hinaus verschwunden war, blieb Nin Dada sitzen und versuchte, ihr Erstaunen zu überwinden. Ich wusste nicht, dass ich so verschlagen bin, dachte sie.

Kreli schlief die ganze Nacht über gut, müde nach der großen Wäsche. Aber sie erwachte mit den Vögeln und frühstückte an einem Platz, von dem aus sie Sems Hof überblicken konnte.

Als er die Tür seines Hauses schloss und zur Werkstatt ging, fing sie ihn ab:

»Du bist zeitig unterwegs«, sagte sie. Er wurde so rot, dass er ihr Leid tat. Mein Gott, wie blind bin ich gewesen, dachte sie.

»Ich würde gerne die Netze im Titzikona einholen«, sagte sie. »Wir brauchen Fisch. Aber ich kenne mich mit Booten nicht aus und bin schlecht im Rudern.«

Er biss an und antwortete genau, wie sie gedacht hatte:

»Aber ich rudere dich gerne, Kreli.«

Sie lächelten sich an, und nun konnte sie es sehen. Er hatte ein schönes Lächeln. Und als sie sich ins Boot setzten und Sem zu rudern anfing, klopfte beiden das Herz. Sie blieben so lange fort, dass die Leute auf der Werft unruhig geworden wären, hätten sie nicht die ganze Zeit das Boot gesehen.

»Netze ziehen sie aber keine«, sagte Sinar zu Noah, und beide lachten.

»Die beiden da scheinen sich viel zu sagen zu haben«, sagte Nin Dada und lächelte Ham an.

»Ich bin so froh«, sagte Jiska zu Japhet.

Nur Naema war still und sah wehmütig aus.

Nach drei Stunden kamen die beiden zurück, ohne Fische. Sie gingen direkt zu Noah und sagten, dass sie ihren Beschluss gefasst hätten und so schnell wie möglich heiraten wollten. Noah jubelte vor Begeisterung, nicht nur, weil er bekommen hatte, was er wollte. Naema sah ihren ältesten Sohn lange an, ohne einen Zweifel bei ihm zu entdecken.

Er war glücklich.

Kreli war eher verwirrt:

»Es ist so schnell gegangen, dass ich es noch nicht richtig verstehen kann«, sagte sie. Aber als Nin Dada ihr sagte, dass sie ihrerseits finde, dass sie sich ungewöhnlich viel Zeit genommen hätten, konnte sie in das Lachen einstimmen.

Dieses Mal war es Jiska, die mit dem Weintablett kam.

Als Kreli an diesem Abend alleine war, dachte sie ruhig und sachlich über das Gespräch im Fischerboot nach. Sie hatte ihm die Wahrheit gesagt, dass sie ihn mochte, aber nicht glaube, in ihn verliebt zu sein. Sem hatte gesagt, dass die meisten Menschen zufrieden sein müssten, Sympathie zu spüren, und dass dieser Grund für die Gemeinschaft sicherer sei als die große Leidenschaft.

»Menschen, die verliebt sind, machen sich etwas vor«, hatte er gesagt. »Sieh dir Ham an, der wie ein Tor in Nin Dada verliebt war und eine Frau zusammendichtete, die es nicht gab.«

Sie hatte vor Erleichterung geseufzt. Ich bin ganz einfach nicht die Sorte Mensch, die sich verliebt, hatte sie gedacht.

Sem hatte viel davon gesprochen, wie er sie bewunderte:

»Du schaffst es, dass alles leicht und lustig wirkt«, hatte er gesagt. Dann hatte er weiter gesagt, dass sie die schönste Frau sei, die er jemals gesehen habe, und er nicht gewagt habe zu glauben, dass sie ihn haben wolle.

Als Heiratsantrag war das nicht schlecht, dachte Kreli und genoss eine Weile die Erinnerung, wie sie den ganzen Tag im Zentrum des Interesses gestanden hatte.

Drei Tage später feierten sie eine einfache Hochzeit, und schon am Abend fuhren sie südwärts auf eine kurze Hochzeitsreise. Sie würden die ganze Nacht rudern. Sem hatte es so gewollt, und es sollte noch einige Zeit verstreichen, bevor Kreli verstand, dass er Angst vor ihr hatte.

Kapitel 51

An einem Morgen im zeitigen Frühjahr saß Noah auf Japhets Terrasse und schäkerte mit dem goldgelockten Kind. Das Mädchen war unwiderstehlich, wie sie da an Japhets Schulter lehnte und Noah engelsgleich anlächelte. Noah konnte mit gutem Gewissen sagen, dass er all seine Enkelkinder liebte. Aber nie zuvor waren seine Gefühle so innig gewesen, wie wenn es um das neue kleine Mädchen ging.

Es war früh, die Sonne war noch nicht bis über die Hügel im Osten gelangt. Jiska schlief, aber vom Bauplatz konnten sie hören, wie die langen Stämme mit harten Hammerschlägen zusammengetrieben wurden. Noah hatte nun zwei Mannschaften zu fünfzig Mann bei der Arbeit, in Eridu gemietete Sklaven. Es roch immer noch gut nach dem Holz, aber bald würde der stickige Rauch von heißem Pech sich über die Werft legen.

»Ich hatte ja ein Anliegen«, sagte Noah schließlich, und Japhet nickte, das hatte er begriffen.

»Letzten Herbst«, fuhr Noah fort, »sprachen deine Mutter und ich zufällig von dir. Ich musste eine Sache zugeben, die ich nie zuvor verstanden hatte.« Noah sah verlegen aus, und Japhet wartete mit Spannung auf die Fortsetzung.

»Ich habe plötzlich eingesehen, dass deine Phantasie ein praktischer Gewinn ist. Du kannst dir leichter als irgendjemand anders hier … Sachen und Ereignisse vorstellen.«

Japhet schwieg, zu erstaunt, um zu antworten. War das gemeint als eine Entschuldigung für all die Vorwürfe während seiner Jugendjahre? Sollte der Tagträumer Genugtuung erhalten?

Aber als Noah weitersprach, verstand Japhet, dass der Vater jetzt wie auch sonst zweckmäßig und praktisch dachte. Bald war er begeistert von Noahs Plan.

Japhet sollte einige Tage vom Bau frei bekommen. Die Zeit sollte er dazu verwenden, darüber zu phantasieren, was geschehen würde, wie das Unwetter kommen würde, wie Regen und Winde über sie hereinbrechen würden.

»Mir fällt es ja nicht so leicht, mir die Zukunft vorzustellen«, sagte Noah. »Ich habe mit Mutter gesprochen, aber auch sie hat keine Bilder. Doch sie sagt, die Katastrophe kommt schnell und überraschend. Das ist ja irgendwie eine Hilfe, wir wissen, dass wir aufmerksam sein müssen.«

Noah erzählte weiter, er habe beschlossen, dass das Achterschiff gebaut werden sollte, sobald das Vorschiff fertig sei. Die vielen Abteilungen zwischen Bug und Achtern müssten nach und nach angefertigt werden.

»Ich verstehe, was du denkst«, sagte Japhet. »Wenn die ersten … Himmelszeichen sich zeigen, fügen wir das Boot mit den Teilen zusammen, die fertig sind. Aber was machen wir mit dem Langhaus auf dem oberen Deck?«

»Das muss auf den ersten Abteilungen errichtet werden«, sagte Noah.

»Am Bug?«

»Der zum Heck werden kann«, sagte Noah und versuchte zu lachen. Aber der Gedanke an das Schiff, das sich nicht steuern lassen würde, war ihm so zuwider, dass ihm das Lachen im Hals steckenblieb.

»Kann es sein, dass wir wie ein Schilfrohr im Wind sind? Und den Strömungen ausgesetzt?«

»Ja.«

Auch Japhet fand den Gedanken unerträglich. Aber er nahm sich zusammen und fragte:

»Was soll ich mir vorstellen?«

»Alles, was geschehen kann und was wir machen können, um uns

vorzubereiten. Du hast ja in einer Höhle gesessen, als der Sommersturm im letzten Jahr kam, aber um Gottes willen, Japhet, was für
eine Wasserwand! Höher als der Tempel in Eridu.«

»Wenn wir quer liegen und so eine Wasserwand mittschiffs bekommen, kentern wir«, sagte Japhet.

»Genau. Was machen wir, um es mit dem Bug im Wind zu halten, Japhet? Gebrauche deine Phantasie.«

Als Noah aufstand, um zu gehen, sagte Japhet, die Augen auf das
Kind in seinen Armen geheftet:

»Erdbeben, sprühendes Pech, Wolkenbruch, Überschwemmung,
Sturm. In Eridu sprechen die Alten von Orkanen, die Wellen auftür-
men, höher als Häuser.«

Noah sah seinen Sohn an und schüttelte sich:

»Ich bin froh, dass ich deine Phantasie nicht habe«, sagte er kurz,
als er ging. Japhet blieb auf seinem Platz sitzen und dachte, dass
Noah früher auf seinen Gott vertraut hätte, sich an Ihn gewandt
und die Versicherung bekommen hätte, dass das Schlimmste nicht
geschehen konnte.

Nun wusste Noah wie die anderen, dass Gott unbegreiflich war
und der Mensch sich nur auf seine eigene Kraft verlassen konnte.

Als sie gefrühstückt hatten und Jiska das Kind in ihre Obhut genommen hatte, ging Japhet zum Bau. Menschen, klein wie Ameisen
im Vergleich zu den Holzstößen, errichteten die gewaltigen Wände
für die erste Abteilung. Heute schien ihm das ganze Unternehmen
hoffnungslos, wahnsinnig. Einige verrückte Menschenwürmer
überhoben sich, setzten ihren Übermut gegen die Urkraft selbst.
Durch seinen Kopf fuhren die Bilder, die er selber erfunden hatte:
Erdbeben, sprühendes Pech, Wolkenbruch, Überschwemmung,
Sturm. Orkan! Woher waren sie gekommen?

Er machte kehrt, ging zum südlichen Steg und nahm sein Boot.
Langsam ruderte er zum Wald am südlichen Ufer des Titzikona,
fand einen Landeplatz, zog das Boot hinauf und legte sich an den
Strand. Bild für Bild verlieh er seiner Aufzählung Gestalt.

Am Nachmittag suchte er Sem auf. Die Brüder riefen nach Noah, und gemeinsam gingen sie in die Zeichenwerkstatt. Japhet sagte kurz, er habe entschieden, sich den schlimmsten Verlauf der Ereignisse vorzustellen, den er sich denken könne.

»Ich weiß«, sagte Noah. »Auch mir klangen deine Worte den ganzen Tag in den Ohren.«

»Welche Worte«, fragte Sem, und sein Gesicht krampfte sich zusammen, als Noah wiederholte: Erdbeben, sprühendes Pech ...

Es wurde still in der Zeichenwerkstatt, nachdem Japhet seine Bilder beschrieben hatte. In der Stille lag Hoffnungslosigkeit. Und Furcht.

Aber Japhet fuhr fort:

»Sem, ich habe an einen Treibanker gedacht, einen riesengroßen Treibanker. Wenn er ausreichend schwer ist und die Trossen halten, können wir ... das Schiff vielleicht gegen Wind halten.« Jeder Muskel in Sems Körper war angespannt, als er seinem Bruder zuhörte. Er konnte auch sehen, wie sie bei der Überschwemmung losschwammen und mit der Flut aufs Meer trieben. Dann kam der Sturm direkt von Süden. Gab es eine Möglichkeit, das Schiff mit Hilfe eines schweren Treibankers gegen die Wellen zu halten? Es würde dort treiben – stundenlang? tagelang? – und in der See stampfen. Wenn der Wind abnahm, mussten die Trossen gekappt werden, im richtigen Augenblick, im absolut richtigen Augenblick, um eine Kollision mit dem Schleppanker zu verhindern.

»Wie in Gottes Namen sollen wir einen Treibanker mit einem solchen Gewicht herstellen«, fragte Noah.

»Wir nehmen einen unserer Lastkähne und füllen ihn mit Steinen und alten Ziegeln, belasten ihn so, dass er sich an der Oberfläche hält und nicht sinkt, wenn das Wasser hineinschlägt.«

»Jetzt bist du das Genie«, sagte Sem und lachte. »Mach das, Japhet, du kannst schon morgen Leute zu Hilfe nehmen und einen Kahn probeweise beladen. Dann kommt es darauf an, ob Napular ausreichend starke Trossen herstellen kann.«

»Und dass das Schiff nicht zerschlagen wird, wenn es im Sturm auf der Stelle stampft«, sagte Noah und verließ sie. Er blieb stehen, als Japhet rief:

»Das muss ja nicht geschehen, Vater. Es war nur das Schlimmste, was ich mir ausdenken könnte.«

»Ich hoffe es«, sagte Noah und ging.

Sem sah lange auf die Tür, durch die Noah verschwunden war. Aber dann trafen seine Augen die von Japhet:

»Ich begreife nicht, warum«, sagte er. »Aber ich habe ein solch … starkes Gefühl, dass es so geschehen wird.«

Am gleichen Abend lud Kreli ihre neue Familie zum Essen ein. Es war ein großes Ereignis für sie, sie hatte fast den ganzen Tag Essen zubereitet und den Tisch mit den neuen schönen Schüsseln gedeckt, die sie in Eridu gekauft hatte. Noah war nur schwer zu überreden gewesen und hatte erst zugesagt, nachdem sie beschlossen hatten, nach dem Essen, wenn die Kinder eingeschlafen waren, ernsthaft zu reden. Sie hätten keine Zeit zu verlieren, hatte er gesagt.

Beim Bau, wo man nun die behauenen Stämme zum Boden im Achterschiff zusammentrieb, hatte er den ganzen Nachmittag über versucht, Japhets schreckliche Bilder loszuwerden. Ohne Erfolg.

Als er nach Hause kam, dauerte es lange, bevor er sich wusch. Er saß auf der Bank in der Küche und beschrieb Japhets Vorstellung, Szene für Szene. Bis zuletzt hoffte er, dass Naema über alles lachen würde, aber sie hörte ernst zu und sagte zum Schluss:

»Ich weiß nicht, Noah. Aber ich habe das Gefühl, dass der Junge Recht bekommen wird.«

Dasselbe Gefühl, wie er es während des Treffens in Sems Gesicht sich hatte spiegeln sehen, dachte Noah. Dasselbe Gefühl, das er selbst den ganzen Tag gehabt hatte.

Kapitel 52

Kreli hatte den Tisch auf der Veranda gedeckt und große Sorgfalt auf das Essen verwandt. Sie bot kleine Fische an, die sie mit starken Gewürzen in Wein mariniert hatte, und Lammbraten, der nach Knoblauch duftete. Zwischen ihnen herrscht eine große Zärtlichkeit, dachte Naema, als sie die Neuverheirateten beobachtete. Aber sie entdeckte auch eine Unruhe, einen Hunger bei Kreli. Ihre Sinnlichkeit ist geweckt, aber nicht gesättigt, dachte Naema.

Im nächsten Moment streifte ihr Blick Ham, nur einen Augenblick, aber lange genug, um zu wissen, dass auch er Krelis Rastlosigkeit bemerkt hatte. Als er zufrieden lächelte, durchfuhr der Zorn Naema.

Das Essen wurde nicht so gemütlich, wie Kreli es sich gedacht hatte. Der Gedanke an die Katastrophe war jetzt nicht mehr länger zurückzuhalten, da das Schiff sichtbare Gestalt annahm. Die Furcht kroch hinein in ihre Gemüter, in die Gedanken des Tages und die Träume der Nacht. Dem Schrecken auf der Spur folgten die quälenden, zuweilen unerträglichen Schuldgefühle.

An diesem Abend war es Harans ältester Junge, der das Thema ansprach, der Dreizehnjährige, der als Handlanger auf dem großen Bau arbeitete.

»Ich halte es nicht aus, all die Sklaven zu sehen. Sie werden sterben, wenn die Flut kommt, und sie haben nie gelebt. Das ist so ungerecht … Ich finde, Gott sollte das Schiff … und die Rettung ihnen zukommen lassen.«

Keiner fand ein Wort des Trostes oder der Erklärung, und nach einer Weile fuhr der Junge fort:

»In meinem ganzen Leben habe ich gehört, wie man von der Freiheit und dem Wohlstand in Eridu sprach. Aber was ist das für ein Land, das Menschen verkauft, als wären sie Ochsen? Und was sind das für Leute, die in ihren Gedichten so großartig von dem Recht des Menschen sprechen und sich dann Sklaven halten?«

Er war jetzt den Tränen nahe. Aber er fuhr fort. Er erzählte von einem der Sklaven, mit dem er zusammengearbeitet hatte, als sie das Deck im Achterschiff abdichteten.

»Er war ein gewöhnlicher Bauer. Dann brach ein Damm, weil der Tempel die Kanäle vernachlässigt hatte, es gab eine Missernte, und er musste Schulden machen, um Saatgut zu bekommen. Als die Ernte wieder ausfiel, aus dem gleichen Grund, konnte er nicht für sich bezahlen. Er verkaufte sich als Sklave, damit seine Kinder den Hof behalten konnten. Und nun soll er sterben, wie all die anderen.«

Der Junge wandte sich nicht an Nin Dada, dennoch sah sie sich gezwungen, etwas zu entgegnen.

»Mein Vater sagte immer, dass unser Volk seinen eigenen Untergang in sich trage.«

Alle Augen richteten sich auf sie, und sie musste lange nach Worten suchen, um zu erklären:

»Es ist ja, wie du sagst, Anamin. Alle wissen, dass der Tempel die Kanäle vernachlässigt und dass die Bodengesetze ungerecht sind. Man weiß auch, dass der Boden zerstört wird, wenn die verschuldeten Kleinbauern als Sklaven verkauft werden. Große Teile des Ackerbodens verwandeln sich in Sandwüste … es ist wie eine Krankheit. Man sieht es, man weiß, woran es liegt, man diskutiert, zuckt mit den Schultern. Und die Zerstörung geht weiter, jahraus, jahrein.«

Sem sah Nin Dada lange an, bevor er von all den Versammlungen der Gelehrten erzählte, wo man erörterte, wer die Verantwortung für die Menschen im Deltaland trage, als die Schlammberge dort draußen immer höher wurden.

»Sie kamen nie zu einem Ergebnis«, sagte er. »Sie ließen die Menschen sterben!«

»Vater war der Ansicht, dass unser Unglück seinen Grund in unserer Religion hat«, sagte Nin Dada. »Wir glauben ja, dass die Menschen von den Göttern zu deren Vergnügen geschaffen wurden. Die Götter spielen mit den Schicksalen der Menschen, und wir können nichts tun, um das Spiel zu beeinflussen.«

»Nur die einfachen Leute sehen das so«, sagte Sem. »Die Astronomen und die Mathematiker glauben doch wohl nicht an die alten Göttersagen?«

Nin Dada sah Sem lange an, bevor sie antwortete:

»Vielleicht nicht buchstäblich, Sem. Aber es ist dennoch derselbe Grundgedanke … Der Mensch ist durch Zufall geschaffen, sein Schicksal beruht auf dem Spiel der Zufälligkeiten. Es liegt eine Kühle und eine Hoffnungslosigkeit in einem solchen Weltbild. Denn es bedeutet, dass es nichts nutzt, zu kämpfen und sich anzustrengen.«

Sie wandte sich nun an Noah:

»Ich weiß, du glaubst, dein Gott sei ungerecht. Aber ich bin zu dem Schluss gekommen, dass er unbegreiflich ist. Seine Absicht mit dem, was geschehen soll, verstehen wir nicht, unsere Gedanken sind zu klein. Aber es ergibt einen Sinn, Noah.«

Sie verstummte, suchte nach neuen Worten:

»Trotzdem kann ich es nicht lassen, darüber zu grübeln, warum wir es sind, die gerettet werden sollen. Und wenn ich mir diese Frage stelle, komme ich immer zu dem gleichen Schlusssatz, Noah ist der Auserwählte. Er ist der einzige Mensch in unserer Welt, der sich nicht beugen und nie abschrecken lässt.«

Sie lächelte Noah an und fuhr fort:

»Ich kann mir denken, dass Gott mit seiner Wahl auch wegen Naema sehr zufrieden ist. Denn mit ihr wird die Kenntnis von dem gerettet, was sonst niemand wissen kann.

Alle diese Fertigkeiten, die du unbedingt mit auf das Schiff nehmen willst, die Schreibkunst und die Mathematik und die Töpferei … ja, das ist wohl gut. Aber all das werden die Überlebenden wieder erfinden.

Wir anderen«, sagte sie leise und sah den Tisch entlang, »kommen aus Gnade mit. Wir sind nicht auserwählt, wir werden gerettet, weil wir zufällig zur Familie gehören. Oder, wie im Fall von Sinar und Napular, weil sie auf der Reise gebraucht werden.«

Sie saßen lange still, bevor Kreli aufstand, um den großen Apfelkuchen zu holen, der zusammen mit einem neuen Wein serviert werden sollte. Der war stark und süß, die Trauben hatten zusammen mit Feigen gegoren.

Nach der Mahlzeit legten sie die kleineren Kinder in das große Bett. Hams ältester Sohn tat sein Bestes, um sich wach zu halten, musste aber aufgeben. Die Säuglinge schliefen schon.

Es war ein warmer Abend, sie setzten sich auf die Veranda und sahen über den Fluss und zum Sternenhimmel. Der Mond ging auf, rot und rund. Alles war wohlbekannt und schön.

Noah lächelte Nin Dada an:

»Ich werde darüber nachdenken, was du gesagt hast. Aber in einem Punkt, glaube ich, irrst du dich. Nicht nur Naema und ich sind auserwählt, ihr alle seid es. Ich habe auch über die Auswahl nachgedacht, und ich fange mehr und mehr an zu glauben, dass es ist, wie Jiska einmal sagte, dass die, die mit uns kommen sollen, von … Gott selbst auserwählt werden. Und jetzt werde ich euch eine sonderbare Geschichte erzählen. Darüber darf niemand sprechen, nicht ein Wort, versteht ihr?«

Sie nickten, alle erinnerten sich an den Eid, den sie im vergangenen Sommer abgelegt hatten.

»Ham hat große Schwierigkeiten, im Südreich Getreide für die Reise zu kaufen, sowohl das Getreide für das Essen als auch Saatgut. Willst du erzählen, Ham?«

Und Ham berichtete, dass die Ernte in Eridu von der Flutwelle im letzten Herbst geschädigt worden sei. Große Teile des Korns, sowohl Gerste wie Emmer, waren vom Gift eines Unkrauts angegriffen. Bauern und Getreidehändler konnten das geschädigte Getreide von frischem unterscheiden, aber gewöhnliche Leute sahen

287

den Unterschied nicht. Und die Getreidehändler verkauften alles, vieles an die Hungernden im Nordreich.

»O nein«, sagte Jiska. Sie und die anderen erinnerten sich an die Schleppzüge, die im Winter mit dem Getreide nordwärts gezogen waren.

»Noah wurde so wütend, dass er einem Offizier im Turm mitteilte, dass das Getreide für das Nordreich vergiftet sein könnte«, erzählte Ham. »Die Soldaten hatten die Botschaft bald nach Sinear übermittelt.«

Jetzt übernahm Noah wieder das Wort.

»Es war ein ganz junger Offizier, klug und nett. Einige Tage später bat er mich um noch ein Gespräch. Er erzählte, dass er und sein Bruder, der auch Wache auf dem Turm halte, auf einem der großen Bauerngüter im Nordreich aufgewachsen seien und dass der Vater Inspektor für die zusammengelegten Höfe gewesen sei. Aufrichtig gesagt verstand ich nicht, worauf er hinauswollte. Aber schließlich erklärte er es. Er hatte wochenlang unseren Bau beobachtet und glaubte die Erklärung nicht, dass wir eine Seilerbahn und Werkstätten bauen würden. Dann hatte er sich an das Unwetter im letzten Jahr erinnert und eine Idee bekommen. Es sei wohl so, dass wir mit neuen Katastrophen rechneten und ein Schiff bauen würden.«

»Ich habe es weder bestätigt noch abgestritten«, sagte Noah.

»Aber was wollte er«, flüsterte Kreli.

»Er wollte mitkommen. Und den Bruder mitbringen.«

»Ist das Erpressung?«, fragte Ham. »Er verspricht, darüber zu schweigen …«

»Nein«, sagte Noah. »Der Junge erklärte bestimmt, dass er seinen Übergeordneten nicht mitteilen wolle, was er glaube. Und das unabhängig davon, welchen Beschluss wir fassen würden. Ich versprach, morgen Bescheid zu geben.«

»Du willst sie dabei haben. Ich kann es spüren«, sagte Naema.

»Er und sein Bruder sind Bauern, und sie wissen alles über Tiere und Böden. Und dann mochte ich ihn, er war ein Landsmann.«

»Aber wir nehmen ein großes Risiko auf uns, wenn wir den Soldaten des Nordreiches bei der Flucht helfen. Und außerdem, wie soll es vor sich gehen?«

Es war Ham, der fragte. Noah lächelte sein altes listiges Lächeln und sagte, er habe das bereits ausgedacht. Sie würden warten, bis die beiden Brüder beim Wachdienst auf dem Turm abgelöst würden. Dann sollten diese sich so gut sie konnten zu dem Platz begeben, wo die Mauer in den Sumpf gestürzt war. Dort würde Noah neue Kleider verstecken.

»Von typisch südlichem Schnitt«, sagte er.

Die Jungen sollten ihren Weg über die Hügel an der Südgrenze fortsetzen, und dort würde Ham mit einem Boot auf sie warten.

»Du nimmst sie mit nach Eridu, und mit ihrer Hilfe kaufst du frisches Getreide. Und Tiere, neue Schafe und nach und nach Schweine, Ziegen und Kühe. Ihr bleibt dort so lange, bis die Bärte und Haare gewachsen sind. Wenn ihr hierher zurückkommt, haben sie geflochtene Bärte und wallendes Haar«, sagte Noah und lachte.

Alle stimmten in das Lachen ein. Die Soldaten des Nordreiches waren glattrasiert und hatten kurz geschnittene Haare.

»Das ist gut«, sagte Japhet. »Ich stimme dafür.«

»Ich auch«, sagte Sem. »Nicht weil es irgendeine Bedeutung hat. Vater hat schon entschieden.«

Alle bis auf Noah verzogen den Mund zu einem Lächeln. Und dann begannen sie durchzugehen, wie viele sie werden würden.

»Sinar und vier meiner besten Seeleute«, sagte Noah. Er nannte die Namen, Nin Dada rechnete die Familien. Einer war Junggeselle, Sinar hatte nur seine Frau, die übrigen drei hatten Familien mit Kindern.

»Sinar möchte seinen Neffen hier haben, der Töpfer ist. Das muss ich gelten lassen, weil Sinar keinen eigenen Sohn hat. Dann haben wir Napular mit Frau und drei Töchtern. Er fordert, vier weitere Seiler mitzunehmen, von denen drei verheiratet sind und Kinder haben. Einer ist Junggeselle, ebenso die beiden Flüchtlinge aus dem Nordreich.«

Nin Dada rechnete, sie würden insgesamt dreiundfünfzig Personen werden, sechzehn Männer, zwölf Frauen und fünfundzwanzig Kinder.

»Das ist gut«, sagte Noah. »Die Kinder sind wichtig.«

Aber ihn beunruhigte, dass es zu wenig Männer waren.

»Wir müssen mit Wachdienst an Bord rechnen, den ganzen Tag.«

Bevor sie aufbrachen und jeder seines Weges ging, wandte sich Noah an Kreli:

»Heute Morgen bat ich Japhet, sich vorzustellen, was passieren kann, wenn die Überschwemmung und der Sturm kommen. Seine … Phantasien sind für die weitere Arbeit am Schiff von großem Nutzen. Jetzt wollte ich dich bitten, das Gleiche zu tun, wenn es um die vielen Menschen geht, alle Familien und ihr Leben an Bord. Wie werdet ihr Essen kochen und Brot backen? Wo können die Kinder spielen? Und wie werden die Frauen sich zurechtfinden und miteinander auskommen? Für sie kann es schwerer werden als für die Männer, die die ganze Zeit alle Hände voll zu tun haben.«

Kreli wurde rot vor Stolz, entgegnete jedoch:

»Aber ich habe keine Phantasie, nicht so wie Japhet.«

»Das ist wohl richtig«, sagte Noah. »Aber du hast etwas, was für diese Aufgabe wichtiger ist. Du verstehst dich auf Menschen, Kreli, auf ihre Art, ihre Unterschiede, ihre Furcht und ihre Launen. Ich glaube, du kannst das, weil du sie magst.«

»Ja«, sagte Kreli, »ich mag Leute. Und ich weiß ja einiges über Hausarbeit und wie sie organisiert werden muss.«

»Ich will, dass du alle Frauen, die mit auf das Schiff sollen, kennen lernst und dich mit ihnen anfreundest«, sagte Noah. »Du kannst mit Napulars Frau Wanda, die morgen mit ihren Kindern hierher kommt, anfangen zu üben. Ich für meinen Teil finde, dass sie unbegreiflich ist wie ein bösartiges Kind.«

»Sie ist eine Künstlerin«, sagte Naema. »Und sie kommt aus einem anderen Volk.«

»Eine Frau aus dem Bergvolk«, sagte Japhet. »Ich werde sie mögen.«

Kapitel 53

Japhet lag bäuchlings auf dem südlichen Steg und spielte mit einem kleinen Kasten, den er mit Kies beladen hatte, als Sinar vorbeischlenderte:

»Bist du wieder Kind geworden?«

Japhet setzte sich auf. Er lachte, aber die Stimme war kurz und hart, als er sagte:

»Er sinkt, wenn das Wasser hineinschwappt, Sinar.«

»Natürlich tut er das«, sagte Sinar, und in diesem Augenblick sah Japhet die Heiterkeit in den Augen des alten Seemannes.

»Du verstehst«, sagte Japhet und wollte gerade seine Auflistung wiederholen: Überschwemmung, Erdbeben, Wolkenbruch … als Sinar ihn unterbrach:

»Ich habe gerade mit Sem gesprochen. Und ganz wie er fand ich deine … Phantasien sehr denkwürdig. Du bist Naemas Sohn, Japhet, auf die gleiche Art wie Sem Noahs Sohn ist. Wir werden zwar den größten Treibanker fertigen, der jemals gesehen wurde, aber nicht mit einem beladenen Schlepper.«

»Wie machen wir es dann?«

»Aus Holz, das mit Wasser vollgesogen ist, aber nicht sinkt, was für Brecher auch immer darüberschlagen.«

»Du bist das Genie der Werft«, sagte Japhet.

Am Nachmittag kam Napular zurück und wurde unmittelbar zu einem Treffen in die Zeichenwerkstatt gerufen.

Würde es gehen, Trossen von solcher Stärke zu machen, dass sie bei schwerem Sturm eine große Menge Holzstämme im Schlepptau hinter sich herziehen konnten?

Napular war guter Laune. Er hatte seinen Flachsanbau in den Bergen besucht, und so weit er es beurteilen konnte, würde er auch in diesem Sommer eine reiche Ernte bekommen. Und was noch besser war, mit Hilfe des Bergvolkes hatte er das langfasrige Gras gefunden, das unter den Flachs gemischt werden sollte.

»Hast du deiner Frau nicht beim Packen geholfen?«, fragte Sem erstaunt.

»Du bist frisch verheiratet und weißt nicht viel über Frauen«, antwortete Napular. »Wer hält es aus mit einer heulenden Hündin, die Tag und Nacht flennt, weil sie sich nicht entschließen kann, was weggeworfen und was mitgenommen werden soll?«

Nur Ham lachte, die anderen wurden verlegen.

»Ich habe selbst daran gedacht, dass wir einen Treibanker brauchen könnten«, sagte Napular. Japhet sah enttäuscht aus, aber Noah dachte: Du lügst, du Gauner. Napular fuhr fort:

»Ich glaube nicht, dass die Seile das Problem sind. Aber wie sollen wir sie festmachen? Es geht um teuflische Kräfte.«

»Ich habe darüber nachgedacht«, sagte Sem, der viele Abende des Winters damit verbracht hatte, ein einfaches, aber begreifliches Modell des Schiffes anzufertigen.

»Wir ziehen die Leinen am Achtertank vorbei und machen sie an den Stämmen fest, die das Achterschiff mit der letzten Abteilung zusammenhalten. Diese Stämme gehen vom Boden bis nach oben, stärker kann es also nicht werden.«

Er zeigte auf das Modell, und Napular sah zufrieden aus.

Dann gingen sie Teil für Teil das Schiff durch. Der Boden im Vorschiff war gelegt, und der erste Teil mit seinen hohen Schiffswänden war errichtet worden. Der erste Ballasttank erhob sich wie ein gewaltiger Bottich zum Himmel.

Die Breite des Fahrzeugs war von fünfzig Ellen auf fünfunddreißig vermindert worden.

»Warum?«, fragte Napular,

Sem erklärte geduldig, dass nicht einmal die stärksten der langen

Zedernstämme in den schmalen Enden genügend Tragkraft hätten. Außerdem hätte man zu große Ritzen bekommen, wenn die behauenen Stämme mit dem dicken Ende an das schmale Ende gelegt würden.

»Das bedeutet, dass wir auch die Länge vermindern müssen«, sagte Napalur.

»Ich fürchte, dass die Umstände uns dazu zwingen werden«, sagte Noah.

»Wir werden keine Zeit haben, meinst du?« Es war Sinar, der fragte.

»Ich rechne mit der Möglichkeit«, antwortete Noah. »So wie das Vorschiff und der erste Teil fertig sind, müssen wir das Achterschiff mit seinem Tank bauen. Auf Baumstämmen und einige hundert Ellen ins Tal hinein. Eigentlich bräuchten wir zwei weitere Arbeitsmannschaften ... sodass wir gleichzeitig bauen könnten.«

»Das können wir uns nicht leisten«, sagte Ham. »Wir kratzen bald auf dem Boden in der Geldkiste der Werft.«

»Ich habe mein Kapital noch nicht in die Kiste gelegt«, sagte Napular. »Dafür habe ich alles, was ich in Eridu besaß, verkauft.«

»Und ich habe noch mein Gold«, sagte Haran.

»Das ist gut«, sagte Noah. »Ihr müsst zusammen mit Ham und Nin Dada, die die Verantwortung dafür tragen, eine Berechnung der gesamten Bestände der Werft machen. Vielleicht haben wir genug, um mehr Sklavenmannschaften zu mieten.«

»Der Goldwert steigt in Eridu«, sagte Ham, der an Harans Schatz dachte.

Sem fuhr fort. Das ganze untere Deck sollte mit Sand und anderem Ballast gefüllt werden, sagte er. Auf dem zweiten Deck sollten der Vorrat, alle Werkzeuge der Werft, Landwirtschaftsgeräte, die Möbel und der Hausrat der Familien, Reservematerial und Getreidevorrat verstaut werden.

»Wir werden die besten Boote der Werft mitnehmen, und ich habe viel darüber nachgedacht, wo wir sie platzieren werden«, sagte Sem. »Eigentlich sollten sie hier auf dem Vorratsdeck festgezurrt werden. Aber wenn es eine Notlage gibt und wir sie schnell ins Wasser lassen müssen, dauert es zu lange, sie hinaufzubringen. Daher glaube ich, dass wir sie wohl zwischen den Tieren auf dem Zwischendeck verwahren müssen.« Er zeigte auf die großen Luken des Hauptdecks.

»Die meiste Zeit können wir sie offen lassen oder wenigstens angelehnt«, sagte er. »Wir brauchen ja Luft und am besten auch Licht für die Tiere.«

Nun kam er zur Einrichtung.

»Ich glaube, wir müssen ihnen Boxen mit richtigen Zwischenwänden geben«, sagte er. »Sie müssen ordentlich angebunden werden, ich will nicht riskieren, dass die Stiere und die Ochsen ...«

Alle verstanden ihn, aber Napular unterbrach ihn.

»Unter uns ist doch kein Einziger, der sich auf Tiere versteht«, sagte er.

»Aber Vater hat eine Idee«, sagte Japhet.

»Ich werde es erzählen, sowie der Plan etwas klarer wird«, sagte Noah. »Aber so viel kann ich sagen, dass ich guter Hoffnung bin, zwei erfahrene Bauern mitzubekommen.«

»Bei allen Göttern«, sagte Napular. »Was glaubt ihr, wie Bauern das Leben auf einem Schiff im Sturm aushalten? Sie werden sich zwischen ihre Tiere kauern und kotzen, zu ihren Ackergöttern schreien und vor Schreck sterben.«

Noah musste lachen.

»Die beiden, die ich ... ausgewählt habe, sind jung. Außerdem sind sie geübte Soldaten.«

Napular starrte Noah mit runden Augen an, sagte jedoch schließlich:

»Solchen Tieren bin ich noch nie begegnet. Es wird interessant werden.«

Sem fuhr fort, das Langhaus auf dem Hauptdeck zu beschreiben. In der Mitte lag das große Kochhaus mit Herd und Backofen, langen Bänken und Tischen.

»Das Kochhaus wird der Versammlungsort an Bord. Nach vorn liegen die Wohnungen, ein oder zwei Räume für jede Familie. Alle, die an Seegang gewöhnt sind, bekommen ihre Wohnungen weit außen, sodass sie das Deck schnell erreichen können. Wenn das Holz und die Zeit ausreichen, bauen wir einfache Zwischenwände. Sonst müssen wir mit Fellen oder Stoff abteilen.«

Die Männer nickten, aber Napular sagte:

»Es wäre wohl besser, auf dieser Reise eine Kuh zu sein. Die werden ja immerhin einen eigenen Raum haben.«

»Ja«, sagte Sem. »Das liegt daran, dass wir mit den Tieren nicht reden und sie bitten können, vernünftig zu sein.«

»Das kann man mit Frauen auch nicht«, sagte Napular. »Kann sich denn niemand von euch vorstellen, wie es wird, wenn zwölf Frauen gleichzeitig hysterisch werden? Oder nur so wütend, dass sie sich die Augen auskratzen?«

Japhet lachte laut, aber Sem wurde böse und sagte kurz:

»Wir haben an die Risiken gedacht, auch wenn wir nicht glauben, dass sie so groß sind, wie du sie an die Wand malst. Auch Frauen und Kinder an Bord werden unter Befehl gestellt. Wie die Männer Noah unterstellt sind.«

»Verflucht«, sagte Napular. »Darf man fragen, wer dieser mutige Befehlshaber ist?«

»Ich habe Kreli ernannt«, antwortete Noah, der alles tat, was er konnte, um nicht zu lachen.

Aber Napular lachte nicht, als er sagte:

»Das kann gehen. Sie ist ein ganz besonderes Frauenzimmer.«

Sem kehrte zu seiner Beschreibung zurück. Die Werkstätten, die für die Reparaturen des Schiffes dienen mussten, sollten in den anderen Teil des Langhauses gelegt werden.

»Am wichtigsten ist die Seilerbahn«, sagte Sem. »Napular muss ausrechnen, wie viel Platz er für sich und seine Männer braucht.«

Der Seiler war zufrieden.

»Wir haben viel Freiraum«, sagte Sem. »Ich glaube, es ist gut für die Stimmung an Bord, wenn wir sowohl den Töpfer als auch die Schreiner beschäftigen können.«

»Und die Webkammer in Gang halten«, sagte Napular. »Wenn Wanda nicht weben darf, wird jemand sie über Bord werfen.«

Sem fuhr fort, die Pumpvorrichtungen zu erklären. Esel würden die Pumpen oben an Deck bedienen. Der Rundgang sollte hinter den Ballasttanks im Bug und im Heck angelegt werden.

»Wir werden Wasser ziehen«, sagte Sinar. »Ich habe die Anschlüsse zwischen Boden und Wänden gesehen, und obwohl wir nicht mit Pech gespart haben.«

»Was hältst du von Harans Metallwinkeln?«

»Sie scheinen gut zu sein«, antwortete Sinar. »Aber wir brauchen Tausende davon. Schaffst du das, Haran?«

»Das glaube ich wohl«, sagte der rußige Schmied. »Aber du erinnerst mich daran, dass ich eine neue Schmelze in der Erde habe.«

Er verließ sie, und kurz darauf beendete Noah das Treffen und ging, um Wanda auf der Werft willkommen zu heißen.

Kapitel 54

Die frühe Morgenstunde hatte Kreli zusammen mit Noah verbracht. Und mit Naema, die am gleichen Tisch gesessen, zugehört und wie gewöhnlich geschwiegen hatte.

Kreli hatte bald verstanden. Sie sollte jede neue Familie begrüßen, die auf die Werft kam, sich mit den Frauen anfreunden und die Eigenart jeder Einzelnen kennenlernen. Wenn schließlich alle vor Ort waren, wollte Noah ein Treffen einberufen und Kreli öffentlich zur Leiterin des Haushalts an Bord ernennen. Dann sollte sie nach eigenem Gutdünken handeln. Er und Naema würden ihr mit Rat beistehen, falls sie Schwierigkeiten bekäme, aber am liebsten nicht eingreifen.

»Ich glaube wohl, dass du die Leute dazu bekommst, dir zu folgen«, hatte Noah gesagt.

Kreli hatte jedoch den Kopf geschüttelt, sie sei nicht respekteinflößend.

»Respekt bekommt der, der es wagt, er selbst zu sein«, sagte Noah.

Kreli begann damit, das Haus zu putzen, das Napular für sich und seine Familie gewählt hatte. Es war eine große Unterkunft mit Aussicht nach Süden über die Bucht und die Werft.

Hier müsste einiges repariert werden, dachte Kreli, während sie Wasser erwärmte und Scheuerbürsten holte. Auf der anderen Seite bemühte man sich nicht um ein Haus, das bald zerstört werden sollte. Auf Knien schrubbte sie den Boden, machte in den schon sauberen Schränken sauber. Wie immer dachte sie am besten, wenn sie hart arbeitete. Alles, was sie über Wanda gehört hatte, war widersprüchlich: eine Künstlerin, ein wütendes Kind, eine Frau aus einem Volk mit anderen Sitten.

Die Mutter konnte hellsehen, zumindest wenn man Naema selbst glauben konnte. Wanda war eines von zwölf Geschwistern, und nur vier hatten überlebt. So war sie dem Tod wohl immer nahe gewesen.

Ich frage mich, wie sie Napular traf, dachte Kreli. Aber am meisten dachte sie an Liena, die älteste Tochter, die Napular schon von Anfang an mit auf die Werft gebracht hatte.

Sie war schön mit ihren großen Gazellenaugen, und anfangs hatte Kreli sich abwartend verhalten. Aber dann hatte sie wie die anderen zugeben müssen, dass das Mädchen sowohl Kraft als auch Wärme besaß. Nin Dada behauptete sogar, dass Liena einen guten Kopf hatte.

»Was auch immer das bedeutet«, sagte Kreli laut.

Als das Haus geputzt war, war Kreli zu dem Schluss gekommen, dass Wanda eine gute Mutter sei. Und dass eine gute Mutter auch ein guter Mensch sei.

Kurz darauf hörte sie die Wache blasen wegen des Bootes, das sich der Werft näherte. Kreli lief nach Hause, streifte ein neues Kleid über den Kopf und konnte sich gerade noch kämmen, bevor Napular an dem neuen großen Steg anlegte.

Wie dick sie ist. Und dennoch so anziehend, lecker wie ein Backwerk. Und so ängstlich! Und, welch eine Möbelfuhre!

Das lange Boot war überladen, und Napular sagte:

»Wenn man Wanda an einen anderen Ort bringen will, muss man dankbar sein, wenn kein Wind bläst.«

Er lachte, aber Kreli war froh, dass sie in die Munterkeit nicht einstimmte, als sie sah, wie Wandas Augen vor Wut blitzten. Sie gingen zum Haus hinauf, Wanda bedankte sich nicht für das Putzen, sagte aber zu ihrem Mann:

»Du hast behauptet, dass es größer sei als das Haus zu Hause. Aber wie gewöhnlich hast du gelogen, du Hund.«

»Mama«, schrien die drei Kinder, und die Mutter wurde rot und biss die Zähne zusammen.

»Meine Eltern haben eine komische Art, miteinander zu sprechen«, sagte Liena zu Kreli. »Je mehr sie schimpfen, desto besser geht es ihnen.«

»Das ist gut zu wissen«, sagte Kreli und meinte es so.

Dann begrüßte sie die jüngeren Mädchen, die ebenso schön waren wie ihre große Schwester.

»Wo ist Naema«, flüsterte die Kleinste, und Kreli lächelte und sagte:

»Lauf zu dem großen Haus dort drüben. Dort bereiten Naema und Jiska das Willkommensessen vor.«

»Jiska? Ist das die, die mit Japhet verheiratet ist? Ist er hier?«

»Ja«, sagte Kreli und umarmte das Mädchen.

»Ich kann alle seine Lieder«, sagte das Kind.

»Haut ab«, sagte Wanda, und die Kinder verschwanden.

Als die beiden Frauen alleine waren, sammelte sich Kreli, sah Wanda gerade in die Augen und sagte:

»Hier gibt es nichts, wovor man Angst haben muss, Wanda. Und du und ich wollen Freundinnen werden.«

Jetzt schossen die Tränen aus Wandas Augen, sie weinte wie ein Kind und warf sich in Krelis Arme. Kreli umarmte sie, trocknete die Tränen und dachte: Aber sie ist ja ein Kind.

Sie schleppten die Möbel und packten aus. Als Wandas Gewebe aus einer der größten Kisten zum Vorschein kamen, wurde Kreli stumm, etwas Ähnliches hatte sie noch nie gesehen. Gedämpfte Farben wie von Heidekraut, helles Lila, wechselnde Nuancen von dunkelstem Schwarz und schimmerndem Braun, Gelb, vom Weizen bis zum leuchtenden Safran, und überall Querfäden von Gold.

Sie sah von den Stoffen zu der dicken kleinen Frau, immer noch wortlos, als es an die Tür klopfte. Nin Dada kam, um Napulars Frau willkommen zu heißen, verbeugte sich, sagte Freundlichkeiten, wurde aber von Kreli unterbrochen, die sagte: »Schau, Nin Dada, schau!«

Nin Dada war Gott sei Dank nicht verlegen um Worte. Fast verrückt vor Begeisterung strich sie über die Stoffe: »Das ist wunderbar, nie zuvor habe ich etwas Ähnliches gesehen.«

Wanda war rot vor Freude, und bald hatte sie sowohl Nin Dada als auch Kreli in die Gewebe gehüllt.

»Einen Spiegel«, rief Nin Dada. »Ich werde verrückt, wenn ich mich nicht in einem Spiegel sehen darf.«

»Hier«, sagte Wanda und zeigte auf ein großes Paket. »Aber seid vorsichtig, das ist das Kostbarste, was ich besitze.«

»Die Männer haben wie üblich eine Versammlung«, sagte Nin Dada. »Wir haben viel Zeit.«

Sie lehnten den Spiegel an die Wand und hatten einen herrlichen Spaß, als sie sich selbst und einander mit den schönen Stoffen behängten.

»Ich habe ein Kleid für Naema genäht«, sagte Wanda. »Sie soll es als ein Geschenk von mir bekommen. Noah hat kein Geld.«

Sie blieben mitten auf dem Fußboden still stehen, versuchten sich anzulächeln, wussten aber alle drei, dass das Spiel zu Ende war. Sie waren wieder in der Wirklichkeit, und die hatte keinen Platz für schöne Kleider.

»Ich will eigentlich nicht mit auf die Reise«, sagte Wanda schließlich. »Ich weiß, was geschehen wird, Mutter hat in der letzten Zeit von nichts anderem gesprochen. Aber ich habe den Tod oft gesehen und habe keine Angst.«

»Warum kommst du dann mit?«

»Wegen der Mädchen. Und weil Napular sagt, dass er ohne mich nicht leben kann.«

Nun weinte sie wieder, Nin Dada war erstaunt, aber Kreli fing an, sich daran zu gewöhnen. Beide spürten, dass es schwer werden würde, Wanda zu verstehen, aber leicht, sie zu mögen.

300

In der Woche darauf kam Sinars Neffe Eluti mit seiner Frau und drei kleinen Kindern, zwei Mädchen von fünf und vier Jahren und einem Sohn, der noch in der Wiege lag. Eluti ähnelte Sinar, ein großer und praktischer Mann. Die Frau hieß Ninurta, sie war jung und bescheiden. Dankbar hielt sie sich an Kreli.

Und bevor der Sommer zu Ende war, würden sie vor Ort sein, alle die dreiundfünfzig Männer, Frauen und Kinder, die für die Reise bestimmt waren.

Kapitel 55

An einem klaren Herbstabend lag Ham mit seinem Boot und seinen Ruderern unmittelbar südlich der Grenze und wartete auf die Soldaten aus dem Nordreich. Sie hatten schon bei Sonnenuntergang Anker geworfen, die Dunkelheit fiel, die Stunden vergingen. Ham hatte viel Zeit zum Nachdenken. Aber wie so oft in der letzten Zeit waren die Gedanken widersprüchlich und quälend. Sie kreisten um Nin Dada, wütend wie Bienen.

Gott, wie er sie hasste.

Sie hatte wie auch sonst in der Zeichenwerkstatt gesessen, als er vorbeiging, um sich vor der Reise zu verabschieden. Er konnte sie vor sich sehen, den dunklen gekräuselten Kopf dicht bei Sem und den intensiven Blick auf die Lehmtafel mit den Zeichen gerichtet.

Sie hatten Spaß miteinander, sein Bruder und seine Frau. Und mehr gemeinsam, als er selbst und sie jemals gehabt hatten.

Eines Tages werde ich Sem erschlagen, der mir sowohl Nin Dada als auch Kreli weggenommen hat, dachte er und schüttelte den Kopf über sich selbst: Ich bin nicht gescheit.

Eine ganze Weile gab er sich der Selbstverachtung hin, käute seine Erbärmlichkeit wieder und endete wie gewöhnlich bei der Erinnerung an die Begegnung mit Kreli eines Abends, als sie hinter die südliche Klippe gegangen war, um zu baden.

Es ist nicht geschehen, dachte er. Das kann nicht geschehen sein. Ich bin kein brünstiges Tier.

Und sie war am nächsten Tag wie sonst gewesen, fröhlich und freundlich. Dass sie Abstand hielt, dass sie darauf achtete, nie mit ihm alleine zu sein … nein, das bildete er sich ein.

Er liebte seine Frau, wie er sie immer geliebt hatte.

Und alles war Nin Dadas Schuld, diese Frau, die tausend Fäden in ihrer Hand hielt, wenn es um den großen Bau ging. Alle, Noah, Sem, Napular, Sinar, wandten sich an sie mit ihren Fragen, wie viel, wo ist, in welcher Reihenfolge?

Es waren ja nicht nur diese verdammten Tontafeln. Nin Dada hatte einen klaren Kopf und ein Gedächtnis wie Gott selbst. Sie erschreckte ihn.

Am schlimmsten war, dass er selbst vor jeder Reise nach Eridu zu ihr gehen musste, um seine Anweisungen zu bekommen, um aus dem Gedächtnis Listen aufzusagen und die Kosten zu berechnen. In der letzten Zeit hatte Noah sie jeden Tag gefragt, wie viel sie noch hatten, und er bekam immer eine Antwort, die bis auf das kleinste Säckel stimmte.

Er selbst hatte immer häufiger Misserfolge. Das Erz, das Haran benötigte, hatte Noah selber beschaffen müssen. Und mit den Männern des Bergvolks, die das Holz fällten, hatte Noah verhandelt, nachdem es Ham nicht gelungen war, Sklaven zu mieten.

Nun endlich tauchten drei Gestalten auf, zeichneten sich gegen den Himmel über der Klippe ab. Noah und die beiden Neuen, dachte Ham und warf neues Brennholz auf das Lagerfeuer. Den beiden Flüchtlingen sollte warme Suppe angeboten werden, bevor die Reise nach Süden ging.

Sie gaben sich die Hand. Zu seinem Erstaunen erkannte Ham sie vom Wachturm wieder. »Ist alles nach Plan gegangen?«

»Ja. Wir gingen nach der Ablösung nach Norden. Dann warteten wir auf die Dunkelheit, bevor wir zur Mauer zurückkehrten, durch das Loch krochen und die Kleider fanden. Es fiel uns etwas schwer, die Hügel zu finden, aber Noah wartete auf uns …«

Die junge Stimme jubelte.

Ham mochte sie, ihre Offenheit und Freude. Und sein Gefühl verstärkte sich, als Noah sagte:

»Jetzt steht ihr unter Hams Befehl. Viel Glück.«

Noah ging einsam heimwärts durch die Nacht, zufrieden. Teil für Teil des großen Planes näherte sich seiner Vollendung. Eigentlich hatte er nur ein Problem, und das nagte an ihm.

Würden die Vorräte reichen?

Erst zu Hause im Dorf, auf dem Weg an Hams Haus vorbei, gab er seine Sorge um den Sohn zu. Ham war nicht mehr er selbst.

Bevor er einschlief, besprach er die Angelegenheit mit Naema: Was ist los mit Ham? Sie zögerte mit der Antwort, und er wusste, dass sie sich nahe bei der Wahrheit bewegte, als sie schließlich sagte:

»Es geht ihnen nicht gut, Nin Dada und Ham. Er kann es außerdem nur schwer ertragen, dass seine Frau in der Planung eine wichtige Rolle bekommen hat. Sie ist ja bald ebenso bedeutend wie Sem, wenn es um das Schiff geht.«

»Ja«, sagte Noah. »Ich sollte Gott jeden Tag für ihre Geschicklichkeit und ihren guten Kopf danken. Und das sollte Ham ebenfalls.«

»Das tut er wohl, wenn er nachdenkt. Aber das ist heikel, Noah.«

Er schwieg, er dachte darüber nach, was Naema wohl verschwieg. Und plötzlich wusste er es:

Kreli, dachte er. Der verdammte Lümmel ist in Kreli verliebt.

Dann sammelte er seine letzten Kräfte, um diese Einsicht zu verdrängen.

Die Arbeit an dem Schiff ging immer schneller voran. Sie hatten durch die Erfahrungen mit den ersten Teilen gelernt. Die gigantischen Kästen erhoben sich nun über den Bergkamm im Norden, und Noah vermutete, dass unaufhörlich Berichte nach Sinear gingen. Der merkwürdige Bau ließ auch viele Neugierige aus dem Südreich bis zur Grenze heraufkommen, um dort zu stehen und zu glotzen, Fragen zu stellen und den Kopf zu schütteln. Auf der Werft hielt man unverdrossen an der Erklärung fest: Man baue Werkstätten, eine Seilerbahn und eine Schmiede in einem Gebäude.

Einige glaubten ihnen, andere sahen zweifelnd drein. Aber alle zuckten schließlich mit den Achseln, und Noah segnete die Art des Südvolkes, das meiste leicht zu nehmen. Wenn Noah verrückt geworden war, war es seine Sache und ging sie nichts an.

Zusammen mit Ham und Nin Dada zählte Noah jeden Tag mit schwererem Herzen den Inhalt der Kasse. Würden sie genug haben, um auch während des Winters doppelte Sklavenmannschaften zu unterhalten? Jetzt wurde Napulars Vermögen angebrochen, Harans Goldbarren waren schon in Stücke gehauen worden.

Nin Dada reiste zusammen mit Ham über die Grenze, um sich von ihrer Mutter zu verabschieden und um zu erklären, dass sie und Ham sich für immer auf der Werft niedergelassen hätten. Das weiße Haus sollte nicht wieder aufgebaut werden.

Die Mutter sagte müde, dass sie das verstanden habe und dass sie hoffe, sie würden sie manchmal besuchen. Aber es war leicht zu sehen, dass ihr nicht besonders viel daran lag, und über die Enkelkinder sagte sie:

»Bringt sie nicht mit, ich ertrage keine kleinen Kinder.«

Sie ist kalt wie ein Fisch, dachte Ham und hatte Mitleid mit Nin Dada, die mit den Tränen kämpfte, aber dennoch zur Sache kommen musste:

»Wir müssen ein neues Haus bauen. Kann ich das Erbe meines Vaters bekommen?«

»Das kann wohl geregelt werden«, antwortete die Mutter, und weder Nin Dada noch Ham trauten ihren Ohren. Sie waren auf einen Kampf vorbereitet gewesen.

Als sie die Mutter verließen, sagte Nin Dada:

»Sie hat schon aufgegeben.«

Mit nach Hause nahm Nin Dada außerdem eine Kiste, die ihr wichtiger war als das Gold. In ihr befanden sich die Tontafeln des Vaters.

Als Nin Dada ihr Vermögen in Noahs Geldkiste legte, rechnete sie aus, dass sie es noch einige weitere Monate schaffen würden. Aber der Winter?

Kreli war es, die an Wandas Webwaren dachte. Sie zeigte sie Ham, der sofort die Möglichkeiten sah:

»Wem hatte Wanda ihre Stoffe vorher verkauft? Was hatte sie dafür bekommen?«

Als er den Preis hörte, wurde er wütend:

»Du bist betrogen worden, Wanda.«

Wanda schrie wie am Spieß, das habe sie wohl geahnt, der Teufel von einem Stoffhändler und der verdammte Napular, der ihr nie geholfen habe. Sie wurde so laut, dass Napular herbeistürzte, um zu erfahren, was geschehen war.

»Deine Frau ist betrogen worden«, sagte Ham leise und wütend. »Du hättest ihr beim Verkauf helfen sollen.«

Sie hatten sich nie gemocht, Ham und Napular. Nun waren sie einer Schlägerei nahe, aber Wanda schrie so, dass Noah herbeirannte und dazwischenging.

Eine Woche später verkaufte Ham Wandas Webwaren in Eridu und kam stolz wie ein König nach Hause. Endlich konnten sie während des ganzen Winters eine doppelte Arbeitsmannschaft mieten. Wanda wurde mit Wein gefeiert, Japhet schrieb ein Lied über die Weberin, die das Schiff rettete. Napular schmollte, und Wanda wuchs.

»An einem einzigen Tag wurde diese Frau erwachsen«, sagte Kreli später.

Und Nin Dada nickte wiedererkennend.

Kreli rief die zwölf Frauen zu einer Versammlung zusammen. Mit großer Einfühlung beschrieb sie, wie ihr Leben an Bord sich gestalten würde, wo sie wohnen und leben würden und welche Gefahren den Kindern drohen könnten.

Alle hörten aufmerksam zu. Aber sowie Kreli verstummt war, redeten sie laut und eifrig durcheinander. Auf die Art der Frauen, wie Napular gesagt hätte, wäre er dabei gewesen.

Es kamen jedoch gute Vorschläge und wichtige Gesichtspunkte zum Vorschein. Nin Dada war dabei und schrieb das Wesentliche auf, Vorschläge für die Kost, wie Waschen und Backen organisiert, Verantwortungen verteilt werden sollten.

Die spitze Feder, die in die Tontafeln ritzte, dämpfte den Eifer, es wurde wichtig und feierlich. Und Kreli achtete genau darauf, allen genügend Zeit zum Nachdenken zu geben.

»Wir halten jeden Morgen ein Treffen ab«, sagte sie. »Jetzt machen wir für heute Schluss und wenn wir uns morgen sehen, habt ihr Zeit zum Nachdenken gehabt und sicher neue Ideen bekommen.«

»Kreli ist so verdammt tüchtig«, sagte Nin Dada zu Ham.

»Ich schaffe es«, sagte Kreli zu Sem.

Kapitel 56

Nun zogen die Tiere die Hügel hinauf auf die Herbstweide, Kühe, Ziegen, Schafe, Schweine. Am zahlreichsten waren die Esel, die geduldigen Tiere, die Sems Pumpen in Gang halten sollten.

Noah war zufrieden mit seinen Leuten, sagte aber insgeheim zu Naema, dass er sich mit den beiden Soldaten aus dem Nordreich am wohlsten fühle. Und Naema sah, dass es zwischen Noah und seinen jungen Landsleuten eine Verwandtschaft gab.

Es bestand keine Gefahr mehr, dass das Getreide, das nun zur Werft geschifft wurde, eine verborgene Krankheit hatte. Und die neuen Tiere waren gesund und gut gewachsen.

Der kurze Winter ging, und der Frühling kam zur rechten Zeit. Die Sonne wurde wärmer, und der Frühlingsregen tränkte die trockene Erde.

Wieder blühte das Land.

Vorschiff und Achterschiff waren seit langem fertig, die gewaltigen Ballasttanks dicht und mit Wasser gefüllt. Acht Teile des langen Schiffs waren mit Trossen zusammengezogen, die Fugen mit Harans gewinkelten Metallstangen verstärkt und mit dichten Lagen von Pech abgedichtet worden.

Das Langhaus war mit an den Wänden befestigten Betten eingerichtet. Tische und Schränke waren ebenso am Fußboden befestigt worden wie die Kisten mit Naemas Saatgut. An einem Feiertag im Spätwinter, als die Arbeiter frei hatten, waren die sechzehn Familien eingezogen und hatten probeweise einen Tag auf dem Schiff verbracht.

Nun feierte das Volk im Süden sein großes Frühlingsfest, und die Sklaventreiber waren mit ihren Leuten nach Eridu gereist, um an den Festlichkeiten teilzunehmen. Auch hier auf dem Bauplatz lag ein Feiertag in der Luft, die Männer und die Frauen der Werft ruhten sich aus und versuchten, die Stille zu genießen.

Nur Noah und seine Söhne waren an Bord. Sie standen ganz oben am Heck und befestigten die Trossen für den Treibanker, als sie sahen, wie Naema herbeigerannt kam.

Sie flog über den Boden, wie die Hirschkuh auf der Flucht vor dem Raubtier. Genauso jung und genauso geschmeidig wie damals, als wir uns trafen, dachte Noah, und sein Herz wurde warm. Aber im nächsten Augenblick verstand er, dass ihre Eile einen Grund hatte, und zusammen mit den anderen kletterte er schnell die Leitern hinunter.

Sie trafen sich auf dem unteren Deck, und Naema sagte:

»Es ist so weit, Noah.«

Die vier Männer erstarrten, sahen zum Himmel empor. Ein schwacher Nieselregen näherte sich von Norden, ein gewöhnlicher Frühlingsregen.

»Bist du sicher?«

Sie hielt einen Moment inne, hob das Gesicht gegen die ersten Regentropfen und nickte.

Nur Noah und Japhet, die sie am besten kannten, sahen eine Spur von Zweifel in ihren Augen. Aber Noah beschloss zu handeln – wenn sie sich irrte, würden sie eine gute Übung bekommen.

Er nickte Japhet zu, der das große Horn vom Deck hob und mit voller Kraft hineinblies. Die Menschen begannen, aus den Häusern zu strömen.

»Wir haben Anlass zu glauben … dass der Augenblick gekommen ist«, sagte Noah. »Alle Frauen und Kinder stehen nun unter Krelis Befehl und tun, was sie sagt. Alle Männer kommen mit mir. Wir müssen noch das Achterschiff anschließen.«

Bevor Naema mit den anderen Frauen verschwand, fragte er leise:

»Wie viel Zeit haben wir?«

»Nur einen Tag, glaube ich.«

Noah fluchte, sie hatten noch viel Arbeit vor sich.

»Es ist noch Morgen«, sagte Naema.

Das Achterschiff war auf rollenden Stämmen gebaut worden, aber es war schwer wie Stein, und Noah verstand bald, dass er den Ballasttank leeren musste. Während das Wasser hinausrann, spannten sie alle Zugtiere, die sie hatten, die Esel und die großen Ochsen, vor das Schiff, und Elle für Elle wurde das hohe Achterteil an die letzte Abteilung gerollt.

Es war eine wahnsinnige Arbeit, und Napular fluchte für alle zusammen. Aber dann war der Achtern an seinem Platz, und als die rollenden Stämme weggezogen wurden, schloss er exakt an das übrige Schiff an. Nun hing alles von Napulars Seilen und Harans Winkelstangen ab.

Während die Seiler so stark zogen, dass sie ihre großen Klemmspannstöcke aufs Spiel setzten, trieben Haran und seine Söhne die Stangen in die Verbindung. Ham und Japhet waren schon beim Feuer, wo das Pech erhitzt wurde. Und Sem pumpte neues Wasser in den Ballasttank.

Jiska kam mit Brot und Bier zu den Männern. Frauen und Kinder seien an Bord, jede Familie in ihrem Raum, sagte sie. Konnten sie im Kochhaus Feuer anzünden, sodass alle warmes Essen bekämen?

Noah nickte, sicher. Und während Jiska im Regen weiterlief, dachte er, dass bald nur noch die Tiere übrig waren. Aber er wagte es nicht, sich auf sein Gedächtnis zu verlassen.

»Bitte Nin Dada herzukommen«, rief er Jiska nach.

Nach einer Weile kam sie, triefend nass. Und er sagte:

»Geh alles durch, Nin Dada, überflieg deine langen Listen.«

Gott segne ihr gutes Gedächtnis, dachte Noah, als sie aufzählte: Auf dem ersten Deck: Vier kleinere Fässer Honig, fünfzehn Fässer Salz, Soda, zwanzig gut verschlossene Tonkrüge mit Mehl, zehn mit Öl, zehn mit Saatgut, das ganze Werkzeug der Werft, gut sortiert, Kupfer- und Mischerz, Napulars Tauwerk, Pech, sonnengetrocknete Ziegel, zu Haufen hoch wie Berge gestapelt …

Die Liste war lang: auf Zwischendeck sämtliche Tiere: zwei Stiere, acht Kühe, zwei Ochsen, zehn Ziegen, fünfzehn Schafe, zehn Schweine, davon zwei Eber, zwölf Esel, zwanzig Hühner … und dann der gewaltige Futtervorrat. Brennholz und Holzkohle in Kisten, Frischwassergefäße für die Tiere, die Boote der Werft, gut festgezurrt.

Allmählich war sie zu den Vorräten auf dem oberen Deck gelangt, zu allem, was zur Küche und zu der großen Pflanzenzucht gehörte. Nun hörte Noah nicht mehr zu, er vertraute Kreli. Seine Gedanken gingen zu der Last in den unteren Decks und der Gefahr, dass sie sich bei schwerem Wetter verschieben konnte. Sie hatten das Problem tagelang erörtert. Schließlich hatte Sem die Verantwortung für das Verstauen übernommen.

Ich muss ihm vertrauen, dachte Noah.

Er dankte Nin Dada, und als er ihr vom Achterschiff hinunter half, sah er, dass der Regen zu einem Wolkenbruch geworden war.

»Lauf so schnell du kannst, meine Liebe.« Dann brüllte er seine Befehle zu Taran und seinem Bruder hinüber.

»Bringt die Tiere her. Wir lassen jetzt mittschiffs die Laufplanke herunter.«

Der Wolkenbruch nahm zu, und die Dunkelheit fiel schnell, als die Tiere an Bord getrieben wurden. Taran zählte sie und gab Noah das Klarzeichen.

Auf dem oberen Deck kochte Wanda, während Kreli die Frauen und Kinder zählte. Sie hatte es schon zweimal getan, musste aber noch ein letztes Mal zählen.

»Gott im Himmel«, schrie sie dieses Mal. »Jemand fehlt.«

Naema kam vom Gewächshaus herbeigelaufen:

»Das ist Jiska. Sie wollte die Katze holen.«

»Wie konntest du das nur zulassen«, schrie Kreli, und bevor Naema sagen konnte, dass Jiska nicht aufzuhalten war, flog Kreli die Leiter herunter und verwünschte die Katze, die Jiskas Kind von Wanda bekommen hatte. Ich wusste es, dachte sie. Katzen bringen Unglück.

Die Männer hatten die Laufplanke noch nicht eingezogen, und Kreli sprang direkt in die Dunkelheit hinaus. Warum sind sie so still, dachte sie verwirrt.

Dann sah sie es. Im flackernden Licht der Öllampe Noahs stand der Schatten und hatte Jiska fest im Griff. Er hielt sein Messer an die Kehle der jungen Frau, und seine Stimme war ruhig und trocken wie immer, als er sagte:

»Ich gebe dir das Mädchen, wenn du meinen Sohn mit auf die Reise nimmst.«

»Ich verspreche es.«

»Und du schwörst bei deinem Gott, dass du gut für den Jungen sorgst.«

»Ich schwöre bei Gott, Mahalaleel.«

Noahs Stimme aus der Dunkelheit klang ruhig und überzeugend.

Es verging eine Minute, die längste, die die wartenden Menschen erlebt hatten. Dann stieß der Schatten Jiska zu Noah, drehte sich um und hob den Käfig mit dem Jungen hoch,

Noah legte Jiska in Japhets Arme und nahm den Käfig ruhig entgegen. Er gab ihn weiter an Sem, der am nächsten stand, und sagte:

»Trag ihn an Bord.«

Der Schatten blieb stehen, bis die Laufplanke eingezogen war. Dann drehte er sich um und ging durch den Wolkenbruch zurück zu seinem Haus. Der Boden bebte unter seinen Füßen, Pech sprühte aus seinen Quellen. Aber er schlug sich durch, er kam nach Hause. Das Haus der Diener war vom Erdbeben verschluckt worden, in einem Krater am äußeren Rand der Siedlung verschwunden. Er nickte, fand es gut.

Dann ging er hinein zu seiner Frau, zog sein Messer und stieß es in ihr Herz. Als er es wieder herausgezogen hatte, sah er es lange an im Schein der Laterne, die er angezündet hatte.

Aber er gab sich keine Mühe, es abzuwischen, bevor er es sich selbst zwischen die Rippen stieß.

Kapitel 57

Jiska war bewusstlos, als Japhet sie die Leitern zu Naema hinauftrug. Als Naema das Getränk zusammenrührte, das die Frau aus der Ohnmacht holen sollte, flüsterte er:

»Sie erwartet ein Kind, Mutter.«

»Ich weiß, Japhet. Aber sie blutet schon, und ich glaube nicht, dass sie das Kind behalten wird.«

Während Jiska mit Mühe den Fötus herauspresste, versammelten sich die Männer an Deck. Es regnete, niemand hatte zuvor solch einen Wolkenbruch gesehen.

»Was hast du mit … dem Jungen gemacht?«

»Ich habe ihn zu den anderen Tieren gestellt«, sagte Sem, und seine Stimme war hart wie Feuerstein.

Noah stellte Wachen auf, Ham und Nekar auf dem Vorschiff, Sem und Laios auf dem Achterschiff. Im Kochhaus bekam er von Wanda einen Teller warme Suppe, aß, ohne etwas zu schmecken. Dann ging er zum Krankenzimmer, wo Japhet und Naema bei Jiska wachten. Sie schlief, müde nach der Fehlgeburt.

»Wie geht es ihr?«

»Der Körper wird heilen, wie er soll«, sagte Naema. »Aber sie ist sehr verwirrt.«

Japhet war weiß wie ein Toter. Noah legte seinem Sohn die Hand auf die Schulter, aber Japhet flüsterte:

»Du verstehst nicht, Vater. Sie hat den Verstand verloren.«

Als Noah zurück zum Kochhaus ging, hörte er Kreli sagen, dass alle zu Bett gehen sollten und dass sie geweckt würden, wenn etwas geschehe. Auch Noah warf sich auf das Bett in seiner Hütte, lag da mit weit aufgerissenen Augen und wartete auf die Stille. Als er sicher war, dass alle schliefen, stand er auf, zog sein Gewand über den Kopf, schnallte den Gürtel um die Taille und befestigte sein langes Messer daran. Leise kletterte er die Leitern hinunter, fand den Käfig mit dem Kind und trug ihn auf dem Rücken hinunter zum unteren Deck.

Er fühlte sich beobachtet und hörte die leisen Schritte, die ihm folgten. Aber er ließ sich nicht beirren, entfachte Feuer und zündete seine Lampe an.

Es war Japhet, wie er vermutet hatte.

»Das ist mein Auftrag, Japhet«, sagte er. Dann öffnete er die Käfigtür, beugte die Knie vor dem schlafenden Kind, bog ihm den Kopf nach hinten und schnitt ihm die Kehle durch.

Er sah Japhet nicht an, als er mit dem toten Kind in den Armen aus dem Käfig hinauskroch.

»Nimm den Käfig und komm mit«, sagte er.

Dann kletterten sie hinaus. Noah trug das Kind über der Schulter, und das Blut rann ihm über den Rücken und tropfte auf Japhets Kopf. Auf dem oberen Deck ging Noah zur Reling und warf seine Last über Bord. Japhet warf den Käfig, keiner von ihnen sagte ein Wort, und sie wagten nicht, einander anzusehen.

Noah wusch im Kochhaus das Blut von seinen Händen, bevor er in das Krankenzimmer zurückkehrte. Dort war alles wie zuvor, Jiska schlief, Naema wachte.

Japhet blieb in der Tür stehen, aber Noah ging vor bis zum Bett.

»Jiska, hör mir zu.«

Die Frau zuckte zusammen, als die Stimme in ihre Dunkelheit eindrang. Die Augenlider flatterten, und er wiederholte:

»Jiska, jetzt hörst du mir zu.«

Sie erkannte seine Stimme und dachte, dass sie ihn nie zuvor so hart mit jemandem hatte sprechen hören.

»Ja«, sagte sie.

»Er ist jetzt tot, der Sohn des Schatten«, sagte Noah.

Jiska schlug die Augen auf
»Ja«, sagte sie. »Er ist tot. Wie konnte er sterben?«
»Ich habe ihn getötet.«
Sie war lange still, aber die Augen waren weit geöffnet und der Blick klar. Schließlich sagte sie:
»Danke.«

Noah musste aus dem Krankenzimmer hinaus. Auf dem Deck riss er sich die blutigen Kleider, den Gürtel, das Messer vom Leib. Er warf alles über Bord, bevor er zu seiner Hütte ging.
Naema kam bald nach:
»Japhet kann bei Jiska schlafen«, sagte sie.

Noah sah seine Frau an, die Augen waren stumm, aber seine Arme griffen nach ihr. Er legte sie auf das Bett, riss ihre Kleider herunter und nahm sie. Immer wieder stieß er sein Glied in sie, hart und verzweifelt, als suchte es das Leben selber.

Im Morgengrauen hämmerte Ham an Noahs Tür:
»Wir schwimmen, Vater. Wir schwimmen.«

Kapitel 58

Der Anblick, der sich Noah vom Deck des Vorschiffes aus bot, war unwirklich wie Bilder eines Albtraums. Der Fluss stieg mit rasender Geschwindigkeit, stand sicherlich zehn Ellen über seinen Ufern. Die Stege der Werft waren in den Wassermassen untergegangen, die Werkstätten und Wohnhäuser auf dem Abhang in Kratern verschwunden. Um sie herum barst der Boden wie ein Tonkrug.

Landeinwärts wogte die Erde wie das Meer im Sturm. Wasser und Pech spritzten aus dem Boden. Große Flammen stiegen zum Himmel, blitzten und verschwanden.

»Das ist Gas, das explodiert«, sagte Sem. Aber Noah hörte ihn nicht, er dachte an Lameks Stimme an einem Tag vor zwei Jahren:

»Ich werde alle Lebewesen auf Erden vernichten, sowohl Menschen als auch Tiere.«

Er hatte dem Befehl, der ihm gegeben wurde, gehorcht, alle seine Kräfte eingesetzt, um zu tun, was Gott befohlen hatte. Dennoch hatte er eigentlich nicht daran geglaubt, dass Gott seinen Plan in die Tat umsetzen würde.

Jetzt sah er es geschehen und verstand, was in Eridu und Sinear passierte, wo die Menschen in Kratern verschwanden oder von der Flutwelle mitgerissen wurden. Viele würden langsam in den Erdspalten ersticken, andere tagelang gegen die Flut kämpfen, bevor sich die Lungen mit Wasser füllten. Kinder, Frauen … Sein Gott hatte kein Erbarmen.

Er auch nicht, als er Mahalaleels Sohn die Kehle durchschnitt.

Er nahm sich zusammen und bemerkte, dass das Schiff sich langsam bewegte, dass sie schwammen und in der Mitte des Flusses trieben. Die Treibanker?

Aber er brauchte sich nicht zu beunruhigen. Japhet, Napular und seine Männer standen achtern bereit. Elle für Elle ließen sie die langen Trossen hinausgleiten. Es würde Stunden dauern. Keiner von ihnen konnte die große Holzschleppe sehen, aber sie musste ja irgendwo dort in dem wirbelnden Flusswasser sein.

Wenn bloß die Trossen hielten!

Wanda und Nin Dada boten den Männern auf Deck warmen Tee und Brot an.

»Bleibt ruhig. Die kleinen Kinder dürfen nicht herumrennen«, sagte Noah, und Nin Dada ging in das Langhaus, um den Befehl weiterzugeben. Durch den Wolkenbruch hindurch konnte Noah hören, wie die Kinder aus Protest schrien.

»Lauf zu Naema, sag ihr, dass sie Jiska im Bett festbinden soll.«

Japhet nickte, kam aber nicht bis zum Krankenzimmer, bevor der Stoß kam. Die Arche ruckte, als hätte sie einen Peitschenhieb bekommen, Stoß auf Stoß ging durch den Rumpf. Schließlich gab sie auf, fand sich damit ab, dass die Geschwindigkeit gemindert worden war, und trieb in langsamerer Fahrt nach Süden. Über die Lagune, zum Meer, den endlosen Wasserweiten.

Napular jubelte, beide Trossen hatten gehalten.

Aber das Schiff neigte sich. Es hatte sich auf das hintere Teil gesetzt, und Sem trimmte. Durch die lange Holztrommel wurde das Wasser vom Achtertank nach vorn geleitet, und langsam fand die Arche das Gleichgewicht wieder.

Wie viel Freibord hatten sie? Ham und Sem maßen, sie schwammen tief, nur fünfzehn Ellen über der Wasseroberfläche. Noah sah Sem fragend an, der unschlüssig den Kopf schüttelte. Je tiefer sie lagen, desto langsamer war die Geschwindigkeit, das war gut. Aber wenn der Sturm kam?

»Wir sinken wie ein Stein«, sagte Napular. »Wir müssen einen höheren Freibord haben.«

»Je schwerer wir liegen, desto stabiler sind wir«, sagte Sinar. Und Noah vertraute ihm, sie hatten genug Freibord, kein kostbares Frischwasser sollte hinausgepumpt werden.

Taran tauchte aus dem Inneren der Arche auf, einer der Stiere war durch den Stoß des Treibankers umgefallen. Beide Vorderbeine waren gebrochen. Noah fluchte in langen Tiraden, warum zum Teufel hatte er nicht an die Tiere gedacht, als er den Befehl gegeben hatte, dass die kleinen Kinder festgehalten werden sollten?

»Wenn es nur ein Bein wäre, hätten wir es vielleicht schienen können«, sagte Taran. »Aber jetzt. Ich fürchte, wir müssen schlachten.«

»Ich verstehe«, sagte Noah und versuchte, daran zu denken, dass sie für die Reise über das Meer genug Fleisch haben würden. Ham sagte, was alle dachten: Jetzt haben wir nur noch einen Stier, wenn …

Aber Noah konnte sich ein neues Leben in einem Land weit weg in der Zukunft nicht vorstellen. Er sagte kurz:

»Bitte Kreli, sich um das Fleisch zu kümmern, wenn du es zerlegst.«

Es regnete ununterbrochen. Sie waren in einen so dichten Regen eingehüllt, dass sie kaum zehn Ellen weit sehen konnten. Aber am Morgen des siebenten Tages schwebte die Wolke davon, für einen kurzen Augenblick bekam die Welt Licht.

Jiska war wieder auf den Beinen, ernster und schwermütiger als zuvor. Früh an diesem Morgen traf sie Noah an der Reling.

Zunächst standen sie still nebeneinander, es gab nicht viel zu sagen. Er legte seine Hand auf die ihre, sie war klein und kalt, und schließlich musste er fragen:

»Trauerst du um das Kind, das du verloren hast?«

»Mein eigenes? Ich glaube nicht, es war erst am Anfang … des Lebens, und Naema sagt, dass ich viele Kinder haben werde.«

»Und das andere?«

»Du weißt ja«, sagte sie, »dass ich daran gescheitert bin. Ich taugte nicht für die Aufgabe, und du musstest … die Verantwortung dafür übernehmen.«

Er schwieg, was sollte er sagen?

Die Menschen versammelten sich an Deck, um ihre Gesichter der ersehnten Sonne zuzuwenden. Aber die Freude ging über in Furcht, als sie die Wasserweiten sahen. Rings herum am ganzen Horizont berührte das Meer den Himmel.

Und am Nachmittag hörten sie den Ausgucker vom Vorderschiff rufen: »Ein Unwetter nähert sich!«

Jetzt gab Noah schnell Befehle. Alles, was an Bord lose war, sollte festgezurrt werden. Jede Person sollte an den Betten, die an den Wänden befestigt waren, festgebunden werden, die Kinder in den Armen der Mütter. Das Feuer und alle Öllampen sollten gelöscht, das Steingut im Kochhaus sollte in den Schränken so eng wie möglich zusammengepackt werden. Die Türen sollte man mit Seilen und Keilen verschließen.

Alle sollten zwei Brote und einen Krug Wasser bekommen. Sie mussten das Essen sparen, so gut sie konnten, weil niemand wusste, wie lange das Unwetter dauern würde.

»Taran«, schrie Noah. »Holt Taran und seinen Bruder!«

Als die Männer kamen, gab Noah schnelle Anweisungen: Jedes Tier sollte in eine liegende Lage gezwungen und festgebunden werden.

Aber das Wichtigste stand noch aus. Die Luken mussten so gut geschlossen werden, dass nicht einmal die stärkste Sturmwelle durch sie hindurchschlagen konnte. Noah und seine Söhne hatten während der vergangenen Woche die wasserdichten Abschlüsse der Luken überprüft, sie immer wieder probeweise geschlossen, jeden sichtbaren Riss abgedichtet.

Napular und seine Männer wussten, was sie erwartete, sie waren schon auf dem Achterschiff, um den Treibanker zu bewachen.

Sie zurrten sich Leinen um die Taille und befestigten die Seile an demselben Stamm, der auch die Trossen für die Holzschleppe hielt.

Noah, seine Söhne und Seeleute taten das Gleiche auf dem Vorderschiff. Sie waren still und verbissen, als sie dort standen und auf die schwarze Wolkenbank im Süden sahen. Sie näherte sich mit rasender Geschwindigkeit.

Das wird schlimmer, als wir es uns jemals hätten vorstellen können, dachte Noah und sah Japhet an, der nickte, verbissen und bleich. Er hatte den gleichen Gedanken.

Einen Augenblick später stürzte die Wasserwand auf sie ein, die Arche erhob sich fast senkrecht und fiel mit einem Dröhnen, das die Toten hätte wecken können, gerade nieder.

Sie geht entzwei, dachte Noah. Und Ham sagte:

»Das schafft sie nie.«

»Ich glaube wohl, dass sie das tut«, sagte Sem ruhig, und zu Noah kehrte die Hoffnung zurück. Aber im gleichen Moment kam noch eine Welle und noch eine. Für lange Zeit war die Arche im Wasser verschwunden, das über sie hinwegspülte, sie stampfte wie eine Verrückte, erhob sich zum Himmel, tauchte in die Tiefe und richtete sich wieder auf.

Jedes Mal, unverdrossen, richtete sie sich wieder auf. Beständig und schwer, gerade gegen den Wind. Nach jeder Welle verlor sie den Kurs, aber bald kam der Ruck der Treibanker und zwang sie zurück.

»Ohne Japhets Anker wären wir schon lange verloren gewesen«, sagte Sem. Die Worte sollten aufmuntern, aber Noahs Gedanken gingen zu den Achtertrossen. Wie lange würden sie halten? Wenn sie rissen, würde die Triftholzstauung gegen die Arche treiben und sie leckschlagen. Und das wäre egal, denn dann würde das Schiff die lange Seite gegen den Sturm legen und kentern.

Aber die Trossen hielten, Welle nach Welle, Stunde auf Stunde, hielten Seile und Arche. Noah versuchte, nicht an die Kinder und

die Frauen zu denken, die festgebunden und im Langhaus eingesperrt waren. Viele waren sicher seekrank. Er sah, wie Ham sich
über die Reling beugte und erbrach, sein Gesicht war fast grün und
seine Augen schwarz vor Verzweiflung.

»Wir schaffen es, Ham.«

Noahs Stimme klang nicht überzeugend, und Ham konnte nicht
einmal nicken.

Der Tag ging zu Ende, die Nacht kam, der Sturm brüllte, das
Schiff stampfte. Dann wurde es plötzlich still. War es vorbei?

Noah wollte es glauben, wagte aber nicht, seinen Sinnen zu vertrauen.

»Japhet. Glaubst du, du kannst dich nach hinten durcharbeiten
und Naema bitten …«

Japhet verstand, lief, warf sich nieder, wenn das Wasser über ihn
schwappte, kroch weiter. Die Brecher, die jetzt über das Schiff
schlugen, waren nicht größer als Häuser, er würde es schaffen.

Als er zurückkam, sagte er kurz:

»Wir sind jetzt in der Mitte des Sturmes, und dort ist es immer
ruhig. Bald ist der zweite Durchgang hier und der wird ebenso lang.
Aber wir werden es schaffen.«

Noah dachte an die Seiler auf dem Achterschiff, und der Schreck
schnürte ihm die Kehle zu:

»Napular weiß es nicht, Japhet, du musst …«

Japhet war schon auf dem Weg, und Noah schrie:

»Nimm dich in Acht, Japhet, um Gottes willen, pass auf … Und
bleib dort, falls der nächste Sturm kommt.«

Aber Japhet schaffte den Weg zurück. Napular hatte verstanden,
er hatte selbst daran gedacht, dass er alte Seeleute vom stillen Auge
des Orkans hatte sprechen hören.

Nun war es, als hielten Himmel und Meer den Atem an. Das Warten war unerträglich. Als der Wind wieder tobte und die erste Welle
sich vor ihnen erhob, waren sie beinahe erleichtert.

Die halbe Nacht verging, die Arche stampfte, erhob sich und fiel nieder, erhob sich erneut. Die müden Männer fühlten Ehrfurcht vor ihr, ihrer Willenskraft und Stärke.

Dann, mitten in der Nacht, wurde es still, ebenso plötzlich wie beim vorigen Mal. Es war vorbei, es war vorbei. Nun ging es um den Treibanker,

Noah lief durch das Wasser, das bis hinauf zu den Knien reichte, nach hinten, Napular und die beiden Seiler standen still wie steinerne Standbilder an den Trossen, versuchten mit Hilfe der Spannung in den Seilen herauszufinden, wo die Holzschleppe sich befand. Die Nacht war ohne Licht, schwarz wie eine Grabkammer.

Der Seiler nickte Noah zu: Wir schaffen es. Nach einer Weile zogen die Trosse kräftig backbords und Napular schrie:

»Haut zu!«

Mit vier schnellen Hieben wurde die Arche von der Schleppe befreit, ruckte, kam in Gang. Sie warteten atemlos, hatten trotz allem Angst vor einer Kollision mit dem Holz. Aber nichts geschah, die Arche trieb mit guter Geschwindigkeit mit Wind und Wellen zurück zum überschwemmten Land.

»Das war teuflisch, wie schnell es ging, den Bug zum Heck zu machen auf dieser Reise«, sagte Napular und lachte wie ein Verrückter. Zuletzt konnte auch Noah in das Lachen einstimmen, die große Erleichterung spüren.

Es war vorbei.

Kapitel 59

Noah ging vom Bug bis zum Heck durch sein Schiff, vom unteren Deck zum oberen. Natürlich hatten sie Wasser gezogen, anders war es nicht möglich. In den Wohnungen und im Kochhaus war alles durchnässt.

Alle an Bord hatten blaue Flecken, viele hatten Wunden an Armen und Beinen. Die kleinsten Kinder hatten es am besten überstanden, sie hatten in den Armen der Mütter geschlafen. Fast alle waren seekrank gewesen, es stank im Langhaus, wo die Menschen sich aus den Seilen befreiten und versuchten, Arme und Beine auszustrecken.

»Langsam, bewegt euch ganz langsam und weich«, rief Naema in dem Moment, als Noah die Tür öffnete.

»Wir öffnen jetzt die Luken, damit ihr frische Luft bekommt«, sagte Noah. Zu Jiska, die am nächsten stand, sagte er:

»Versuch, Feuer anzuzünden. Es wird nicht leicht, denn im Kochhaus ist alles nass. Aber wir brauchen Wärme und trockene Kleider.«

Langsam begannen die Frauen, sich zu bewegen, kamen in Gang. Auch die Kinder erholten sich, als die kühle Nachtluft durch die geöffneten Luken strömte.

Auf dem Weg hinaus traf er Sem, der fragte:

»Wie geht es Kreli?«

»Ich habe sie nicht gesehen«, sagte Noah erstaunt, aber im nächsten Augenblick verstand er Sems Sorge. Kreli war im achten Monat schwanger.

Noah folgte Sem zurück zum Wohnhaus. Sie fanden Kreli mit Wehen im Krankenzimmer.

Naema saß an ihrer Seite und sagte ruhig:

»Sie wird jetzt gebären. Es ist früh, aber es wird sowohl für sie als auch für das Kind gutgehen. Geh und ruh dich aus, Sem, es dauert lange bei einer Erstgebärenden.«

Aber Sem blieb bei seiner Frau, und Noah ging alleine hinaus zu den anderen.

»Nin Dada?«

»Hier«, sagte die ruhige Stimme, und Noah fuhr so laut fort, dass alle es hören sollten:

»Nin Dada übernimmt hier die Verantwortung.«

»Können wir die Lampen anzünden?«, fragte die Frau, und zum ersten Mal sah Noah, wie schwarz die Dunkelheit war.

»Seid aber vorsichtig«, sagte er. »Und wartet mit dem Putzen bis zum Morgengrauen.«

Als er die Leitern zum Zwischendeck hinunterstieg, dachte er erstaunt, dass jetzt eigentlich hätte Morgen sein müssen.

Die Tiere hatten den Sturm ohne Unfälle überstanden, die meisten hatten wie die kleinen Kinder geschlafen, als die Arche am schlimmsten schlingerte. Der Stier brüllte vor Wut, und der Tierpfleger musste den Hörnern ausweichen, als das Tier von den Seilen befreit werden sollte, die es liegend gehalten hatten.

Noah ging mit seiner Öllampe weiter zum unteren Deck. Es dauerte nur einen Augenblick, bevor er sah, dass zwei Trossen zerrissen waren und Wasser hereinströmte.

»Guter Gott«, sagte er, als er die Leitern hinaufkletterte. Immer wieder sagte er es: guter Gott.

Napular schlief schon, und Noah dachte, dass dieser Mann, wenn überhaupt jemand, seinen Schlaf verdiente. Aber er rüttelte den Seiler wach, und bald waren Napular und seine Männer bei der Arbeit auf dem unteren Deck. Neue Seile wurden gespannt.

Auf dem oberen Deck zogen die Esel die Pumpen, und langsam wurde das Bilgewasser vom Grund des Bootes heraufgepumpt.

Mit Harans Hilfe hatte Jiska im Herd Feuer angezündet, die Menschen versammelten sich um das Feuer und wärmten ihre steifen Glieder. Noah bekam eine Tasse mit heißem Tee und sagte zu Haran:

»Ich frage mich, ob nicht deine Winkelstangen uns heute Nacht das Leben gerettet haben.«

Er ging weiter auf das Deck hinaus, um alleine das große und unerwartete Problem zu durchdenken. Es wurde nicht Tag, über dem Meer wurde es nicht hell.

Er ging nach vorn, zu Sinar und Ham, die Wache hielten. Zusammen versuchten die drei Männer zu begreifen, rechneten die Stunden, die vergangen sein mussten.

»Die Zeit ist stehen geblieben«, sagte Ham.

»Die Zeit kann nicht stehen bleiben«, sagte Sinar.

»Wir sind vielleicht tot«, sagte Ham, aber da wurde Noah böse und schickte seinen Sohn ins Bett.

Sie standen lange dort, Sinar und Noah. Es regnete. Nach und nach wurde die Dunkelheit grauer.

Es war Tag, aber auf dem Schiff hatte man nur das Topplicht.

Kapitel 60

Die Dunkelheit dauerte vierzig Tage. Als das Grau gegen Abend schwarz wurde, versuchten die Menschen sich vorzustellen, dass es Nacht sei auf Erden. Aber sie konnten nicht schlafen. Nur für kurze Augenblicke und zu jeder beliebigen Tageszeit flohen sie in den Schlaf, überwältigt von Müdigkeit und Unruhe.

Sie hatten die Zeit verloren und irrten umher wie Geister.

Es regnete ununterbrochen.

Es gab keine Geräusche mehr in der Welt, keinen Wind, der heulte, keinen Vogel, der sang. Einen kurzen Augenblick lärmten die Kinder und die jungen Menschen, ihre Lieder steigerten sich zu Rufen, und immer öfter geschah es, dass sie gegen die Stille anschrien, als wäre es möglich gewesen, sie zu besiegen.

Aber nach einiger Zeit verstummten auch die Menschen, als wären sie selber in der Stille versunken. Und sie flüsterten einander zu, dass sie tot seien und auf einem Geisterschiff außerhalb von Zeit und Raum trieben.

Auch Noah stand unter dem Einfluss der Zeitlosigkeit. Aber er hielt sich mit verzweifelter Entschlossenheit an Sems Zeitmesser fest und verkündete, dass nun der Vormittag des dreißigsten Tages oder der Abend des einunddreißigsten sei. Einige glaubten ihm und konnten sich in der Wirklichkeit halten. Aber die meisten gaben auf.

Am leichtesten war es für die Frauen, die kleine Kinder hatten. Die Körper der Neugeborenen hatten das Gespür für den Tagesablauf nicht verloren, sie schliefen während der Zeit, in der auf der Erde Nacht gewesen wäre, und wachten auf und schrien nach Essen, wenn Morgendämmerung gewesen wäre. Auf diese Weise wurden die Mütter in der Wirklichkeit zurückgehalten und wussten, dass sie nicht tot waren, dass die Körper der Kinder warm waren, lebend und fordernd.

Aber nun war der vierzigste Tag, und Noah kam auf das obere Deck, als die Welt um sie herum von Schwarz in Grau überging. Japhet hielt Wache, aber er sang nicht wie sonst. Im ersten Augenblick beunruhigte das Noah, er hatte Angst, dass sein jüngster Sohn in das Schweigen fallen würde, das einen nach dem anderen an Bord überwältigt hatte. Sem wie auch Ham hatten nun tagelang geschwiegen, nicht einmal die Kinder gaben einen Laut von sich, Nin Dadas Stimme war ebenso verstummt wie die Wandas. Nur Japhet hatte sein Reden und Singen auf die gleiche selbstverständliche Art behalten wie Naema und Jiska. Und wie Kreli natürlich, die mit ihrem neugeborenen Sohn lachte.

Als Noah näher kam, konnte er bei Japhet eine Anspannung spüren:

»Vater, da draußen geschieht etwas.«

Es schien noch stiller als gewöhnlich, und Noah wurde ängstlich. Er erinnerte sich an die Ruhe vor dem Sturm und dachte, dass die bösen Kräfte auf dem Weg zurück sein könnten. Aber Japhet flüsterte:

»Kannst du es ahnen. Dort drüben. Vater, ich glaube, es wird hell.«

Da sah Noah, dass der Regen am Horizont aufhörte und dass im Grau ein Silber war, ein Schimmer.

Er legte seine Hand auf die Schulter des Sohnes, und zusammen, atemlos, warteten sie. Und das Licht nahm zu und wurde wärmer, Silber wurde zu Gold.

Dann, sehr schnell, war es, als hätte eine gewaltige Hand den Himmel rein gefegt, sie sahen ihn, sie sahen endlich den blauen Himmel und die Sonnenscheibe, die Lichtspenderin, über dem Horizont aufgehen.

»Gott«, sagte Noah, »Gott im Himmel.«

Während Japhet in wilder Aufregung den Sonnentanz des Waldvolkes tanzte, ging Noah zum Horn und blies das Signal, das bedeutete, dass alle sich an Deck versammeln sollten. Sie kamen wie lichtscheue Ratten aus ihren Löchern, sie sahen auf ihre Welt, die in allen Richtungen aus Wasser bestand, ein gewaltiges Wasser ohne Ende. Jemand weinte, andere schrien vor Furcht, aber Japhet übertönte sie alle mit seinem Jubel und seiner Botschaft:

»Hört ihr! Hört den Wind, der weht.«

Und sie hörten und ließen sich vom Wind und vom Licht erfüllen.

Und Noah sprach:

»Es ist der Morgen des ersten Tages. Gott hat sein Volk gerettet. Wir haben nichts zu befürchten, unser Schiff kann nicht sinken, nicht einmal im schwersten Sturm, und wir haben Wasser und Essen für Jahre im Voraus. Nun kommt es nur auf uns selber an, auf unsere Stärke und Würde.«

Und sie sahen einander an und schämten sich für ihre Erbärmlichkeit und ihren Schmutz. Wie Tiere, wie verwahrloste Tiere sahen sie aus.

»Geht und bereitet euer Frühstück«, sagte Noah. »Nachdem ihr gegessen habt, sollt ihr bis in die letzte Ecke das Schiff sauber machen, ihr werdet euch waschen und rasieren und euch in reine Kleider kleiden. Um die Mittagszeit werden wir uns wieder versammeln, um gemeinsam Gott zu danken und ein Festmahl zu essen.«

Noah schöpfte Wasser. Er wollte wissen, ob man es verwenden konnte, ob die toten Körper und anderer menschlicher Unrat das Wasser vergiftet hätten.

Das Wasser, das er heraufholte, war kristallklar, rein, reiner, als das Flusswasser jemals gewesen war. Und es dauerte eine Weile, bevor er verstand, dass es am Salz lag.

»Meerwasser«, sagte Sem. »Wir sind weit draußen auf dem Meer!«

Sie sahen sich an und versuchten, sich an die Geschichten zu erinnern, die sie über die Länder auf der anderen Seite des Meeres gehört hatten, über das Volk, das bei den Klippen lebte, wo die Welt zu Ende war.

»Wir können auf den Abgrund zutreiben«, sagte Ham.

»Nein«, sagte Sem, »die Welt ist rund wie der Mond und hat deshalb kein Ende.«

Noah fand beide Aussagen erschreckend und sehnte sich nach dem Fluss, dem Abgegrenzten und Wohlbekannten. Aber er schluckte und sagte:

»Der Sturm kam von Süden. Wir müssen auf Land zugetrieben sein, nordöstlich den Bergen zu.«

Sie nickten, sie versuchten, ihm zu glauben. Im nächsten Augenblick kam Napular hinzu. Der Seiler schmeckte das Wasser und sagte:

»Es ist nicht so salzig wie das Meerwasser. Ich würde sagen, es ist Brackwasser wie in der Lagune.«

Eine Weile später hatten sie die Himmelsrichtung bestimmt. Der Seiler legte die Schlepplogg aus, aber die Geschwindigkeit war schwer zu berechnen.

»Es ist, als lägen wir still«, sagte er.

Aber allmählich konnten sie messen, sie trieben sehr langsam, kaum merkbar, aber sie trieben. Nach Nordosten, wie Noah gesagt hatte. »Früher oder später erreichen wir die Berge«, sagte Noah und versuchte, nicht daran zu denken, was geschehen würde, wenn das gewaltige Schiff, das nicht zu steuern war, gegen die Klippen schlagen würde. Aber der Gedanke ließ ihn nicht los, und am Nachmittag sagte er zu seinen Söhnen:

»Ich will, dass wir alle Boote, die wir an Bord haben, ins Wasser lassen. Und sie bemannen. Glaubt ihr, dass ihr vom Deck aus tauchen und zu den Booten schwimmen könnt?«

Sie nickten, es war ruhiges Wetter. Sie waren sogar begeistert, schwer geplagt wie sie waren von der Untätigkeit.

»Was ich wissen will«, sagte Noah, »ist, ob wir eine Möglichkeit haben, gegenzuhalten. Ob wir die Geschwindigkeit verringern können, versteht ihr.«

Den ganzen Nachmittag probierten sie, Mann auf Mann begab sich zu den kleineren Booten. Schließlich hatte Noah zwölf Ruderer auf sechs Schiffe verteilt, aber die Geschwindigkeit wurde nicht geringer.

»Das geht nie, wenn wir wie jetzt auflandigen Wind haben«, sagte Noah, aber Naema lachte über ihn.

»Das Schlimmste, das ich mir vorstellen kann, ist ablandiger Wind«, sagte sie. »Stell dir vor, wir sehen Land, dann kommt ein Wind auf und wir treiben wieder davon.«

»Naema«, sagte Noah barsch, lächelte aber, denn er verstand, was sie sagen wollte.

»Du hast Recht«, sagte er. »Wir müssen Gott vertrauen. Es ist nur so erbärmlich mit mir, dass ich das nicht richtig schaffe.«

»Ich tue es«, sagte sie. »Alle an Bord leben in dem Glauben, dass du auserwählt bist und dass Gott dich nicht im Stich lässt.«

»Und wenn sie sich irren«, sagte Noah.

»Der Glaube versetzt Berge«, sagte Naema und lächelte wieder.

»Ich brauche nicht selbst zu glauben, meinst du?«

»Noch brauchst du deinen Zorn, Noah.«

»Du bist froh«, sagte er.

»Ja, dieses gelobte Licht«, sagte sie und wandte das Gesicht zur Sonne. »Du kannst dich heute wohl auch freuen.«

Nach einer Weile kamen die Ruderer wieder zur Arche zurückgeschwommen, und die Boote wurden an Bord gehievt.

Japhets Augen waren dunkel vor Trauer, als er erzählte, was er durch das Wasser gesehen hatte:

»Der Wald, Vater, wir schwimmen nur zehn Ellen über den Wipfeln der Bäume.«

»Erzähl das Naema nicht«, sagte Noah leise. »Sie ist froh, sie braucht einen Tag der Freude.«

Aber Japhet zeigte zur Reling, wohin Naema gegangen war.

»Es ist zu spät«, sagte er. »Sie hat es schon gesehen.«

Und Naema sah den Wald ihrer Kindheit in eine Wasserwelt verwandelt und dachte an die gewundenen Pfade, alle Blumen der Wiesen und die hellen Lichtungen, auf denen sie gespielt hatte.

Ihr Volk war nun verschwunden, nach Westen, wie sie es beschlossen hatten. Sie allein war übrig, und es war Zeit, an das letzte Gespräch zu denken:

»Niemand, weder Tier noch Mensch, keine Berge und keine Blumen entstehen oder vergehen. Alles, was die Zeit verlässt, ist von Dauer. Die Vergänglichkeit ist nur ein Schein. Im Kern der Wirklichkeit wird alles so erhalten, wie es immer gewesen ist.«

Sie weinte nicht, als sie sich zu Noah und Japhet umwandte und sagte, dass es nun vollbracht sei.

Aber sie sahen, dass sie gealtert war. In dem kurzen Augenblick an der Reling hatten die Jahre Naema eingeholt, und sie sah aus wie die, die sie war, eine Frau in den mittleren Jahren.

Mutter hat sich der Herrschaft der Zeit unterworfen, dachte Japhet.

Als Naema nach hinten ging und die Treppe zum Gewächshaus hinaufstieg, konnte sie selbst spüren, dass ihr Körper sonderbar fremd war, die Beine waren schwer und der Rücken gebeugt.

Ich bin wohl müde, dachte sie.

Und die Müdigkeit überwältigte sie, als sie die Tür zum großen Gewächsraum hinter sich schloss und über die Zerstörung blickte. Um einen Trost zu finden, hob sie Japhets Mädchen vom Boden auf, umarmte es und genoss einen Moment den blauen Blick und die weichen Locken.

»Das ist ja ungeheuer, wie groß und schwer du geworden bist«, sagte sie, als sie mit dem Kind auf dem Arm zu den Beeten ging, wo Jiska arbeitete.

Jiska war den Tränen nahe. Der schöne und sorgfältig zusammengestellte Garten sah im Tageslicht geradezu jämmerlich aus. Die lange Dunkelheit hatte den Bäumen und den Kräutern arg zugesetzt, die Gehölze hatten alle Blattknospen verloren, und die Kräuter waren in die Höhe geschossen, lange Stängel, die abgebrochen waren und im Fall die Wurzeln mit sich gerissen hatten.

Jiska presste die toten Wurzeln zurück, goss sie und betete die Gebete des Waldvolkes für sie. Aber Naema sagte:

»Das ist sinnlos, Jiska. Wir müssen alles wegwerfen und neue Samen benutzen.«

Beide dachten sie daran, dass sie Samen von fast jeder Pflanze hatten. Nun hing es von der Keimfähigkeit ab, aber die war durch die Dunkelheit jedenfalls nicht schlechter geworden.

Während Jiska die toten Pflanzen wegwarf und neue Erde für Sämereien bereitete, ging Naema von einem Topfbaum zum anderen. Die Weinstöcke sahen tot aus, aber unter der trockenen Rinde war lebendes Holz. Und ebenso war es mit der Sykomore, den Feigen und den anderen Obstbäumen. Auch die Apfelbäume hatten überlebt.

Der Rest musste weggeworfen werden.

»Gott sei Dank haben wir den doppelten Satz Zwiebeln«, sagte Naema, als sie das Zyklamen herausgezogen hatte, das mit langen Stielen in die Höhe geschossen war, seinen Zwiebeln alle Kraft entzogen hatte und gestorben war,

Sie setzte sich auf einen Schemel und dachte daran, dass all die Arbeit mit vorsichtiger Wässerung und dem Licht aus kleinen Öllampen während der vierzig langen Tage vergebens gewesen war.

»Aber Naema«, sagte Jiska. »Du bist … ganz bleich.«

»Ich bin so müde«, sagte Naema. »Ich muss schlafen, du musst eine Weile alleine arbeiten.«

Sie hatten das Licht wiederbekommen. Und die Nacht mit den Sternen und dem Mond. Den Schlaf, den Tagesrhythmus. Alle an Bord nahmen ihre Tätigkeiten wieder auf, bald war die Arche ein ordentliches Schiff. Kreli lachte mit ihrem Säugling, dem Jungen, der Nin Dadas jüngstem Sohn so ähnlich war, dass alle sich wunderten.

Sie schlachteten ein Lamm und feierten ein Fest.

Aber nachdem der Mond von Neumond wieder bis zum abneh-

menden Mond gelangt war, griff die Trägheit erneut um sich. Sollte
das hier bis in alle Ewigkeit so weitergehen, würden sie gezwungen
sein, ihr ganzes Leben auf dem Schiff zu verbringen?

Nin Dada lehrte alle, die wollten, zu schreiben und erfand neue
Spiele für die Kinder. Und Wanda webte und verlockte die Frauen
dazu, sich neue Kleider zu nähen.

Aber jedes Mal hielt die Freude nicht länger als ein paar Tage an.

Sie lernten, die Sonne zu fürchten. Als einige Kinder Brandwun-
den bekommen hatten, ließ Noah Segel zum Schutz und zur Küh-
lung setzen. Viel frisches Wasser war notwendig, und Sem, der jeden Tag die Vorräte maß, wollte eine Rationierung einführen.
Schließlich musste Noah zustimmen. Als er den Beschluss mitteilte,
wurde es totenstill an Bord, für einen Augenblick begriffen alle, wie
ungewiss ihre Situation war.

Es verging noch ein weiterer Mond. Und noch einer, drei, vier.
Noah war gezwungen, zu harten Maßnahmen zu greifen, die Männer wurden angehalten, Seile zu spleißen und das Deck zu schrub-
ben, und die Frauen, die am lautesten klagten, wurden hinunter zu
den Tierställen geschickt, wo sie den Dung ausmisten und die Boxen scheuern mussten.

In den Nächten wurden sie immer öfter von Stößen gegen den
Rumpf geweckt, der schwere Schiffskörper schlug gegen Berg und
Stein. Und die versunkenen Bäume erhoben sich immer weiter über
die Wasseroberfläche, ohne Knospen und Blätter, tot wie alles andere in ihrer Welt.

»Das Wasser sinkt«, sagte Noah.

Eines Morgens kamen die Möwen über das Schiff geflogen, weiße Vögel ließen sich auf Deck nieder. Die Kinder jubelten und füt-
terten die Besucher mit Fischabfällen und Brot, die Vögel dankten
mit lautem Gekreische, bevor sie weiterflogen. Nach Nordosten.

Sie kamen jeden Morgen zurück, aber nach einigen Tagen änder-
ten sie ihre Gewohnheiten. Jetzt ließen sie sich nicht mehr an Deck
nieder, sondern folgten der Arche im Kielwasser, auf der Jagd nach
Abfällen des Haushaltes an Bord.

»Versteht ihr, was das bedeutet?«, fragte Napular mit Jubel in der Stimme.

»Ja«, sagte Naema und lachte ihn an. »Sie haben einen anderen Platz, auf dem sie sich ausruhen können.«

Eines Morgens ließ sich ein Rabe auf dem Dach des Wassertanks im Vorschiff nieder. Noah selbst hielt Wache, er und der Rabe sahen einander lange an, als hätten sie eine Abmachung. Zum Schluss streckte Noah seinen Arm aus, und der Rabe setzte sich ohne Bedenken auf seine Schulter.

Und der Rabe blieb bei Noah, der glaubte, dass es ein gutes Zeichen sei.

Kapitel 61

Beim zehnten Halbmond, nachdem das Licht zurückgekehrt war, wurde Noah eines Nachts von Napular geweckt, der auf dem Vorderdeck Wache hielt.

»Ich bilde mir das vielleicht ein«, sagte der Seiler, »aber ich glaube, einen eigenartigen Geruch zu spüren.«

»Brand?«

»Nein, nein, etwas anderes.«

Naema folgte ihnen mit hinaus, Noah sog die Luft ein, spürte nichts, es roch wie immer nach Salzwasser und Holz. Und nach menschlichem Leben, Schweiß, unruhigen Träumen, Kinderkacke und Essensresten. Aber Naema blieb still wie eine Steinsäule stehen und wandte ihr Gesicht nach Norden. Schließlich sagte sie:

»Es riecht nach Land.«

»Du irrst dich nicht?«

Sie schnupperte, ihre Nasenflügel bewegten sich wie die eines Tieres im Wald. Und sie war sicher, als sie sagte:

»Nein, Noah, ich irre mich nicht. Wir haben Land direkt vor uns.«

Im nächsten Augenblick verließ der Rabe Noahs Schulter, flog eine Runde über das Vorderschiff und nahm Kurs nach Nordost. Da ging Noah zu seinem Taubenschlag und ließ die Vögel frei.

Im Morgengrauen konnten sie die Umrisse des Berges am Horizont ahnen, und bei Sonnenaufgang sahen sie die Klippen aus dem Meer ragen.

Es war windstill.

»Gott«, sagte Noah. »Jetzt hältst Du den Wind ab.«

Die Leute erwachten, jubelten. Nur Noah, seinen Söhnen und seinen Seeleuten war ernst und unwohl zumute. Napular war bleich, er sprach es aus:

»Ich habe Angst.«

»Wir schaffen es«, sagte Noah und versuchte, sicher zu klingen.

Das gewaltige Schiff schien sich nicht vom Fleck zu rühren, aber der Berg vor ihnen wuchs, wurde größer mit jeder Stunde, die verging. Noah versammelte die Leute im Kochhaus. Sie mussten sich auf den Stoß vorbereiten, wenn sie auf Grund liefen, sagte er. Alle sollten sich noch einmal mit den Seilen an den Kojen festbinden.

Eine Stunde verging, jetzt konnten sie Abhänge und Schotter, Schluchten und Felsenvorsprünge unterscheiden. Dann plötzlich kam der Wind, ein harter Wind aus Westen. Er dauerte nur einen kurzen Augenblick, aber es war genug, dass sie an dem Berg vorbeitreiben würden. Von den Menschen an Bord stieg ein Chor verzweifelter Schreie auf, und Noah sagte in stiller Wut zu Gott:

»Was zum Teufel meinst Du?« Aber dann sah er es. Sie kamen in den Windschutz der ersten Klippe, und hinter dieser tauchte der nächste Gipfel auf. Und der fiel weich zum Meer hin ab und bildete einen Strand, einen Sandstrand.

»Danke«, sagte er. »Danke und verzeih mir.«

Jetzt ging es schnell. Noah stand weit vorne am Steven und sah, wie der Grund sich näherte, langsam, Elle für Elle.

Dann kam der erste Stoß, mit einem ohrenbetäubenden Krachen lief die Arche auf Grund. Die Planken im Rumpf wurden in kleine Stücke geschlagen, und Wasser und Schlamm strömten herein. Die langen Stämme zerbrachen wie Stöckchen, und der gewaltige Schiffskörper zitterte wie bei einem Erdbeben und ächzte, als leide er schwere Qualen. Aber die Arche fuhr weiter, Stoß um Stoß erschütterte sie, als sie sich vorwärts presste, sie bekam einen erneuten Stoß, blieb hängen, machte sich frei und lief noch einige Ellen. Schließlich gab sie auf und stand da.

Sie neigte sich, stand auf einer Erhebung. Es würde sie einige

Stunden kosten, die Last auf dem Zwischendeck zu verteilen und das Wasser vom Heck zum Bug zu trimmen.

Langsam richtete die Arche sich auf.

Die Löcher im Rumpf waren so groß, dass man durch sie hindurchgehen konnte. Die Männer versuchten es, es fühlte sich sonderbar an in den Beinen, Boden unter den Füßen zu haben.

»Dank Dir«, sagte Noah leise, bevor er im Schiff nach oben stieg. Seine Männer standen bald an seiner Seite, sahen über das Land, das Gott ihnen zugewiesen hatte. Es waren weite Abhänge, Stein und Klippen, nicht ein einziger grüner Halm, noch weniger ein Busch oder ein Baum. Aber es gab viel Schlamm entlang der Strände, ein neuer Frühling war auf dem Weg und sie hatten Saatgut.

Noah befahl ein Essen und einen frühen Schlaf.

Kapitel 62

Sie hatten gut gegessen. Sie waren früh schlafen gegangen, aber sie konnten schwer einschlafen.

Sie fühlten sich sicher. Sie hatten festen Boden unter sich. Eine neue Erde und ein neues Leben warteten auf sie.

Sie wollten dankbar sein. Aber die Freude konnte nicht in sie eindringen, in die Leere und die Einsamkeit.

»Ich sollte glücklich sein«, sagte Nin Dada zu Ham, als sie am Abend ihre Jungen zudeckte. »Aber es ist, als wäre von mir nur noch eine Schale übrig.«

»Das ist wohl die Müdigkeit«, sagte Ham, der sich ebenso fühlte. »Sie fordert ihr Recht, jetzt, da wir endlich ruhig sein können.«

Aber in dieser Nacht erkannten die Menschen auf dem Schiff zum ersten Mal, was ihrer Freude im Weg stand. In den Träumen besuchten die Toten die Überlebenden, die vielen Toten aus den wimmelnden Städten mit ihren Tempeln und Häusern, ihrem Gelächter und Gesang.

Die junge Ninurta rief im Schlaf ihrer Mutter zu. »Verzeih mir, verzeih.« Einige erwachten und dachten, dass sie dieselbe Schuld empfänden wie Ninurta, die quälende Scham, überlebt zu haben. Aber die meisten verblieben in ihren eigenen Träumen und ihrer Trauer über das Verlorene.

Am Morgen sahen sie einander scheu an. Es war, als schämten sie sich der Bilder der Nacht und ihrer Verzweiflung. Sie gingen ihren Beschäftigungen wie üblich nach, wuschen und kleideten die Kinder und sich selbst an und bereiteten das Frühstück. Aber niemand

339

sah hin zu dem Land, das ihres werden sollte, und Japhet bekam keine Antwort, als er sagte, dass er im Morgengrauen Vogelgesang gehört habe.

Es dauerte bis zur Mittagszeit, bevor die Taube, auf die Noah gewartet hatte, mit einem grünen Zweig im Schnabel zurückkam. Es war ein Olivenzweig, und Naema wurde warm vor Freude. Die uralten Bäume wuchsen hier und mindestens einer hatte überlebt.

Während der Morgenstunden hatte Noah an Bord eine Versammlung abgehalten. Alle waren darauf vorbereitet, was sie tun sollten, wenn das ersehnte Zeichen kam, sie wussten, dass Sem und die beiden Bauern aus dem Nordreich an Land gehen sollten, um zunächst Weideland zu suchen. Das Vieh sollte auf die Wiesen geführt werden, die sie oben auf dem Berg zu finden hofften.

Am wichtigsten war, dass die Ochsen auf eine frische Weide kämen und so die Kraft, die sie verloren hatten, zurückgewännen.

So wie sie Erde gefunden hätten, wollten sie pflügen.

»Jetzt ist das Ackerland wichtiger als die Häuser«, hatte Noah gesagt. »Am Anfang müssen wir weiterhin auf dem Schiff wohnen. Erst wenn wir das Korn in den Boden bekommen haben, werden wir unsere neuen Häuser bauen.«

»Wir haben genug Holz«, hatte er gesagt und den Blick über das Schiff wandern lassen.

Aber zuallererst würde Noah selbst an Land gehen, einsam, zu dem Berg, wo er Gott für die Rettung danken und Ihn bitten wollte, das Land zu segnen.

Nun ging er den Abhang hinauf, entschlossen und schwer vor Zorn. Er würde seinem Gott begegnen und Rede und Antwort stehen, ohne sich reinzuwaschen oder zu erklären.

Es war nicht steil. Trotzdem kam er außer Atem, und als er den Gipfel erreichte, hatte er Herzklopfen. Er sah lange zum Himmel hinauf, bevor er seine Rede begann:

»Du hast Dein Versprechen gehalten. Wir sind lebend in ein neues Land geführt worden. Ich dagegen habe meinen Teil der Abmachung nicht eingehalten. Ich habe die mit dem reinen Herzen, die Du retten wolltest, nie gesucht. Die Menschen, die mit mir auf der Arche sind, sind, wie Menschen sind, schwach und falsch.

Ich selbst habe die Reise mit einem Betrug an einem Bruder begonnen, an dessen schlimmem Schicksal ich Schuld hatte, Mahalaleel, dem Sohn des obersten Priesters, genannt der Schatten.«

Er hielt inne, als ob er auf Antwort wartete. Aber er bekam keine und fuhr fort:

»Ich tötete seinen Sohn, mit den eigenen Händen tat ich es. So ging der Mord mit auf die Reise. Aber an Bord besteht auch Eifersucht, die Bruder gegen Bruder stellt. Ich weiß nicht, ob meine Söhne Ehebruch begangen haben, aber Unzucht ist auf dem Zwischendeck vorgekommen während der schweren Zeit, als Du uns das Licht wegnahmst.

Hass und Neid tragen wir ebenfalls in uns. Es gab Augenblicke, in denen die Menschen einander beinahe die Augen ausgestochen hätten. Der Lügner ist mitten unter uns, Prahlerei und übles Gerede gedeihen an Bord.«

Er machte noch eine Pause, bevor er sagte:

»Hochmut und Zorn nehme ich selbst mit in das neue Leben.«

Noch immer war kein Zeichen zu sehen, dass Gott zuhörte, und als Noah fortfuhr, war die Stimme hart:

»Ich verteidige mich nicht, aber manchmal denke ich, dass meine Verbrechen gering sind im Vergleich zu Deinen. Ich tötete ein Kind, Du hast Tausende getötet.«

Er machte erneut eine Pause und holte tief Luft:

»Ich sehe deshalb keinen Grund, Dich um Verzeihung zu bitten. Ich selbst werde Dir nie verzeihen, was Du mit den vielen Menschen, dem schönen Land und den prachtvollen Städten gemacht hast.«

Er wies mit der Hand in Richtung Arche unten am Strand:

»Wenn es Dein Ziel war, auf Erden eine bessere Gesellschaft zu errichten, so ist Dir das misslungen. Ich fürchte, dass der Mensch nun böser wird, dass er seinen Glauben und sein Vertrauen verloren hat. Keiner der Geretteten wird das, was geschehen ist, vergessen. Wir müssen unsere abgeschnittenen Leben leben, ohne Wurzeln und Zusammenhang, Die schweren Erinnerungen und die Schuld, überlebt zu haben, werden uns und unsere Kinder Generation auf Generation verfolgen.

Die Menschen werden Dir nie wieder vertrauen.«

Er schwieg wieder, als warte er auf Gottes Zorn. Aber Stille herrschte auf dem Berg, nicht einmal der Wind regte sich.

»Deine Wege sind unergründlich und verlaufen jenseits unseres Verstandes, sagt meine Frau. Aber mit mir ist es so, dass ich verstehen muss.

Manchmal dachte ich, dass Du nicht begriffen hast, was es heißt, Mensch zu sein. Ich kann das verstehen. Wie solltest Du etwas vom Kampf um das Leben wissen können, wie schwer und einsam er ist? Und was kannst Du von der Angst wissen, Du, der Du unsterblich bist?«

Es war noch immer still, aber das Licht nahm zu, bekam Leuchtkraft und Farbe. Es war ein starkes und freundliches Licht, als läge in ihm ein Lächeln.

Die große Macht im Himmel lacht über mich, dachte Noah wütend, drehte sich um und ging zurück zum Schiff.

Aber das Licht rings um ihn sammelte sich zu einem Bogen über das ganze Firmament, und das Licht nahm Farbe an und leuchtete über das Land.

In dem gewaltigen Bogen fanden sich alle wechselnden Töne der Schöpfung, die Farbe des Hasses und der Liebe, blaue Sehnsucht und gelber Trotz …

Die Brücke stand mit ihren beiden Enden fest auf der Erde.

Literatur

Samuel Noah Kramers Buch ›From the Tablets of Sumer‹ (deutsche
Übersetzung: Geschichte beginnt mit Sumer. Berichte von den Ur-
sprüngen der Kultur. München 1959) habe ich wichtige Hinter-
grundinformationen entnommen. Die Gedichte auf den Seiten 93,
94, 99, 128 sind Originale aus sumerischer Zeit, von Kramer ins
Englische und von Paul Baudisch ins Deutsche übersetzt.

Weiterhin hatte ich große Freude an dem Buch ›Syndafloden‹
des schwedischen Geologen Bengt Loberg (Stockholm 1980), in
dem die drei Versionen des Mythos verglichen werden, die uralte
sumerische, die ein halbes Jahrtausend später im Gilgamesch-Epos
wiedergegebene und die bedeutend jüngere Version der Bibel.
Lobergs Theorie, dass die »Sintflut« durch eine Kombination eines
Erdbebens in Mesopotamien und eines Zyklons im Persischen Golf
verursacht wurde, bildet im Roman den Ausgangspunkt für die
Ereignisse während der Katastrophe.

Die Personen

Folgende Personen werden an Bord der Arche gerettet:

Noah, Schiffsbauer im Grenzland
   Naema (Tapimana), Noahs Frau
   Sem, Noahs ältester Sohn, ein Kind
   Ham, Noahs zweiter Sohn. Verheiratet mit Nin Dada
   Kus, Misraim, Fut, Kanaan, Hams Söhne
   Japhet, Noahs jüngster Sohn, ein Kind

Haran, Schmied in Sinear
   Jiska, Harans Tochter
   Anamin, Kaptorin, Harans Söhne
   Kreli, Harans Nichte

Sinar, Schiffsbauer, bei Noah angestellt
   Koria, Sinars Frau

Napular, Seiler in Eridu
   Wanda, Napulars Frau
   Napulars Kinder: Liena, Kita, Solina

Eluti, Töpfer in Eridu
   Ninurta, Elutis Frau
   Drei Kinder

Taran, Bauer in Sinear, Junggeselle
Sein Bruder, Tierwärter in Sinear, Junggeselle

Seiler 1
Frau und drei Kinder
Seiler 2
Frau und zwei Kinder
Seiler 3, Junggeselle

Seemann 1
Frau und vier Kinder
Seemann 2
Frau und drei Kinder
Seemann 3
Frau und ein Kind
Seemann 4, Junggeselle

An der Handlung nehmen außerdem teil:

Mahalaleel, genannt der Schatten
Lamek, Noahs Vater, hingerichteter Priester in Sinear
Bontato, genannt der Verrückte, König in Sinear
Solina, Wahrsagerin aus dem Waldvolk
Die Schlangenkönigin und andere Sehende aus dem Waldvolk
Kaufleute, Priester, Soldaten, Offiziere, Astronomen und Mathe-
matiker

Vor fast 5000 Jahren, um 2750 v. Chr., fegte ein Zyklon über Mesopotamien, dunkle Wolken stiegen am Horizont auf, der Sturm tobte, Schiffe wurden losgerissen, die Dämme der Bewässerungsanlagen brachen, und alles Leben ertrank. Das sind die Fakten, enträtselt durch das von den Archäologen zusammengesetzte Puzzle.

Nur ein Mann, seine Familie und sein Vieh überlebten. Dies dem Mythos zufolge, der in seiner ältesten Version bis zu den Jahrhunderten direkt nach der Katastrophe zurückverfolgt werden kann. In der ersten Erzählung heißt der Mann Ziusudra und war ein sumerischer König. Im babylonischen Gilgamesch-Epos, niedergeschrieben im 2. Jahrtausend v. Chr., ist der Name des Mannes Umnapisjtim. Mehr als tausend Jahre später nahmen die Juden die Erzählung von der Sintflut in ihren Mythos auf, der Mann wird Noah und sein Schiff Arche genannt.

Den Erzählungen ist gemeinsam, dass die Götter oder Gott den Schiffbauer warnen und ihm detaillierte Anweisungen geben, wie er sein Schiff bauen soll. Und in allen Mythen geht es um ein riesiges Wasserfahrzeug. »Das gewaltige Schiff« steht auf der Keilschrifttafel der Sumerer; bei den Babyloniern wird von sechs Decks und sieben Stockwerken gesprochen. In der Bibel dreht es sich um Maße, die an moderne Tanker denken lassen.

Sumer war die Hochkultur, die die Schrift erfand und die ersten großen Tempel baute. Aber die Sumerer hatten kein Eisen. Wie baute man ein Schiff dieser Größe ohne Schrauben und Nägel, wie berechnete man die Wasserverdrängung, und wie verteilte man den Ballast in einem Schiff, das ohne Steuerruder den Winden und Strömungen ausgeliefert war? Das Modell ist der Versuch zu verstehen, wie das erste große Schiff der Menschheit gebaut wurde.

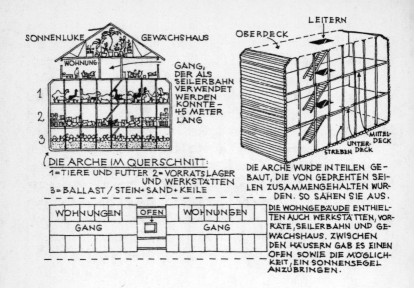

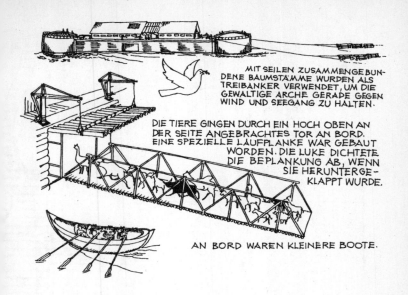

Das Modell der Arche, das auf den vorhergehenden Seiten abgebildet ist, hat Anders Söderberg gebaut. Er hat auch diese Skizzen und die Karte auf der folgenden Doppelseite gezeichnet.

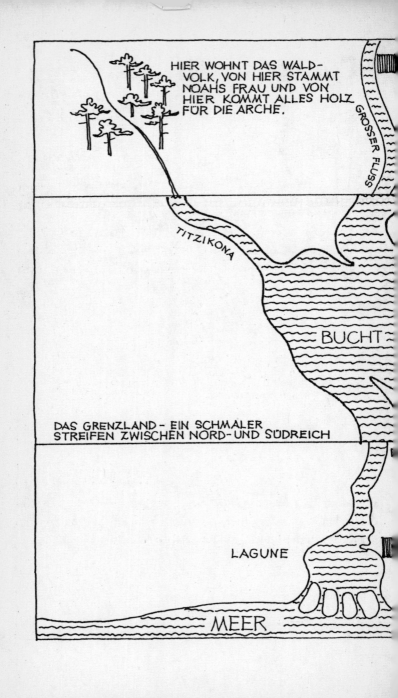

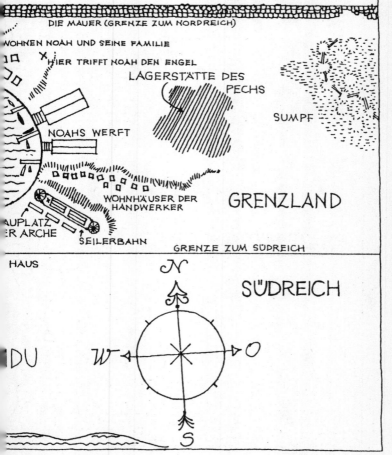